HEYNE BÜCHER

MAY McGOLDRICK

DAS STÜRMISCHE HERZ

Roman

Aus dem Amerikanischen
von Beate Darius

WILHELM HEYNE VERLAG
MÜNCHEN

HEYNE ROMANE FÜR ›SIE‹
Nr. 04/381

Titel der Originalausgabe:
THE DREAMER

Deutsche Erstausgabe 1/2002

First published by Onyx, an imprint of New American Library,
a division of Penguin Putnam Inc.

Printed in France 2002
http://www.heyne.de
Umschlagillustration: Pino Daeni/Agentur Schlück
Umschlaggestaltung: Nele Schütz Design, München
Satz: Prechtl, Passau
Druck und Bindung: Brodard & Taupin, La Flèche Cedex

ISBN 3-453-19430-6

*Für Carla Patton – Schreiberin, Ärztin, Freundin.
Mögen all deine Wünsche Wirklichkeit werden*

Prolog

Jervaulx Abbey in Yorkshire, England
August 1535

»Sie sind geflohen!«

Wütend trieb Arthur Courtenay, der Statthalter des Königs in Yorkshire, seinen Hengst durch das flackernde Fackelmeer, bis das riesige Streitross schnaubend den Kopf zurückwarf, kaum eine Elle von den Gesichtern der verängstigten Bediensteten und Dorfbewohner entfernt.

»In welche Richtung sind sie aufgebrochen?« Aus seiner harschen Stimme klang mühsam beherrschter Zorn. »Wann?«

»Diese Narren sind verschwiegen wie ein Grab, Mylord.«

Sir Arthur zog sein Schwert, und die Menschenmenge stob auseinander, als er sein Reittier zu den Stufen des Abteistifts lenkte.

»Bringt mir den Abt«, brüllte er. »Und auch die Mönche. Jeden Einzelnen dieser feigen Tölpel. Ich werde die Köpfe der Verräter auf Piken aufspießen, wenn sie mir nicht augenblicklich Rede und Antwort stehen.«

»Mylord!« Einer der Soldaten, der soeben aus dem kleinen Kirchgarten stürmte, meldete sich zu Wort, worauf der Statthalter den Kopf wandte. »Mylord, es ist wahr. Hinter der riesigen Krypta hat man frisch aufgeworfenes Erdreich entdeckt.«

»Worauf wartet ihr dann noch?« Courtenay spornte sein Streitross an und zwang die verschreckte Menge, noch weiter zurückzuweichen. »Fangt an zu graben. Und säubert den Hof von diesem Pöbel.«

Auf dem Friedhof angelangt, stieg der königliche Statthalter vor der Krypta, einem steinernen Säulenbau, vom Pferd und warf einem in der Nähe stehenden Soldaten die Zügel zu. Schweigend stapfte Sir Arthur rings um das Gemäuer, verharrte indes und wirbelte herum, als eine in eine Priesterrobe gewandete Gestalt aus dem Dunkel nach ihm griff. Er kannte den Mann.

»Ihr habt uns zu spät benachrichtigt, Bruder!«, schnaubte Courtenay.

»Drei kostbare Trophäen sind uns entwischt, der Schatz indes nicht.«

»Ist er hier? Seid Ihr sicher?«

»Ich habe beobachtet, wie die drei Schwestern nach Sonnenuntergang die Truhe hierher geschleppt haben. Allerdings müssen sie das Loch schon früher gegraben haben, denn sie taten nichts weiter, als die Truhe in die Öffnung hinabzulassen und diese dann mit Erde zu bedecken.«

Sir Arthur spähte zu den beiden Männern, die das lockere Erdreich aushoben, während ein Dritter ihnen mit einer Fackel leuchtete. Ihre Gesichter glänzten vom Schweiß und Schmutz.

»Ihr habt mir berichtet, dass Ihr ihre Habe in den vergangenen Monaten viele Male durchsucht habt. Ihr habt mir ausdrücklich versichert, dass keine von ihnen irgendetwas hätte verbergen können.«

»Wir haben alles durchsucht!« Der Mann zog die Kapuze seines dunklen Umhangs tiefer ins Gesicht, als einer der englischen Soldaten sich näherte. »Aber gestern sind zwei Kuriere eingetroffen. Der erste überbrachte die Nachricht vom Tod ihres Vater, Edmund Percy, im Tower.«

»Ja, und dieser hinterhältige Thomas More wird der Nächste sein«, zischte Sir Arthur. »Auch sein Haupt wird alsbald die London Bridge zieren. Aber was tut das zur Sache?«

»Wir gingen davon aus, dass Ihr uns die Nachricht vom Tode ihres Vaters überbringen würdet … und gleichzeitig einen Befehl für ihre Festnahme.«

»Das ist Sache des Lordkanzlers und außerdem …« Aufgebracht scharrte er mit seiner Stiefelspitze im Schmutz. »Ach, lassen wir das. Ihr habt versagt, als es darum ging, mich rechtzeitig in Kenntnis zu setzen, und das missfällt mir. Aber was ist mit diesem zweiten Kurier?«

»Der zweite kam von Nichola Percy, der Mutter.«

»Glaubt Ihr, dass sie in der Nähe weilt?«

Der Geistliche schüttelte unter seiner Kapuze den Kopf. »Nach dem, was wir aus dem Abt und dem Gesinde herauspressen konnten, versteckt sie sich irgendwo im Grenzgebiet, nördlich von Tweed. Dennoch sind Eure Überlegungen richtig: sie lässt ihre Töchter nicht im Stich. In der Tat muss sie sogar Hilfe geschickt haben, um ihnen die Flucht zu ermöglichen.«

»Und Ihr denkt, der Kurier hätte den Schatz gebracht?« Statt einer Antwort erntete Courtenays Frage lediglich Schweigen. »Aber es ergibt keinen Sinn, dass sie ihnen die Flucht ermöglicht und sie dann doch …«

Ein triumphierender Aufschrei ließ die Köpfe der beiden Männer herumschnellen.

»Er ist hier! Wir sind soeben darauf gestoßen, Mylord.«

»Holt ihn hoch!«

Eiligen Schrittes begab sich der Statthalter zu der geöffneten Grabstätte, unterdes folgte ihm der in eine dunkle Kutte gehüllte Mann wie ein Schatten.

Die Holztruhe wurde aus dem Loch geborgen. Über die lehmverkrustete Kiste gebeugt, bedeutete Sir Arthur einem der Soldaten, das Schloss mit dem Ende seiner Hellebarde aufzubrechen. Mit einem einzigen Schlag war die Tat vollbracht und Courtenay stürzte sich auf die geschlossene Truhe. Deutliche Erregung spiegelte sich auf sämtlichen Gesichtern und selbst der Mönch trat jetzt aus der Dunkelheit.

Der königliche Statthalter kniete sich nieder und drückte den Deckel auf. Alle sprangen zurück, plötzlich auf einen gewissen Sicherheitsabstand bedacht.

Alle bis auf einen, denn der Kuttenträger trat an Sir Arthur vorbei, griff in die Truhe und hob die sich windende und zischende Schlange hoch.

»Was, zum Teufel …«, erzürnte sich Courtenay.

Der Geistliche warf die Schlange zurück in das Grab. »Catherine Percy, die Älteste der drei Schwestern, hat einen eigenartigen Sinn für Humor … und schreckt selbst vor Schlangengetier nicht zurück.«

»Ist das alles?«, bellte Sir Arthur. »Das soll unser Schatz sein?«

Abermals griff der Mann in die Kiste und holte eine Pergamentrolle daraus hervor. Er öffnete sie, sah auf und traf auf den Blick des Statthalters.

»Nein, Mylord! Sie hat uns auch eine Landkarte hinterlassen!«

1

Burg Balvenie, Schottland

Schläfrig richtete die Grafenwitwe die grauen Augen auf das Kettenhemd, ehe sie zu dem verdrossenen Gesicht des rothaarigen Recken empor schweiften, der neben ihrem Bett stand.

»Ist Catherine Percy eingetroffen?«

»Nein, Mutter. Noch nicht.«

»Dann wirst du nach der jungen Frau Ausschau halten müssen, John. Getreu unserem Versprechen, dass wir sie beschützen werden.«

»Gewiss, gewiss! Wie du weißt, hat der Kurier die Nachricht überbracht, dass sie in sicherem Geleit auf dem Weg zu uns ist. Mehr können wir nicht tun.«

Die alte Frau hüstelte und hob ihre ausgezehrte Hand, um der jungen Frau abzuwinken, die hastig zum Bett geeilt kam. Die Augen der Kranken wichen nicht von dem Gesicht des Kriegers, und die Pflegerin, ihre Nichte Susan, trat zurück, setzte sich wieder auf den Schemel neben dem gewaltigen Himmelbett und widmete sich ihrer Handarbeit.

»Was ist mit deiner Braut? Ich nehme an, sie ist bereits hier?«

Er schüttelte den Kopf. »Nein, Mutter. Ellen ist noch zwei Tagesritte von uns entfernt, wenn nicht sogar mehr.«

»Warum bist du dann hier? Um mich sterben zu sehen?«

Der Anflug eines Lächelns huschte über die Züge

des Ritters und verschwand wieder. »Wenn ich mich recht entsinne, hast du nach mir geschickt.«

»Hm! Ich wüsste nicht, warum!«, murmelte die Alte schwach. »Nun ja, der Lebenshauch entweicht meinen entkräfteten Lungen. Vielleicht habe ich einzig daran gedacht, dass du mir noch einen letzten Wunsch erfüllen könntest.«

Schweigend umschlang er ihre knochigen Hände mit seinen kräftigen Fingern. »Du wirst nicht sterben, Mutter. Du wirst wieder genesen und unserer Vermählung beiwohnen. In der Tat …«

»Diese Vermählung kümmert mich einen Deut!« Lady Anne Stewarts Blick schweifte zu ihrer Nichte und maß wohlwollend deren gesenkten Blick, dieweil die junge Frau schweigend weiterstickte. Hätte Susan doch nur mehr gemein mit den anderen Frauen – den Hofdamen, oder, noch besser, den oberflächlichen kleinen Geschöpfen, die jeden Vorwand nutzten, um Balvenie aufzusuchen und ihrem Sohn den Kopf zu verdrehen.

In diesem Augenblick hob Susan den Blick und begegnete dem ihren. Ob die junge Frau Bedauern oder vielleicht auch Enttäuschung in den Zügen der Grafenwitwe gewahrte, hätte Lady Anne nicht zu sagen gewusst, indes sprang sie unversehens auf, errötete heftig und verschwand mit einem artigen Knicks aus dem Schlafgemach. Mutter und Sohn blieben allein zurück.

Die Grafenwitwe seufzte tief. »Ich habe all meine anderen Träume zu Grabe getragen, John. Alles, was ich jetzt noch von dir will, ist, dass du mir eine Gemahlin ins Haus bringst – eine Gemahlin, die einen Stammhalter unter dem Herzen trägt.«

»So etwas geschieht nicht über Nacht.«

Für Sekundenbruchteile sah die Kranke ihn durchdringend an. »Genau dann geschieht es. Und ich habe genug Geliebte von dir vor den Burgtoren gesehen, um zu wissen, dass du ein Fachmann auf diesem Gebiet bist.«

Der Ritter verkniff sich eine Entgegnung und gab ihre Hände frei.

»Tu irgendwas Sinnvolles. Setz mich ein bisschen auf.«

Also schob John Stewart – seines Zeichens Graf von Athol, ein Cousin James V. von Schottland und Lehnsherr über fast alle Besitztümer zwischen Elgin und Huntly – Dolch und Schild beiseite und richtete die schmächtige Frau zum Sitzen auf.

Lady Anne Stewarts Miene verkrampfte sich vor Schmerz. An die Kissen gelehnt, maß sie das angespannte Gesicht ihres Sohnes mit kritischem Blick. »Man sagte mir, dass du das ganze Land auf der Suche nach Viehdieben durchkämmst.«

»Ganz recht. Und wenn ich sie finde, werde ich sie an dem erstbesten Baum aufknüpfen, der dem Gewicht dieser Halunken standhält.«

»Gewiefte Burschen, das muss man ihnen lassen.« Die Stirn der Grafenwitwe legte sich in Falten, als sie erneut hüstelte. »Sind es dieselben wie schon zuvor?«

»Wahrhaftig«, knurrte Athol.

Die Grafenwitwe wusste, dass ihr Sohn auf der Suche nach den Räubern schon seit Wochen die zerklüfteten Berge und Schluchten durchkämmte. »Ich weiß eine einfachere Lösung, um diesen Kerlen das Handwerk zu legen.«

Er maß sie flüchtig, indes so gönnerhaft, dass es ihr nicht entging.

»Ich kenne nichts Besseres als den Strang oder die Schwertklinge, um diese Bastarde zu überzeugen.«

»Mag sein, dass du mich für eine tatterige alte Närrin hältst. Dennoch habe ich die Lösung. Du musst nur … danach … fragen …«

Athol ließ sich auf dem Bettrand nieder, da die alte Frau von einem schlimmen Hustenkrampf geschüttelt wurde. Es dauerte eine Weile, bis sie wieder zu Atem kam.

»Also gut, dann gib mir deinen Rat.«

Sie musterte ihn mit gestrenger Miene, Genugtuung blitzte in ihren grauen Augen auf. »Ich sage dir eines, John, je eher du heiratest, umso besser. Du brauchst einen Erben, der in deine Fußstapfen tritt. Dann haben deine sämtlichen Probleme ein Ende.«

»Dem habe ich bereits zugestimmt, Mutter. Ich weiß, dass du meine Eheschließung kaum erwarten kannst. Es ist alles geplant und …«

»Pläne … Pläne …« Abermals kämpfte sie mit einem quälenden Hustenreiz. »Auch ich hatte Pläne. Ich habe Susan mit der Absicht hergeholt, dass ihr ein Paar werdet. Wenn du dich meinen Wünschen gefügt hättest …«

»Mutter!«

Sie verstand die unterschwellige Warnung in seinem Ton. Und sie hatten dieselbe Diskussion schon vor Monaten geführt. »Nun, deine Beteuerungen reichen mir nicht. Wozu sollen Pläne gut sein, wenn dein Volk mit Schwierigkeiten zu kämpfen hat? Nein! Ich sage dir …«

Ein Hustenanfall erstickte ihre Worte; unterdessen wandte sich der Lehnsherr zum Fenster, da sich lautes Gebrüll auf dem regennassen Hof erhob. Innerhalb von Sekunden war das Brüllen im gesamten

Stiegenhaus vernehmbar. Er schritt zur Tür und riss sie in dem Augenblick auf, als sein hagerer, düster dreinblickender alter Verwalter völlig außer Atem den Treppenabsatz erreichte.

»Mylord!« Der Alte rang nach Luft, sein Gesicht hochrot aufgrund der Anstrengung und der Neuigkeit. »Mylord, sie haben das Bauerngehöft am Muckle Long Brae angegriffen.«

Das Gesicht des Grafen verfinsterte sich bedrohlich. »Wurde einer von unseren Leuten verletzt?«

»Nein.« Der Diener senkte die Stimme und warf einen Blick zu der Grafenwitwe, die aus ihrem Himmelbett lugte. »Aber diese streunenden Hunde haben Eure neue Scheune dort niedergebrannt.«

»Was ist mit dem Vieh?«

»Sie haben ein halbes Dutzend von den neuen Gescheckten mitgenommen und den Rest ins Freie getrieben, bevor sie den Brand legten.«

»Aber was ist mit Wat und seinem Clan?«

»Zusammengeschnürt wie Schlachtschweine, Mylord. Aber Gott sei Dank unversehrt. Sein ältester Sohn ist unten, falls Ihr mit ihm reden wollt. Die Scheune liegt in Schutt und Asche, so sagt er, und Wat hat die Verfolgung aufgenommen.«

»Sattle mein Pferd, die Männer sollen sich sammeln.« Vor dem Fenster gingen sintflutartige Regenfälle nieder. Der Verwalter verschwand im Gang.

»John«, wandte die Grafenwitwe ein, als sie sein grimmiges Gesicht erblickte, »es wird eine dunkle und regnerische Nacht werden und die anderen haben wenigstens einen halben Tag Vorsprung.«

»Ja, ja, aber Wat ist ihnen bereits auf den Fersen, und sie haben genauso mit den Unbilden der Witterung zu kämpfen wie wir.«

»Trotz allem weißt du, dass diese Berge den dreisten Räubern eine Vielzahl von Verstecken bieten.«

Nervös trat er zur Tür. »Gewiss, und ich kenne die meisten von ihnen, Mutter.«

Wieder hustete die alte Dame und bedeutete ihm mit einer Geste ihrer Hand zu verharren. »Lass ihnen das Vieh, John«, murmelte sie schließlich. »Geh und reite deiner Braut entgegen.«

Athol starrte sie ungläubig an. »Ich habe dich stets als die Frau geachtet, die mich auf diese Welt gebracht hat. Dennoch weißt du, dass ich als Lehnsherr dieser Grafschaft von niemandem Anweisungen entgegennehme – schon gar nicht von …«

»Von deiner Mutter? Von einer Frau?« Die Grafenwitwe atmete gequält aus. »Nun, es tut gut zu erfahren, dass du mir auf dem Sterbebett wenigstens den Respekt zollst, mich als deine Mutter zu betrachten.«

»Ich *muss* gehen, Mylady.«

Sie streckte ihm ihre zitternde Hand entgegen. »Warte, John. Vielleicht sehen wir uns heute zum letzten … zum letzten … Mal. Du bist mein einziger Sohn …«

Seine fest zusammengepressten Kiefer zeugten von seiner Entschlossenheit. Ihr war bewusst, dass die Bedürfnisse seines Volkes stets Vorrang für ihn haben würden, einerlei, welche Gefühle er für sie hegen mochte. »Bitte warte. Hör mich an. Ich weiß, was den Handlungen dieses Adam of the Glen zu Grunde liegt.«

Athols Augen wurden schmal, und die alte Frau wusste sogleich, dass sie wertvolle Sekunden gewonnen hatte. Er trat neben das Bett.

»Woher weißt du von ihm? Und wie hast du überhaupt seinen Namen erfahren?«

»Selbst wenn meine Dienerschaft mich nicht über alle wichtigen Vorkommnisse in Kenntnis setzen würde, wüsste ich von ihm.« Sie wandte ihren gramerfüllten Blick von Athols Gesicht und starrte auf die dunklen Deckenbalken über dem Fenster. »Ich weiß mit Sicherheit, was er will, denn ich kannte ihn schon, da war er noch ein kleines Kind.«

Unvermittelt hatte Athol sich über sie gebeugt. »Was immer ich versucht habe, wir sind in jeder Hinsicht gescheitert, wenn wir sein Versteck aufspüren wollten. Ich habe jeden Mann und jede Frau von hier bis Elgin gefragt, doch keiner konnte mir auch nur irgendetwas über diese Teufelsbrut berichten. Weder über seine Herkunft noch warum er aus heiterem Himmel beschlossen hat, meinem Volk das Leben zur Hölle zu machen. Und jetzt erklärt mir meine eigene Mutter, dass sie diesen Mann schon seit Urzeiten kennt!« Energisch umfasste er ihre Hand. »Nun denn, Mutter. Was weißt du von ihm?«

Mit ihrer freien Hand umklammerte Lady Anne den Arm ihres Sohnes. »Hör auf mich, John, und tu, was ich dir sage. Beim Grabe deines Vaters schwöre ich dir, dass er dir denselben Rat geben würde, wenn er noch lebte … und das trotz des Unheils, das Adam angerichtet hat.«

»Nun sprich, Mutter.«

Die Grafenwitwe war sich dessen bewusst, dass ihr Sohn von vielen gefürchtet wurde, insbesondere, wenn das Wohl seines Volkes auf dem Spiel stand. Jetzt, da der stechende Blick seiner grauen Augen auf ihr ruhte und sie die geballte Kraft seiner Finger verspürte, die die ihren umspannten, wusste sie, warum.

»Wo immer du diesen Mann suchen wirst, er wird

dir entwischen. Er kennt dieses Land ebenso gut wie du, John. Und er kennt dein eigenes Volk besser, als du es dir je vorzustellen vermagst.«

»Wahrlich, er weiß, was er von ihnen plündern kann.«

»Mag sein. Ich jedenfalls sage dir die Wahrheit.« Sie verstärkte den Griff um sein Handgelenk. »Einerlei, was du zu tun gedenkst, er wird seine zerstörerischen Raubzüge fortsetzen. Adam of the Glen wird mit jedem Tag, der verstreicht, verwegener. Da ist es kein Wunder, dass du dich von ihm beobachtet fühlst. Er wird nicht aufgeben … nicht solange …«

Ein heftiger Hustenanfall raubte ihr vorübergehend den Atem. Athol legte einen Arm um ihre Schultern und richtete sie im Bett auf. Als er ihr einen Becher Wasser reichen wollte, schüttelte sie den Kopf.

»Nein. Es wird … es wird keine Ruhe … kein Frieden einkehren, solange du nicht vermählt bist. Erst muss die Nachricht von der Geburt deines Stammhalters die Runde machen.«

Verständnislos spähte Athol zu ihr hinunter. »Ich verstehe nicht. Ich …«

»Adam glaubt, dass er das Recht besitzt, an deinem Reichtum teilzuhaben.« Ihre Finger, die seinen Arm umspannten, zitterten wieder heftiger. »Er mag ein Hurensohn sein, John Stewart, aber was du nicht weißt, ist, dass Adam of the Glen dein Bruder ist.«

2

Catherine Percy vernahm das glockenhelle Lachen der hinter ihr reitenden Frau.

Ellen Crawford war jung, forsch und natürlich hübsch. Und offensichtlich dazu ausersehen, die Gemahlin von John Stewart, dem Grafen von Athol, zu werden. Die beiden Reisegruppen hatten sich zufällig nördlich von Schloss Stirling getroffen, und Catherine gefiel der Gedanke, in Begleitung einer anderen Frau durch das zerklüftete Hochland zu reisen – insbesondere, da diese die Route bereits kannte.

Nach einem Blick in Richtung ihrer Reisegefährtin fragte sich Catherine, inwieweit sie die zukünftige Gräfin von Athol um Hilfe bitten konnte. Oder, besser gesagt, wie viel sie ihr gegenüber enthüllen durfte.

Gewiss, überlegte Catherine, sie sah sich nicht länger der unmittelbaren Gefahr ausgesetzt, von dem niederträchtigen Statthalter aufgegriffen zu werden. Und auch ihre Schwestern waren auf dem Weg in ein sicheres Versteck. Laura müsste in Kürze die Kirche von St. Duthac an der östlichen Küste erreichen, und Adrianne, die Jüngste, war vermutlich schon auf der Insel Bharra im Norden eingetroffen.

Und doch würde Catherine für die Gründung der Schule, von der sie so lange geträumt hatte, auf die Hilfe von Leuten wie dem Grafen von Athol und seiner zukünftigen Braut angewiesen sein. Sie war sich sehr wohl bewusst, dass sie deren uneingeschränkte Unterstützung brauchte, ehe die Dorfbewohner einer Jungfer englisch-schottischer Abstammung vertrauen und tatsächlich die Schulbank drücken würden.

Catherines Blick maß die Gesichter der Mitreisenden. Sie alle waren ihr fremd. Selbst nach Monaten der Flucht konnte sie sich nicht daran gewöhnen, ständig von anderen abhängig zu sein. Insgeheim fragte sie sich, ob sie jemals begreifen würde, dass sie keine Heimat mehr besaß – kein Heimatland, das sie mit Stolz erfüllte.

Catherine seufzte. Sie und ihre Schwestern waren Verbannte. Nach dem Tod ihres Vaters hatte man sie – genau wie ihre Mutter – verfolgt und über die windgepeitschten Moore von Yorkshire gejagt, nach Norden durch die Berge und Flusstäler von Northumberland und schließlich nach Schottland. Und das alles, weil ihre Familie sich geweigert hatte, König Heinrich auch als Oberhaupt der Kirche anzuerkennen.

Gewiss, gestand sie sich im Stillen ein, das war bei weitem nicht alles gewesen.

Sei's drum, dachte Catherine trotzig. Das Schicksal hatte sie in dieses Land verschlagen. In dieses zerklüftete Hochland, das ihre Mutter vor langer, langer Zeit als Heimat bezeichnet hatte.

Catherine schrak aus ihrem Tagtraum auf und ermahnte sich, dass die Zeit der Trübsal längst der Vergangenheit angehörte. Sie musste nach vorn blicken und an ihre Zukunft denken. Ihre Reisegefährtin Ellen Crawford war ein Geschenk des Himmels, und sie wäre töricht, wenn sie die Gelegenheit nicht nutzte, mit ihr über die Schule zu reden und die zukünftige Gräfin in ihr Vorhaben einzuweihen.

Entschlossen wandte sie sich im Sattel um und musterte die Gesichter der Mitreisenden auf diesem schier endlos währenden Ritt. Sie zog ihren Umhang fester um die Schultern, da es von Westen her auffrischte. Fast den ganzen Tag hatte die Sonne geschienen, doch jetzt war sie hinter einer dunklen Wolkenbank verschwunden.

Als sie Ellen nicht sah, runzelte sie die Stirn. Vermutlich war sie wieder einmal so in ihre Gedanken versunken gewesen, dass ihr entgangen war, ob Ellen an ihr vorübergeritten war.

Die Soldaten, die den langen Strom der Reisenden anführten, begannen soeben mit dem Abstieg in die steil abfallende, heidegesäumte Bergschlucht, über deren Kamm sie seit einer Stunde geritten waren. Unter ihnen erstreckte sich das von steilen Felsen umgebene Tal; Catherine erblickte einen See – seine dunkle, silbrig schimmernde Oberfläche so glatt wie ein Spiegel –, der die sich auftürmenden Wolken reflektierte, die rasch über die ermatteten Reisenden hinwegzogen.

Catherine hielt weiterhin Ausschau nach der jungen Frau. Da sie Ellen nirgends entdecken konnte, suchte sie stattdessen David Hume, den Kommandanten ihrer Soldaten. Soweit sie sich erinnerte, hatte sie Ellen Crawford zuletzt in seiner Nähe bemerkt, und die junge Braut hatte sich angeregt mit ihm unterhalten.

Nachdem die Packpferde mit Ellens Habe und die letzten Reisenden sie passiert hatten, hielt sie drei mit einem Kilt bekleidete Krieger an, um sie nach dem Verbleib ihrer Herrin zu fragen.

Mit einem schiefen Grinsen in Richtung seiner Gefährten kratzte sich einer der drei sein bärtiges Kinn, bevor er antwortete: »Gelegentlich muss Mistress Ellen schlicht und einfach ihre Beine ausstrecken, Miss. Wenn Ihr versteht, was ich meine.«

»Gewiss. Ihr meint, sie führt ihr Pferd«, erwiderte

Catherine. »Und da ich David Hume nicht auszumachen weiß, ist mein Soldat vermutlich mit ihr zurückgeblieben.«

»Ganz recht, Mylady.« Sie gewahrte, wie er seinen Kumpanen einen weiteren wissenden Blick zuwarf. »Obschon ich annehmen würde, dass Mistress Ellen sicherlich inzwischen wieder reitet.«

Wegen des hämischen Kicherns der beiden Soldaten runzelte Catherine die Stirn, nickte knapp und wendete ihre Stute, um sie mit sanften Worten in Richtung der anderen Reisenden zu treiben.

»Welch sonderbares Verhalten diese Highlander doch an den Tag legen«, wisperte sie der Stute ins Ohr, leicht verunsichert wegen der merkwürdigen Reaktion der Männer.

Ihr Ross hatte den steilen, gewundenen Pfad ins Tal ungefähr zur Hälfte bewältigt, als Catherine bemerkte, dass Ellen Crawford und David Hume wieder zu den Reisenden stießen. Als sie die junge Frau hoch oben auf der Anhöhe musterte, stellte sie fest, dass Ellens Wangen zart gerötet und ihre Röcke leicht zerknittert waren.

»Es steht mir nicht zu, über andere zu richten«, murmelte sie und heftete den Blick erneut auf den Weg. Sie selbst hatte sich bereits in jungen Jahren bewusst ihren Studien verschrieben und Ellen Crawfords Lebenswandel ging sie beileibe nichts an. Trotzdem, so überlegte sie, ist ihr Verhalten merkwürdig für eine Frau, die im Begriff steht zu heiraten.

Als der Pfad so breit wurde, dass sie ihn nicht mehr einzeln passieren mussten, hatten die Reisenden das bewaldete Tal erreicht. Doch dann öffnete der Himmel seine Schleusen, und der windgepeitschte Regen verhinderte, dass Catherine sich mit Ellen Crawford austauschen konnte. Es regnete nach wie vor in Strömen, als sie eine Stunde später, zugegebenermaßen erleichtert, die runden Türme des Jagdschlosses in Corgarff erspähte. Catherine war bewusst, dass es sich um einen der Jagdsitze des Grafen von Athol handeln musste. Kaum ein Tagesritt trennte sie nunmehr von Burg Balvenie.

Als sie durch den geschwungenen Torbogen in den kleinen Innenhof des Turmhauses einritten, eilten die Bediensteten den Ankömmlingen entgegen; sie führten sie in einen hell erleuchteten Rittersaal und servierten ihnen ein reichhaltiges Mahl. Catherine, nach der wochenlangen Reise erschöpft, bemühte sich nach Kräften, Ellen Crawfords jugendlichen Übermut zu ertragen, entschuldigte sich jedoch schließlich im Verlauf des Essens.

Über eine steile Wendeltreppe führte man sie in das Damengemach, eine wunderlich anmutende Mischung aus Schlaf- und Wohnraum; Catherine indes hatte nur Augen für das einladend wirkende Bett.

Sie hing ihren schweren Umhang an einen Wandhaken in der Nähe des schwach glimmenden Feuers. Als sie ihren Ledersattel auf einen dreibeinigen Schemel hievte, bemerkte sie drei weitere Zimmertüren, die ihre Neugier weckten. Neben der Tür, die sie über den Hauptgang erreicht hatte – und in dem das Gepäck vieler ihrer Reisegefährten lagerte –, befanden sich weitere auf jeder Raumseite. Sie öffnete eine davon, worauf sie in das Schlafgemach des Burgherrn spähte. Sie wusste, dass Ellen die Nacht dort verbringen würde, und starrte für Augenblicke auf das gewaltige Himmelbett mit dem Baldachin aus

Damastseide, das eine Wand des kostbar möblierten Zimmers ausfüllte.

Catherine wich zurück, schloss lautlos die Tür und begab sich zu der nächsten. Dahinter verbarg sich ein kleiner Vorraum, in dem die durchnässten Sachen von einem oder auch mehreren Soldaten hingen. Die dritte Tür führte zu einem engen Stiegenhaus. Zögernd nahm sie einige Stufen, ehe der aufsteigende Duft des Mahls und ausgelassene Fröhlichkeit ihr vergegenwärtigten, dass es ihr unter dem Dach des Grafen an nichts fehlen würde.

Als sie sich kurz darauf niederlegte, war Catherine sich nur mehr schwach des Regens vor ihrem Kammerfenster bewusst und des Zischens der Wassertropfen in den Kaminflammen.

Innerhalb von Augenblicken wurde sie von ihren Träumen überwältigt.

Sie hatten ihren Vater festgenommen und jetzt verfolgten sie sie! Der Hof war voller Soldaten. Pferde schnaubten, Männer brüllten, die Burg stand unter Belagerung.

Catherine vernahm das aufgebrachte Rufen ihrer Mutter, die ihre Töchter drängte, schleunigst auf die Felder zu eilen und sich in einem Heuhaufen zu verbergen. Sich nicht zu zeigen. Mucksmäuschenstill zu sein!

Ihre Furcht schnürte ihr die Kehle zu. Sie konnte nicht schreien. Durfte nicht zulassen, dass ihre Schwestern ihre Angst spürten. Adriannes Hände waren eiskalt, als sie an Catherines Arm zerrte. Gemeinsam verbargen sie sich in dem aufgeschichteten Heu.

Suchend tastete ihre Hand nach Laura, doch ihre Schwester war nicht da. Sie war dicht hinter ihnen gewesen, als sie aus dem Haus geflüchtet waren. Laura! Wo ist Laura?

Eine Hand umklammerte ihren Arm, hielt sie zurück.

Nein, sie durfte nicht zulassen, dass sie ihre Schwester aufgriffen. Laura!

»*Laura!*« Catherine schrak auf ihrem Nachtlager hoch und fixierte erschrocken die Gestalt, die einen Schritt von ihrem Bett zurückwich.

»Ich bin es, Catherine. Ellen!«

Es dauerte eine ganze Weile, ehe sie die Schatten des ständig wiederkehrenden Albtraums abzuschütteln vermochte. Sie spürte das heftige Herzklopfen unter ihrem Rippenbogen, Schweißperlen rannen über ihre Schläfen. »Was … was ist geschehen?«

»Nichts! Als ich aus dem Rittersaal nach oben kam, hörte ich, wie du im Schlaf aufgeschrien hast.«

Catherine drehte sich um und spähte benommen zu der offenen Tür, die in das Schlafgemach des Grafen führte.

»Es war ein Traum.« Ein Albtraum! Ein entsetzliches Geschehnis aus ihrer Vergangenheit, das sie in ihren Träumen weiterhin verfolgte. Mit zitternder Hand fuhr sie sich über die Stirn, wischte den Schweiß fort. Nein, Laura befand sich in Sicherheit. In Sicherheit … genau wie sie.

»Also, da du nun einmal wach bist, habe ich mich … nun ja … gefragt, ob es dir etwas ausmachen würde, heute Nacht dort in der Kammer zu schlafen.«

Verständnislos spähte Catherine durch das Dämmerlicht zu der jungen Frau. »Du … du möchtest, dass ich das andere Schlafgemach mit dir teile?«

Kichernd schüttelte Ellen den Kopf. »Nein, ich hatte lediglich daran gedacht, dass wir die Zimmer tauschen könnten. Wann immer ich bislang hier war, habe ich in dieser Kammer genächtigt. Deshalb habe ich mir überlegt … natürlich nur, wenn es dir nichts ausmacht … dass ich lieber hier schlafen würde, verstehst du.«

»Nun, ich …« Catherine legte die Stirn in Falten und versuchte sich zu konzentrieren, doch noch ehe sie antworten konnte, schlug Ellen ihr Laken zurück. »Wenn du meinst …«

»Du bist ein Schatz.« Catherine spürte, wie die Jüngere ihre Schultern umfasste und sie in Richtung der geöffneten Tür schob. »Ich komme morgen früh und hole dich ab. Leg dich einfach in dieses Bett und schlaf weiter.«

Bevor sie noch wusste, wie ihr geschah, stand Catherine inmitten des gräflichen Schlafgemachs und die Tür fiel hinter ihr ins Schloss. Unendlich müde warf sie ihr dichtes, welliges Haar über die Schultern. Als sie in das riesige Himmelbett krabbelte, vernahm sie von der Tür her leise Stimmen und unterdrücktes Lachen.

Ellen Crawford führte irgendetwas Hinterhältiges im Schilde, was Catherine indes unbegreiflich war. Gewiss, es kränkte sie, dass Ellen sie zum Narren hielt, gleichwohl empfand sie Mitgefühl für den gütigen Grafen von Athol. Ihre künftige Ehe ähnelte schon jetzt einer Farce.

Abermals gemahnte sich Catherine, dass sie das nichts anging. Sie beabsichtigte, die jungen Leute auf den Besitzungen von Athol zu unterrichten, und nicht etwa, widerspenstige Bräute in ihren Herzensangelegenheiten zu beraten.

Indes wurde sie schon bald von ihrer Müdigkeit überwältigt, das Plätschern des Regens vor dem Fenster lullte sie ein. Sie war völlig erschöpft, zu keinem klaren Gedanken mehr fähig. Sie brauchte ihren Schlaf, entschied sie mit einem herzhaften Gähnen.

Und sie würde erst wieder aufwachen, wenn das Sonnenlicht durch dieses Fenster hereinströmte.

Der Schlummer breitete seinen samtenen Umhang über ihr aus, draußen ließ der Regen nach und versiegte schließlich.

Diesmal hatte sie einen ihrer früheren Träume. Noch während die Nebel des Schlafs sie umhüllten, dünkte es Catherine, dass sie diese Traumbilder schon seit Jahren nicht mehr gesehen hatte. Aber da war er, ihr romantischer Ritter, groß und stattlich kehrte er nach siegreich geschlagener Schlacht zu ihr zurück und hielt um ihre Hand an.

Und jetzt war er ihr Gatte. Der Drache lag tot in seiner Höhle, der Schatz aus Gold und Juwelen war wieder in den Besitz der Burg übergegangen. Gesetz und Güte regierten abermals das Reich und die Nacht lockte mit ihren Verheißungen.

Aber diesmal war der Traum anders als sonst … er entführte sie in eine Welt der Fantasie, die sie nicht kannte. Sie spürte, dass sein Körper neben ihr auf das Bett sank, wie sein Arm über ihren flachen Bauch glitt und seine kräftige Hand für Augenblicke auf ihrer Hüfte ruhte, ehe er sie an seine warme, muskulöse Brust zog.

Das alles war so überaus real. Catherines Träume trugen sie häufig in andere Welten. Welten, die sie sehen, riechen und fühlen konnte. Welten, von denen sie selbst nach dem Aufwachen hätte schwören können, dass sie irgendwo existierten.

Aber diesmal … dieser Traum war anders als alle zuvor, und sie stellte fest, dass sie schauderte, als die Hand ihres Ritters zu dem Saum ihres dünnen Leinengewands glitt. Ihr Rücken spannte sich unvermittelt an, als seine schlanken Finger zärtlich ihren

Bauch liebkosten und die Rundungen ihres Busens nachzeichneten. Ihr stockte der Atem, als er eine ihrer wohlgeformten Brüste umfing. Und als sein Daumen deren knospende Spitze umkreiste, durchzuckte es sie wie ein Feuerstrahl.

Das Gefühl war so neu und überwältigend, dass Catherine in ihrer Verzückung aufseufzte. Dass eine einzige Berührung ihren Körper in solche Schwingungen versetzen konnte!

Etwas Glutheißes pulsierte unablässig an ihrem Schenkel, und als die Hand ihres Ritters abermals über ihren Leib glitt, entwich Catherines Lippen ein leises Stöhnen. Sie wurde feucht, Wogen der Lust überrollten ihren Körper, sobald seine Finger ihre verborgene Grotte ertasteten. Sie bemerkte seine Bewegungen, spürte, wie er sich aufrichtete. Sie vernahm ein unverständliches Flüstern, mehr noch ein Keuchen, und dann waren die Lippen ihres Ritters auf ihrem Nacken, streiften ihr Ohrläppchen, küssten ihre Kinnpartie … ihre Wange. Catherine regte sich nicht.

Zunächst war sein Kuss zärtlich. Ein Hauch seiner Lippen und doch überaus real. So völlig anders als die immer wiederkehrenden Träume, in denen sie einander in die Arme gesunken waren, ihr Körper sich an den seinen geschmiegt hatte, beide umfangen von einem zarten, nebelhaften Schleier. Sie spürte den Druck seines Mundes. Das begehrliche Stöhnen, als sich ihre Lippen teilten. Darauf glitt die Zunge des Ritters tief in ihren Mund, und das war so entsetzlich real, dass sie nach Atem ringen musste. Catherine riss die Augen auf.

Das hier war kein Traum. Das hier war nicht ihr Ritter. Sobald sie sein Knie zwischen ihren Schenkeln spürte, riss sie ihren Mund weg und beendete den Kuss. Sie versuchte sich gegen seine Brust zu stemmen.

»Was, zum Teufel …?«, knurrte jemand in der Dunkelheit.

Das hier ist kein Traum, dachte sie, mit erneutem Entsetzen erfüllt, da sein raues Kinn nun ihre Wange streifte. Sie schlug auf seine nackte Schulter ein. Packte sein langes Haar und riss gewaltsam daran, doch nichts vermochte diese Bestie zu erschüttern.

Seine Hand schoss hoch, bekam ihr Handgelenk zu fassen, doch sie handelte instinktiv und biss ihm gehörig in seinen muskulösen Unterarm.

Der Mann stieß einen wütenden Schmerzensschrei aus, schrak zurück und zog seine Hand fort. Mehr Zeit brauchte sie indes nicht, um aus Leibeskräften zu schreien.

»Seid ruhig, verfluchtes Teufelsweib!«, schnaubte der Mann, abermals über sie gebeugt. Trotz der Last seines Gewichts gebärdete Catherine sich wie eine Furie. Sie trat ihm mit aller Kraft in seine Mannhaftigkeit, rollte sich zur Seite und robbte zum Bettrand. Doch der Grobian packte sie um die Taille.

»Wartet! Ich will Euch nichts anhaben, auch wenn ich … beim Allmächtigen …«

Die Tür zu der benachbarten Kammer sprang krachend auf, und David Hume stürmte mit einem erleuchteten Kienspan herein, sein Schwert blitzte auf.

Catherines Augen schweiften von dem nackten Krieger zu der matt schimmernden Haut von Ellen Crawford, die sie hinter ihm im Türrahmen gewahrte.

»Nun denn, du hinterhältiger Betrüger. Bereite dich auf deinen Tod vor!«

Mit einer flinken Handbewegung stieß ihr Peiniger Catherine beiseite und stürzte sich auf David, nachdem er sein eigenes Langschwert vom Boden neben dem riesigen Bett an sich gerissen hatte.

»Nein, du Hurensohn! Du bist der Hund, der an seinem eigenen Blut ersticken soll.«

Ellens entsetztes Seufzen unterbrach die beiden Männer in ihrer Raserei.

»John!«, flüsterte sie und Panik spiegelte sich in diesem einen Wort. In einem verspäteten Versuch, ihre Blößen zu bedecken, streifte sie ihr dünnes Nachtgewand über ihre Brüste und trat vor.

Catherines Kopf schnellte herum, als sie sah, dass ihr Vergewaltiger drohend auf David Hume zuschritt. Schlagartig stand außer Zweifel, wessen Blut hier vergossen werden würde. Der rothaarige Hüne, den Ellen John genannt hatte, baute sich vor David auf, und aufgrund seiner kraftstrotzenden Statur war sich Catherine sicher, dass er ihren Möchtegern-Retter in zwei Hälften spalten würde. Nach Davids bestürzter Miene zu urteilen, bezweifelte sie, dass er auch nur einen Finger zu rühren vermochte, um sich mit seinem Schwert zu verteidigen.

»Ihr … Ihr seid John Stewart!«, stammelte der Soldat.

»Ganz recht, du räudiger Hund. John Stewart, der Graf von Athol. Und diese Frauensperson, mit der Ihr Euch im Nebenzimmer die Zeit vertrieben habt, ist keine andere als meine … meine Zukünftige.«

Es war bloße Unvernunft, anders konnte man es nicht umschreiben. Und doch trat Catherine unvermittelt vor den rothaarigen Adligen und stellte sich ihm in den Weg.

»Hört auf!«, flehte sie. »Diese Sache lässt sich gewiss auf andere Weise aus der Welt schaffen als durch schnödes Blutvergießen.«

Athol zögerte und maß sie mit einem bedrohlichen Blick. Sie wich nicht von der Stelle.

»Ihr müsst wissen, Mylord, ich bin Catherine Percy. Und David Hume hier war mit meinem Schutz betraut, und … und ich bin mir ziemlich sicher, er hatte keine Ahnung, dass Ellen …«

Die Worte blieben ihr in der Kehle stecken. Fassungslos starrte sie auf die Klinge seines Langschwerts, die im Schein der Fackeln aufblitzte.

»Geht mir aus dem Weg, Frauenzimmer!«

Catherines Knie zitterten und ihr schwindelte, dennoch schob sie trotzig das Kinn vor. »Ich kann nicht!«

Athol trat einen Schritt vor und spähte an ihr vorbei zu dem auf der Schwelle stehenden Mann. Nach einem tiefen Atemzug hob sie flehentlich ihre Hände und blickte todesmutig in das wutverzerrte Gesicht ihres Gegenübers.

»Er sollte mich beschützen, bis wir unser Ziel erreichten. Und er hat hervorragende Arbeit geleistet … äh, bislang jedenfalls. Aber jetzt, da die Mission *beendet* ist …« Sie stockte in der Hoffnung, dass David ihren Wink aufgreifen würde. »Und jetzt, da seine Mission *beendet* ist, sehe ich es selbstverständlich als *meine* Pflicht an, ihm sicheres Geleit zu gewährleisten.«

Hinter ihr rührte sich nichts. Wie konnten Männer nur solche Hornochsen sein?, tobte sie im Stillen. Hinweg! Lauft! Flieht!

»Wir sind *am Ende unserer Reise* angelangt!«, zischte sie. »Bei dem Grafen von Athol!«

»Aus dem Weg, Frauenzimmer.«

»Am Ende unserer Reise!«

Das wirkte. Mit der Schnelligkeit eines Raubvogels schoss David herum, warf den brennenden Kienspan auf die Schwelle und flüchtete. Der Graf verlor keine Zeit, er schritt aus und versuchte, an ihr vorbeizukommen. Doch Catherine war schneller und warf sich an seine Brust.

Ihr war, als träfe sie im vollen Galopp auf eine Felswand. Der Atem wurde ihr aus den Lungen gepresst. Sie sank mit der Anmut eines Mehlsacks zu Boden, dieweil Athol den Kienspan aufhob und aus der Kammer hastete.

Für eine lange Weile hockte Catherine schweigend in der Dunkelheit, einzig dem Brüllen und Fluchen und schließlich dem Hufschlag der Pferde lauschend. Sie hätte nicht zu sagen vermocht, ob es an dem Zusammenstoß mit dem Mann oder an dem verwerflichen Zwischenfall als solchem lag, dass sie sich nicht zu rühren vermochte.

Mittlerweile befand sich das gesamte Anwesen in Aufruhr, sie vernahm die eilenden Schritte der Burgbewohner – und über allem erhob sich die stahlharte Stimme von Athol, der Befehle brüllte und inbrünstig fluchte.

Gütiger Himmel, in was bin ich da hineingeraten?, dachte sie voller Bestürzung, während sie sich aufzurichten versuchte. Zum Glück hatte sie noch nie eine besondere Begeisterung für irgendeinen Mann entwickelt – einmal abgesehen von dem Ritter aus ihren Träumen – und schon gar nicht für die Ehe als solche. Und in der Tat: Das, was ihr heute Nacht widerfahren war, bestätigte diese Sichtweise voll und ganz.

Sie eignete sich eindeutig nicht für den Ehestand. Nie im Leben würde sie eine würdige Gemahlin abgeben. Sie hatte nicht die geringste Ahnung, wie sie mit den Temperamentsausbrüchen und der Gewaltbereitschaft eines Mannes umgehen sollte. Nein. Und was waren das überhaupt für Männer, die unaufgefordert zu ihrer zukünftigen Braut ins Bett stiegen und nicht einmal bemerkten, dass es sich um eine andere handelte? Kopfschüttelnd legte sie die Hände auf ihre geröteten Wangen, eifrig bestrebt, den Gedanken zu verdrängen, wie hemmungslos sie ihm anfangs zu Willen gewesen war, als sie das Ganze lediglich für einen Traum gehalten hatte.

Sie kauerte nach wie vor auf den Knien, als die Tür zu den Damengemächern aufsprang. Sie schloss die Augen, spürte, wie er schnurstracks an ihr vorbeistürmte.

Nachdem sie sich verschreckt aufgerappelt hatte, warf sie einen verstohlenen Blick in die Richtung des Mannes, der jetzt neben dem Bett verharrte. Er stand mit dem Rücken zu ihr, fluchte leise und wickelte im schwachen Lichtschein einer offenbar von ihm mitgebrachten Fackel einen Kilt um seine Hüften.

Der Graf von Athol, überlegte sie mit einem Anflug von Bedauern, war ganz anders, als sie gehofft hatte.

Es hieß, dass dieser Mann ein Gelehrter sei. Sie hatte mit einem ernsthaften, gestrengen Mann gerechnet. Gleichwohl, seine Handlungen und sein Verhalten … im Bett und anderswo … Catherines Herz raste von neuem! Sie zwang sich, nicht daran zu denken, dass er sie irrtümlich für Ellen Crawford gehalten hatte, und fixierte ihren Gastgeber. Er entsprach wahrhaftig nicht ihren Vorstellungen.

Ellen hatte Catherine erzählt, dass der Graf mindestens 37 Jahre alt wäre. Von daher hatte sie nicht im Traum daran gedacht, einem attraktiven, muskelgestählten Hünen wie diesem zu begegnen, der sich soeben bemühte, hohe, schmutzverkrustete Stiefel überzustreifen. Mit seinen langen, teilweise geflochtenen roten Haaren, die über seine breiten Schultern fielen, wirkte er eher wie ein Gesetzloser und nicht wie der Cousin eines Monarchen.

Catherine ertappte sich bei dem Gedanken, welche törichten Versuche sie als junges Mädchen wohl unternommen hätte, um einen Mann wie ihn auf sich aufmerksam zu machen. Ohnedies hätte sie mit ihrem unscheinbaren Äußeren nicht die geringste Chance gehabt, dass er sie auch nur bemerkte! Wie dem auch sei, schalt sie sich, es ist ein Segen zu wissen, dass mein Leben eine andere Wendung genommen hat. Eine weitaus sinnvollere.

Sie schüttelte den Kopf und strebte geräuschlos zur Tür. Solange sie sich von ihm fern hielt, ließ sich ein weiteres Zusammentreffen vielleicht für eine Weile vermeiden. In Wahrheit jedoch erschütterte sie der Zwischenfall in diesem Bett nach wie vor zutiefst, und sie zweifelte nicht daran, dass – sofern er auch nur über einen Funken Ehrgefühl verfügte – er sich genauso entsetzlich fühlen musste wie sie.

Sobald sie die Schwelle erreichte, atmete sie auf. Sie musste das Geschehene hinter sich lassen, dann konnten sie vielleicht so tun, als hätte es nie stattgefunden. Er würde es nicht erwähnen, dessen war Catherine sich recht sicher, und sie würde stillschweigend an die Arbeit gehen und ihre Schule eröffnen.

»Mistress Catherine.«

Seine harsche Stimme jagte ihr einen eisigen Schauer über den Rücken. Sie drehte sich zögernd um und sah ihn an.

»Ich habe nach dem verdammten Priester geschickt. Wir werden heiraten, sobald dieser alte Scharlatan eintrifft.«

3

»Heiraten!« Der Mann war offenbar von Sinnen. »Wir beide?«

Der Highlander musterte sie aus stechenden grauen Augen. »Seht Ihr sonst noch jemanden in dieser Kammer, den ich meinen könnte?«

Verdutzt schaute sie sich um. »Nein! Allerdings steht es mir nicht zu, Euren Verstand anzuzweifeln.«

»Seid versichert, Mistress, ich habe mit Euch geredet und nicht mit irgendeinem Trugbild meiner Fantasie.«

»Ihr kennt mich überhaupt nicht!« Es war mehr als seltsam. Es war grotesk. »Wie könnt Ihr jemanden ehelichen, den Ihr soeben erst kennen gelernt habt?«

»Seid Ihr nicht Catherine Percy?«

»Gewiss doch, aber ...«

»Und hat man Euch nicht hergeschickt, damit Ihr meine Schutzbefohlene werdet?«

»Wohl kaum, Mylord!«, entgegnete sie. »Ich bin fünfundzwanzig – und von daher viel zu alt, um das Mündel von irgendjemandem zu werden. Und schon gar nicht von einem so hirnlosen und unmoralischen Mann wie Euch.«

Er starrte sie an, zunächst frostig schweigend, doch dann verengten sich seine Augen zu wütenden Schlitzen. »Wahrlich, Ihr redet wie ein altes Weib! Wenn ich es nicht aus erster Hand wüsste – und aus intimster Quelle –, ließe ich mich fast von Euren Worten überzeugen, dass Ihr ein altjüngferliches Geschöpf seid. Indes weiß ich ganz genau, was Ihr seid, Catherine Percy!«

Seine Worte trafen sie empfindlich, und es gelang ihr nicht, die tiefe Röte niederzukämpfen, die in ihre Wangen stieg, als sein durchdringender Blick von ihrem Scheitel bis zu ihren nackten Zehen wanderte. Schlagartig wurde ihr bewusst, dass sie lediglich ein dünnes Nachtgewand trug; entsetzt verschränkte sie die Arme vor der Brust, um ihre vermeintlichen Blößen zu bedecken.

Darauf hob er fragend eine Braue. »Ein bisschen spät für Sprödigkeit, findet Ihr nicht? Nach allem, was Ihr mir willig zugestanden habt.«

»Ich habe keinesfalls ›willig‹ auf Euer schändliches Tun reagiert, das wisst Ihr genau. Ihr habt versucht, mich zu nehmen – wie ein ungehobelter Bauer.«

»In der Tat?« In seinen Augen blitzte die Herausforderung. »Und so kämpft Ihr um Eure Ehre? Indem Ihr bei intimster Berührung lustvoll stöhnt? Euch den Zärtlichkeiten eines Geliebten hingebt … verzeiht, den Angriffen eines Vergewaltigers … und unter der Liebkosung seiner Lippen erbebt?«

Bei der Heiligen Jungfrau, das hatte sie, oder? Sie legte ihre kalten, zitternden Hände auf ihre Wangen, um die glühende Haut zu kühlen. Jetzt konnte sie nur noch die Wahrheit eingestehen. »Ich ... ich habe das alles für einen Traum gehalten.«

Sie hätte schwören können, dass der Anflug eines Lächelns seine grimmigen Züge milderte. Indes nur für Augenblicke. »Für eine betagte Jungfer habt Ihr wahrlich anregende Träume. Doch sagt mir eines ... findet Ihr auch Erfüllung darin? Oder seid Ihr lediglich eine dieser unbefriedigten ...«

»Schweigt!«, entgegnete sie unbeherrschter als von ihr beabsichtigt. Er narrte sie. Auf schurkische Weise versuchte er, ihr das Gefühl zu vermitteln, klein und unbedeutend zu sein ... und auch zügellos. Als sie aufsah und seinem herausfordernden Blick begegnete, überkam Catherine der unbändige Wunsch, es ihm mit gleicher Münze heimzuzahlen, bis ihm das arrogante Lächeln verging. »Wie ich sehe, erfüllt es Euch mit großer Genugtuung, mich zu demütigen. Nun, ich weiß, was sich hinter Eurem ungehobelten Benehmen verbirgt.«

»Tatsächlich?«

»Gewiss. Auch wenn Euch Euer männlicher Stolz verbietet, die Wahrheit einzugestehen, so glaube ich dennoch, dass Ihr genau wisst, wer für das heute Abend Vorgefallene verantwortlich ist.«

»Ich habe keine Zeit für solchen Unfug.«

»Die Wahrheit ist, dass Ihr der Auslöser von allem wart – obschon Ihr das geflissentlich übergehen wollt.«

»Was meint Ihr damit?«

Wieder trat das bedrohliche Funkeln in seinen Blick, doch Catherine blieb unerschütterlich.

»Ihr steht kurz vor Eurer Vermählung – als ein Mann, der augenscheinlich schon ... schon Erfahrungen mit seiner Zukünftigen gesammelt hat. Wie ist es da möglich, dass Ihr nicht gemerkt habt, dass die Frau in Eurem Bett nicht Ellen Crawford war?«

»Es war dunkel. Ein Missgeschick, das ich selbstverständlich aufklären werde«, brummte er. »Aber was hat das mit der Frauensperson zu tun, die in mein Bett geschlüpft …«

»Nun, Mylord, die Erklärung liegt nahe«, unterbrach sie ihn. »Für Euch besitzt eine Frau nicht mehr Wert als eine Matratze oder eine preisgekrönte Kuh!«

»Nicht mehr als eine M…?« Athol musterte sie ungläubig und verstummte.

»Ganz recht. Und eine Frau ist so gut wie die andere, das ist alles, was zählt. So lange ein williger Leib Euer Gewicht erträgt, wen kümmert es da, wer es ist?«

»Ihr seid von Sinnen, Weibsstück!«

»Bin ich das? Nehmen wir einmal Ellen. Mir scheint, dass sie sich sehr wohl bewusst war, wen sie heiraten würde – einen Mann, dem sie gleichgültig ist!«

»Gleichgültig! Leidet Eure Familie an Wahnvorstellungen, Mistress?«

»Wenn Euch Eure Bettgespielinnen keinen Deut interessieren, was sollte sie dann halten?«

»Selbst wenn Eure Worte der Wahrheit entsprächen – und ich sage Euch, dem ist nicht so …« Athol stockte. »Also, zum einen bin ich … bin ich ein Mann und sie ist …«

»Nun?«

Trotz der schwachen Beleuchtung gewahrte sie, wie sämtliche Farbe aus seinem Gesicht wich. Seine Stirn legte sich in tiefe Falten, sein Blick schien sie zu durchbohren.

»Hat Ellen Euch das erzählt?«

»Nein, Mylord«, erwiderte sie rasch, unvermittelt bestürzt wegen seinen schmerzerfüllten grauen Augen. Wie Ellen diesem Mann einen anderen hatte vorziehen können, war ihr ein Rätsel. »Ich ... ich habe dies aufgrund eigener Beobachtungen geschlossen. Obschon ich mich wahrlich nicht gut auskenne, was das Umwerben der Braut und die Ehe betrifft, so wisst Ihr doch aus der Korrespondenz mit meiner Mutter, dass mein Lerneifer ...«

»Hier in Schottland heißt es, dass zu viel Lerneifer nur schaden kann.«

»Das glaubt Ihr doch selbst nicht. Wie dem auch sei, wenn Ihr mir jetzt gestatten würdet fortzufahren. Was Euer Fehlverhalten in der Beziehung mit Ellen anbelangt ...«

Catherine stockte, da er auf sie zutrat. Er erweckte den Eindruck, als wollte er ihr an die Gurgel gehen. Während sie ihn beobachtete, nahm sein Gesicht allmählich denselben dunklen Rotton an wie sein Haar und seine Stimme war nur mehr ein bedrohliches Knurren.

»Ich werde Euer Gatte, Mistress Percy, und ich befehle Euch, diese Nacht nie wieder zu erwähnen ... und Ellen selbstverständlich auch nicht! Habt Ihr mich verstanden?«

»Ich bin nicht in die Highlands gekommen, um zu heiraten – weder Euch noch irgendeinen anderen, Mylord. Ich bin davon ausgegangen, dass meine Mutter in ihren Briefen eindeutig davon berichtet hat, dass ich hier bin, um eine Schule zu eröffnen. Um mein Wissen anderen zu vermitteln. Um ...«

Sie brach ab, vorübergehend abgelenkt, da er lässig sein Hemd aufhob und es vor sich hielt. Das

Hemd war noch feucht von seinem Ritt, und sie bemerkte schlagartig die trainierte Muskulatur seines kraftstrotzenden Oberkörpers, die Geschmeidigkeit seiner Bewegungen. Als ihr dämmerte, dass sie ihn wie eine Geistesgestörte anstarrte, schluckte sie und fuhr fort.

»Mylord, habt Ihr nicht mit meiner Mutter korrespondiert? Hat sie Euch den Grund für mein Kommen nicht geschildert?«

»Gewiss doch! Soweit ich verstanden habe, seid Ihr einzig und allein deshalb in die Highlands geschickt worden, dass Ihr nicht dem englischen König und seinen Leuten in die Hände fallt.«

»Ganz recht, aber …« Mit einer gewissen Enttäuschung stellte sie fest, dass er das feuchte Hemd über seinen Kopf zog.

»Nun, das Abkommen mit Eurer Mutter gesteht mir die völlige Entscheidungsgewalt über Euch und Euer Leben zu.«

»Was meint Ihr mit ›Abkommen‹?«

Er streifte den Tartan über eine Schulter. »Ich soll Euch beschützen. Euch Essen und Unterkunft stellen. Dafür sollt Ihr mein Volk unterrichten. Doch nach Eurem Gezeter heute Abend kann ich nicht behaupten, dass ich sonderlich angetan bin von dieser Aussicht. Ach ja, und Ihr habt meine Wünsche zu befolgen.«

Nach seinen Worten schöpfte sie zum erstenmal ein wenig Hoffnung. »Seht Ihr? Ich bin hier, um eine Schule zu gründen.«

»Das war einmal. Jetzt seid Ihr hier, um mich zu heiraten.«

Der Graf von Athol mochte der anziehendste Mann sein, den sie je kennen gelernt hatte, und dennoch änderte das nichts an ihrer Einschätzung, dass er ein unverbesserlicher Dickschädel war. Weiterhin emsig mit dem Ankleiden beschäftigt, schien er jedes Interesse an ihren Einwänden verloren zu haben. Doch das ließ sie nicht gelten.

»Aber warum ich? Bis vor wenigen Augenblicken wart Ihr einer anderen versprochen. Von Rechts wegen seid Ihr immer noch mit ihr verlobt. Ich bin ganz sicher, wenn Ihr Euch mit Ellen zusammensetzt …«

»Unser Verlöbnis ist beendet. Und so rasch wie meine frühere Braut und ihre Männer von hier fortgeritten sind – in Gesellschaft dieses lüsternen Schweinehundes –, möchte ich wetten, dass sie mittlerweile auf halbem Wege nach Stirling sind. Da sie sich meines aufbrausenden Temperaments und der Peinlichkeit ihrer Lage durchaus gewärtig ist, kann dieses schändliche Frauenzimmer zweifellos von Glück reden, mit heiler Haut davongekommen zu sein.«

»Gleichwohl, Mylord, ich bin mir gewiss, dass die Zeit alle Wunden heilt …«

»Die Diskussion ist beendet.« Er hob sein Schwert auf und ließ es in die Scheide rasseln.

»Nein, Mylord!«, ereiferte sie sich, von plötzlichem Entsetzen gepackt, da er zur Tür schritt. Sie stürmte los, um ihm den Weg abzuschneiden. »Ich kann nicht Eure Gemahlin werden.«

»Ihr *werdet* es.«

»Aber warum ausgerechnet ich?«

»Aus zwei Gründen. Zum einen sind Eure Ehre und Keuschheit heute Nacht verletzt worden. Die gesamte Dienerschaft weiß, dass es Euer Bett war, in das ich gestiegen bin, Versehen hin oder her.«

Sie hatte eine Chance, überlegte sie. Vielleicht war sie zu hart mit ihm ins Gericht gegangen. Sie milderte ihren Ton und sah ihn durchdringend an.

»Es ist überaus edelmütig von Euch, Mylord, dass Ihr aus Rücksicht auf meine Person einer möglichen Rufschädigung vorgreifen wollt. Was Ihr indes nicht wisst, ist, dass mich das Gerede der anderen nicht kümmert. Ich bin weit über das heiratsfähige Alter hinaus und lasse mich von Verleumdungen nicht beeindrucken, die verbreitet …«

»Was Ihr sagt, ist schlichtweg falsch. Indes habe ich nicht die Zeit, eine so dermaßen törichte Frau wie Euch vom Gegenteil zu überzeugen.«

Sie öffnete den Mund, um etwas zu erwidern, doch er bedeutete ihr mit einer unwirschen Geste seiner Hand zu schweigen.

»Und nun zum Zweiten: Ihr werdet mich heiraten, weil es *Euer* Tun war, dass ich heute Nacht meiner Braut verlustig ging.«

»Mein Tun?«

»Gewiss! War dieser hinterhältige Hurensohn nicht einer Eurer Männer? War es nicht Euer Schlafgemach, das Ellen belegt hatte, als er zu ihr ins Bett schlüpfte?«

Wutentbrannt schleuderte sie ihm ihre Antwort entgegen. »Behauptet Ihr jetzt etwa, dass David Hume zu mir ins Bett wollte?«

»Nein! Das hätte mich nicht gekümmert. Die Sache sieht folgendermaßen aus: Ich habe das Crawford-Mädchen verloren und Ihr werdet ihren Platz einnehmen.«

»Das werde ich nicht!«, entgegnete sie. Was auch immer sie bislang geäußert hatte, war bei ihm auf taube Ohren gestoßen. »Diesmal irrt Ihr Euch ganz gewaltig. Ich bin nicht irgendeine Streunerin, die durchs Land zieht und jedem zu Willen ist.«

»Nein, aber Ihr seid auf meine Ländereien gekommen, folglich gehört Ihr mir.« Er legte eine Hand auf seinen Schwertknauf. »Ich weiß, dass Ihr keine Streunerin seid. Ihr seid eine Dame. Noch dazu eine Jungfrau. Das kann ich vor aller Welt bezeugen!«

Sie ballte ihre Fäuste. »Meine Jungfräulichkeit hat Euch nichts anzugehen! Ich bin noch …«

»Ich habe keine Zeit für solchen Unfug.« Unmut trat in Athols angespannte Züge. »Ich will eine Frau, und zwar *sofort*. Und ich will einen Erben für meine Besitztümer. Ihr seid hier, Ihr seid von adliger Herkunft – auch wenn englisches Blut in Euren Adern fließt – und Ihr seid eine Jungfrau. Das gibt mir zumindest die Gewährleistung, dass ich meinen Reichtum nicht an den Bastard irgendeines anderen Mannes verschleudere.«

»Ihr könnt mich nicht zwingen, Euch zu heiraten! Und ich schwöre, von mir werdet Ihr keinen Erben bekommen!«

Sie sah das kampfeslustige Aufblitzen in seinen grauen Augen.

»Ihr werdet mich heiraten. Und Ihr werdet mir gehorchen. Mir treu ergeben sein … und wenn ich Euch in den Kerker von Burg Balvenie sperren muss.« Ein hochmütiges Lächeln umspielte seine Mundwinkel. »Und was den Stammhalter betrifft, so werdet Ihr mich in Euer Bett lassen.«

Sie hielt den Atem an, als seine Hand ihr Kinn umfasste und er sie zwang, zu ihm aufzuschauen. Es wäre so einfach, den Verstand auszuschalten und sich diesem überaus anziehenden Mann zu unterwerfen. Indes wusste Catherine, dass das nur möglich wäre, wenn er ein für alle Mal sein arrogantes Mundwerk halten würde. Ein hoffnungsloses Unterfangen!

»Aber lasst Euch nicht irreleiten von romantischer Verklärung. Nichts dergleichen trifft zu. Eine Frau wie Ihr wäre gewöhnlich das Letzte, was ich mir als Gemahlin wünschen würde. Aber da Ihr nun einmal hier seid, werdet Ihr mir genügen *müssen!*«

Sie biss die Zähne zusammen und zwang sich zur Beherrschung, um nicht zornig aufzubrausen. John Stewart war von Sinnen. Wahrhaftig, ihre einzige Chance war die Flucht.

»Der Geistliche trifft in Kürze ein. Ich habe meine Männer angewiesen, Eure Truhen heraufzubringen. Kleidet Euch angemessen für die Vermählung.«

Zum ersten Mal erkannte sie die Ausweglosigkeit ihrer Situation. »Ich … ich habe nur wenig Gepäck. Ich bin sicher, ich habe nichts Passenderes als … als …«

Sie spürte, wie sein Blick über sie glitt und auf ihren Brüsten verharrte, dieweil ihr Herzschlag beinahe aussetzte. »Dann werde ich den Geistlichen bitten, uns in dieser Kammer zu trauen. Für einen raschen Vollzug der Ehe ist es gewiss praktisch.«

»Ich meinte nicht mein Nachtgewand. Was ich zu erklären versuchte, war, dass ich keine Robe besitze, die elegant genug …«

Catherine brach ab, unfähig fortzufahren, da er sie weiterhin schweigend musterte. Schließlich drehte er sich um und verließ wortlos den Raum.

Sie wartete, bis die schwere Tür ins Schloss fiel, und horchte noch einige Augenblicke, ehe sie zur Tat schritt. Ihr blieb nur wenig Zeit und gewiss keine andere Wahl, als diesem Barbaren zu entfliehen und irgendwie den Weg zu ihrer Schwester Laura zu finden, die man in den Norden geschickt hatte. Oder war es Nordosten gewesen? Jedenfalls war es irgendwo an der Küste, dessen war sie sich sicher. Ihr war klar, dass dies nicht der richtige Zeitpunkt war, um sich Gedanken über ihre Reiseroute zu machen. Sobald sie von hier geflohen und Athol entwischt war, würde sie weitersehen.

Eine erzwungene Eheschließung mit einem Mann wie ihm wäre ihr Untergang. In der kurzen Zeit, die sie gemeinsam verbracht hatten, hatte er ihre Sinne betört. Er hatte ihren Verstand außer Kraft gesetzt und sich ihren Körper gefügig gemacht. Wahrlich, das durfte nicht sein! Sie konnte doch nicht ein Leben voller Gelehrsamkeit für die Vergnügungen einer Nacht dahingeben. Und genau darauf würde es hinauslaufen, überlegte Catherine, sich seiner Worte erinnernd. Er wollte lediglich einen willigen Leib und einen Erben. Eine Nacht! Und mehr nicht!

Nun, er würde jemand anderen finden müssen! Kopfschüttelnd strebte sie in das Damengemach. Tatsächlich bestand ihre einzige Chance zur Flucht darin, die Tarnung einer anderen Person anzunehmen.

Catherine öffnete die Tür zu dem kleinen Vorraum und hielt Ausschau nach dem Reisegepäck, das sie zuvor gesehen hatte. Nachdem sie es in einer Ecke entdeckt hatte, trug sie in aller Heimlichkeit eine der schweren Ledertaschen zurück in ihre Kammer.

Rasch durchwühlte sie deren Inhalt und folgerte dann, dass die Tasche David Hume gehörte. Sie zog ein Leinenhemd daraus hervor, streifte es über ihren Kopf. Wie gut, dass er nicht sonderlich groß ist, dachte sie. Der Himmel schien ihr hold zu sein, sinnierte Catherine, als sie den Tartan und Kilt des Kriegers neben dem Bett entdeckte.

Ihr war klar, was sie zu tun hatte. Sie leerte Davids Tasche aus und stopfte stattdessen hastig ihre eigenen Habseligkeiten hinein. Obschon sie Schwierigkeiten hatte, den Kilt um ihre schlanken Hüften zu binden, gelang ihr das schließlich mithilfe einer Schnur, und innerhalb von Augenblicken trug sie die Kluft eines Highlanders. Als sie feststellte, dass ihr das Schuhwerk nicht passen würde, zog sie kurzerhand ihre eigenen Schuhe an und streifte Davids knielange Stiefel darüber. Das war zwar unsäglich unbequem, aber die einzige Lösung. Flink frisierte sie ihr Haar zu einem Knoten und schob die schwarze Haarpracht unter Davids Kopfbedeckung.

Darauf nahm Catherine einen tiefen Atemzug, schulterte die Tasche und schlüpfte aus dem Vorzimmer zum Dienstbotenaufgang.

Während sie durch die Dunkelheit spähte, glitt sie lautlos über die schmale Stiege. Schon nach wenigen Stufen stolperte sie in den viel zu großen Lederstiefeln. Leise zeternd rappelte sie sich auf, rückte das Schuhwerk abermals zurecht und schlich weiter. Die Treppe führte zu einem geschwungenen Bogen mit einer Tür, die ihrer Ansicht nach ins Freie führen musste. Als sie zögernd nach dem Knauf tastete, schrak sie unvermittelt zurück und verbarg sich in der Finsternis. Ein stämmiger Diener mit einem Korb voller dampfend heißer Brote zwängte sich durch ebendiesen Durchgang.

Catherine wagte einen raschen Blick durch die Tür. Im diffusen Licht der Morgendämmerung erblickte sie den Innenhof und einen Teil der Außengebäude, in denen sich vermutlich der Küchentrakt befand.

Und sie bemerkte eine muntere Stute und einen kleinen Esel, die vor einem Wassertrog standen. Beide waren gesattelt und – vor allem – unbeaufsichtigt. Der Himmel war ihr aufs Neue hold.

Mit gesenktem Kopf hastete Catherine durch die Tür und über den vom Regen aufgeweichten Innenhof. Sie schaute weder nach links noch nach rechts, sondern strebte rasch zu der Stute und warf die Zügel über deren Kopf. Nun hieß es nur noch aufzusitzen, in Windeseile über den Hof zu preschen und durch die Burgtore in die Freiheit zu gelangen.

Während sie die Ledertasche auf den Rücken des Pferdes warf, erkannte sie mit einem Blick, dass sie lediglich ein halbes Dutzend Männer und einige Stallburschen von den geöffneten Burgtoren trennten. Sie konnte es schaffen, dachte sie freudig erregt. Und bei allen Heiligen, sie *würde* es schaffen!

Als Catherine indes auf einen Steinquader trat und mit beiden Händen den Sattelknauf umfasste, wurde sie von grobschlächtigen Händen zurückgerissen.

»Wahrlich, ich glaube nicht, dass wir schon gehen wollen«, knurrte eine Stimme.

»Nimm die Tasche«, befahl eine andere.

Catherine setzte sich mit Händen und Füßen zur Wehr, während die beiden sie über den Hof schleiften; indes wagte sie es nicht, auch nur einen Laut von sich zu geben. Nach der brutalen Vorgehensweise ihrer Häscher zu urteilen hatten diese ihre wahre Identität womöglich gar nicht erkannt. Vielleicht warfen sie sie schlicht und einfach in einen Kerker. Schließlich hatte man sie beim Pferdediebstahl erwischt. Ihre Hoffnung wuchs, als sie in den Wohnturm gezerrt wurde, durch eine Tür, die sie noch gar nicht bemerkt hatte.

Langsam gewöhnten sich ihre Augen an die Dunkelheit, und um ihre Ängste niederzukämpfen, redete sie sich unablässig ein, dass sie tapfer sei, gerissen und entschlossen. Sie würde einen Weg finden und jedem Joch entfliehen, das John Stewart ihr auferlegen mochte. Solange ihr damit erspart bliebe, diesen Mann gegen ihren Willen zu ehelichen!

»Genau wie ich dachte!«

Beim Klang seiner Stimme schnellte Catherines Kopf hoch und sie fand sich Athols erzürntem Blick ausgesetzt. Nur mit Mühe gelang es ihr, auf den Beinen zu bleiben, als sein stählerner Griff sie an seine Seite riss.

»Fangt an, Priester.«

4

Was zur Hölle hatte er da getan?

Während er die beiden Männer beobachtete, die die widerspenstige Frau aus dem Rittersaal führten, legte sich John Stewarts Stirn in tiefe Falten. Beim heiligen Andreas, welcher Teufel hatte ihn nur geritten, dieses arme Mädchen zu einer Eheschließung zu zwingen?

In den groben, geborgten Tartan gehüllt, hatte Catherine Percy die Zeremonie aufmerksam und schweigend verfolgt – bis der Geistliche sich ihr zuwandte. Darauf war sie wie eine Furie hochgeschossen und hatte die Vermählung als eine abgrundtiefe

Niedertracht bezeichnet. An diesem Punkt war Athol allerdings der Geduldsfaden gerissen. Er hatte ihren Arm so gewaltsam umklammert, als wollte er ihn brechen, was sie jedoch kaum wahrgenommen hatte. Sie hatte ihn nur furchtlos angefunkelt und in ihren tiefblauen Augen hatte Vergeltung aufgeblitzt.

Und so war man fortgefahren. Sie hatte keinen Ausweg gewusst. Man hatte ihr keine Wahl gelassen.

Dem Priester, der soeben durch die Tür schritt, keine Beachtung beimessend, sank Athol in seinen erhöhten Sessel. So viel zu dem Vertrauen, das ihre Familie in ihn gesetzt hatte! Und zu dem Schutz, den er ihr gewährleisten sollte. Fahrig wischte er sich über die Stirn. Nun, sie war in Sicherheit und daran würde sich auch nichts ändern – doch das war alles, was er zu seinen Gunsten hätte vorbringen können. Was geschehen war, war geschehen!

Während er das prasselnde Feuer in dem riesigen Kamin betrachtete, verfluchte John Stewart sein aberwitziges Temperament. Er war so erzürnt gewesen, als er Ellen mit dem hinterhältigen Begleiter seines Mündels – Verzeihung, seiner frisch Angetrauten – ertappt hatte, dass er um Haaresbreite tätlich geworden wäre. Und nachdem die beiden schändlichen Kreaturen fluchtartig das Weite gesucht hatten, war ihm einzig Catherine Percy geblieben. Großer Gott, aufsässig wie sie war, verdiente sie es vermutlich gar nicht, seine Gemahlin zu werden.

John Stewart hatte sich nie dem Trugschluss hingegeben, dass die ins Auge gefasste Heirat mit Ellen Crawford tiefer Liebe entsprang. Sie war seit einigen Jahren seine Geliebte, doch nach seinem Dafürhalten hatte sie vor ihrer Beziehung schon andere Männer gekannt. Gleichwohl war ihm nie der Gedanke gekommen, dass sie sein großzügiges Angebot einer Eheschließung ablehnen könnte. Gewiss, sie stammte aus einer guten Familie. Was ihre möglichen Ehekandidaten anging, so übertrafen sein Stand und sein Reichtum jedoch alles, worauf sie hoffen durfte.

Er streckte seine langen Beine vor dem Kamin aus und schloss die Augen. Welcher Teufel hatte ihn heute Abend nur geritten? Das alles war ein Missverständnis, dessen war er sich ganz sicher! Aber konnte er nicht von Glück reden? Nein, dachte er und schalt sich für sein aufbrausendes Temperament. Es war beileibe kein Wink des Himmels, der ihn mit Catherine Percy zusammengeführt hatte, einer Frau mit denselben unumstößlichen Tugenden wie seine Cousine, Susan MacIntyre.

Als die Grafenwitwe Susan vor ungefähr einem halben Jahr in die Highlands eingeladen hatte, weil sie das Mädchen mit ihm verkuppeln wollte, hatte ihn die Wahl seiner Mutter entsetzt. Der Umstand, dass seine Cousine prüde und verkniffen wirkte, war beileibe nicht das Einzige, was Athol an der jungen Frau störte. Sie war so völlig ohne Leben, ohne Interessen – mit Ausnahme ihrer verdammten Handarbeit. Zum Teufel, sie mochte nicht einmal die Jagd! Er kannte betagte Nonnen, die mehr Mumm in den Knochen hatten als sie. Nein, Susan war keine Frau für ihn.

Damit war sein Urteil gefällt. Um die Hand von Ellen Crawford anzuhalten, war gewiss auch nicht die beste Lösung gewesen, aber immerhin konnte er bei ihr davon ausgehen, dass sie die Freuden des Ehebetts mit ihm teilen würde.

Unvermittelt erhob sich Athol und schritt zum

Kamin. Doch das war, ehe er die Wahrheit über Adam of the Glen erfahren hatte, dachte er bei sich.

Der Teufel soll diesen Mann holen! Ein illegitimer Bruder! Und er hatte stets geglaubt, seine Eltern hätten eine vorbildliche Ehe geführt. Am verwirrendsten indes war die Tatsache, dass die Grafenwitwe dieses Geheimnis in all den Jahren gewahrt hatte. Das setzte seine Mutter und deren Einflussnahme in ein völlig anderes Licht.

Aber warum hatte sie ihm die Wahrheit vorenthalten? Er kannte zahllose uneheliche Kinder, die auf den Anwesen ihrer adligen Väter heranwuchsen. Wieso bildete dieser Adam eine Ausnahme? Und, was noch bedeutsamer war: Was wollte der Bastard damit bezwecken, wenn er versuchte, seine Dörfer zu plündern und zu brandschatzen?

Seine Mutter schuldete ihm noch eine ganze Reihe von Erklärungen. Unter dem Vorwand ihrer angegriffenen Gesundheit hatte die Grafenwitwe ihm weitere Ausführungen verweigert und schlichtweg die Augen geschlossen. Gleichwohl hatte Athol seine eigenen Schlüsse gezogen. Obschon sie ihm nur wenig preisgegeben hatte, hatte er jetzt wenigstens eine Spur, die er verfolgen konnte.

Die durch den Saal hallenden Schritte von einem seiner Gefolgsmänner rissen Athol aus seinen Gedanken. Thomas, der Kommandant seiner Soldaten, versuchte erst gar nicht, seinen Überschwang zu verbergen, als er zum Kamin trat.

»Also, Tosh.« Athol räusperte sich. »Habt ihr den Vogel gefangen oder lediglich aufgescheucht?«

»Nun, Mylord, um ehrlich zu sein, haben wir bislang nur einen Blick auf den Vogel erhascht, doch die Männer sind auf einen Angriff vorbereitet. Davie ist soeben aus diesem kleinen Ort zurückgekehrt, den sie Knockandhu nennen.«

»Und welche Kunde bringt er?«

»Er berichtet, dass er einige von den Dorfgreisen angetroffen hat, deren Erinnerungsvermögen aber etwas getrübt sein dürfte … vielleicht wollt Ihr sie selbst befragen.«

Athol nickte zustimmend, starrte dann aber an die rußgeschwärzte Decke – war er sich doch gewärtig, dass in einer der darüber liegenden Kammern eine verängstigte Frau wartete. Tosh erhob sich; den Blick auf seinen Dienstherrn geheftet, harrte er weiterer Befehle.

»Als Erstes«, führte der Graf schließlich aus, »schickst du einen der Männer mit der Nachricht von meiner Vermählung nach Balvenie. Meine Mutter sollte davon erfahren.«

»Wollt Ihr, dass er die Neuigkeit überall verbreitet, Mylord?«

»Nein. Ich möchte mich zunächst vergewissern, dass die Engländerin in ihrer neuen Stellung etwas gefestigter ist, ehe wir ihr Gelegenheit geben, ihr Volk zu brüskieren. Oh, und sorge dafür, dass jemand den Geistlichen aufsucht. Ich will, dass die Eheschließung ordnungsgemäß vermerkt wird. Trotzdem soll er Stillschweigen über die ganze Sache wahren, bis ich die Bekanntmachung beschließe.«

Trotz seiner überstürzten Handlung wollte Athol seine Heirat nicht öffentlich kundgeben. Solange seine Angetraute nicht sicher im Schutz der Burgmauern von Balvenie aufgehoben war, wollte er ihr Leben keiner unnötigen Gefahr aussetzen. Nein, entschied er, die Einschätzung seiner Mutter, dass dieser Gesetzlose seine Fehde beenden würde, sobald

Athol eine Frau und einen Erben vorzuweisen hatte, war wenig überzeugend.

Und ohne Belang, denn in Wahrheit wollte Athol gar nicht, dass der Mann sich zurückzog. Er wollte ihn dort draußen auf frischer Tat ertappen.

Er mochte sein Halbbruder sein, doch soweit es John Stewart betraf, würde Adam of the Glen einen Galgen ebenso zieren wie jeder erbärmliche Dieb.

Die schmucklose und abschreckend wirkende Festung Balvenie schien der Inbegriff eines trutzigen Gefängnisses.

Catherine spähte durch Nebel und Regen zu dem gewaltigen grauen Gemäuer. Unversehens warf ihr Ross den Kopf zurück und riss ihr die Zügel aus der Hand, was den Groll der jungen Frau nur noch mehr schürte.

Eine Eheschließung unter Zwang! Einen Verrückten als Gemahl! Willkommen in den Abgründen der Zivilisation. Kein Wunder, dass ihre Mutter dieses Land vor langer Zeit verlassen und ihm keine Träne nachgeweint hatte!

Nun, der Graf von Athol würde eine böse Überraschung erleben. Catherine Percy hatte mitnichten die Absicht, die willige Braut zu spielen. Als sie sich den Burgtoren näherten, hellte sich ihre Laune ein wenig auf. Ihr Gatte ahnte ja gar nicht, wie hartnäckig und erfindungsreich sie sein konnte. Es würde ihr tiefe Genugtuung bereiten, Mittel und Wege zu finden, den Grafen zu quälen. Sie würde ihm schon noch heimzahlen, was er ihr angetan hatte. Und sie würde ihn loswerden. Aber zunächst musste sie die Augen offen halten und ihr Gefängnis ausspähen.

An der Spitze des Soldatentrosses, den Athol zu

ihrer Begleitung abkommandiert hatte, glitt ein Pferd auf dem schlammigen, schmalen Pfad aus. Darauf scheuten die nachfolgenden Reittiere und brachten eine Lawine stürzender Rösser und Reiter ins Rollen. Catherine spähte durch die Nebelschleier zu den aufgebrachten Männern und den verschreckten Pferden, die sich am Fuß der Anhöhe aufrichteten. Es war das dritte Mal seit ihrem morgendlichen Aufbruch von dem Jagdschloss, dass sich ein solcher Zwischenfall ereignete. Und zum dritten Mal schien niemand verletzt zu sein.

Unberührt von dem Gebrüll der Männer und dem mühsamen Unterfangen, die schnaubenden Rösser und ihre verdrießlichen Reiter aus dem Abgrund zu bergen, saß Catherine schweigend zu Pferd und starrte auf die zinnenbewehrten Türme des Bollwerks. Das riesige, eiserne Fallgitter war hochgezogen worden und eine Hand voll Stallburschen kämpfte sich durch Regen und Morast zu dem Reitertross vor.

Die gewaltige steinerne Burg thronte auf einem Bergrücken, eingefriedet von tiefen Schluchten. Die hohe Ringmauer mit ihrem steil abfallenden Mauerwerk war von einem Burggraben mit einem kunstvoll geschmiedeten Geländer umgeben. Catherine war sich sicher, dass dieses Anwesen an schönen Tagen einladend anmutete. Aufgrund des heutigen Unwetters und der Pferde, die ständig ausglitten und scheuten, erschien es ihr indes wie der grässlichste, unwirtlichste Ort auf Erden.

Erneut setzte sich der Soldatentross auf dem schmalen Pfad in Bewegung. Als sie die hölzernen Brückenplanken über dem Burggraben passierte, traf sie auf einen der Stallknechte. Der Bursche spähte zu ihr auf – kupferrotes Haar klebte auf seiner schmutzigen, sommersprossigen Stirn –, sagte jedoch nichts, sondern nahm das Zaumzeug ihrer Stute und lockte das Tier in Richtung Wohnturm.

Der Durchgang zum inneren Torhof war finster, doch schon kurz darauf stieß Catherine zu den aufgeregten Männern und Rössern auf dem gepflasterten Hof.

Gegenüber den strohgedeckten Stallungen, die sich an eine der Burgmauern schmiegten, stand das Gesinde und lugte aus rußgeschwärzten Türen, hinter denen vermutlich Küche und Brauerei anzutreffen waren. Der Brunnen befand sich inmitten des Innenhofs, an dessen Ende sich ein dreigeschossiges, steinernes Bauwerk auftürmte, genauso urzeitlich und gigantisch wie die verwitterten Gebirgsmassive im Hochland.

Catherine nahm einen tiefen Atemzug und winkte dem rothaarigen Stallburschen ab, der ihr helfend seine Hand reichte. Nachdem sie abgesessen hatte, versuchte sie, sich Schmutz und Regen von ihrem Gesicht zu wischen. Ihre Reisekleidung hatte Schaden genommen und sie selbst war bis auf die Haut durchnässt. Unschlüssig verharrte sie, als die Pferde weggeführt wurden.

Ein hagerer, betagter Diener, auch er nach dem kurzen Weg durch den Regen klatschnass, trat zu ihr. Zweifellos der Verwalter, schloss sie. Ihr Blick streifte kurz sein Gesicht, das genauso schroff und abweisend wirkte wie die Burg. Nach einer leise gemurmelten Begrüßung fasste er ihren Ellbogen und führte sie durch den Hof und über eine hölzerne Freitreppe in den Rittersaal des Grafen von Athol.

Falls Catherine mit einem herzlichen Empfang gerechnet hatte, so musste sie die völlige Gleichgültigkeit über ihre Ankunft empfindlich treffen. Während die Dienerschaft auf dem Jagdsitz in Corgarff geschäftig hin und her geeilt war, stets bemüht um Ellen Crawford und die anderen Reisenden, erhob hier auf Burg Balvenie niemand die Hand zum Willkommensgruß. Nach dem Betreten des Rittersaals allein gelassen, wartete Catherine vergeblich auf ein Zeichen – irgendein Anzeichen – von Gastfreundschaft.

Der Rittersaal als solches war ein schöner, altehrwürdiger Raum mit grün-goldenen Wandbehängen und französisch anmutenden Gobelins. Am Ende des Saales befand sich ein riesiger Kamin hinter einem Podest, vor dem Holztische und Bänke aufgereiht standen. Binsen bedeckten den Boden und mehrere alte Jagdhunde lagen zusammengerollt in den Ecken und unter den Bänken. Neben den Gobelins waren die Wände mit Jagdtrophäen und Waffen geschmückt, die sie nicht zu benennen wusste.

Das Eigentümlichste jedoch war – so sinnierte Catherine, während sie lauschte, wie das Wasser aus ihrer Kleidung auf das Reisig tropfte –, dass sich keine Menschenseele in dem Saal aufhielt. Obgleich riesige Holzscheite im Kamin lagen, hatte sich niemand die Mühe gemacht, sie zu entzünden. Weit und breit kein Gesinde, das Vorbereitungen für das Nachtmahl traf, keine Kuriere oder Krieger, die einem Gespräch mit dem Verwalter oder dem Haushofmeister des Grafen harrten, keine Schreiber, die emsig ihren Aufzeichnungen nachgingen. Der Rittersaal der Burg Balvenie war unwirtlich und wie leer gefegt.

Zum ersten Mal an jenem Tag kämpfte Catherine

mit den Tränen. Die Kälte des Saals fuhr ihr in die Glieder und ließ sie schaudern, zumal sie sich auf einmal unendlich einsam fühlte.

Gleichwohl blieb ihr keine Zeit für derartige Gefühle, ließ doch ein missmutiges Räuspern des Verwalters ihren Kopf herumschnellen. Hinter dem hageren alten Mann tauchte ein kleiner, beleibter Diener auf, der mit betretener Miene ihre Reisetruhe und den Rest ihrer wenigen Habe hereintrug.

»Habt Ihr keine Zofe mitgebracht, die Euch aufwartet?«

»Nein, ich komme allein zurecht.«

»Das werden wir noch sehen«, schnaubte der Verwalter, während er durch den Torbogen in einem Treppenturm verschwand, dicht gefolgt von dem Lakai. »Hier entlang.«

Da sie keinen Anlass zum Widerspruch sah – der Rittersaal bot beileibe keine Zerstreuung –, folgte Catherine den beiden Männern wortlos über die Steinstufen. Der finstere, enge Gang, der sie im ersten Geschoss erwartete, verblüffte sie kaum. Er war genauso scheußlich wie alles, was sie bislang gesehen hatte.

Catherine folgte den beiden entlang einer Reihe von eisenbeschlagenen Eichentüren, hinter denen sie die Privatgemächer des Grafen und seiner Familie vermutete. Am Ende des Ganges bogen die beiden Männer in eine scheinbar endlose Galerie ab, von der sie annahm, dass sie den Küchentrakt und die Brauerei überspannte. Schließlich erreichten sie einen weiteren, schmaleren Gang und die beiden Männer strebten zu einer offen stehenden Tür. Catherine stockte und bedeutete einer alten Frau mit einem Korb voller Feuerholz vorzugehen. Die trüben Augen der Dienstmagd glitten über Catherines triefende, zerknitterte Garderobe. Schließlich schüttelte die Alte nur den Kopf und verschwand mit einem leisen Glucksen im Halbdunkel des Korridors.

Catherine schaute an sich hinunter und fuhr mit einer Hand über ihre nassen Röcke. Völlig durchweicht und von Schmutz bedeckt, bot sie wahrlich keinen schönen Anblick.

»Jean, eine der Dienstmägde, wird gleich heraufkommen und Euch zu Diensten sein.«

Catherine sah auf und traf auf den frostigen Blick des Verwalters. Der andere Mann hatte bereits wortlos ihre Habe im Raum abgestellt und strebte durch den Gang zurück in Richtung Rittersaal.

»Und Mistress Susan lässt ausrichten, dass auch sie vor dem Nachtmahl nach Euch sehen wird.«

Catherine nickte nur. Sie fröstelte und fühlte sich erschöpft und hundeelend. Aber das kümmerte diesen verdrossen dreinblickenden Mann natürlich nicht, der offensichtlich tief enttäuscht über die Brautwahl seines Dienstherrn war. Seine Stirn in tiefe Falten gelegt, wandte sich der Verwalter schließlich zum Gehen.

Catherine wartete, bis der Bedienstete am Ende des Ganges verschwand, dann erst betrat sie ihre Kammer. Jetzt, da Athol sie hinter den unbezwingbaren Burgmauern wusste, schien der Graf offenbar wenig Angst vor ihrer möglichen Flucht zu haben. Im Gang waren keine Wachen postiert. Kein Riegel oder Schloss schmückte die Tür. Augenscheinlich stand es ihr frei, das Anwesen zu durchstreifen.

Sobald Catherine durch den Flur spähte, jagte ihr die Totenstille eine erneute Gänsehaut über den

Rücken. Sie setzte sich über ihre Beklommenheit hinweg und zwang sich, über die Schwelle der kleinen Kammer zu treten.

Ihre Zeit würde schon noch kommen, gemahnte sie sich. Catherine schloss die Tür hinter sich und stemmte sich dagegen, während ihr Blick durch den Raum schweifte. Nun, dachte sie und atmete erleichtert auf, wenigstens hatte man sie nicht in seinem Zimmer einquartiert.

Ein schwaches, soeben entzündetes Feuer flackerte in einem kleinen Kamin und der Raum war noch kühl und klamm. Die Holzläden vor den Fenstern waren ganz gewiss nicht imstande, den nasskalten, pfeifenden Wind abzuhalten. Das getünchte Mauerwerk der kleinen Stube war kahl und ohne jeden Wandschmuck, und das schlichte, schmale Bett hatte keinen Baldachin, nirgends ein Vorhang, der den kärglich möblierten Raum vielleicht etwas wohnlicher gestaltet hätte. Catherine ließ ihren Blick schweifen und nahm eine Bestandsaufnahme ihrer Umgebung vor. Einmal abgesehen von dem Bett waren eine kleine Truhe und ein Schemel die einzigen Möbelstücke.

Doch daran war sie inzwischen gewöhnt, seufzte sie insgeheim, während sie sich von der Tür abstieß und sich zu ihrem neben dem Kamin stehenden Gepäck begab. Die glücklichen Jahre ihrer Kindheit, die sie im Überfluss verbracht hatte, hatten schlagartig geendet, als man ihren Vater zu einem Verräter der Krone erklärt hatte. Das Leben als Verfolgte, das ihr selbst, ihren Schwestern und ihrer Mutter daraufhin beschieden war, hatte Catherine schon früh gelehrt, mit dem Nötigsten auszukommen – und das Glück in ihren Träumen zu finden.

Und ihr schönster Traum war der von einer eigenen Schule gewesen.

Es klopfte an die Tür und eine junge Bedienstete polterte wenig förmlich ins Zimmer. Jean, ohne Zweifel.

Unversehens besann sich Catherine, dass sie noch ihre nasse Reisegarderobe trug. Als sie die junge Frau betrachtete, die mit einem riesigen Henkelkrug die Kammer durchquerte, hoffte Catherine indes unterschwellig auf warmes Wasser, um sich vom Schmutz der Reise befreien zu können.

»Mistress Susan meinte, dass Ihr das hier gebrauchen könntet.«

»Verbindlichen Dank.«

Als die Bedienstete den Krug auf den Schemel stellte und einen forschenden Blick in ihre Richtung warf, sann Catherine über die ihr bislang unbekannte Mistress Susan nach. Es war bereits das zweite Mal seit ihrem Eintreffen auf Balvenie, dass deren Name gefallen war. Ellen Crawford hatte ihr zwar einiges über die Familie des Grafen berichtet, eine Susan jedoch mit keinem Wort erwähnt.

Gleichwohl hatte die Verflossene des Grafen keinen Hehl daraus gemacht, dass sie Lady Anne Stewart, die Grafenwitwe von Balvenie, nicht ausstehen könne. Nach Ellens Schilderung gewann Catherine den Eindruck, dass die Mutter des Grafen eine kränkelnde und doch überaus mächtige Frau war, die noch immer großen Einfluss auf Burg Balvenie und – nicht zu vergessen – ihren Sohn ausübte.

»Die junge Herrin lässt auch ausrichten, dass Lady Anne das Nachtmahl früher einnehmen wird – selbstverständlich in ihren Gemächern. Von daher tätet Ihr gut daran, Euch in Windeseile frisch zu machen, damit Ihr der Gräfin einen Besuch abstatten könnt, ehe sie zu speisen wünscht.«

»Nun gut«, meinte Catherine leise. Sie hatte nicht die Absicht, den schnippischen Tonfall der Bediensteten aufzugreifen. Als sie das Band ihres durchnässten Reiseumhangs löste, trat die Dienstmagd widerwillig zu ihr, um das schwere Kleidungsstück in Empfang zu nehmen.

»Du bist Jean, nicht wahr?«

»Gewiss«, erwiderte diese, während sie mit unverhohlenem Erstaunen das schmucklose dunkle Wollkleid beäugte, das Catherine unter ihrem Überwurf trug. Catherine bemerkte ihren forschenden Blick. Doch dann runzelte Jean rasch die Stirn. »Wenn Ihr das Gewand ablegt, werde ich es zum Waschen in die Küche tragen.«

»Hab Dank für deine Hilfe.« Catherine bückte sich, öffnete ihre Reisetruhe und nahm ein sauberes Hemd, eine Bluse und das einzige weitere Gewand, das sie besaß, heraus – ein schlichtes, dunkelblaues Kleidungsstück aus feinem Wollstoff. Rasch trat sie zu dem Krug auf dem Schemel und sah sich suchend nach einem Tuch um. Als Jean begriff, wonach Catherine Ausschau hielt, ließ sie sogleich den nassen Umhang auf den binsenbedeckten Boden fallen und öffnete die einzige Truhe in der Kammer.

Während Jean das Möbel durchwühlte, entledigte Catherine sich zähneklappernd ihres Gewands und ihrer Stiefel. Lediglich in ihr Unterkleid gehüllt, gewahrte sie, dass auch dieses durchnässt und bis zu den Knien von Schmutz bedeckt war.

»Die meisten Bewohner wissen es noch nicht, Mistress, aber ich habe von Mistress Susan erfahren, dass Ihr die Braut des Burgherrn seid.«

Catherine nahm das ihr gereichte Tuch in Empfang und tauchte es in das kalte Wasser. Sie biss die Zähne zusammen, hätte sie Jeans Worte doch am liebsten heftig geleugnet. Aber sei's drum – augenblicklich jedenfalls war sie seine Gemahlin.

»Ich weiß auch nicht, warum die Männer so viel Zeit brauchen, um Eure Sachen hochzubringen, Mylady.«

In dem Bemühen, den gröbsten Schmutz zu entfernen, fuhr sich Catherine hastig mit dem feuchten Tuch über Gesicht und Arme. »Alles, was ich besitze, ist bereits hier, Jean.«

Ein Anflug von Bestürzung trat in den Blick der Dienerin. »Aber man hat uns gesagt ...«

»Ich bin Catherine Percy.«

Der Name schien Jean unbekannt, denn sie verzog keine Miene.

»Bevor dein Dienstherr ... mich zur Frau genommen hat, sollte ich mit den Mönchen in der Kathedrale von Elgin zusammenarbeiten. Dort eine Schule gründen.«

Allmählich schlug die Bestürzung der jungen Frau in Entsetzen um. Sie schlug sich mit der Hand vor den Mund. »Bei allen Heiligen, Mistress, ich glaube nicht ... nun, Mistress Susan ... und Lady Anne ...«

Daraufhin riss die junge Dienerin vor Schreck die Augen auf – vielleicht beim Anblick von Catherines blau gefrorenen Lippen – und hastete zum Kamin, warf weitere Holzscheite ins Feuer und eilte zu ihr zurück.

»Mistress, Ihr werdet Euch den Tod holen in diesem nassen Hemd. Auf was wartet Ihr noch – raus aus diesem Ding! Ich werde Euch trocken reiben!«

Catherine war zu kalt, um Protest einzulegen. Also nickte sie gehorsam und streifte rasch das nasse Kleidungsstück ab. Augenblicke später, und endlich trocken, nahm sie dankbar die weiche Decke, die Jean aus der Truhe gezerrt hatte, und wickelte sich darin ein.

»Setzt Euch ein bisschen ans Feuer, Mylady.« Jean schob den Schemel näher an den Kamin und stellte den Henkelkrug auf den Boden. »Dann wird Euch rasch wärmer.«

Nachdem sie sich vor dem Kamin niedergelassen hatte, verfolgte Catherine, wie die Dienstmagd durch die Kammer strebte, ihre wenigen Habseligkeiten aus der Tasche nahm und auf dem Bett verteilte. Diese Dienstbeflissenheit schien Jeans plötzliche Besorgnis um ihre neue Herrin widerzuspiegeln, ein Verhalten, das sie bislang nicht an den Tag gelegt hatte.

Gewiss, dämmerte es Catherine, hatte ihr frisch gebackener Gatte sich nicht einmal der Mühe unterzogen, die Dienerschaft von der Identität seiner neuen Braut in Kenntnis zu setzen. Dennoch war es aufschlussreich zu beobachten, wie ihr allseits unverhohlene Ablehnung entgegen schlug, weil man sie für Ellen Crawford hielt.

»Ich bin gleich zurück, um Euch beim Ankleiden zu helfen, Mistress. Ich muss nur kurz fort … um mit Mistress Susan über … über … das Nachtmahl zu sprechen.«

»Danke, Jean. Ich werde mich allein ankleiden, wenn du andere Pflichten hast.« Das Mädchen wollte ihre Herrin vor einer Verwechslung warnen; das konnte Catherine nur zu gut verstehen. Doch als die junge Frau ihre schmutzigen Kleidungsstücke einsammelte, schoss Catherine eine Frage durch den

Kopf, die sie rasch stellte, ehe Jean verschwinden konnte. »Was die Herrin Susan angeht … ist sie … ich meine, führt sie hier den Haushalt?«

»Gewiss, Mylady, so verhält es sich. Seit Lady Anne das Bett hüten muss, hat Mistress Susan ihre Aufgaben übernommen.« Jean senkte ihre Stimme zu einem verschwörerischen Flüstern. »Und ich gestehe rundheraus, dass sie ihre Sache sehr gut macht. Die Dienerschaft ist froh, dass sie jetzt die Anweisungen erteilt. Sie ist wesentlich umgänglicher als Lady Anne mit ihren ewigen Nörgeleien. Nun, deshalb ist sie ja letztlich hergekommen. Soweit ich weiß, ist sie schon als kleines Mädchen darauf geschult worden.«

»Dann ist Mistress Susan also nicht auf Burg Balvenie aufgewachsen?«

»Nein, Mistress. Sie kam erst im letzten Sommer, kurz vor der Ernte. Die Gräfin selbst hat sie hergeholt, weil sie … weil sie den Burgherrn ehelichen sollte!«

Die Sonne kämpfte sich soeben durch die Regenwolken, als der stämmige, stoppelbärtige Müller Athol und Tosh zum Kettles Brook führte. Die Gefolgsleute des Grafen warteten in dem Dorf Rothes, froh über eine kurze Rast nach einem anstrengenden Tagesritt.

»Ich weiß, wo mein alter Herr am liebsten fischen geht, Mylord«, rief der Müller über seine breite Schulter hinweg. »Jetzt ist es nicht mehr weit.«

Stirnrunzelnd maß Athol den kahlen Schädel des Mannes, der vom Schweiß glänzte. Hoffentlich wusste der Vater des Müllers mehr Aufschlüsse zu liefern als die anderen, mit denen er gesprochen hatte. Sie hatten ihm so gut wie nichts Neues berichten können.

Der greise, bucklige Priester und seine gleichermaßen betagte Haushälterin in dem Dorf Knockandhu waren überglücklich gewesen, als sie mit Athol vor dem Morgenfeuer gesessen und ihre Erinnerungen an seinen Vater ausgetauscht hatten. Mit einer Höflichkeit und Diplomatie, die jeden entsetzt hätte, der ihn gut kannte, war es ihm schließlich gelungen, sie an den Kern der Sache heranzuführen. Gewiss, der Graf habe früher viel Zeit in der kleinen Jagdhütte verbracht, die er dort besaß. Beide hatten sich der Jagdgesellschaften erinnert, die auch Duncan, der Gutsherr auf Burg Ironcross, mit seiner Familie besucht habe. Ganz recht, der Graf sei ein lebenslustiger, großherziger Mann gewesen, dem hatten sie rundheraus zugestimmt. Doch als Athol auf die Gerüchte zu sprechen gekommen war, dass der Gutsherr sich dort eine Geliebte gehalten hätte, hatten sie das aufs Heftigste abgestritten. Nein, er hatte keine Geliebte in Knockandhu gehabt. Der Graf hatte nicht zu dieser Art von Mann gehört.

Und später, in der Hütte, die sich furchtsam an die östlichen Ausläufer des Corryhabbie Hill schmiegte, hatte Athol mit einer blinden alten Frau geredet, die dort schon seit Urzeiten Schafe hielt. Sie war allem Anschein nach diejenige, die den Grafen gepflegt hatte, als ein Keiler ihn lebensgefährlich verletzt hatte. Sie hatte gelächelt, als Athol beiläufig die Gerüchte erwähnt hatte, nach denen sie sich um mehr gekümmert haben sollte als nur um seine Wunden. Aber nein, hatte sie erwidert. Er sei ein guter und anziehender Mann gewesen und ein freigiebiger Lehnsherr, aber ihr nie mehr als ein

Freund …, obschon sie in jenen Tagen hübscher als alle anderen gewesen sei, wenn sie das einmal so sagen dürfe.

Der Wirt in der Schänke von Dalnoshaugh hatte nicht mehr gewusst als die anderen, allerdings hatte er sich an das fragliche Mädchen erinnert, das sich vor all den Jahren dort im Fluss ertränkt hatte. Gleichwohl habe dieser Vorfall nichts mit dem Grafen zu tun! In der Tat hatte der Brückenwächter genau gewusst, dass besagte Maid das Kind eines gottlosen Mörders unter dem Herzen getragen hatte, den der Graf kurz vorher gestellt und an der Brücke aufgeknüpft hatte – Gott habe ihn selig!

Die Abendnebel legten sich bereits über Cairn Uish und verschleierten die untergehende Sonne, als der Müller sich zu Athol umdrehte und nach vorn deutete. Dort, unter einer gewaltigen alten Eiche, deren Äste den Fluss überspannten, saß ein betagtes, schmächtigeres Abbild des Müllers und schlief – die Angel über seine Knie gelegt und einen Forellenkorb neben sich.

»Hallo, Wink«, brüllte der Müller, als sie näher kamen. »Wach auf, alter Herr.«

Der alte Müller schreckte auf, drehte unmerklich den Kopf und nahm das Ende der Angelrute, das er mit einem Köder versah, ehe er die Schnur wieder ins Wasser warf.

»He, Wink, du hast Besuch, der mit dir reden will.«

»Halt den Mund, du Tölpel«, zischte der Alte aus einem Mundwinkel. »Willst du dein Abendessen verscheuchen?«

»Das ist jetzt ohne Belang«, meinte sein Sohn, als sie zu ihm traten. »Der Gutsherr von Balvenie hat den gesamten Landstrich nach dir durchkämmt, also heb deinen Alterwertesten.«

Wink, vermutlich Müller in Rothes, als John Stewarts Vater noch ein Baby gewesen war, wandte sein stoppeliges Gesicht zu den Besuchern und bedachte Athol mit einem anerkennenden Grinsen.

»Wahrlich«, murmelte er, ohne sich zu erheben. »Ihr seid unserem verblassten König Jamie wie aus dem Gesicht geschnitten – möge seine Seele in Frieden ruhen! –, aber die Statur habt Ihr von Eurem Vater geerbt. Kommt und setzt Euch, Mylord, sofern es Euch nichts ausmacht, mit Eurem Hintern auf Eurem eigenen Grund und Boden zu rasten.«

Nachdem er Tosh und den Müller fortgeschickt hatte, setzte sich Athol ins Gras und lehnte seinen Rücken gegen eine der dicken, knorrigen Wurzeln, die aus dem Boden ragten.

»Ihr seid gekommen, um Euch nach meiner Tochter und Eurem Vater zu erkundigen, was?«

Verdutzt über die Direktheit des Alten nickte Athol. »Ganz recht, Wink. Ich habe so einiges gehört …«

»Nun, nichts davon ist wahr! Schert euch doch alle zum Teufel!«

Winks Sohn rief aus einiger Entfernung: »Hüte deine Zunge, alter Herr!«

»Ich will damit beileibe nichts Schlechtes über Eure Familie sagen, Müller.«

»Ich habe es ihm gesagt, ich sage es Euch und ich werde es jedem sagen, der mich danach fragt: Meine Tochter war ein gutes Mädchen, ein bisschen überschwänglich vielleicht, aber ein gutes Kind.«

»Wollt Ihr mir nicht berichten, was vorgefallen ist?«

»Nun, die Sache ist schnell erzählt.« Der alte Mann holte die Angelrute ein und ließ sie auf den Boden zwischen sich und den Grafen fallen. »Euer herzensguter Vater kam nach Rothes, als Makyn noch ein junges Mädchen war. Damals wurde gerade die Dorfkirche gebaut und der Graf wollte nach dem Rechten sehen. Und da hat Makyn ihn gefragt.«

»Was hat sie ihn gefragt?«

»Sie wollte Nonne werden, das verrückte Ding. Darauf gab der Gutsherr ihr einen Beutel voller Goldstücke, damit sie sich einen guten Platz in der Kathedrale von Elgin erkaufen konnte, und sie verschwand, ohne ihrem eigenen Vater Lebewohl zu sagen.«

»Das ist alles?«

»Ja, das ist alles.«

»Was soll dann das ganze Gerede?«

»Alles nur Lügen und Verleumdungen, ich sag's Euch.« Wink funkelte den Grafen an. »Sie alle waren bloß neidisch, weil der Burgherr so gut zu ihr war und nicht zu ihnen.«

»Dann war da also kein Kind?«

»Nein, Mylord. Kein Kind.«

»Und Eure Tochter ging dann ins Kloster von Elgin?«

»Ganz recht, Mylord.«

Auf Athols eher skeptische Miene reagierte der Alte mit einem erzürnten Blick.

»Soweit ich weiß, lebt sie immer noch dort. Dasselbe habe ich auch dem anderen gesagt. Geht und überzeugt Euch doch selbst davon!«

Für Augenblicke starrte Athol sein Gegenüber nur an. »Welcher andere?«, fragte er leise. »War schon jemand vor mir hier?«

Der betagte Müller sah unvermittelt beiseite. Er hatte eindeutig mehr preisgegeben als beabsichtigt.

»Wer war hier, Müller?«

Leise grummelnd zögerte Wink, dann wandte er ruckartig den Kopf, seine Augen bohrten sich in die des Grafen.

»Adam, Mylord! Adam of the Glen! Nun, der Bursche hat mich ungefähr dasselbe gefragt wie Ihr jetzt. Ich sag's Euch, der Halunke wollte die Namen all derjenigen wissen, die der Gutsherr vielleicht als Geliebte hatte. Aber ich habe ihn seiner Wege geschickt, Mylord, wahrhaftig, das habe ich! Euer Vater hatte hier kein Liebchen!«

5

Warum in aller Welt hatte er *sie* geheiratet?, fragte sich Catherine. Er hätte Susan haben können und alle wären glücklich und zufrieden gewesen!

Stirnrunzelnd musterte sie die schmalen Schultern und die straffen Flechten unter der gestärkten Haube der jungen Frau, die kaum eine Elle vor ihr ging. Es waren dieselben Gänge, die Catherine schon einmal durchschritten hatte, und die zunehmende Abenddämmerung machte sie nicht einladender. Das einzig architektonisch Erbauliche war ein schmaler Sims, der entlang der Wand verlief, unterhalb der vereinzelten Fensterschlitze, die einen Ausblick auf das Küchendach und den Hof gewährten. Jean ging den beiden voraus, sie trug einen flackernden Kandelaber und sah sich von Zeit zu Zeit forschend zu den beiden Frauen um.

Nun, dachte Catherine bei sich, wen wunderte es, dass Susan MacIntyre – selbst nachdem sie wusste, dass sie nicht Ellen Crawford vor sich hatte – nicht mehr für sie übrig hatte als eine überaus spröde Begrüßung?

Weiterhin verstohlen beobachtete Catherine die junge Frau. Es war interessant festzustellen, dass sie und Susan sich – zumindest rein äußerlich – recht ähnlich waren. Abgesehen davon, dass Susan um einige Jahre jünger schien, waren sie beide mittelgroß, schwarzhaarig und hellhäutig. Susan hatte Sommersprossen auf der Nase, indes zeugten ihr verkniffener kleiner Mund und der artig gesenkte Blick nicht von Humor. Auch ihr Kleid, schwarz und schlicht, grenzte an Sprödigkeit, mit seinem hoch geschlossenen Leinenkragen, der jede Faser ihrer Haut bedeckte. Sie schien einer Mode zu frönen, die sie weitaus älter wirken ließ. Selbstverständlich war Catherine sich bewusst, dass auch sie in weiten Teilen diesen Stil pflegte. Schon sehr früh hatte man sie gelehrt, dass es weitaus erstrebenswerter sei, nach der eigenen Intelligenz bewertet zu werden, denn aufgrund eines prachtvollen Gewandes.

Lady Anne Stewarts Kammer befand sich im südwestlich gelegenen Teil der Burg. Als sie den breiteren Gang passierten, bemerkte Catherine die schönen Gobelins auf dem weiß getünchten Verputz der Wände. Dieser Teil war offenkundig eleganter als der Flügel, in dem Catherine logierte, aber sie hätte sich eher die Zunge abgebissen, als Kritik zu üben. Ganz ohne Zweifel befanden sich John Stewarts Gemächer in der Nähe und sie war dankbar für die räumliche Entfernung.

Nach dem Wenigen, was sie Susan hatte entlocken

können, war die Mutter des Grafen zum ersten Mal in ihrem Leben bettlägerig, und das seit Beginn des Sommers, nachdem sie sich eine Erkältung zugezogen hatte. Doch die Wochen waren verstrichen und der Burgmedikus hatte irgendwann den Kopf geschüttelt, von Influenza geredet und schließlich vom Wechselfieber. Und als die alte Dame immer dünner und zerbrechlicher geworden war, berichtete Susan, waren auch ihre Lebensgeister mehr und mehr geschwunden. Seit nunmehr zwei Wochen erklärte der Arzt allen, dass das Ende nicht mehr fern sei.

Catherine dachte daran, wie traurig es doch war, einen Menschen unter diesen Voraussetzungen kennen zu lernen. Welche Fehler Lady Anne auch immer gemacht haben mochte, dass ihr Sohn ein solcher Querkopf geworden war, sie erfüllte Catherine dennoch mit Hochachtung, weil sie es so lange in einem dermaßen wild zerklüfteten Land ausgehalten hatte. Sie legte die Stirn in Falten, als sie sich der riesigen Eichentür zu den Gemächern der Grafenwitwe näherten, und sann darüber nach, wie sie unter anderen Vorzeichen vielleicht eine gute und dauerhafte Freundschaft hätten entwickeln können.

Catherine verwarf diesen Gedanken augenblicklich wieder und folgte Susan in das geräumige, abgedunkelte Zimmer. Die stickige Luft traf die junge Frau wie ein Schlag ins Gesicht. Während sie bei der Tür verharrte, beobachtete sie, wie Susan den beiden Kammerfrauen, die am Bett der Grafenwitwe verweilten, Anweisungen zuraunte. Eine betagte Aufwartefrau, die Susan Auld Mab nannte, saß schweigend lauschend am Kamin. Von ihrem Platz aus vermochte Catherine weder in den schweren Damastbaldachin zu spähen noch auf die Gestalt, die unter einer bestickten Bettdecke ruhte. Stattdessen ließ sie den Blick durch die riesige Kammer schweifen. Die feinen Möbel waren kostbar und gefällig, und Catherine hätte sich beeindruckt gezeigt, wäre das alles nicht so abweisend gewesen. Düsternis hüllte den Raum ein, und die mit schweren Portieren verhangenen Fenster schienen dazu bestimmt, jeden Lichtstrahl fern zu halten und natürlich auch die frische Luft.

Catherine vernahm das leise Hüsteln der Grafenwitwe hinter den Bettvorhängen. Schlagartig kam ihr der Gedanke, dass es aufgrund der brennenden Holzscheite im Kamin und des ungelüfteten Krankenzimmers ein Wunder war, wenn die alte Dame überhaupt Atem schöpfen konnte. Catherine bekam selber kaum Luft.

Ein leises Krächzen drang durch die Dunkelheit. »Kommt näher!«

Als sich niemand regte, begriff Catherine, dass das heisere Flüstern hinter dem Vorhang allein ihr gegolten hatte.

Catherine wischte sich die feuchten Handflächen am Rock ihres Gewands ab, warf einen zaudernden Blick in Susans Richtung und näherte sich auf deren Nicken hin dem Himmelbett. Als sie näher kam, traten die beiden Bediensteten und Susan höflich zurück. Sie biss die Zähne zusammen, rechnete mit dem Schlimmsten. Hatte Jean ihr nicht erzählt, dass es der Wunsch der Grafenwitwe gewesen war, ihren Sohn mit Susan vermählt zu wissen? Catherine meinte zu spüren, dass die Ablehnung der Mutter über ihr hing wie ein Damoklesschwert.

»Näher, habe ich gesagt. Kommt näher!«

Catherine starrte auf die matt schimmernden

Bernsteine des Rosenkranzes, den die alte Frau mit ihren knochigen, faltigen Fingern umklammerte, und machte einen weiteren zaghaften Schritt.

»*Näher!*«

Meinetwegen!, dachte sie bei sich. Mit gerecktem Kinn stolzierte sie an den Rand des Bettes, wo sie auf den stechenden Blick der betagten Frau traf. Die Härte und Intensität, die jenen grauen Augen innewohnte, zeugte von Intelligenz und Willenskraft. John Stewart hatte die Augen seiner Mutter geerbt. Eine lange Zeit verstrich, dieweil Lady Anne sie schweigend musterte. Und dann hörte sie das Geräusch.

Zunächst hielt Catherine es für ein Röcheln. Dann fürchtete sie, dass die kränkelnde Frau unter Atemnot leiden könnte. Als die Grafenwitwe indes weiterhin nach Luft schnappte, erkannte Catherine, dass die alte Dame lachte.

Zutiefst empört gewahrte Catherine, wie Lady Annes Schultern zuckten und eine Träne über ihr bleiches, faltiges Gesicht rann. Während ihre Wangen dunkelrot anliefen vor Verärgerung, zweifelte Catherine keine Sekunde lang daran, dass sie der Auslöser für die Erheiterung war.

»Auch mir ist es ein überaus großes Vergnügen, Euch kennen zu lernen, Mylady«, hub Catherine an, darum bemüht, ihren Tonfall zu mäßigen. »Darf ich gleichwohl fragen, womit ich Euch so erheitert habe, Gnädigste?«

Die Grafenwitwe hielt eine knochige Hand hoch, da ihr Lachen von einem Hustenkrampf erstickt wurde. Sie wandte das Gesicht zur Seite und rang heftig nach Atem. Der Gedanke, darauf zu harren, dass die anderen ihr zu Hilfe kämen, lag Catherine fern; rasch legte sie ihre stützende Hand um die

Schultern der geschwächten Frau und richtete diese in Sitzhaltung auf. Dann stopfte sie ihr in Windeseile einige Daunenkissen in den Rücken.

Nachdem Lady Anne einen Schluck von der grünlichen Flüssigkeit getrunken hatte, die Susan ihr hastig reichte, legte sich der Hustenanfall. Catherine trat einen halben Schritt zurück und wartete, bis der Atem der Grafenwitwe wieder gleichmäßiger ging. Eine knochige Hand auf Susans Unterarm gelegt, spähte die alte Dame stirnrunzelnd zu Catherine und hob mahnend ihren Zeigefinger.

»Ihr solltet es gleich wissen, Catherine Percy. Ihr werdet ihm nie genügen!«

Und damit bezog die Grafenwitwe sich eindeutig auf ihren Sohn, den Grafen. Catherine knetete ihre Hände, ehe sie erneut den Kopf hob und sich dem Blick ihres Gegenübers ausgesetzt sah. Sie hatte offen und aufrichtig zu ihr gesprochen.

»Und würdet Ihr einen weiteren Hustenanfall erleiden, wenn ich Euch erklärte, dass Eure Worte für mich ein Segen sind? Dass ich mitnichten die Absicht hatte, Eure Schwiegertochter zu sein?«

»Ihr lügt.«

»Wenn das der Fall ist, dann will ich in der Hölle schmoren!«

Die tiefen Falten auf der Stirn der alten Gräfin glätteten sich zusehends und der Anflug eines Lächelns flog über ihre Züge.

»Lasst uns allein.«

Catherine war bereits einen Schritt zurückgetreten, als sie feststellen musste, dass die Aufforderung der Kranken nicht ihr gegolten hatte. Wortlos glitten Susan und die beiden Bediensteten aus der Kammer, die Tür fiel ins Schloss.

»Dieser dämliche Kurier meines Sohnes hat es versäumt, mir zu berichten, dass der Graf nicht wie geplant dieses Crawford-Frauenzimmer geheiratet hat. Dieser Nichtsnutz sagte nur, dass der Burgherr sich vermählt habe und dass die neue Gräfin kommen werde.«

Catherine erkannte, dass Ellens Abneigung wohl auf Gegenseitigkeit beruhte.

»Susan indes klärte mich auf, dass Ihr die älteste Tochter der liebenswerten, unerschrockenen Nichola Erskine seid.«

»Nichola Percy«, berichtigte Catherine. »Bei der Eheschließung nahm sie den Namen meines Vaters an.«

»Gewiss doch«, versetzte die Kranke. »Ich mag bald sterben, junge Frau, aber ich bin nicht geistig umnachtet.«

Als Catherine schwieg, fuhr Lady Anne fort.

»Obschon ich sie seit Jahren nicht gesehen habe, erinnere ich mich noch sehr gut an sie. Sie war ein hübsches Mädchen, diese Nichola Erskine, allerdings auch vorwitzig. Schoss öfter übers Ziel hinaus, als ihr lieb war. Doch wie es scheint, habt Ihr wenig von ihrem Naturell geerbt.« Unwillkürlich errötete Catherine, da die grauen Augen der alten Gräfin abermals ihr Haar, ihr Gesicht, ihre Kleidung maßen. »Ach! Es ist wirklich eine Schande, dass Ihr nicht so seid wie sie.«

Catherines Augen sprühten Blitze. »Ich bitte mir die Kühnheit zu verzeihen, Euch zu berichtigen, Mylady. Im Gegensatz zu Eurer Einschätzung glauben nämlich viele, dass ich die Sprachbegabung meiner Mutter geerbt habe und auch ihren Lerneifer als solchen. Und trotz der allgemeinen Überbewertung von Äußerlichkeiten und dergleichen gründet der gute Ruf meiner Mutter in England in erster Linie auf ihrem großen Wissen. Darüber hinaus teilen wir beide den leidenschaftlichen Wunsch, das Erlernte zu vermitteln.«

Catherine stockte und überlegte, ob sie vielleicht zu schnippisch reagierte. Nein, entschied sie, einzig und allein aufrichtig.

»Na schön, meine aufsässige junge Dame. Wie ich sehe, habt Ihr doch etwas von ihr. Indes verstehe ich nichts von Lerneifer und diesen Dingen. Euer Verhalten erscheint mir temperamentvoll … um nicht zu sagen eigenwillig.« Mit gestrengem Blick maß sie Catherines Gesicht. »Kommt näher.«

Catherine zauderte, verwirrt über eine solche Anweisung.

»Nehmt die Öllampe dort und kommt her zu mir.«

Schweigend tat Catherine, wie ihr geheißen.

»Setzt Euch.«

Vorsichtig kauerte Catherine sich auf den Bettrand.

»Ah! Jetzt sehe ich es«, flüsterte die Grafenwitwe, nachdem sie sich mühsam aufgerichtet hatte und angestrengt Catherines Gesicht musterte. »Ihr habt ihre Augen, mein Kind. Die gleichen nachtblauen Augen.« Mit einem tiefen Seufzen lehnte sie sich zurück. »Dem Himmel sei Dank. Wenigstens besteht noch Hoffnung!«

Mittlerweile fühlte sich Catherine völlig verunsichert durch die alte Frau. Sie stellte die Öllampe auf den kleinen Nachttisch und wandte sich wieder der Kranken zu. Zaghaft hub sie an: »Hoffnung worauf?«

»Dass Ihr eine Gräfin werdet, Catherine Percy.

Dass John zu seinem Wort steht und mir darüber hinaus einen …« Mitten im Satz brach sie abrupt ab und sah Catherine forschend an. »War bei der Trauung ein Geistlicher zugegen?«

»Gewiss, Mylady. Aber ich wurde gezwungen …«

»Ein Geistlicher, das ist erfreulich! Nun, ich weiß, dass die vier Tage Wartezeit noch nicht verstrichen sind … aber habt Ihr beiden die Ehe vollzogen?«

»Nein, Mylady. Und wenn es nach mir ginge …«

»Ach, der Teufel soll ihn holen! Das ist alles andere als erfreulich!«

Die Grafenwitwe hustete zum ersten Mal, seit man die beiden allein gelassen hatte. Susans Beispiel folgend, trat Catherine an die andere Seite des Betts und führte einen Becher an die Lippen der Kranken. Die alte Gräfin nahm einen Schluck und schob dann das übelriechende Gebräu von sich. Catherine konnte sich des Eindrucks nicht erwehren, dass die alte Dame plötzlich keine Zeit mehr auf ihre Krankheit verschwenden, geschweige denn dahinscheiden wollte.

»Da mein Sohn um meinen Gesundheitszustand weiß, bleibt er nie länger als ein paar Tage fort. Er wird alsbald zurückkehren. Ich werde dafür sorgen, dass Susan Euch beim Umzug in sein Gemach hilft. Und wir müssen etwas an der Art und Weise ändern, wie Ihr Euch …«

»Ich bin recht zufrieden mit meinem Quartier, Mylady.«

»Seid Ihr das, Mistress?«, entgegnete die Grafenmutter mit hochgezogenen Brauen.

»Gewiss doch. Ich habe keineswegs die Absicht umzuziehen.«

»In der Tat? Nun, jene Kammer sollte unsere Geringschätzung zum Ausdruck bringen, weil wir mit dieser Schlampe Ellen Crawford rechneten. Er war nie als Aufenthaltsort für Nichola Erskines Tochter gedacht.«

»Gleichwohl, Mylady. Ich kann Euch jedoch zusichern …«

»Was könnt Ihr mir zusichern?« Einmal mehr blickten die grauen Augen herausfordernd auf. »Das Einzige, was Ihr mir zusichern sollt, ist ein gesunder Stammhalter … ein prachtvoller, kräftiger Knabe, der das gräfliche Erbe antritt.«

»Also wirklich, Lady Anne …«

»Glaubt Ihr in der Tat, Ihr wäret ewig mit diesem zugigen Mauseloch zufrieden, alldieweil Euer Gatte kaum einen Steinwurf entfernt die schönsten Gemächer sein Eigen nennt? Und würdet Ihr Euch glücklich schätzen, in Eurer Stube Trübsal zu blasen, während er sich Geliebte hält, die an Eurer Statt im Rittersaal Hof halten? Die ihm im Bett zu Willen sind?« Lady Annes Brauen zuckten verräterisch. »Seid Ihr Euch ganz sicher, dass Ihr Nichola Erskines Tochter seid?«

Ihre Worte erschütterten Catherine, dennoch beschloss sie, den letzten Seitenhieb zu übergehen. »Ich wünsche weder, mich zum Gespött der Leute zu machen, noch zur Märtyrerin, Mylady. Stattdessen beabsichtige ich, dem Papst höchstpersönlich eine Depesche zu schicken, worin ich ihn um eine Aufhebung dieser aberwitzigen Ehe bitten werde. Und ich habe allen Grund zu einem solchen Gesuch, denn der Priester sowie die himmlischen Heerscharen sind meine Zeugen, dass ich zu diesem Jawort gezwungen worden bin. Es gab keinen Ehevertrag … kein Aufgebot …« Sie spürte die flammende Röte, die in ihre Wangen stieg. »Und keine Hochzeitsnacht! Das …«

»Ihr seid ein törichtes Mädchen, nicht wahr? Und eine Träumerin, was die Ehe anbelangt!«

»Lady Anne, ich hege nicht den Wunsch, die Ehe mit Eurem Sohn fortzuführen!«

»Es gefällt mir gar nicht, wenn ich mit ansehen muss, wie Nicholas Tochter die Dumme spielt!«

Es fiel Catherine mit jeder Minute schwerer, die Demütigungen der Grafenwitwe zu ertragen. Aber eine dahinsiechende Frau anzufahren hatte auch keinen Sinn. Lady Anne war ihrer Mutter einstmals sehr zugetan gewesen, und es konnte nicht schaden, wenn Catherine wenigstens eine Verbündete auf Balvenie hatte. »Lady Anne, ich verstehe ja, dass Ihr in Sorge um Euren Sohn und die Zukunft Eurer Familie seid, aber …«

»Seid Ihr ein so einfaches Gemüt? So naiv? Seid Ihr wirklich eine solche Närrin, mein Kind?«

»Verfolgt Ihr irgendeine Absicht, indem Ihr mich mit Kränkungen überhäuft?«

»O ja! Und wenn Ihr mir noch etwas Zeit lasst, werden mir weitere einfallen.«

Catherine hatte die Hände zu Fäusten geballt, zwang sich jedoch, diese zu öffnen und ihre Handflächen auf das Betttuch zu legen, während sie mit ihrer Beherrschung kämpfte. »Mylady, ich sage es noch einmal …«

»Ihr seid es, mein Kind … Versteht Ihr denn nicht? Ihr seid diejenige, an die ich vor allem denke!« Lady Anne streifte den Rosenkranz von ihrer Hand und legte diese auf Catherines. »Ich gräme mich um Euch! Um die Jungfer ohne Mitgift. Um die, deren Heimat nun von diesem Schlächter, Heinrich von

England, regiert wird. Um das Mädchen, auf dessen Kopf eine Belohnung ausgesetzt ist!«

Lady Anne deutete auf den Becher und Catherine führte ihn abermals an ihre Lippen. Die alte Frau nippte daran, verzog angeekelt die Mundwinkel und wies das Behältnis von sich.

»Sagt mir: Welcher Kardinal, welcher Bischof … ja, welcher niedere Kurat würde Euretwegen vor den Papst treten? Ich wüsste keinen. Und so warne ich Euch im Guten, Catherine: Ihr würdet nicht einmal einen Bettelmönch in zerschlissener Robe finden, der ein so brisantes Dokument nach Rom brächte.«

»Alles, was Ihr sagt, über meine Familie, meinen gesellschaftlichen Stellenwert … trifft auf jemanden zu, der einen Gemahl sucht.« Catherine vernahm den Nachhall ihrer lauten Stimme in dem stickigen Raum, gleichwohl scherte es sie einen Deut, diese zu dämpfen. Sie würde sich ihr Recht verschaffen, und wenn sie es von den Burgtürmen brüllen müsste. »Aber bei mir verhält es sich völlig anders. Ich brauche keinen und habe auch nie einen gewollt. Ich habe mir stets gewünscht, mein Leben dem Lernen und Lehren zu widmen, und ich würde jederzeit einem Konvent beitreten, sofern ich keine Schule eröffnen kann – wie meine Mutter es Euch und dem Grafen geschrieben hat. Und selbst wenn Ihr darin Recht behaltet – dass keiner bereit sein wird, mein Gesuch in Rom zu überbringen –, werde ich mich den Wünschen Eures Sohnes nicht beugen. *Niemals* werde ich eine Ehefrau. Und wenn ich mich in der mir von Euch zugewiesenen Kammer einschließen muss, auf dass der Allmächtige mich in seiner grenzenlosen Gnade irgendwann zu sich holt, ich werde mich nicht fügen, bis der Graf von Athol vergisst, dass er diesen folgenschweren Fehler überhaupt begangen hat.«

Da ertönte erneut jenes röchelnde Gurgeln. Jenes unsäglich krächzende Lachen, zweifelsohne dazu bestimmt, Catherine zu verunsichern.

»Nun, meine Liebe. Ihr werdet Eure Lektion erhalten, und sicherlich nicht in Griechisch. Da bin ich mir ziemlich gewiss. Dennoch wird sie sich als nützlicher für Euch erweisen als alles, was die alten Philosophen Euch zu vermitteln hätten.«

»Und darf ich fragen, wie diese Lektion aussehen wird?«

Während Catherine die Grafenwitwe maß, blitzten die Augen der Alten schalkhaft auf und sie wirkte schlagartig jünger. »Nein, mein Mädchen, keine weiteren Fragen. Trollt Euch und schickt mir diese nichtsnutzigen Kammerfrauen wieder her.«

Lady Anne schloss die Augen und entließ Catherine, worauf diese vom Bett zurücktrat. Dieweil sie das Zimmer durchquerte, dachte sie an die letzten Worte der alten Gräfin. Sie hatte die Tür fast erreicht, als die krächzende Stimme abermals durch die Düsternis hallte.

»Catherine!«

»Ja, Mylady?«

»Vergiss, was ich zuvor gesagt habe. Du magst tun, wozu du entschlossen bist!«

6

Er hatte es gewusst! Es war lediglich eine Frage des Ausharrens.

John Stewart beobachtete, wie seine Braut geräuschlos in den dämmrigen Rittersaal schlüpfte. Sie würde ihn im Dunkel der Wand nicht bemerken, dessen war er sich fast sicher. Lediglich die glimmenden Flammen des verlöschenden Feuers hinter dem Podest erhellten den Saal, und er schmunzelte, als sie einen raschen und leicht gereizten Blick in Richtung des leeren Grafensessels warf. Zwei Dutzend Männer schliefen auf den Bänken, aber keiner regte sich, als einer der Hunde den Kopf hob und den Eindringling anknurrte, ehe er sich träge wieder zusammenrollte.

Sie wandte sich um und eilte in den Gang, der zu den Küchen führte.

Nun, sie würde wenig finden, woran sie sich laben konnte, dachte Athol stillvergnügt. Das hatte er zuvor sichergestellt, indem er den Koch und den Verwalter angewiesen hatte, nach dem Nachtmahl sämtliche Reste wegzuschließen. Und sie sollte auch nicht mit Speis und Trank bewirtet werden. So hatte sein Befehl gelautet. Wenn sie seine Gesellschaft mied – oder, in diesem Fall, die Begegnung mit seinen Gefolgsleuten – und die sie sich zu schade war, die Mahlzeiten gemeinsam mit ihnen im Saal einzunehmen, dann sollte sie in drei Teufels Namen verhungern.

Er war am gestrigen Vormittag auf Burg Balvenie eingetroffen, und dies war das erste Mal, dass sie – allen Einladungen zum Trotz – ihr Gemach verlassen hatte.

Während er in die Richtung spähte, in der sie verschwunden war, redete er sich ein, dass sie zurückkommen werde. Dessen war er gewiss. Doch als die Minuten mehr und mehr verstrichen, wurde der Graf zunehmend unruhiger. Obgleich der Koch und das Küchengesinde, die in der Küche nächtigten, im Allgemeinen recht gutmütig waren, vermochte Athol sich nicht vorzustellen, dass sie sonderlich erfreut über diesen hochmütigen, abweisenden Neuankömmling waren. Nein, sagte er sich und lehnte sich bequem zurück. Keiner würde ihr dort zu Diensten sein.

John Stewart war zunächst einmal erstaunt gewesen, dass seine kränkelnde Mutter seine Braut in dem zugigen, alten Ostflügel der Burg untergebracht hatte. Der Westteil, der seine eigenen, herrschaftlichen Gemächer beherbergte, war von seinem Großvater wieder aufgebaut worden, und obschon etwas altertümlich, war er doch weitaus komfortabler als das verwitterte Gemäuer, in dem Catherine logierte. In der Tat hatte es ihn sogar mehr als verblüfft, dass die junge Frau nicht an sein Bett gekettet gewesen war, schließlich wusste er um die fixe Idee seiner Mutter, dass er schleunigst einen Erben zeugen sollte.

Nun, es war an der Zeit, genau das zu tun. Im nächsten Sommer könnte er dann schon einen Sprössling auf seinen Knien wiegen.

Die Bewegung an der Tür ließ ihn aufmerken. Wie nicht anders zu erwarten, betrat Catherine abermals die Halle, tätschelte den Kopf eines Hundes und schlich sich lautlos von Tisch zu Tisch, auf der Suche nach etwas Essbarem.

Catherine presste ihre Handfläche auf ihren knurrenden Magen. Sie hatte damit gerechnet, dass Balvenie schlimmere Qualen als einen leeren Magen für sie bereithalten würde, gleichwohl war das hier schon Marter genug.

Jean war über die Maßen bestürzt gewesen, dass sie ohne ein Nachtmahl in Catherines Kammer erschien, indes hatte sie sich den Anweisungen des Grafen nicht widersetzen dürfen. Catherine wusste, dass er zurückgekehrt war. Wie hätte es sich auch anders verhalten können? Nach dem ganzen Wirbel, den er und seine Männer im Hof veranstaltet hatten, ließ sich das kaum verleugnen. Und das Bewusstsein, dass er auf der Burg weilte, hatte in ihr den Wunsch nach Auflehnung bestärkt. Er wollte eine Gemahlin? Bitte sehr, dann mochte er sich anderswo eine suchen. Sie jedenfalls würde er nicht bekommen. Wie sie es Lady Anne bereits geschildert hatte, würde sie sich so lange einschließen, wie es vonnöten war – so lange, bis er vergaß, dass sie überhaupt existierte.

Gleichwohl musste sie irgendwie überleben. Und nachdem endlich Ruhe auf der Burg geherrscht und der Schlaf Einkehr gehalten hatte, hatte sie beschlossen, sich hinauszustehlen und Wasser und etwas Essbares aufzutreiben. Und wenn sich eine Gelegenheit zur Flucht bot, würde sie sie nutzen.

Doch nein, die Eisenkette am Fallgitter vereitelte jeden Versuch, die Ringmauer zu überwinden und in die schottische Nacht zu fliehen.

Und ihr Vorstoß in die Küche war ebenso erfolglos geblieben. In dem riesigen Raum mit seinem gewaltigen, doppelbögigen Kamin hatte dicht gedrängt das Gesinde genächtigt. Während sie sich in der

Dunkelheit durch den Rittersaal tastete, war sie ständig auf der Hut gewesen, nicht über schlafende Hunde oder in Decken gehüllte Ritter zu stolpern.

Hölzernen Schrittes stahl Catherine sich von Tisch zu Tisch. Im schwachen Feuerschein gewahrte sie lediglich ein paar Tiegel und einen oder zwei zurückgebliebene Krüge. Die Hinterlassenschaften vom abendlichen Trinkgelage, sinnierte sie, nahm einen leeren Teller und schnupperte daran. Und weit und breit kein klitzekleiner Rest vom Nachtessen.

Zu ihrem hungrigen Magen gesellte sich Beklommenheit, und Catherine atmete tief ein, bemüht, das Zittern in ihren Knien zu unterdrücken. Sie wischte sich die schweißnassen Handflächen an ihrem Kleid ab, das sie unter einem Umhang trug, und besann sich darauf, dass sie keine Diebin war.

Selbst die Hunde hatten ein Recht auf ihre Mahlzeiten.

John beobachtete, wie sie nach einem Krug griff, der neben dem Ohr eines schlafenden Soldaten stand, dessen Kopf auf der Tafel ruhte. Das Behältnis war leer; dafür hatte er eigenhändig Sorge getragen. Und ihre Enttäuschung über diese Entdeckung wurde offensichtlich, als sie die Kapuze ihres Umhangs zurückschob und sich fassungslos an die Stirn tippte.

Jetzt war sie nahe bei ihm, und der Feuerschein verlieh ihrem Gesicht einen sanften, alabastergleichen Schimmer. Dort, wo er im Dunkel der Wand saß, die Füße unter dem Tisch ausgestreckt, würde sie ihn indes nicht bemerken. Sie hat ein ebenmäßiges Profil, schoss es ihm durch den Kopf: die gerade Nase, die vollen Lippen, die hohen Wangenknochen, die in Folge seiner unüberlegten Worte flammend rot geworden waren, als sie sich auf dem Jagdschloss in Corgarff zum ersten Mal begegnet waren.

Und dann wandte sie sich frontal in seine Richtung. Athol hielt den Atem an. Diese Augen. Wie hatte er diese Augen vergessen können – so dunkel in diesem Licht und doch so schön. Sie starrte ihn an, oder, besser gesagt, das Essen auf dem Holzbrett vor ihm. Kommt ein bisschen näher, wünschte er sich insgeheim. Lasst mich in Euren nachtblauen Tiefen versinken.

Catherine schritt zögernd auf ihn zu und hielt dann inne. Sie warf den Umhang über ihre Schultern und seine Augen wanderten über die wohlgeformten Rundungen ihres biegsamen Körpers. Unversehens stürmten die Erinnerungen auf ihn ein, wie sie ein Bett geteilt hatten. Seine Finger auf der seidenweichen Haut ihrer Lenden. Wie sie an seinen Lippen gestöhnt hatte. Die vollkommene Rundung ihrer Brust in seiner Hand. Wie sie sich der Berührung seiner liebkosenden Fingerspitzen auf ihrem Bauch hingegeben hatte.

Er hätte sogleich wissen müssen, dass sie nicht die hemmungslose und stets übererregte Ellen Crawford war. Nein, gestand er sich im Stillen ein, vom ersten Augenblick an, da er besagtes Bett aufgesucht hatte, hatte er ein Gefühl verspürt, das so ganz anders gewesen war. Eindeutig besser. Allerdings hatte er Ellen seit Monaten nicht mehr gesehen und auch nicht erwartet, jemand anderen in seinem Bett vorzufinden. Schon gar nicht diese Frau. Und von dem Augenblick an, da er sich neben ihr ausgestreckt hatte, war es um ihn geschehen gewesen.

Er gewahrte, dass sie einen weiteren Schritt vortrat; ihre Hand berührte versehentlich eine Schale, die bei dem Krug auf dem Nebentisch stand. Sie packte ihn schnell und geräuschlos. Am Boden musste sich noch ein Schluck Bier befinden, denn er sah, wie sie den Krug an ihre Lippen führte. Als sie sich mit ihrer rosigen Zunge die Tropfen vom Finger leckte, verspürte Athol ein leichtes Prickeln in den Lenden.

Vielleicht hatte er letztlich gar keine so schlechte Wahl getroffen, sinnierte er, den Blick auf sie geheftet, während sein Unterbewusstsein ihm vorgaukelte, was er nur zu gern mit diesem kleinen Mund angestellt hätte.

Na endlich, dachte sie. Das Bier schmeckte schal auf ihrer Zunge und Catherine huschte flink zum nächsten Tisch. Er stand ganz nah an der Wand, und sie sah, dass sich tatsächlich Speisen darauf befanden.

Ihr Blick streifte den reglosen Krieger, der auf der Bank hinter dem Tisch kauerte. Er lehnte vor der dunklen, holzgetäfelten Wand. Soweit sie sehen konnte, war er eingeschlafen, den vollen Teller noch vor sich. Sollte sie den letzten Schritt wagen, der sie noch von der Tafel trennte? Dann musste sie nur noch den Tiegel an sich reißen und Fersengeld geben.

Sie biss die Kiefer aufeinander, versuchte, allen Mut zusammenzunehmen. Sein Gesicht war in Dunkel gehüllt – seine muskulöse Brust von demselben rotgrünen Tartan bedeckt, den fast alle Soldaten Athols trugen.

Als ihr Magen sich lautstark beschwerte, wusste Catherine, dass ihre Entscheidung feststand. Sie streckte beide Hände aus und griff nach dem Holzteller.

Unglaublich flink schossen die Hände des Kriegers vor und umklammerten ihre Handgelenke. Ein gepresster Entsetzensschrei entwich ihren Lippen, sie wurde zum Tisch gezerrt.

»Hört auf! Ich … ich dachte, Ihr wäret fertig.«

Er ließ von ihr ab, gab sie jedoch nicht frei, und Catherine schnürte es die Kehle zu, als das Gesicht aus dem Dunkel ins Licht kam.

»Dann habt Ihr also doch noch beschlossen, den Euch selbst auferlegten Arrest aufzuheben, um mit mir das Nachtmahl einzunehmen.«

»Ich …« Sie vermochte keinen klaren Gedanken zu fassen. Seine grauen Augen waren nur Schemen im Feuerschein, und doch spürte sie, dass sie tief in ihre Seele blickten.

»Ich weiß. Ihr wolltet Euch nicht mit dem Gesinde abgeben, das die neue Burgherrin zweifellos wissbegierig in Augenschein genommen hätte. Ihr wünschtet allein meine Gesellschaft, ist es nicht so?«

Sie fand schlicht und einfach keine Worte. Seine Nähe – seine Hände hielten die ihren unnachgiebig umschlossen – verunsicherte sie zutiefst. Ihre Wangen brannten, andererseits fuhren ihr eisige Schauer über den Rücken. Es war wie ein wütendes Fieber und doch mit nichts vergleichbar, was sie bislang durchlitten hatte.

»Ihr habt Euch eingeschlossen.«

Der seltsam bedauernde Unterton in seiner Stimme verblüffte sie. Sie riss den Blick von ihm, um gleich darauf seinen Mund zu fixieren. Seine Lippen waren voll und sinnlich. Sie hatte den Druck dieser Lippen gespürt und die Erinnerung machte ihre Magengegend prickeln.

»Ich habe nicht … ich dachte … Ihr …«

Er gab ihre Handgelenke frei und Catherine straffte sich unwillkürlich. Trotz all ihrer glühenden Beteuerungen gegenüber Lady Anne reichte allein seine bloße Gegenwart und sie schmolz dahin, war wie Wachs in seinen Händen. Was war nur los mit ihr?

»Es erleichtert mich zu wissen, dass Ihr immerhin so viel Verstand besitzt, Euch gegen den Hungertod zu entscheiden.« Er beugte sich vor und schob den mit Speisen gefüllten Holzteller über den Tisch. »Warum setzt Ihr Euch nicht zu mir und esst?«

Sie rührte sich nicht. Sie vermochte es einfach nicht. Nicht solange sie mit ihrer unerklärlichen Reaktion auf ihn zu kämpfen hatte.

»Seid Ihr nicht mehr hungrig? Oder ist es etwa so, dass Ihr mir nicht vertraut?« Als sie weiterhin schwieg, zog er fragend eine Braue hoch und musterte sie durchdringend. Sie spürte die heiße Röte, die über ihre Wangen flog. »Ihr errötet ja!«

»Nun«, flüsterte sie gepresst. »Das ist einzig und allein auf meine Verärgerung zurückzuführen.«

Sein Blick wurde sanfter. »Das ist weitaus besser, als ich zu hoffen wagte. Ihr grollt mir, weil ich Euch in unserer Hochzeitsnacht verlassen habe. Bevor wir eine Gelegenheit fanden, die Ehe zu vollziehen.« Er schwieg gerade so lange, bis Catherines Wangen abermals tiefrot anliefen. »In den Highlands ist es Brauch, eine halbe Woche zu warten, aber ich verspreche Euch Wiedergutmachung für diese Widrigkeit. Wahrlich, warum tragen wir diese Speisen nicht in meine Schlafkammer? Wir können beginnen …«

»Ich esse hier.« Sie setzte sich rasch hin, riss Tiegel und Becher an sich. Sie hob den Kelch an ihre Lippen. Der Wein schmeckte himmlisch im Vergleich zu dem Wasser, das sie in den letzten beiden Tagen hatte trinken müssen. Sie nahm einen weiteren Schluck.

»Ich an Eurer Statt würde mich mäßigen. Ich möchte es nicht dem Wein zuschreiben, wenn Ihr heute Nacht in meinem Bett landet.«

Als sie den Becher auf den Tisch stellte, zauberte er dennoch einen Weinkrug hinter der Bank hervor. Zielstrebig füllte er den Pokal bis zum Rand.

»Andererseits, da dies Euer erstes Mal ist, hilft es Euch vielleicht …«

»Könntet Ihr bitte damit aufhören?« Der Wein musste ihr zu Kopf gestiegen sein, überlegte sie, denn sie empfand keine Furcht mehr vor dem Mann, der ihr gegenüber saß. Wenn sie indes in jene Augen schaute, sprühend vor Heiterkeit, dann fragte sie sich, ob sie sich überhaupt jemals vor ihm geängstigt hatte.

»Womit?«

»Mit diesem Unfug. Diesem Gerede über Ehestand und Hochzeitsnacht! Wir wissen beide, dass das Sakrament, das wir empfangen haben, ohne Bedeutung ist. Warum sollten wir uns etwas vorgaukeln? Warum diese Farce aufrechterhalten?«

Sie hatte seinen Widerspruch erwartet – oder dass er die Beherrschung verlor wie schon einmal. Zumindest hatte sie gehofft, dass er etwas erwidern würde – irgendetwas. Aber er sagte nichts. Stattdessen maß er sie mit einem schmachtenden Blick seiner grauen Augen. Da war Catherine eindeutig klar, dass sie in Schwierigkeiten steckte.

Und dann meldete sich ihr Magen zu Wort. Es war nicht etwa das leise Geräusch, das man übergehen kann. Nein, es handelte sich um ein Knurren, das sogar den Lärm des Londoner Fischmarkts übertönt hätte. Ein Grollen, das selbst Schlafende aufgeweckt hätte. Und das ihr jede Möglichkeit nahm, ihre damenhafte Würde zu wahren.

Also lächelte sie nur verschämt, zuckte die Schultern, senkte den Blick und griff nach dem Käse auf dem vor ihr stehenden Holzbrett.

»Das Hammelfleisch ist besonders gut, wenn Ihr mich fragt.«

Catherine sah nicht auf, weil sie vermutete, dass er sie feixend musterte, bereit, sie daran zu erinnern, was sie dieses Nachtmahl im Nachhinein kosten werde, und wieder strafte er ihre Einschätzung Lügen. Für eine Weile schwieg er, und als sie den Kopf hob, lächelte Athol und lehnte sich wieder an die Wand.

Augenblicke später betrachtete sie den leeren Teller. Das Hammelfleisch war außerordentlich gut gewesen. Genau wie das Hafermehlbrot, der Kapaun und der Käse. Sie nippte an dem Wein, fixierte sein anziehendes Äußeres über den Rand des Kelchs. Sie wünschte, er würde etwas sagen, sie in ein Gespräch verwickeln. Als könnte er ihre Gedanken lesen, hub John Stewart an; er sprach über Balvenie und dessen turbulente Vergangenheit. Er führte aus, wie seine Familie in den Besitz der Burg gelangt war, nachdem die Black Douglases in Ungnade gefallen waren, da die königlichen Streitkräfte sie bei Arkinholm geschlagen hatten.

Während sie an ihrem Weinkelch nippte und seiner tiefen, wohlklingenden Stimme lauschte, tauchte Catherine tief in die Geschichte ein. Er verfügte über ein umfangreiches Wissen und große Detailkenntnis, und Catherine fand sich alsbald in einer Welt tapferer Ritter und gemeiner Schurken, schöner Heldinnen und dramatischer Liebesaffären wieder.

»… und nach der Vermählung meines Urgroßvaters John Stewart, dem ersten Grafen von Athol, mit Margaret aus dem gefallenen Douglas-Clan wurde die Vereinbarung getroffen, dass jedes Jahr am Namenstag von Johannes dem Täufer eine rote Rose …«

Unwillkürlich versank Catherine in ihrer Traumwelt. Sie sah ihren Ritter, der eine große, menschenleere Halle betrat. Dort harrte sie seiner, und die durch die hohen Fenster einfallenden Sonnenstrahlen hüllten sie in eine Aureole aus goldenem Licht. In seiner Hand hielt er eine Rose. Eine Rose, rot wie Blut, der Saft allen Lebens. Ihr Ritter trat näher und reichte ihr das Pfand. Ein Pfand der Liebe. Sie lächelte, streckte ihm ihre Hand entgegen …

Als John Stewart schwieg, schrak Catherine aus ihren Träumen. Ihr Blick nahm sein anziehendes Gesicht in sich auf – die hohe Stirn, die winzigen Lachfältchen rings um seine Augen, die kleine Narbe auf seinem linken Wangenknochen. Ihr Blick glitt von seinem markanten Jochbein zu dem Grübchen in seinem Kinn und schließlich zu den vollen Lippen. Auf einmal schienen seine Züge so sanft, dass er ihr Herz rührte und sie völlig in seinen Bann zog. Sie versank in den grauen Tiefen seiner Augen und befand sich plötzlich in einer anderen Welt, weitaus realer und sinnlicher als all ihre Träume. Wieder senkte sie den Blick auf seinen Mund und fand ihn so verlockend wie eine verbotene Frucht.

Als der Kelch ihren Fingern entglitt, schrak Catherine zusammen und stellte ihn rasch hin. Sie musste zu viel Wein getrunken haben.

»Ich danke Euch … für …« Mit wackligen Knien erhob sie sich und deutete fahrig auf den Tisch. »Euer Nachtmahl … Eure Gesellschaft. Ich …«

Er stand ebenfalls auf, und unvermittelt geisterte ihr durch den Kopf, was er zu Beginn ihres Mahls vorgeschlagen hatte. Sie wollte den Holzteller und den Kelch vom Tisch nehmen. »Ich werde … ich werde das in die Küche …«

»Nicht nötig.« Seine starke Hand unterbrach sie in ihrem Tun. Sie war so warm, so kräftig. »Wir haben Bedienstete, die nichts anderes tun. Gleichwohl glaube ich, dass Jean zutiefst gekränkt wäre, ließe ich Euch hier Hand anlegen.«

Catherine wandte den Blick von Kelch und Teller und entzog sich seiner Umklammerung. »Dann werde ich mich wieder in meine Kammer zurückziehen.«

»Ich hoffe, ich habe Euch nicht gelangweilt.«

»Wohl kaum, Mylord. Es ist spät geworden.«

»Ganz recht. Ich werde Euch zu Eurer Tür begleiten.«

Sie maß ihn für Augenblicke, bemüht, ihr rasendes Herz zu beruhigen. Worüber wollte sie sich beklagen? Er hätte sie gewaltsam in seine Gemächer schleifen – und sie verführen – können. Stattdessen war er nur höflich. Sie spürte, wie sie errötete, als ihr schlagartig eine Erkenntnis kam. Sie war enttäuscht. Tief in ihrem Innern lauerte die Enttäuschung, weil er ihren verlangenden Körper nicht nahm. Warum nur wollte er sie nicht?

Bei allen Heiligen, schalt sie sich im Stillen, vielleicht hätte sie mit sechzehn heiraten sollen. Ihre Faszination, ihre Begeisterung für diesen Mann war erschreckend.

»Darf ich meine eigene Ehefrau nicht zu ihrer Kammertür geleiten?«

»Gewiss doch, Ihr ... ich habe nichts ...« Seufzend riss sie sich zusammen. »Ja, natürlich!«

John Stewart trat hinter dem Tisch hervor und entzündete einen Kienspan an der letzten Glut im Kamin. Wortlos bahnten sich die beiden ihren Weg durch den Saal und über die dunkle Wendeltreppe. Ihr Verstand raste, derweil sie einmal mehr die scheußlichen Flure durchschritten, die sie bereits kannte; indes nahm Catherine sie gar nicht wahr. Seine Nähe war entsetzlich und doch berauschend, und ihr Herz hämmerte so laut, dass sie fast meinte, das Echo würde von den Wänden widerhallen.

»Und wie kommt es, Catherine, dass Ihr nicht vermählt wurdet, als Ihr jünger wart?«

Sein Ellbogen streifte ihren Arm und diese Berührung jagte ihr ein glutheißes Prickeln über Schultern und Dekolleté.

»Ich – ich war stets darauf bedacht, viel zu lernen.«

»Und Eure Verehrer lehnten zu viel Wissen bei einer zukünftigen Gemahlin ab?«

»*Ihr* sprecht von Euch! Ich meine, *Ihr* lehnt Derartiges ab.« Sie stockte in der Hoffnung, dass er sie berichtigen werde, doch er überging ihren Einwurf. Als sie zögernd in seine Richtung spähte, glitt sein Blick sehnsüchtig über ihr Gesicht. Er fixierte ihre Lippen und sie rang nach Atem. »Wie ... wie Ihr bereits wisst, bin ich nicht die Art von Frau, die man gemeinhin zur Ehefrau auserwählt. Einmal abgesehen von meinem Wissen, das seltsamerweise genügt, um die meisten Männer abzuschrecken, bin ich eigensinnig … und schulmeisterlich … und, nun, ich denke, Ihr habt mich verstanden.«

»Aber nein. Habt Ihr noch weitere Fehler?«

Als sie den Teil der Burg betraten, der ihre Kammer beherbergte, verengte sich der Gang vor einem Bogen und Catherine stieß mit ihm zusammen. Sie taumelte und er fasste ihren Arm. Seine Finger verharrten länger als eigentlich vonnöten und diese Berührung ließ sie innerlich erbeben.

»Nein. Aber … ich habe noch andere Eigenheiten!«

»In der Tat?«

Sie bedachte ihn mit einem schiefen Seitenblick und stellte fest, dass ein Lächeln seine wettergegerbten Züge milderte.

»Gewiss! Ich nehme an, dass ich nicht so schön oder begehrenswert bin wie einige andere Frauen.«

»Verhält es sich so?«

»Ganz recht. Ein Mann wird mich vielleicht eher als eine Last ansehen. Als eine Frau, die in einen Konvent gehört, wo man ihr nicht ins Gesicht blicken muss.«

»Und welcher blinde Tor hat Euch diesen Floh ins Ohr gesetzt?«

»Ihr selbst habt mich eine alte Jungfer genannt.«

»Das ist nicht wahr.« Vor ihrer Kammertür blieben sie stehen. »Wenn ich mich recht entsinne, habe ich Euch lediglich dessen beschuldigt, wie eine zu reden. Ich würde nie … Teufel noch! Ihr wollt mich um jeden Preis erzürnen, nicht wahr?«

An den Türrahmen gelehnt, reckte sie herausfordernd das Kinn. »Wie ich bereits sagte, war ich aufgrund der fehlenden Brautwerber in der glücklichen Lage, andere Fähigkeiten zu erwerben.«

»Ihr meint andere Eigenheiten als Eigensinn und … Schulmeisterlichkeit?«

Er verstand sie genau, also bedachte sie ihn mit einem anerkennenden Lächeln. Seine Reaktion indes raubte ihr den Atem. Er trat einen Schritt auf sie zu, um ihre Lippen dann zärtlich mit seinen Fingerspitzen zu streicheln.

»Ihr habt ein überaus anziehendes Lächeln. Einfach bezaubernd.« Sie wartete, bebend vor Spannung, was nun folgen würde. Die Erinnerung, wie seine Lippen die ihren besiegelt hatten, schoss ihr erneut durch den Kopf. Sie hatte das für einen Traum gehalten und auch dieser Augenblick barg etwas Unwirkliches. »Nehmt mich mit in Eure Kammer.«

Catherine meinte, den Kopf zu schütteln, ganz sicher war sie sich indes nicht.

»Dann kommt mit in meine Gemächer.«

Sie lächelte. »Ich habe Euch bereits zu verstehen gegeben, dass ich nicht das verkörpere, was Ihr sucht. Ich träume davon, Lehrerin zu werden, mein Wissen zu teilen …«

»Man muss nicht einen Traum opfern, um einen anderen ausleben zu können.« Seine Hand berührte ihr Gesicht, seine Fingerknöchel glitten zärtlich von ihrer Wange zu ihrer Halsbeuge. »Nehmen wir einmal Eure Mutter. Soweit ich erfahren haben, war sie eine hervorragende Ehefrau und Mutter – und darüber hinaus eine gelehrte Dame.«

»Ja, aber …«

»Ich weiß, Mädchen, Ihr müsst mir nicht sagen, dass Euer Vater ein so wertvoller Mensch war wie kein Zweiter. Aber ist es nicht dennoch eine Schande, die Leidenschaft zu unterdrücken, die Euch innewohnt? Uns innewohnt?«

»Meine Leidenschaft gilt dem Lehren.« Sie hatte stets geglaubt, dass das zuträfe. Und es musste stimmen! Sie war sich ganz sicher gewesen – bis sie John Stewart begegnet war. Und sie durfte nicht zulassen, dass er diese Schwachstelle erkannte. Nicht, wenn er der Auslöser war. »Die Begeisterung, die ich empfinde …«

Sanft legte er einen Finger auf ihre Lippen, worauf sie verstummte. »Nein, Catherine. Ich rede von Begehren. Von der Lust, die Männer wie Frauen für das andere Geschlecht empfinden. Von der Glut, die Ihr gespürt habt, als ich auf dem Jagdschloss das erste Mal in Euer Bett gekommen bin.«

Ihr Verstand suchte nach einer logischen Antwort, doch ihr Herz klopfte aufrührerisch und verriet sie. »Das war ein …«

»Ich durchschaue Euch, Maid. Ihr mögt versuchen, Euer Innerstes vor mir zu verbergen, und doch weiß ich, wer Ihr wirklich seid. Ich sehe die wahre Frau in Euch, Catherine.«

»Ihr kennt mich *nicht.*«

»O doch. Besser, als Ihr meint.« Er beugte sich zu ihr vor. Sie war sich nur noch seiner vollen Lippen bewusst, die die ihren streiften. »Und ich denke, es ist an der Zeit, dass auch Ihr Euch besser kennen lernt.«

»Aber ich weiß alles, was ich …« Das Flüstern erstarb auf ihren Lippen, da sein Mund von diesen Besitz ergriff. Ihre verkrampften Finger entspannten sich, ihre zitternden Handflächen glitten über seine Brust. Als er sie fester umarmte, schmolz sie dahin, ihre Lippen teilten sich hingebungsvoll, ihr Körper schmiegte sich an den seinen. Sie wusste nicht, welche Kühnheit von ihr Besitz genommen hatte, gewahrte sie doch, dass sie auf Zehenspitzen stand und seinen Nacken umschlang. Und er stöhnte lustvoll, da sie unwillkürlich ihren Körper an den seinen presste.

Er wich unmerklich zurück. »Wir sollten uns nichts vormachen.« Er liebkoste ihre Unterlippe, dann suchte er abermals ihren Blick. »Wir empfinden tiefe Leidenschaft füreinander.«

Sie wollte sich widersetzen. Das hier war Wahnsinn. Es war verlockend und ungestüm, und sie hatte keine Vorstellung, wohin es noch führen würde. Ja, es war Wahnsinn, ganz recht. Selbst bei den innigsten Begegnungen mit ihrem Traumritter hatte Catherine nie so empfunden wie jetzt. Ihre Sinnlichkeit war erwacht, harrte seiner nächsten Berührung. Diesmal war sie keineswegs entsetzt, als seine Zunge in ihren Mund glitt, im Gegenteil, sie schmiegte sich willig in seine Arme.

Unterschwellig erstaunte und erschütterte Catherine ihr eigenes Begehren. Und in irgendeiner Weise musste sie ihn ermutigt haben, denn sie spürte seine Hand, die behutsam anfing, ihren Körper zu erforschen. Seine Finger fanden den Weg durch ihren Umhang, tasteten sich zu ihrem Busen vor. Als er sie mit seinen Hüften gegen die Tür presste, seufzte sie unwillkürlich auf, da sie seine pulsierende Männlichkeit gewahrte. Keine Spur mehr von Furcht. Nur ein unglaublich wundersames Gefühl.

»Ich will Euch, Catherine«, murmelte er an ihrer Halsbeuge. »Ich will meine Gemahlin verführen.«

»Aber ... aber Ihr empfindet nichts für diese Gemahlin. Ich bin nichts weiter als ein williger Körper, John Stewart, genau wie der vorherige ... oder der nächste.« Selbst für ihre eigenen Ohren klang ihr

Widerspruch schwach, und ihr Körper verriet sie, indem er sich enger an den seinen schmiegte. Ein muskulöser Schenkel schob sich zwischen die ihren und der sanfte Druck machte sie seufzen.

»Lasst mich Euch das Wesen tiefer Leidenschaft lehren«, murmelte er, und sie schloss die Augen, als seine Hand über ihr Gewand glitt und verwegen ihre Brust umfing. »Lasst uns nicht mehr reden, sondern das tun, was wir beide inniglich wollen.«

Er leugnete nicht ab, was sie gesagt hatte. Gleichwohl hätte sie sich ihm um nichts in der Welt zu entziehen vermocht.

»Ich möchte, dass Ihr den süßen Nektar des Begehrens spürt.« Seine Hand schob ihren Rocksaum hoch, und sie hielt den Atem an, als seine Finger ihre prickelnde Mitte streiften.

»Nektar oder Gift … es bedeutet meinen Untergang. Ich …« Sie stöhnte, da seine Finger ihre Weiblichkeit ertasteten. Seine Lippen pressten sich auf ihren Nacken und verwirrten sie mit ihrer Kühle.

»Aber einen Untergang in den Wogen der Ekstase«, hauchte er ihr ins Ohr. »Lass dich gehen, Catherine. Sei bereit für diese Wonnen.«

Sie wusste nicht, was er meinte, doch die Liebkosung seiner Hand – das lustvolle Prickeln, das ihren Körper durchströmte, als er sie weiterhin streichelte – ließ ihr den Atem stocken.

»Wahrlich, mein Mädchen. Wenn das der Untergang ist, dann soll er himmlisch sein.«

Mehr, mehr!, begehrte ihr Verstand auf. Jede Faser ihres Körpers verzehrte sich nach seiner Berührung. Eine unstillbare Gier erwachte, pulsierte durch ihren Körper, zwang sie, ihre Hände um seinen Nacken zu legen und sich eng an ihn zu schmiegen. In ihrer

Schwindel erregenden Verzückung bemerkte sie, wie seine Hüften sich sehnsüchtig an ihre Weiblichkeit drängten. Sie verlagerte ihr Gewicht in seinen Armen.

»Das alles wäre wesentlich einfacher, wenn du mich in deine Kammer lassen würdest.«

Sie schüttelte den Kopf. Nein, das würde einer Kapitulation gleichkommen. Nicht nur ihres Körpers, sondern auch ihrer Seele. Gleichwohl wollte sie unter gar keinen Umständen, dass er von ihr abließ. Ihre Lippen auf seine Halsbeuge gepresst, hoffte sie, dass er verstand.

»Es ist verrückt, Catherine. Und du hilfst mir in keinster Weise.«

»Ich weiß.« Unmerklich wich er zurück und spähte durch den Gang. Sie standen in einem dunklen, einsamen Korridor. Lediglich der Kienspan in der Halterung neben ihrer Tür spendete sein flackerndes Licht. Die Hausbewohner waren längst zu Bett gegangen, ehe sie den Mut aufgebracht hatte, ihre Kammer zu verlassen. Und doch marterte die Unschicklichkeit ihres Tuns unablässig ihr Hirn.

Als könnte er ihre Gedanken lesen, senkte er unversehens den Kopf und küsste sie abermals. Als könnte er ihr Begehren erahnen, begannen seine Finger erneut ihr verführerisches Spiel mit ihrem Körper.

Sie seufzte und unterdrückte einen leisen Aufschrei, als er sie unvermittelt hoch hob und zu der gegenüber liegenden Wand trug. Dort setzte er sie auf den Sims, der unterhalb des Fenstersturzes verlief.

»Nicht unbedingt der beste Platz, Maid, aber er muss genügen!«

Sie umklammerte seine Schultern. »Ich werde hinabstürzen!«

»Ja. Geradewegs in den Innenhof.« Er schob ihre Röcke hoch, und sie schauderte, als seine Hände über ihre Schenkel zu ihren Hüften glitten. Dann trat er vor sie und zwängte sich zwischen ihre Knie. »Nein, du wirst nicht stürzen. Das werde ich nicht zulassen, Cat.«

Noch nie hatte sie etwas Derartiges getan. Nicht einmal in ihren kühnsten Träumen. Gleichwohl, als er seinen muskulösen Körper fester an sie schmiegte, wusste sie, dass sie genau das wollte. Sie vertraute ihm.

»Schling deine Beine um mich, Cat.«

Es würde schmerzen, dessen war sie sich sicher. Doch als er sie zärtlich mit seinen Fingerspitzen berührte – ihre verborgene Grotte ertastete und streichelte –, war es um sie geschehen. Von einem plötzlichen, hemmungslosen Höhepunkt überwältigt, vergrub sie ihre Lippen an seiner Schulter.

Sie hatte sich noch nicht wieder gefasst, als er in sie eindrang. Vage spürte sie das Ziehen, doch der Schmerz wurde von den Wonnen verdrängt, die ihren Körper überrollten. Er war tief in ihr, und sie fing an, ihn zu fühlen. Er bewegte sich zunächst langsam und dann immer schneller. Abermals begaben sich Catherines Sinne auf eine lustvolle Reise. Er passte sich ihrem Körper so vollkommen an. Sein Atem war warm an ihrem Hals, an ihrem Ohr. Sie vernahm das gleichmäßige Pulsieren seines Herzens. Seine tiefen, kraftvollen Stöße trieben sie beide an den Rand des Wahnsinns. Fürwahr, das muss die Ekstase sein, dachte sie, von einem weiteren Höhepunkt überwältigt.

Catherine umschlang ihn fester. Sein Hemd wurde feucht unter ihren Handflächen. Sie küsste seine Wange und schmeckte seinen Schweiß.

Sie bäumten sich auf, Catherine ergab sich dem drängenden Rhythmus seiner Lenden, bis sie schließlich, beinahe von Sinnen vor Lust, die plötzliche Anspannung seines Körper spürte. Da erkannte sie, dass sie beide dem siebten Himmel nah waren.

Als er Augenblicke später seine Stirn an ihre Wange presste und ihre feuchte Haut küsste, hellte ein erster Hoffnungsstrahl Catherines betrübliche Gedanken auf.

Vielleicht war die Ehe mit John Stewart letztlich doch nicht so schlimm.

7

Reglos an das Mauerwerk gepresst, wünschte sich Susan nichts sehnlicher, als sich auf der Stelle in Luft aufzulösen. Die beiden ahnten nichts von ihrer Gegenwart und so sollte es auch bleiben. Sie war lediglich eine bedauernswerte Seele, verborgen und verzweifelt im Schatten eines alten Gemäuers. Und sie würde Stillschweigen wahren.

Das, worauf sie soeben gestoßen war, hatte sie in der Tat schockiert. Allerdings verwandelte sich Susans Entsetzen in Neid, sobald ihr dämmerte, was sie soeben als Augenzeugin mitverfolgt hatte. Und die beiden nach ihrem hemmungslosen Liebesakt eng umschlungen zu sehen verdross sie nur noch mehr.

Das Miauen einer Katze hinter ihr auf dem Treppenabsatz zu der gewundenen Stiege am Ende des Gangs ließ Susan zusammenschrecken. Indes horchte auch die Engländerin auf. Susan beobachtete, wie Catherine den Kopf von Johns Schulter hob und in die Finsternis spähte. Die junge Frau wich noch weiter in das Dunkel zurück, da sie ahnte, dass die andere sie entdeckt hatte.

Susan, die mit einem entsetzten Aufschrei Catherines gerechnet hatte, war verdutzt, als diese sich unvermittelt Johns Umarmung entzog. Mit einem für Susan unverständlichen Murmeln – und ohne sie eines weiteren Blickes zu würdigen – schritt sie an John vorbei und verschwand flugs in ihrer Kammer.

Während Susan einen Schritt in Richtung Stiegenhaus zurückwich, gewahrte sie die enttäuschte Miene des Grafen, mit der dieser die verschlossene Tür seiner Gemahlin maß.

Hervorragend!, dachte sie im Stillen. Vielleicht begreifst du jetzt, wie ich empfinde.

Strahlendes Sonnenlicht flutete durch die beiden Fenster in den Audienzsaal des Grafen. John Stewart saß hinter einem gewaltigen Sekretär, entließ soeben seinen Wachposten und wandte sich den drei vor ihm stehenden Mönchen zu. Ihre schmutzig grauen Roben zeugten von einer langen, anstrengenden Reise.

»Und Ihr behauptet, meine Gemahlin zu kennen«, hub er unvermittelt an.

Die Geistlichen musterten einander betreten, ehe sie antworteten.

»Eure Gemahlin? Vielleicht handelt es sich um eine Verwechslung, Mylord.« Der Beleibteste von den dreien, Bruder Bartholomew, ergriff im Namen der beiden anderen das Wort. »Wir sind auf der Suche nach Catherine Percy. Und man sagte uns, dass Burg Balvenie ...«

»Wer?«, warf Athol ungehalten ein. »Wer hat Euch über den Aufenthaltsort von Catherine Percy aufgeklärt?«

»Sie selbst, Mylord. Mistress Catherine berichtete uns, dass sie hierher kommen werde!« Der Mann wischte sich mit seiner staubigen Manschette über seine schwitzende Oberlippe. »Wie wir Euren Männern bereits mitgeteilt haben, Mylord, kommen wir von der Abtei Jervaulx in Yorkshire. Ungefähr zur selben Zeit, da Mistress Catherine und ihre Schwestern die Abtei verließen, flüchteten auch viele von uns. Man überbrachte uns die Kunde, dass die Gefolgsleute des Königs nicht mehr weit wären. Der königliche Statthalter hatte bereits eine Abtei im Süden geplündert. Wir waren die nächsten. Uns blieb keine Wahl als die Flucht, Mylord.«

»Also seid Ihr gemeinsam mit Mistress Catherine und ihren Schwestern aufgebrochen?«

»Ganz recht, Mylord. Allerdings mussten wir laufen und konnten nicht mit ihnen Schritt halten. Dennoch beharrte sie darauf, dass wir sie hier auf Balvenie treffen sollten. Ihre Hoffnung, eine Schule eröffnen zu können – unter Eurem Vorsitz und in der Nähe der Kathedrale von Elgin – bestärkte sie in der Annahme, dass wir drei ihr von großem Nutzen sein würden.«

Athols Miene spiegelte eindeutig Zweifel. »Und was sollten uns drei englische Mönche zu bieten haben?«

Wieder sprach Bartholomew für die anderen. »Wir sind den Bischöfen von Elgin schon seit alters tief verbunden. Ich selbst war ein Schüler von Sir Andrew Forman – Gott hab ihn selig! –, als er noch Verwalter der Abtei von Cottingham in England war. Darüber hinaus hatte ich das große Glück, Bischof Schaw und Sir Alexander Stewart zu kennen. Wahrlich, wir waren alle tief betrübt, als wir von seinem Ableben in diesem Sommer erfahren mussten.«

»Ist dem so? Und Eure Verbindung zu den Percys?«

»Mylord, wir drei waren die Lehrer von Mistress Percy und ihren Schwestern. Ich gestehe, die Tatsache, dass wir diese Mädchen unterrichtet haben, geschah gewissermaßen aus Hochachtung vor ihrem Vater, Lord Edmund Percy … einem großen Gönner unserer Abtei. Verständlicherweise handelte es sich bei den übrigen Klosterschülern um die Söhne unseres Adels.«

Athol lehnte sich in seinem Sessel zurück. »Ganz ohne Zweifel eine verwöhnte und verzogene Horde junger Nichtsnutze!«

»Hmmm … nun …« Der Mann, der zunehmend nervöser schien, wischte sich abermals Lippe und Stirn mit seinem Ärmel ab.

»Und welche wundersamen Geheimnisse vermittelt Ihr drei? Dass die Schotten ihre Kinder verspeisen? Dass die Sonne einzig England lacht?«

»Nein, Mylord!«, stöhnte Bartholomew und die beiden anderen nickten bekräftigend.

»Nein, gewiss nicht? Also, heraus damit! Es interessiert mich nicht, ob Ihr mir die Namen der Bischöfe von Elgin an den Kopf werfen könnt! Wie lauten Eure speziellen Wissensgebiete, und warum sollte ich ausgerechnet Euch Quartier gewähren, wenn ich für diesen verfluchten Unterricht jeden Priester von Elgin haben kann?«

Der stämmige Mönch nickte dem Mann zu seiner Rechten zu. »Nun, Bruder Egbert hier unterrichtet Arithmetik für Anfänger und Fortgeschrittene, Mylord.«

»Es wäre besser, Ihr könntet Landkarten zeichnen, wollt Ihr auch nur eine Nacht auf meinem Anwesen verbringen. Zum Teufel, wenn ich darüber nachdenke, fallen mir mindestens zwei Arithmetiklehrer ein, von denen ich weiß, dass sie an der Kathedrale einen guten Ruf genießen.«

Als Bruder Bartholomew seine Betroffenheit zum Ausdruck bringen wollte, bedeutete Athol ihm mit einer unwirschen Geste seiner Hand zu verstummen; darauf fixierte er wütend den bleichen, schweigenden Mann, der sich hinter seinem ebenso beleibten Mitbruder zu verbergen trachtete.

»Ich habe mit Bruder Egbert geredet«, meinte der Graf. »Könnt Ihr nicht für Euch selbst sprechen, Mönch?«

»Gewiss doch.« Der Mann nickte bedächtig. »Ich lehre auch das Kartenzeichnen. Obschon Ihr keine Verwendung für dieses Fach haben werdet.«

»Nein?«

»Nein, Mylord. Mistress Catherine ist ausgesprochen befähigt auf diesem Gebiet, und ihre Hand so ruhig wie die von Vespucci in seinen allerbesten Zeiten.«

»Soll das heißen, ich brauche Eure Dienste gar nicht?«

Bruder Egbert nickte verdrossen.

»Vermutlich brauche ich keinen von Euch …«

Hastig meldete sich Bruder Bartholomew wieder

zu Wort. »Ich für meinen Teil unterrichte Geografie, Sir!«

»Und ich vermute, Ihr gehört zu denjenigen, die während des Unterrichts Dichtung und Wahrheit vermischen und sich in Astronomie und Philosophie ergießen!«

Der Kirchenmann nickte bekräftigend. »Ganz recht! Und Mistress Catherine lobt mein Wissen, das neben der Astrologie auch die Navigation umfasst. Sie war immer eine herausragende Schülerin. Im Kloster hat sie häufig jene Burschen unterrichtet, die einer ...«

»Und seht Ihr irgendeinen Grund, warum Lady Catherine nicht all das lehren sollte, was auch Ihr beherrscht?«

»Nun, ich – äh – ...« Bruder Bartholomews Gesicht nahm eine tiefrote Färbung an. »Nein, Mylord.«

»Das dachte ich mir.« Athol wandte sich zu dem großen, hageren Mann, der etwas abseits von den beiden anderen am Fenster stand. »Und was lehrt Ihr? Bruder Paul, wenn ich mich recht entsinne?«

Der Gottesmann nickte. »Ich lehre Griechisch ... und die modernen Sprachen, versteht sich.«

Athol stützte sich auf seine Ellbogen und sah den Mann ungerührt an. »Unwichtig, wenn Ihr mich fragt.«

»Für die humanistische Denkweise sind die Sprachen von entscheidender Bedeutung, Sir.«

Bruder Pauls Blick schweifte zur Tür und zu der Frau, die diese Worte soeben geäußert hatte.

John Stewarts Augen folgten ihm. Lange vor Sonnenaufgang hatte er sich bereits gewünscht, sie zu sehen, und jetzt sog er ihren Anblick in sich auf. Sie war so schön, wie sie dort stand; ihre gerunzelte

Stirn bewies ihre Auseinandersetzung mit dem für sie bedeutsamen Thema. Ihren blauen Tiefen, die ihn unschuldig und unvoreingenommen musterten, gelang es indes nicht, seinem geistigen Auge die Vollkommenheit ihrer Brüste oder ihrer langen, festen Schenkel vorzuenthalten. Den Blick auf sie geheftet, stürmten die Erinnerungen der vergangenen Nacht auf ihn ein.

Verflucht! Sie hatte ihn verzaubert! Seit er sich letzte Nacht in seine Gemächer zurückgezogen hatte, vermochte er einzig an Catherine Percy zu denken und wie ihre Leidenschaft – vergleichbar mit der Lava eines Vulkans – die Fassade der ›alten Jungfer‹ gesprengt hatte, sobald er sie berührt hatte.

Die drei Eindringlinge insgeheim verfluchend, riss Athol sich von seiner Gemahlin los und wandte sein Augenmerk wieder den Geistlichen zu. Er fragte sich, wie lange sie wohl schon dort stand und seinen Fragen lauschte. Heute Morgen hatte sie sich erneut geweigert, ihn zum Frühstück in den Rittersaal zu begleiten, aber wenigstens wusste er jetzt, dass sie sich der Vorkommnisse außerhalb ihrer Kammer gewärtig war. Und sie hatte es immerhin für notwendig erachtet, ihre heimliche Zuflucht zu verlassen und ihren Freunden zu Hilfe zu eilen.

Ihre Freunde! Sie war nicht hier, um ihn zu besuchen, sondern um diese englischen Duckmäuser zu schützen. Verärgert funkelte John Stewart sie an. »Ich bin sicher, dass alle unsere Handwerksburschen schon davon träumen, in die Dienste des Königs eintreten zu dürfen. Aber davon einmal abgesehen … würdest du mir erklären, welchen Sinn etwas so Schwieriges wie die griechische Sprache hier in den Highlands haben könnte?«

Der Mönch namens Paul öffnete die Lippen zu weiteren Ausführungen, doch Athols erhobene Hand brachte ihn sogleich zum Verstummen.

»Ihr hattet bereits das Wort. Diese Frage gilt meiner Gattin.«

»Um die Schriften in ihrer ursprünglichen Form zu lesen!« Sie machte einen Schritt in den Raum. »Um uns zu ermöglichen, die verfälschten lateinischen Texte auf ihren Wahrheitsgehalt hin zu überprüfen. Um die Philosophen der Antike zu verstehen, deren Wissen jahrtausendelang als verloren galt und mit den griechischen Manuskripten erst heute allmählich wieder verfügbar wird. Damit wir uns mit den Anfängen der Erdgeschichte und den Gesetzen der Naturwissenschaft auseinander setzen können, wie die alten Gelehrten sie entwickelten.«

»Aber das ist weitaus mehr, als man grundsätzlich lernen muss!«

Sie machte einen weiteren Schritt und er bemerkte die dunklen Schatten unter ihren Augen. Er überlegte, ob sie geweint oder eine ebenso schlaflose Nacht verbracht hatte wie er.

»Aber meine Pläne – soweit du willens bist, sie endlich zu erfahren – umfassen nicht nur eine Lehreinrichtung für die kleineren, sondern auch eine weiterführende Schule für die älteren Kinder. Die Lehrer an der Kathedrale von Elgin und wir vier können viele Lernwillige – von deinen Ländereien und aus den umliegenden Dörfern – auf eine höhere Bildung vorbereiten, vielleicht sogar auf den Besuch der Universität, wenn du es so willst.«

»Und du bist so naiv zu glauben, dass meine Untergebenen oder auch die Einwohner der benachbarten Grafschaften dermaßen hochfliegende Ziele haben? Was glaubst du, wie viele verfluchte Priester im Hochland gebraucht werden?«

»Es könnten gewiss ein paar mehr sein, Mylord, aber das ist nebensächlich. Ich mag dein Volk nicht gut genug einschätzen können, gleichwohl bin ich kein Einfaltspinsel. Was wir anzubieten haben, beschränkt den Schüler nicht auf die Laufbahn des Geistlichen. Diese Zeiten gehören der Vergangenheit an, Mylord. Eine umfassende Allgemeinbildung gewährleistet mehr Lebenstüchtigkeit.«

Athol unterdrückte den Wunsch zu lachen und zwang sich stattdessen, seiner aufrührerischen Gattin die Stirn zu bieten. Ihr Scharfsinn mochte ein klein wenig gelitten haben, ihre Müdigkeit indes war wie weggewischt, und er ertappte sich bei dem Gedanken, wie betörend schön sie doch bei Tageslicht war. Die tiefblauen Augen, die ihn bei Kerzenlicht fasziniert hatten, wirkten jetzt unwiderstehlich. Für eine bei Hofe erzogene Engländerin war ihr Modeverständnis, was Garderobe und Kopfputz betraf, allerdings mehr als altbacken.

Athol verdrängte diese Überlegung und wandte sich unvermittelt den drei Mönchen zu, die erwartungsvoll neben seiner Gemahlin standen. »Raus, alle drei!«

Geschwind eilte Catherine zu ihrer Rettung. »Haben sie deine Erlaubnis, hier auf Burg Balvenie zu bleiben?«

»Das kommt darauf an.« Er maß sie forschend, worauf eine tiefe Röte über ihren makellosen Porzellanteint flog. »Nun, das hängt davon ab, ob unsere beiderseitigen Verhandlungen hinsichtlich besagter Schule positiv verlaufen.«

John Stewart war sich seines schurkischen Verhaltens durchaus bewusst, andererseits hatte er die feste Absicht, diese Schule zu benutzen, um den Widerstand seiner jungen Gemahlin zu brechen. Sie hungrig aus ihrer Kammer zu locken hatte weitaus besser funktioniert als von ihm erwartet, aber das war erst der Anfang. Und das aufsässige Funkeln in ihren blauen Augen bewies Athol nur zu deutlich, dass sie noch nicht bereit war zur Kapitulation.

Erklärte sich Catherine allerdings einverstanden mit diesem Spiel, dann war er willens, auf ihre Wünsche einzugehen, und konnte es kaum erwarten zu beginnen.

Das kurze Geplänkel letzte Nacht im Gang – so bedeutsam es ihr vielleicht erschienen war – hatte lediglich seinen Hunger geweckt.

Jetzt war er bereit, aufs Ganze zu gehen.

8

Mit ungeahnter Schnelligkeit schlug die schwarze Katze ihre Krallen in die ausgestreckte Hand. Der königliche Statthalter brüllte vor Zorn, als er die blutende Wunde an seine Lippen riss.

»Der Teufel soll sie holen! Wo hat dieses Mistvieh gesteckt?«

Der in eine Kutte gehüllte Schatten trat entschlossen zu dem Heuhaufen und packte die Katze am Nackenfell. Er hob sie hoch, bis sie sich von Angesicht zu Angesicht fixierten, und blickte dem Tier unverdrossen in die Augen. Laut fauchend wand sich die Katze in dem Bemühen, sich aus der Umklammerung des Mannes zu befreien.

»Eine junge Katzenmutter!« Er warf das Tier auf den schmutzigen Stallboden.

»Ich kann nichts finden!« Der Statthalter, der seine verletzte Hand umklammert hielt, benutzte die andere, um die Strohballen vor die Wand zu schieben. »So langsam glaube ich, dass das Ganze eine verdammte Lüge war ... lediglich eine Taktik von ihnen, um Zeit zu schinden. Diese verfluchte Landkarte war nichts weiter als ein Ablenkungsmanöver. Wir haben zwei Grafschaften durchkämmt und fünf Klöster durchsucht, um dann schließlich in einer verfallenen alten Scheune zu landen, mit einem Dämon von einer Katze. Wir sind die Dummen, ich sag's Euch. Sie haben uns zum Narren gehalten.«

»Er ist hier!«

»Schert Euch zum Teufel! Wo denn?«

Die verhüllte Gestalt stapfte tiefer in das Stroh, kniete sich schließlich und griff in eine Vertiefung im Boden. Augenblicke später förderte seine Hand maunzende schwarze Fellkugeln zu Tage. »Kätzchen!«

»Zur Hölle mit Euch! Wollt Ihr mir weismachen, dass das eine weitere Finte dieser Weiber ist? Katzenjunge an Stelle des Schatzes, den wir im gesamten Land aufzuspüren ver...«

»Hier. Ich wusste, dass er hier ist.«

Er legte die Kätzchen zurück ins Stroh und zog ein ledernes Behältnis aus dem Loch.

»Eine weitere Karte!«, stellte er fest, dieweil er das zusammengerollte Pergament glättete.

Catherine hatte nicht erwartet, völlig allein mit ihm zurückzubleiben.

Sie spähte über ihre Schulter, als die Tür hinter

dem letzten Mönch ins Schloss fiel, nahm daraufhin allen Mut zusammen und trat vor ihren Gatten.

Es war eine lange, zermürbende Nacht gewesen, die sie einsam und beklommen in ihrem schmalen Bett verbracht hatte. Ständig hatte sie Susans Bild vor Augen gehabt, die im Dunkel des Ganges verharrt hatte. Erstaunlicherweise war die Schmach des Entdecktwerdens bei weitem nicht so quälend gewesen wie das Bewusstsein, dass sie, indem sie sich Athol hemmungslos hingegeben hatte, einer anderen Frau das Herz gebrochen hatte. Ganz offensichtlich liebte Susan MacIntyre den Grafen noch immer. Was sollte eine Frau ansonsten dazu bewegen, sich im Dunkel zu verbergen?

Nachdem es ihr schließlich geglückt war, ihre Schuldgefühle hinsichtlich Susans Zukunft zu verdrängen, hatte sie der Gedanke an ihre eigene Schwäche zu Tränen gerührt. Was sie in seiner Umarmung empfunden hatte, war unbeschreiblich, dennoch vermochte sie es nicht zu fassen, dass sie so willig gewesen war. Wie hatte sie nur zulassen können, dass sie seinen Verführungskünsten erlag? Ihr Leben würde nie wieder wie früher sein, das war ihr klar.

Die Ehe war vollzogen. Jetzt war sie seine Gemahlin und ohne jede Hoffnung auf eine Annullierung. Und obschon sie den tiefen Wunsch gehegt hatte, Balvenie Hals über Kopf zu verlassen, machte die Möglichkeit, dass sie bereits Athols Kind unter dem Herzen trug, jede Flucht undenkbar.

Im Morgengrauen hatte Catherine sich schließlich in den Schlaf geweint, überzeugt, dass ihr Leben ein für alle Mal ruiniert war. Gegen Mittag hatte Jean ihr dann die Nachricht von der Ankunft der drei Mönche gebracht. Alsdann erwachten Catherines Lebensgeister. Und während sie sich darauf vorbereitete, den Audienzsaal aufzusuchen, entschied sie, dass sie die Hoffnung niemals aufgeben dürfe.

Zaghaft wandte Catherine sich zu dem hinter dem Sekretär sitzenden Mann. Er hatte sich zurückgelehnt, die in Lederstiefeln steckenden Füße ausgestreckt, die Arme ruhten auf den Stuhllehnen. Und er fixierte sie mit einer Miene, die sie nicht recht zu deuten wusste.

Vielleicht, dachte sie, konnten sie das Vorgefallene übergehen. Schon möglich, nachdem die Tat vollbracht und die Ehe vollzogen war. Athol würde ihr gestatten, die Schule zu gründen und ihre ursprünglichen Pläne weiter zu verfolgen. Was sie selbst anging, so mochte sie, nachdem sie die verbotenen Früchte der Leidenschaft einmal gekostet hatte, ihre törichten Fantasien hinter sich lassen. In der Tat, bei näherer Betrachtung war John Stewart beileibe nicht so unglaublich anziehend wie in ihrer Erinnerung. Darüber hinaus war der am Vorabend genossene Wein gewiss der wahre Grund für ihre Zügellosigkeit gewesen.

Während Catherine zu ihrem Gatten spähte, dämmerte ihr, dass diese letzten Überlegungen völliger Unfug war. In dem blütenweißen Hemd, das er unter seinem Tartan trug, war Athol nach wie vor der attraktivste Mann, dem sie je begegnet war. Einerlei, seufzte sie im Stillen. Sie war hierher gekommen, um über ihre Schule zu diskutieren. Und nichts würde sie davon abhalten.

»Soll ich dir etwas zu essen bringen lassen, Catherine?«

Sie beobachtete, wie er seinen Stuhl zurückschob.

»Nein, Mylord. Gestern Abend hatte ich genug für die nächsten Tage.«

»Bedauerlich, das zu hören.«

»Wie dem auch sei, Mylord, ich schlage vor, wir reden unverzüglich über die Schule. Jetzt, da meine früheren Lehrer eingetroffen sind, ist der Zeitpunkt sicherlich günstig, der Kathedrale von Elgin einen Besuch abzustatten. Jean hat mir berichtet, dass sie nur einen Tagesritt entfernt ist, und ...«

»Habe ich dir heute Nacht wehgetan?«

»Nein.« Unversehens, beinahe wie ein verhaltenes Wispern, entwich die Antwort ihren Lippen. Indes konnte sie die flammende Röte auf ihren Wangen nicht verbergen. »Mylord, was die Schule angeht ... es wäre sehr hilfreich, wenn du uns einen Rat geben würdest, welches Gebäude geeignet ...«

»Warum hast du geweint?«

»Ich ... ich habe nicht geweint!« Verunsichert die Hände um ihre Taille schlingend, gewahrte Catherine, wie er sich langsam erhob. »Hältst du es für ratsam, wenn wir sie nahe der Kathedrale einrichten, oder meinst du ...«

»Du lügst nicht sehr überzeugend, Cat!«

Unbewusst wich sie einen Schritt zurück, da er hinter seinem Schreibtisch hervortrat. Ihr Herz raste mittlerweile in ihrer Brust. »Vielleicht ist Elgin zu beschwerlich wegen der ständigen An- und Abreise. Andererseits, wenn dort ein Kloster ist, dann könnte ich womöglich in der Nähe ...« Sie brach ab, da er vor sie trat.

»Warum hast du mich heute Nacht so überstürzt verlassen?«

»Ich ...« Kaum eine Elle vor ihr blieb er stehen und zog eine ihrer Hände von ihrer Taille. Ihr Blick irrte in alle Richtungen, bestrebt, sein Gesicht zu meiden. »Vielleicht … die benachbarten Gutsherren …«

»Ich war besorgt um dich, Cat.«

»Warst du das?«, hauchte sie, unvermittelt wütend auf sich selbst, dass sie überhaupt reagiert hatte.

»Ja, das war ich.«

Ihr stockte der Atem, da er ihr Kinn anhob und ihr tief in die Augen blickte. Catherine war verschwommen bewusst, dass sie sich kaum wehrte gegen das, was als Nächstes geschah. Langsam neigte er den Kopf und berührte ihre Lippen.

Ich werde sterben, dachte Catherine, wenn ich meine Arme nicht um seine breiten Schultern lege und ihn fest an mich drücke. Dennoch ballte sie ihre Hände zu Fäusten und hielt sich zurück. Er besaß zu viel Macht über sie. Wenn sie John Stewart zu sehr nachgab, würde sie all ihre Träume ganz gewiss zu Grabe tragen müssen.

Unmerklich wich er zurück und maß ihr Gesicht. »Wo ist meine leidenschaftliche Cat? Was ist mit meiner lustvollen Gemahlin geschehen?«

Ihr Gesicht brannte, als er zärtlich ihre Wange streichelte. »Ich … ich dachte, da wir bereits vollzogen haben, was …«

»Du dachtest, weil wir uns bereits einmal in einem Gang geliebt haben …« Er stockte und wartete.

Sie nickte. »Ich dachte, dein Interesse … daran … an mir … ich …«

»Du irrst, Cat.«

Als seine Arme sie umfingen, wurde Catherine von eiskaltem Entsetzen übermannt. Sie stemmte ihre Hände gegen seinen Brustkorb und entwand sich ihm. »Ich … ich bin hier … um über die Schule zu reden.«

»Hervorragend! Wir werden über die Schule reden«, antwortete er ruhig. »Aber erst wenn du deinen Mann geküsst hast.« Abermals umfasste er sie.

Sie wich zurück und sah ihn ungläubig an. »Ein Kuss? Ich darf dir meine Pläne für die Schule darlegen, nachdem ich dich geküsst habe?«

Er nickte leutselig. Sie wusste, dass er sie zum Narren hielt, also zauderte sie. Gleichwohl konnte sie nichts Verwerfliches an dieser Handlung entdecken, deshalb stellte sie sich rasch auf Zehenspitzen und hauchte ihm einen flüchtigen Kuss auf die Lippen.

»Und jetzt zu der Schule …«

»Das war kein Kuss, mein Mädchen.«

»Nun, sollte es mich überraschen, dass ausgerechnet du das sagst?«

»Ich äußere lediglich eine Tatsache. Das war kein Kuss!«

Er machte sich über sie lustig; sie bemerkte die Erheiterung in seinem Blick. »Das ist die älteste und kindischste Methode, um eine Frau zu überrumpeln.«

Er legte seine Arme auf ihre Schultern, neigte den Kopf und sah ihr tief in die Augen. »Gewiss doch! Aber hast du einen besseren Vorschlag? Vielleicht gelingt es dir, an deiner Schule bessere Methoden zu lehren. Doch bevor wir zu diesem Punkt kommen, will ich einen Kuss von dir.«

Einmal mehr schmolz sie infolge seiner Nähe dahin. »Aber … warum … warum willst du einen … einen Kuss?«

Sein Lächeln ging ihr unter die Haut, sie fühlte, wie ihr Puls lauter brauste als jedes Unwetter, jeder Sommersturm.

»Ist dir aufgefallen, dass es dir die Sprache verschlägt, wann immer ich in deiner Nähe bin?«

»Das ... das ist nicht wahr.« Lügner, dachte sie, trat einen Schritt zurück und spürte den Widerstand der Tür.

»Lügnerin«, flüsterte er und stand unvermittelt vor ihr.

Bei der Heiligen Jungfrau, was sollte sie nur tun? Er stemmte seine Handflächen zu beiden Seiten ihres Kopfes gegen die Tür – sie war gefangen. Sie hob ihre Lider und begegnete seinem verzehrenden Blick.

»Ein Kuss?«

Er nickte. »Ein Kuss, der den Himmel in Flammen setzt ... und dann reden wir über die Schule.«

Plötzlich dämmerte ihr die Situationskomik und ihre Stimmung hellte sich auf. In ihrem ganzen Leben hatte sie nur zweimal einen Mann geküsst und beide Male war es John Stewart gewesen. Die Vorstellung, dass er mit ihr sprach, als wäre sie eine Expertin auf diesem Gebiet, war wahrlich belustigend.

»Auch gut. Wenn du nicht willens bist, das zu tun, worum ich dich bitte« – seine Hände sanken auf ihre Schultern –, »dann werde ich mir die Zeit auf andere Weise vertreiben.«

Sie hielt den Atem an, als seine Finger über den weichen Wollstoff ihres Gewands glitten und sanft ihre Brüste streiften. Ohne auch nur einen weiteren Gedanken zu verschwenden, stellte Catherine sich auf Zehenspitzen und besiegelte seine Lippen mit einem Kuss. Als seine Zunge die ihre liebkoste, wusste sie, dass ein Kuss allein niemals ihre unstillbaren Sehnsüchte befriedigen würde.

Seine Hände, magisch angezogen von ihren erogenen Zonen, erforschten ihren Körper – berührten sie, fühlten sie, kosten sie durch das Gewand, das ihr jetzt wie hauchdünner Batist erschien. Sie stöhnte leise, fuhr mit ihren Fingern durch sein Haar, zog ihn an sich.

»Diesmal, Cat, nehme ich dich in meinem Bett.« Seine Lippen senkten sich auf ihren Hals.

»Nein!« Sie schüttelte den Kopf, wehrte sich jedoch nicht, als er ihre Arme über ihren Kopf hob, ihre Handgelenke mit einer Hand umschloss und durch den Stoff des Kleides an ihren Brüsten knabberte. »Wir … wir können das nicht tun. Erst einmal stehst du zu deinem Wort und hörst dir an, was ich … was ich dir über die Schule sagen will.«

Mit seiner anderen Hand presste er ihren Körper an seine Hüften. »Wenn nicht das Bett, dann wird eben mein Sekretär … oder der Lehnstuhl … herhalten müssen. Manche Dinge lassen sich einfach nicht aufschieben, Cat.«

So scheint es in der Tat, dachte sie und ihr wurde siedend heiß. Sie erbebte bei der Vorstellung, ihn aufs Neue in sich zu wissen.

»Ja«, hauchte sie. »Aber …«

Das unvermittelte Klopfen an der Tür ließ sie zusammenzucken. Sie wollte sich ihm entwinden, doch Athol hielt ihre Handgelenke fest umklammert und vereitelte jede Flucht.

»Mylord!«

Fäuste trommelten an die Eichentür, und Catherine benutzte ihre freie Hand, um die gelösten Haarsträhnen hinter ein Ohr zu streichen. Athols Blick verharrte sehnsüchtig auf ihr.

»Mylord!« Catherine erkannte die Stimme. Es war

die des Kriegers, dessen Gesicht von Narben entstellt war und den Jean Tosh nannte.

»Was ist los?« Athol gab sie frei und riss erzürnt die Tür auf.

»Dieser räudige Wolf, Adam of the Glen, ist wieder auf Jagd, Sir. Mehrere Bauern haben einige von seinen Helfershelfern im Süden gesichtet und ihre Spur führt vom Glen Rinnes über den Corryhabbie Hill.«

Ohne sie eines weiteren Blickes zu würdigen, strebte John Stewart aus der Kammer. Überaus besorgt und verwirrt lauschte Catherine den knappen Befehlen, die Athol den Männern zubrüllte, die sich im Rittersaal eingefunden hatten. Sie hastete zu einem der Fenster, das den geschäftigen Innenhof überblickte, und spähte ins Freie. Athol und seine Gefolgsleute stürmten soeben aus dem Wohnturm und zu ihren wartenden Rössern.

Selbst auf diese Entfernung hin gewann Catherine eine klare Vorstellung vom Ausmaß seiner Verärgerung. Und es war erschreckend zu wissen, dass es sich dabei um einen vergleichbaren Wutausbruch wie den in jener ersten Nacht handelte – als er seine zukünftige Gemahlin in der Umarmung eines anderen erwischt hatte.

Dieser Adam of the Glen musste eine rechte Bedrohung für die Untertanen ihres Gatten darstellen. Nun, wer immer dieser Adam war, sinnierte Catherine, sie wollte nicht in seiner Haut stecken, wenn Athol ihn zu fassen bekam.

Auf dem Weg zur Tür entschied Catherine, dass hinsichtlich der Angelegenheiten ihres Gemahls noch viel zu viele Fragen unbeantwortet waren. Nein, die Vorstellung, die Abgeschiedenheit ihrer kleinen Kammer zu suchen, verlor unversehens an Reiz.

Stattdessen huschte Catherine über die Wendeltreppe, wusste sie doch genau, was sie wollte.

Die Wahrheit über John Stewart. Einen Einblick in die Seele des Mannes. Eine Erklärung, warum sie ihm – weiß Gott – nicht widerstehen konnte. Das war es, was sie brauchte.

Und sie hätte keine bessere Informationsquelle gewusst als die Grafenwitwe selbst.

9

Die züngelnden Flammen des Lagerfeuers warfen ihre Schatten auf die Felsen, ließen Adam of the Glens Gestalt gewaltige Ausmaße annehmen. In die Finsternis starrend, stapfte der Rädelsführer der Banditen vor seinen Männern auf und ab, die um die Glut kauerten.

»Ihr wollt mir weismachen, dass sich zwei so prachtvolle Rösser einfach losgerissen und ungehindert den Weg zum Glen Rinnes eingeschlagen haben – und keiner hat es bemerkt?« Adams kalte graue Augen fixierten Robyn. »Die Pferde hatten doch nicht etwa zufällig eine Einladung an den Galgen von Burg Balvenie in den Satteltaschen?«

Der stämmige Halunke zuckte die Achseln. »Es war so, wie wir es Euch berichtet haben, Kommandant. Die Tiere liefen völlig frei herum. Zugegeben, die beiden waren durstig und, wie Ihr selbst seht, erschöpft von der zurückgelegten Strecke. Gleichwohl war niemand bei ihnen.« Der Mann wandte sich an den Rest der Gruppe und alle nickten bekräftigend. »Wir haben weit und breit alles abgesucht – schließlich sind die Tiere ein Vermögen wert –, aber keine Menschenseele aufgespürt.«

Nervös trat Adam einen Zweig ins Feuer. »Und irgendwann hattet ihr dann Athols Männer im Nacken?«

Ein Mann, der etwas abseits von der Gruppe an einem Pfosten lehnte, ergriff das Wort. Seine pockennarbigen Wangen trugen das Mal eines Diebes und er sah Adam nie direkt an.

»Nein, Meister. Ren und ich haben sie abgelenkt. Ein paar von den Bauern waren recht zimperlich, als es darum ging, uns ihre Schafe zu überlassen. Doch wir hatten sie bereits in die Berge getrieben, als die Gefolgsleute des Gutsherrn aufkreuzten. War mächtig leichtsinnig von ihnen, ihre Pferde zurückzulassen.«

»Aber auch das Beste, was sie machen konnten, Sir«, grölte Robyn. »Denn wir hätten uns die ganze Bande geschnappt, wenn sie Jock und Ren in die Berge gefolgt wären.«

Adam verharrte vor dem Feuer. »Ist er euch gefolgt – oder ist dieser hinterhältige Schuft noch immer dermaßen hingerissen von seiner jungen Braut, dass er nicht von ihrer Seite weicht?«

»Nein, Kommandant. Er war im Handumdrehen dort. Aber wir versteckten uns an der üblichen Stelle und beobachteten ihn und seine Leute. Keine Frau hielt ihn zurück, wenigstens so weit wir sehen konnten.«

Adam wandte sich unvermittelt an Sykes, einen rothaarigen, sommersprossigen Jungen, der am Feuer hockte. »Und nun zu seiner jungen Braut, Bursche! Ich will, dass du sie aus dieser Burg lockst, haben wir uns verstanden? Koste es, was es wolle, aber bring sie her!«

Nervös rieb sich der Junge die Knie. »Das ist keine leichte Aufgabe, Meister. Sie verlässt ja kaum einmal ihre eigene Kammer. Vermutlich werde ich eine List anwenden müssen, um sie nach draußen zu locken.«

Adams Bewegung war überaus flink. Das Rasseln des aus der Scheide gezogenen Schwertes hatte die Ohren der Männer kaum erreicht, als die Klinge vor ihnen im nächtlichen Dunkel aufblitzte. Der Bandenchef winkelte ein Knie an, schnellte herum und drosch auf das Feuer ein, sodass der Funkenregen selbst die weiter entfernt sitzenden Männer traf. Seine Klinge für Augenblicke in die Glut haltend, regte Adam sich nicht, bis die Gesetzlosen verstummten.

Dann drehte er sich um, den glühenden Stahl hoch erhoben, und fixierte sie.

»Bei dieser Klinge schwöre ich euch allen, dass ich, so nötig, einen Pakt mit dem Teufel eingehen würde. Mein unseliges Dasein kennt nur ein Ziel: diesem Schurken, der Gebieter über dieses Land ist, das Leben zur Hölle zu machen.« Sein hitziger Blick glitt über die Gesichter der Männer. »Wir haben seine Gutshöfe angegriffen – seine Scheunen niedergebrannt – sein Volk halb zu Tode erschreckt. Aber nichts wird ihn mehr treffen als der Umstand, dass wir seine Angetraute in unserer Gewalt haben.«

Die Klinge über den Häuptern seiner Gefolgsleute schwingend, schritt Adam um das Feuer. Vor dem rothaarigen Burschen blieb er stehen.

»Ganz gleich, welche List erforderlich ist, Roy Sykes, du wirst sie anwenden! Aber schaff mir diese

Frau her. Bis dahin harren wir aus, aber dann will ich John Stewart lehren, was Vergeltung heißt.«

Catherine nahm die Decke von Jean in Empfang und stieg aus dem kleinen Holzzuber. Sie setzte sich auf den niedrigen Schemel am Kamin und schmiegte ihren zitternden Körper in die wärmende Hülle. Unterdessen ließ Jean sich über ihre tropfnassen schwarzen Locken aus.

»Ihr habt wundervolles Haar, Herrin. Wenn Ihr mir gestatten würdet ...«

Catherine nickte abwesend, dieweil ihre Gedanken um das am Nachmittag Vorgefallene kreisten und um die Zeitspanne, die sie in Lady Annes Krankenzimmer verbracht hatte. Die alte Dame hatte keinen Hehl aus ihrer Neugier gemacht.

Beim Betreten der stickigen Schlafkammer hatte Catherine einen verstohlenen Blick mit Susan gewechselt, die darauf verschämt die Lider gesenkt hatte. Das hatte Catherine keinen Anhaltspunkt auf das Ausmaß der Seelenqualen gegeben, welche die junge Frau durchlitt. Da Susan und die beiden Kammerfrauen das Gemach erst auf Geheiß der Grafenwitwe verlassen würden, war Catherine unvermittelt an das mit schwerem Damast verhangene Bett getreten. Die alte Mab hatte neben der Gräfin gestanden und Catherine misstrauisch gemustert.

Ohne zu zögern hatte Lady Anne ihre grauen Augen aufgeschlagen und unumwunden gefragt, ob Catherine und der Graf die Ehe bereits vollzogen hätten.

Wie vom Donner gerührt hatte Catherine sie für Augenblicke nur angestarrt. Obschon Susan und die beiden Zugehfrauen sich in Schweigen gehüllt hatten, hatte sie deren Blicke in ihrem Rücken gespürt. Das faltige Gesicht der alten Mab hatte sich zu einem Grinsen verziehen wollen, was die Alte jedoch unterdrückt hatte.

Welche Antwort soll ich nur geben?, hatte sich Catherine gefragt. Dass der Graf von Athol ihr tatsächlich ihre Jungfräulichkeit geraubt hatte? Dass sie so fasziniert von ihm gewesen war, dass sie es nicht einmal ins Ehebett geschafft hatten? Dass sie sich im Gang geliebt hatten, mit Susan als Augenzeugin?

Stattdessen hatte Catherine peinlich berührt den Kopf gesenkt, und die Gräfin hatte Susan und die beiden anderen unverzüglich aus dem Zimmer geschickt.

Offenbar war ihr betretenes Schweigen Antwort genug gewesen für die ältere Frau, obgleich Catherine der Gedanke beschlich, dass Susan vielleicht schon geplaudert hatte, und Lady Anne lediglich die Bestätigung gesucht hatte. Jedenfalls hatte die Grafenwitwe ihre Frage nicht wiederholt, nachdem sie allein gewesen waren.

»Ich bin gleich zurück, Herrin«, sagte Jean, und Catherine beobachtete geistesabwesend, wie die Zofe den Raum verließ, um kurz darauf zurückzukehren, irgendeinen Gegenstand über ihren Arm gebreitet.

Catherines Gedanken schweiften abermals zu dem Gespräch mit der Grafenmutter, und sie überlegte, was sie von dieser über ihren Gatten erfahren hatte.

Zunächst einmal hatte sie erstaunt zur Kenntnis nehmen müssen, dass John Stewart ein akademisch gebildeter Mann war. Er hatte viel geleistet, und seine Mutter war überglücklich gewesen, ihr zu berichten, dass er den schottischen Königen in der Schlacht bei Flodden Field ruhmreich gedient und später die Unruhen in den Highlands niedergeschlagen hatte. Ganz besonders indes hatte Lady Anne das Interesse ihres Sohnes an seinem Volk und an der Bildung an sich herausgestellt. Er hatte einige Jahre seiner Jugend in Frankreich verbracht, um dort die klassischen Schriftsteller zu studieren.

Der Teufel soll diesen Mann holen, dachte Catherine vielleicht zum hundertsten Male, dass er es ihr in Gegenwart der drei Mönche so schwer gemacht hatte, wo er doch offenbar zu den Verfechtern derselben Sache gehörte, an die sie alle glaubten. Wahrlich, nach den Worten seiner Mutter zu urteilen las er sogar griechische Texte! Andererseits, entschied Catherine, musste es einen Grund geben, warum ihre eigene Mutter die Burg Balvenie als Bestimmungsziel ihrer Reise gewählt hatte.

Versunken gewahrte Catherine nur am Rande, dass Jean ihr die Decke abnahm und ein Kleidungsstück über ihren Kopf streifte.

Die Aufschlüsse und Geschichten über Johns Kindheit waren recht unterhaltsam gewesen, und Catherine hatte erfreut bemerkt, dass die Grafenwitwe im Zuge ihrer Schilderungen beinahe aufgelebt war. Und sobald sie sich wieder auf ihre Unterhaltung besonnen hatte, war eine sonderbare Eifersucht in Catherines Brust aufgewallt, hatte Lady Anne doch eine gewisse Joanna MacInnes auf Burg Ironcross erwähnt. Die Grafenwitwe hatte eine frühere Tändelei zwischen den beiden angedeutet, dann aber rasch hinzugefügt, dass die junge Frau jetzt Joanna Kerr heiße und dass das alles ›Schnee von gestern‹ sei.

Nach der Rückkehr in ihre eigene Kammer hatte Jean ihr unumwunden erklärt, dass John Stewart deshalb nicht früher geheiratet habe, weil er um die Hand von Joanna MacInnes hatte anhalten wollen. So unbegreiflich ihr das auch war, erzählte Jean, aber Joanna hatte einen Lowlander als Gemahl vorgezogen und der Graf war ohne Frau und Kind zurückgeblieben. Bis jetzt, verstand sich!

Sie erhob sich, als Jean ihr ein Gewand über den Kopf zog.

Catherine konnte den Seelenschmerz ihres Gemahls nur erahnen. Wenn ein Mann von seinem Aussehen und seiner gesellschaftlichen Stellung so lange mit einer Eheschließung wartete, dann musste er der Liebe zu dieser Joanna MacInnes über Jahre hinweg nachgetrauert haben.

Sie stand unbeweglich da, während Jean die Bänder der Robe im Rücken band, und blickte stirnrunzelnd ins Feuer, den Ausgang der Unterhaltung mit der Gräfin überdenkend.

Lady Annes freundliche Züge hatten sich verdrießlich verzogen, sobald Catherine jenen Adam of the Glen erwähnt hatte. Einerlei, was sie hatte wissen wollen oder wie hartnäckig sie die Reaktion ihres Gemahls auf die Neuigkeiten von diesem Mann hinterfragt hatte, die Gräfin hatte Catherine schlichtweg die Antwort verweigert und von ihr verlangt, sich nicht in Dinge einzumischen, die sie nichts angingen.

Das war das Ende des Gesprächs gewesen. So unvermittelt die Grafenwitwe sie empfangen hatte, so plötzlich hatte sie sie auch wieder entlassen.

Auf Jeans leise gemurmelte Anweisung hin setzte sich Catherine wieder auf den Schemel und schaute abwesend zu, wie die Bedienstete ihr ein Paar weicher Lederschuhe überstreifte.

Heute Abend – das hatte sie nach der Rückkehr in ihr Gemach entschieden – würde sie sich in den Rittersaal begeben und gemeinsam mit den anderen das Nachtmahl einnehmen. Nachdem sie vom Eintreffen ihres Gemahls erfahren hatte, hielt Catherine dieses Beisammensein für eine günstige Gelegenheit, Antworten auf wenigstens einige ihrer Fragen zu erhalten.

Einer Tatsache war Catherine sich inzwischen bewusst: es gab für sie kein Zurück mehr aus dieser Ehe. Obgleich sie den Traum von einer Vermählung längst aufgegeben hatte, hätte sie nie damit gerechnet, dass das Schicksal sie auf diese Burg im schottischen Hochland verschlagen könnte. Ihre einzige Rettung bestand jetzt darin, diesen Halunken von einem Gemahl zu läutern. So manchen Traum würde sie nicht aufgeben, und Athol musste Verständnis zeigen und sich mit ihren Plänen einverstanden erklären, koste es, was es wolle!

Aber das bedeutete, dass sie zunächst ihre eigene Schwäche für diesen Mann besiegen musste. Und um das zu tun, suchte sie die Unterstützung von Jean.

»Und jetzt erhebt Euch, Mylady.«

Verwirrt gewahrte Catherine die zufriedene Miene der Zofe. »Was ist denn los?«

»Ich sage nur, ein Blick auf Euch und dem Burgherrn wird es die Sprache verschlagen … er wird den Kopf verlieren, wenn Ihr mich fragt.«

Als Catherine an sich hinuntersah, bedeckte sie mit den Händen sogleich ihr freizügiges Dekolleté und ihre Schultern. »Jean!«

»Nein, tut das nicht, hört Ihr mich?«

Widerwillig ließ Catherine zu, das Jean ihre Hände von dem tiefen, weiten Ausschnitt der Robe schob. »Aber … man sieht so viel … und das Gewand … ist so weiß mit Ausnahme der goldenen Kordeln …«

Sie betrachtete die bezaubernde Robe mit den Goldstickereien, die unterhalb der Taille ausgestellt war und den Blick auf das noch kunstvoller bestickte Unterkleid freigab.

»Ganz recht. Es passt wunderbar zu Eurem schönen rabenschwarzen Haar. Und es betont Eure alabastergleiche Haut … ich sage Euch, Mistress, Ihr werdet Eure Schule und auch alles andere bekommen, was Ihr Euch von dem Grafen wünscht … Ihr braucht ihn nur darum zu bitten.«

»Trotzdem« – Catherine schüttelte den Kopf –, »ich weiß sehr wohl, dass ich gesagt habe, ich wolle nicht so bieder aussehen, vielleicht sogar … gefällig für das Auge … aber jetzt fühle ich mich wie eine – eine …«

»Eine Dirne?« Die Zofe legte die Stirn in Falten und richtete die glockenförmigen Ärmel von Catherines Robe. »Nein, Mistress, ich kenne keine Dirne, die ein solches Gewand mit so viel Anmut zu tragen wüsste! Ihr seht aus wie ein Engel, wie eine Jungfrau in ihrem Hochzeitsstaat. Und wie ich von einigen der Männer erfahren habe, war es auch nicht unbedingt damenhaft, als ihr, mit dem Tartan dieses Ganoven Hume bekleidet, den Priester und auch den Gutsherrn beschimpft habt – nicht, dass Euch das als Vorwurf angelastet würde!«

Als Catherine widersprechen wollte, hob Jean einen gefalteten Tartan vom Bett auf und breitete ihn aus. Vorsichtig legte sie Stewart von Athols Schottentuch über eine ihrer Schultern.

»Nun, das werdet Ihr an einem so lauen Abend vermutlich nicht brauchen. Indes, wir können nicht ewig hier herumstehen und plauschen, denn der Burgherr hat meines Wissens bereits den Rittersaal aufgesucht, um die Gäste zu begrüßen.«

»So?«

»Gewiss, und es wäre für alle das Beste, wenn Ihr Euch zu ihm gesellen würdet, solange die Anwesenden noch nüchtern sind.«

Catherine nickte; erleichtert glitten ihre Finger über den weichen Wollstoff des Tartans. Auf dem Weg zur Tür blieb sie stehen und strich ihr prachtvolles, offenes Haar über eine Schulter.

»Bist du sicher, dass ich es nicht flechten soll?«

Jean schüttelte energisch den Kopf und entzündete einen Kienspan am Kaminfeuer. »Macht Euch auf den Weg, Mylady. Und sputet Euch, bevor ich es mir anders überlege und Euch den Tartan wieder wegnehme.«

Dankbar lächelnd ließ Catherine sich auf den Gang hinaus schieben.

»Wie von Euch gewünscht«, berichtete Jean und schloss die Tür hinter ihnen, »haben wir dem Herrn nicht erzählt, dass Ihr kommt. Obschon einige Kleinbauern und die Berater des Grafen seit Bekanntwerden der Neuigkeit jeden Tag vorbeischauen, dürft Ihr eines nicht vergessen. Sie werden keinen Finger rühren, bis er Euch als die seine vorgestellt hat ... als die neue Gräfin von Balvenie. Also seid nicht schüchtern, wenn Ihr die Halle betretet. Ihr müsst einfach weitergehen und Euren Platz an seiner Seite einnehmen.«

Nervös zog Catherine den Tartan fester über ihren Busen.

»Nein, Mistress, tut das nicht.« Jean unterbrach sie und machte sich an dem Wolltuch zu schaffen. Nach Catherines Dafürhalten wurde viel zu viel Haut sichtbar, indes wollte sie nicht mit der Kammerfrau streiten. »Alles wird gut, Mylady. Vertraut mir! Alles wird sich nach Euren Wünschen fügen!«

Catherine nickte, als sie den Weg durch den Gang antraten. Doch schon nach wenigen Schritten stockte sie und hielt Jean am Arm fest.

»Dieses Gewand! Woher stammt es?«

Die Mundwinkel der Zofe zuckten verräterisch. »Wir haben Ellen Crawfords Truhen geplündert. Der Burgherr hat ihre Garderobe bezahlt und sie deshalb von Stirling zurückholen lassen.«

»Aber …«

»Lady Anne hat das Gepäck in die Stallungen bringen lassen.« Die Zofe zuckte mit den Schultern. »Wir dachten, Ihr nehmt den Mann, da ist es nur gerecht, dass Ihr auch die Kleider bekommt.«

»Aber ich kann nicht …«

»Ihr beeilt Euch besser, Mistress. Bei diesem Schritt ist das Nachtmahl vorüber, bevor Ihr auftaucht, und ich könnte meine Hand nicht dafür ins Feuer legen, dass diese Schwerenöter dort unten dann noch eine passable Gesellschaft für Euch sind. Und Ihr werdet selbst sehen, Mylady, während der Mahlzeiten ist der Graf ein überaus angenehmer Zeitgenosse.«

Nicht nur dann, sinnierte Catherine unmerklich lächelnd. Am Abend vorher hatte es in ebendiesem Gang Augenblicke gegeben, in denen John Stewart ausgesprochen angenehm gewesen war.

Ausgelassen lachend nahm Athol den Krug und füllte Susans Pokal erneut mit Wein. Seit seiner Rückkehr auf Balvenie war dies die erste Gelegenheit, sie nach ihrer Reise zu der nahe gelegenen Burg Ironcross zu befragen, die sie vor zwei Wochen aufgesucht hatte.

»Ehrlich gesagt, Susan, deine Neuigkeiten sind unbezahlbar! Aber verrate mir eins: Was hat Joanna getan, als ihr Gatte wie ein Stein zu Boden plumpste?«

»Sir, sie fuhr die Hebamme an, sie solle die Geburt vergessen und sich stattdessen um ihn kümmern. Schließlich musste ich nach ihm sehen, während sie das zweite Kind gebar.«

»Zwillinge! Zwei Mädchen!« Ungläubig den Kopf schüttelnd, genoss Athol das gute Gefühl, das diese Neuigkeit ihm bereitete. Dann sah er zu Susan und legte dankbar eine Hand auf ihre Schulter. »Ich bin froh, dass du dort warst, mein Mädchen. Bei den beiden älteren wilden Rangen war Joanna sicherlich erleichtert, dich an ihrer Seite zu wissen … vor allem, da der eigene Gatte ihr keine große Hilfe war.«

»Oh, er kam alsbald wieder zu sich, Mylord. Und nachdem er die beiden Säuglinge gesehen hatte, wich er nicht mehr von der Seite der Mutter.« Susan spähte auf ihren gefüllten Teller. »Dass die Zwillinge wohlauf waren, hat sogar die Stimmung von Joannas Großmutter, Lady MacInnes, gehoben, die in letzter Zeit oft übellaunig ist. Ich bin nur so lange geblieben, bis Mistress Joanna wieder auf den Beinen war, denn ich sehnte die Rückkehr herbei, um an Lady Annes Seite weilen zu können. Bevor ich allerdings aufbrach, bestanden der Gutsherr und auch seine Gemahlin darauf, dass du sie in Bälde auf Ironcross besuchen sollst.«

Erfreut über diese Einladung, nippte Athol an seinem Wein. Eigentlich war das gar keine schlechte Idee, dachte er. So liebenswürdig, wie Catherine letztlich war, müsste es ihm wahrlich ein Vergnügen sein, sie nach Ironcross mitzunehmen und Gavin und Joanna vorzustellen.

Bei dem Gedanken an eine mögliche Zusammenkunft lächelte er. Schließlich rechneten sie mit Ellen Crawford. Es versprach interessant zu werden, wie die beiden reagieren würden, wenn er sie mit seiner schicklichen und schönen Gemahlin bekannt machte.

Nun denn! Wie er die beiden kannte, würden sie es als ein Zeichen der Hoffnung werten, dass er vielleicht doch noch zu retten war! Zur Hölle, das nahm der Sache irgendwie den Reiz.

Nicht einer neigte den Kopf zum Willkommensgruß!

Im Dunkel des gewaltigen Saalportals stehend, spähte Catherine leicht verdrießlich über die fröhlichen Menschenmassen, die die langen Tische bevölkerten. In dem riesigen Kamin hinter dem Podest knackte ein Feuer, das den Saal in goldenes Licht tauchte. Horden lachender Männer und Frauen, vermutlich das Gesinde des Gutsherrn, waren inmitten der Halle versammelt und genossen den Abend. Hunde und Kinder stromerten umher, stibitzten Leckerbissen, wo sie konnten, und verbargen sich unter den Holztischen. Im Gegensatz zu dem ersten Eindruck, den sie am Tag ihrer Ankunft von dem Saal gewonnen hatte, ging es dort jetzt laut und lärmend zu. Während ihr Blick von einer Tafel zur nächsten schweifte, erstaunten Catherine die vielen neuen Gesichter.

Im entlegensten Winkel des Saales schließlich gewahrte sie die drei Mönche vom Kloster Jervaulx, die bei den Burgbewohnern von Balvenie saßen. Es erfüllte ihr Herz mit Dankbarkeit, dass Athol ihnen Gastrecht gewährt hatte, auch wenn seine Zustimmung hinsichtlich der Schule noch ausstand. Vielleicht durfte sie es wenigstens als ein Zeichen betrachten, dass er ihr Gesuch wohlwollend prüfte.

Eine Horde Soldaten hatte sich vor dem Podest zusammengerottet, und Catherine stellte sich auf die Zehenspitzen, um ihren Gatten zu erspähen. Tief in ihrem Herzen spürte sie, dass sich ihre Einstellung gegenüber diesem Mann allmählich änderte. Eine vage Empfindung, die sie nicht zu benennen wusste, gesellte sich zu den körperlichen Reizen, die sie sich jedoch nicht eingestehen wollte.

Die Soldaten setzten sich an einen Tisch, und als Catherine einen Blick auf den Grafen erhaschte, der in dem gewaltigen, prachtvoll geschnitzten Sessel thronte, war ihre Kehle plötzlich wie ausgedörrt.

John Stewarts Hand ruhte auf Susans Schulter. Ein herzliches Lachen, wie sie es ihm niemals zugetraut hätte, drang zu ihr. Allein an der Tür verharrend, fühlte Catherine sich plötzlich so einsam und verlassen wie nie zuvor in ihrem Leben.

Unfähig sich zu rühren, starrte sie zu den beiden. Susan, die ein besticktes, tiefgrünes Gewand trug, schien völlig hingerissen. Während sie mit dem Grafen plauderte, hielt die junge Frau lediglich inne, um an ihrem Wein zu nippen, dann wandte sie sich um und lächelte den Highlander über den Rand ihres Pokals schüchtern an.

Zum ersten Mal in ihrem Leben ertappte Catherine sich tatsächlich bei dem Gedanken, einer anderen Frau die Augen auskratzen zu wollen.

Diesen Wunsch aufs Heftigste unterdrückend, wich Catherine noch einen weiteren Schritt in das Dunkel zurück. Es lag nicht an seinem Gebaren, dass sie sich verschämt eine Träne fortwischen musste; von daher war ihre Reaktion gewiss töricht. Schließlich hätte sie damit rechnen müssen. Sie war eine Närrin, dass sie seine Warnung so rasch vergaß. John Stewart hatte sie ausdrücklich ermahnt, sich nicht irgendwelchen Traumvorstellungen von der Liebe hinzugeben. Er hatte das ganz deutlich zum Ausdruck gebracht – mit Worten wie mit Taten. Er hatte ihr die ungeschminkte Wahrheit zu erkennen gegeben, nämlich dass sie niemals seine erste Wahl gewesen wäre. Er trachtete lediglich nach einem Erben und sonst nichts!

Und nach allem, was letzte Nacht geschehen war, hatte sich dieser Wunsch vielleicht schon erfüllt.

Catherine presste eine Hand vor ihren Mund. Ihre Lippen bebten. Ein kurzer Augenblick der Leidenschaft in einem verlassenen Korridor, und sie hatte geglaubt, dass sein Herz sich für sie erwärmt haben könnte? Mit angehaltenem Atem schalt sie sich für ihre Unvernunft.

Obschon sie einen weiteren Blick in seine Richtung warf, konnte sie ihn nicht genau erkennen, denn ihre Augen schwammen in Tränen. Abrupt wandte sich Catherine zur Tür und strebte heimlich aus dem Saal. Mit ihren Traumfantasien war sie weitaus besser beraten gewesen! Denn in allen Begegnungen mit ihrem Ritter hatte er sie kein einziges Mal so gedemütigt, und nie hatte sie den schmerzhaften Stich in ihrer Herzgegend gespürt, der sie jetzt wie eine glühende Dolchspitze zu durchbohren schien. Nie hatte sie das schleichende Gift wahrgenommen, das plötzlich durch ihre Adern pulsierte.

Mit tränenverschleierten Augen stürmte sie in das dunkle Stiegenhaus. Inzwischen hatte Jean zweifelsohne etwas Essbares in der Küche aufgetan und Catherine war froh um die Abgeschiedenheit. Sie musste der Menschenmenge entfliehen, um ihre Gefühle zu überdenken. Und was noch wichtiger war, sie brauchte Zeit, um den Wall aus Träumen wieder aufzurichten, hinter dem sie sich ihr ganzes Leben lang verschanzt hatte.

Ihr Fuß verharrte noch auf der ersten Stufe, als starke Hände sie von hinten packten. Catherine gelang nicht einmal ein Schrei, ehe ihre Taille umschlungen und sie durch die Luft gewirbelt wurde, um dann sanft auf die Füße gestellt zu werden – von Angesicht zu Angesicht mit ihrem Gemahl.

Vielleicht war es die Angst, vielleicht auch das Entsetzen, sich in dem dunklen Treppenhaus in seinen Armen wiederzufinden. Jedenfalls stockte Catherine der Atem, als sie in seine stechenden grauen Augen sah.

»Catherine Percy, du hast also doch noch beschlossen, dich zu mir zu gesellen. Bist du auch willens zu billigen, dass dein Volk seiner Gräfin zu Füßen sinkt?«

10

Als er sie jetzt betrachtete, diese Verkörperung von Sanftheit und Gefühl, von Schönheit und Leidenschaft, fragte sich John, warum ihm das nicht schon früher aufgefallen war. Seine Gemahlin war einer Göttin gleich und seine Lenden pulsierten vor Begehren. Er fixierte sie, harrte einer Antwort, unterdes bestrebt, ihren bezaubernden Anblick in sich aufzusaugen. Als ob er das jemals könnte!

»Nein. Auf Derartiges bin ich wirklich nicht vorbereitet!«

Sein Auflachen erntete einen vorwurfsvollen Blick seiner Gemahlin. Er nahm sie bei der Hand, zog sie von den Stufen in den Gang und drückte sie an das steinerne Mauerwerk.

»Du musst von Sinnen sein!« Sie versuchte ihn abzuwehren, trommelte mit ihren Fäusten auf seinen Brustkorb ein. »Ich habe dir doch erklärt, dass ich nicht tun werde, was du von mir verlangst. Ich habe gesagt …«

Ihre Fausthiebe ignorierend, senkte er den Kopf und besiegelte ihre schmollenden Lippen mit einem innigen Kuss. Sie widersetzte sich nur kurz, dann sank sie in seine Arme. Als sein Kuss leidenschaftlicher wurde und ihren willigen Mund bezwang, dünkte auch ihn, dass er von Sinnen sein musste. Wahrhaftig, diese Catherine Percy hatte eine Art, die ihn in den Wahnsinn trieb. Wenn sie wie eine Tigerin kämpfte, um sich dann wie ein schnurrendes Kätzchen in seine Umarmung zu schmiegen, war es um seinen Verstand, seine Willenskraft geschehen. In gewisser Weise erschütterte ihn die Reaktion seines Körpers auf diese Fremde, die er zur Frau genommen hatte. Gleichwohl war es nicht Beklommenheit, was er jetzt empfand.

Er löste sich von ihrem Mund und betrachtete ihre geschlossenen Augen, die vollen, leicht geöffneten Lippen, das dunkle, seidenweiche Haar, das durch seine Finger geglitten war, als er sie an die Wand gepresst hatte. Bei der Heiligen Jungfrau, sie war wunderschön!

Zögernd öffnete sie die Lider und begegnete seinem Blick, ihre blauen Tiefen weit entrückt. John Stewart war gefangen.

»Ich … ich bin herunter gekommen …«

»Ich weiß. Um das Nachtmahl mit mir einzunehmen!«

Sie nickte. Keinen Schritt zurückweichend, hub John an, die ebenholzfarbenen Locken um seine Finger zu drehen, ein herrliches Gefühl!

»Du siehst bezaubernd aus.«

Eine tiefe Röte zierte ihr Dekolleté und ihre Wangen, und noch ehe der rosige Schimmer verblasste, funkelte sie ihn an. »Ich war … ich war im Saal.«

»Ich weiß! Wie hätte ich die vernichtenden Blicke übersehen können, die du beim Hinausgehen in meine Richtung geworfen hast?«

»Wenn doch nur … wenn doch nur ein paar davon ihr Ziel erreicht hätten!«

»Oh, das haben sie, Gräfin. Siehst du denn nicht, wie übel du mich zugerichtet hast? Ich habe mehr Wunden als ein Scheich Haremsdamen!«

Sie starrte ihn für Sekundenbruchteile an, dann lächelte sie. Darauf vergaß John Stewart schlichtweg das Atmen.

»Also gut. Ich habe meine … meine Meinung geändert.« Sie legte ihre Handfläche auf seine Brust und er wich zögernd zurück. Hinter ihnen drangen die Akkorde der Musik aus dem Saal. »Wenn du willst, werde ich dich zum Nachtmahl … in den Rittersaal begleiten.«

Er nickte nur, traute er doch seiner Stimme nicht mehr. Als er ihr seine Hand darbot, streifte sein Blick den Tartan, den sie über dem Mieder ihres Gewandes trug. Seine eigenen Farben auf ihrer Haut vertieften die Empfindungen, die er für sie hegte. Das Wolltuch an ihr gefiel ihm. Über die Maßen sogar.

»Wir hatten uns darauf geeinigt … nun, wir wollten schon viel eher über die Schule reden.« Sie legte ihre Hand in die seine, worauf er sie in Richtung Saalportal führte. »Ich finde, dass dermaßen bedeutsame Angelegenheiten …«

Als die beiden den Rittersaal betraten, waren sie außer Hörweite des rothaarigen Stallburschen Roy Sykes, der sich vom oberen Geschoss herunterschlich und aus dem Schatten des Stiegenhauses trat. Um Haaresbreite war sie ihm entkommen.

Sein Pech verfluchend, starrte er ihnen nach.

Grabesstille legte sich über den Rittersaal, Unterhaltung und Musik verstummten so plötzlich, dass Catherine sich fühlte, als würde sie unter Wasser gezogen werden.

Um die entsetzliche Stille nicht wahrnehmen zu müssen, wünschte sie fast, sie wäre taub. Und auch blind, um nicht beklommen mit ansehen zu müssen, wie sich der eine oder andere zögernd erhob, bis schließlich alle aufsprangen, um dem Grafen und seiner Gemahlin zu huldigen. Sie wünschte fast, sie wäre keine Frau, überwältigt von ihren Gefühlen aufgrund des schlagartig einsetzenden Trubels und Jubels.

Sie hatte so gut wie nicht bedacht, was ihre Anwesenheit im Saal – an der Seite ihres Gatten und geschmückt mit seinem Tartan – zur Folge haben würde. Jetzt holte sie diese Torheit indes wieder ein, und sie sah keine Möglichkeit, die überraschende Bandbreite der Gefühle zu verdrängen, die unvermittelt auf sie einstürmten. Aber genau das schien diese Männer und Frauen zu erfreuen … und vor allen Dingen ihren Gemahl.

Nachdem man sie auf das erhöhte Podest geführt hatte, hielt Catherine die Hand ihres Gatten fest umklammert, als dieser sie den Menschenmassen als die neue Gräfin von Athol vorstellte. Gleichwohl waren die Willkommensbekundungen nichts im Vergleich zu den Begeisterungsstürmen, die John Stewart, Graf von Athol, auslöste, als er sie in seine Arme schloss und vor der versammelten Menge küsste.

Sobald sie wieder festen Boden unter den Füßen hatte, funkelte Catherine ihn wütend an, und als die Musik erneut aufspielte, neigte sie sich zu ihm und zischte: »Du bist ein Scheusal, John Stewart. Das war in höchstem Maße unverfroren.«

»Wie wahr, Cat. Dennoch glaube ich, dass wir schon in jenem Augenblick sämtliche Grenzen des Anstands durchbrochen haben, als ich in jener ersten Nacht auf meinem Jagdsitz in dein Bett gestiegen bin.«

»Das war ungewollt … und, nun ja, ein entschuldbares Versehen deinerseits – und das weißt du auch.« Catherine spähte zu den Reihen der Soldaten, die den Mittelgang des Saales säumten.

»Die vorige Nacht war es das nicht.«

Sie drehte sich blitzartig zu ihm um und gewahrte sein wölfisches Grinsen.

»Willst du jetzt etwa behaupten, dass du bereits vergessen hast, dass wir uns auf dem Fenstersims in der Galerie vor deiner Kammertür geliebt haben?«

»Nein, natürlich nicht!« Am liebsten hätte sie diesem hochmütigen Ochsen eine Maulschelle verpasst. Es klang beinahe so, als wollte er sich mit jenem nächtlichen Geschehnis brüsten. »Die vorige Nacht war … nun, etwas unter vier Augen. Wir haben es nicht vor der Menge getan … wie du soeben!«

»Wären dir die auf Balvenie verbreiteten Gerüchte bekannt, würdest du anders reden. Das Letzte, was mir zu Ohren gekommen ist, besagt, dass du …«

»Nein. Hüte deine lästerliche Zunge!«

»… dass du, nackt wie Gott dich schuf, verlangt hättest, ich solle dich auf dem südwestlichen Turm nehmen.«

Sie spürte die Glut, die ihre Wangen entflammte. Entschlossen, ihm die Genugtuung nicht zu gönnen, ließ sie ihren Blick von der Wachgarde zu den gutmütigen Gesichtern der Bauern und Bediensteten wandern.

»Und dann ging das Gerücht, dass die Stallknechte dein Stöhnen im …«

Darauf schnellte Catherine herum und trat Athol vor sein bestiefeltes Schienbein, erntete dafür aber lediglich ein dämonisches Grinsen von ihm … und lauten Beifall aus den Reihen der Anwesenden.

Nach einem huldvollen Nicken in Richtung Publikum wandte Catherine den Blick zu ihrem Gatten und bedachte ihn mit einem überaus holdseligen Lächeln. »Wenn du fertig bist mit deinem albernen

Geschwätz«, flüsterte sie, »sind, so glaube ich, deine Gefolgsleute an der Reihe.«

»An der Reihe?«

»Gewiss, oder sind sie nicht erpicht darauf, die Braut zu küssen?« Es gefiel ihr, wie sein attraktives Gesicht sich schlagartig verdüsterte. »Wie ich sehe, haben sie freundlicherweise schon eine Schlange gebildet. Es entzückt mich, dass eine so lobenswerte englische Sitte auch ...«

»Du bist jetzt in den Highlands.« Sie versuchte, ein triumphierendes Lächeln zu unterdrücken, als Athol sie besitzergreifend an sich zog.

»Ja, ein ach so reizender und wilder Landstrich, wie Gott ihn nur einmal schuf. Gleichwohl, John, in Anbetracht des ganzen Spotts, den du sicherlich einstecken ...«

»Außer mir küsst dich keiner.« Sie spürte seine Finger unter ihrem Kinn. »Keiner, mit Ausnahme deines Gemahls. Verstanden?«

»Dann erklärst du dich also bereit, diese unsinnige Unterhaltung einzustellen, wenn ich dich darum ersuche?«

»Nein, ich habe dich lediglich gefoppt.«

»Nun, mein Gatte, ich dich auch!«

Einen Herzschlag lang verschmolzen ihre Blicke, dann verzogen sich seine Lippen zu einem breiten Grinsen. Er schüttelte den Kopf und der Feuerschein tanzte auf seinem langen roten Haar.

»Wie ich sehe, verwandelst du dich vor der Menge in ein faunartiges Geschöpf. Scharfzüngig und geistreich wie ein Kobold. Ich muss daran denken, dich in meine Gemächer einzuschließen, mein Mädchen. Wenigstens dort wird es dir in trauter Zweisamkeit mit mir die Sprache verschlagen.«

In trauter Zweisamkeit mit ihm!, schoss es ihr durch den Kopf. Als sein Blick sehnsüchtig ihre Lippen streifte und dann tiefer glitt, errötete Catherine aufs Neue. Der Gedanke, mit ihm allein zu sein, war überaus faszinierend. Unwillkürlich fixierten ihre Augen seinen Mund.

Sie glaubte, ein inbrünstiges Seufzen aus seiner Kehle vernommen zu haben, doch er wandte sich rasch von ihr ab und seinen Untergebenen zu. Auf Athols Nicken hin verstummte die Musik, und Catherine gewahrte, wie der erste Mann – der Soldat namens Tosh – nahte und einen Kniefall machte. Solch offensichtlicher Ergebenheit und Ehrbezeugung ausgesetzt, traten ihr abermals Tränen in die Augen.

Als wäre dies der Tag ihrer Vermählung – an dem alle die Kirchenstufen säumten –, traten sämtliche Stewarts von Athol und alle, die unter dem Schutz des Grafen standen, vor ihren Lehnsherrn und seine Gemahlin. Einer nach dem anderen knieten die Ritter und Kämpfer aus den Reihen der Stewarts vor Catherine nieder und gelobten, sie mit Leib und Leben zu beschützen.

Ihr feierlicher Schwur und die gefühlsbetonte Stille im Saal weckten ungeahnte Empfindungen in Catherine. Allein der Gedanke, dass sie über Tage hinweg aus schnödem Eigensinn die Einladungen ihres Gatten ausgeschlagen und diese gutherzigen Menschen mit ihrem Fernbleiben verletzt hatte! Gleichwohl waren sie hier und hießen sie aus freien Stücken als ihre Gräfin willkommen!

Hastig fuhr sie sich mit einer Hand über die tränenfeuchten Wangen und nickte dem letzten Ritter zu, der soeben seinen Eid ablegte. Dann ließ sie sich von ihrem Gemahl um den Baldachin und zu dem Platz an seiner Seite führen.

»Sie erklären sich einverstanden mit meiner Wahl.«

Als Catherine zögernd den Blick hob, stellte sie erleichtert fest, dass die Menge an ihre Tische zurückkehrte. Abermals erfüllte Musik den Raum.

»Hätten sie sich denn anders verhalten, wenn das nicht der Fall gewesen wäre?«

»Nein! Weil ich sie dann auf der Stelle gevierteilt hätte.«

Weiteren Ausführungen harrte sie vergeblich, denn er wandte sich ab und winkte dem finster dreinblickenden Verwalter, der am Ende des Podests stand. Ein zentnerschweres Gewicht legte sich auf Catherines Brust.

Er hätte ihr wenigstens, so grübelte sie, einen Anhaltspunkt geben können, ob man sie anders empfangen hatte als Ellen Crawford. Athol indes schien das alles weit hinter sich gelassen zu haben und tauschte sich angeregt mit dem Verwalter aus.

Während sie sich insgeheim für die ihm entgegengebrachte Nachsicht schalt, schweifte Catherines Blick auf der Suche nach Susan durch die Halle. Die junge Frau war nirgends zu sehen. Darauf wandte Catherine ihr Augenmerk der mit Speisen gefüllten Platte zu, die soeben vor sie gestellt wurde. Sie hatte gehofft, in Susan eine Freundin finden zu können. Jetzt erkannte sie, dass sie sich sogar gewünscht hatte, die junge Frau werde ihr helfen, den Schmerz der Trennung von ihren Schwestern zu lindern.

Aber so, wie die Dinge jetzt lagen, dachte Catherine bei sich, konnte sie von Glück reden, wenn sie nicht zu Feindinnen wurden. Und obschon die Entwicklung gleichsam alle Beteiligten überrascht hatte, war John Stewart nun ihr rechtmäßig angetrauter Gemahl und er gehörte zu ihr.

Nach einem winzigen Bissen von ihrem Nachtmahl sah sie auf und fand Athols graue Augen auf ihr ruhen. Als sie die steile Falte auf seiner Stirn gewahrte, fragte sie sich, ob er ahnte, dass sie in der Tat den törichten Gedanken hegte, für dieses Possenspiel von einer Ehe zu kämpfen.

»Ich hätte mir nie vorstellen können, dass es so sein würde.« Seine Miene war ernst, aus seinen Augen indes sprühte der Schalk. »Du hast dich verändert, Cat, und das schneller, als ich je zu hoffen wagte.«

Fast hätte sie sich an ihrem Bissen verschluckt. Sie nahm den Weinkelch, nippte daran und sah ihm unumwunden ins Gesicht, das jetzt zweifelsfrei Erheiterung spiegelte.

»Ich habe mich …?« Catherine stellte ihren Pokal ab. »Was hast du da gerade …? Willst du damit sagen …?«

»Wir befinden uns noch immer in Gesellschaft, mein Fabelwesen. Es besteht nicht der geringste Anlass, dass es dir wieder einmal die Sprache verschlägt.«

»Das … trifft nicht zu.« Unwirsch winkte sie ab. Ihm war es wie stets ein Leichtes, sie zu verunsichern. »Ich wollte dich lediglich bitten, mir deine Worte näher zu erläutern, und dann …«

»Catherine, ich kann deine Gedanken lesen.«

Über solchen Unfug konnte sie nur lachen. »Würdest du mir das bitte erklären, Mylord?«

»Lach nur. Es spielt keine Rolle, ob du mir glaubst oder nicht. Aber da ich für einen gerechten Kampf bin, dachte ich, ich sollte dich warnen, dass ich mit jener fantastischen Waffe ausgestattet bin.«

Der Mann redete schlichtweg Unfug.

»Über meine Worte zu lachen ist töricht, solange du ihren Wahrheitsgehalt nicht überprüft hast!«

Catherine umklammerte ihren Kelch, um ihre Nervosität zu unterdrücken. Hatte sie ihre Gedanken laut ausgesprochen?

»Nein, mein Mädchen. Das hast du nicht!« Als sie ihn scharf ansah, lehnte Athol sich zurück und grinste sie an. »Da siehst du es. Ich habe dich vor der drohenden Gefahr gewarnt. Nun ist es an dir, dich entsprechend gegen mich zu wappnen.«

Schlagartig beschloss sie, ihn zu foppen. »Wenn du die Wahrheit sagst – wenn du tatsächlich dieses Wirrwarr in meinem Hirn entschlüsseln kannst –, wann hast du denn zum ersten Mal bemerkt, dass du diese Gabe besitzt? Oder kannst du die Gedanken aller Anwesenden lesen? Funktioniert es nur bei Menschen oder kannst du auch in den Köpfen der Tiere lesen?«

Der Teufel sollte diesen Mann holen. Und auch dieses herzergreifende Lächeln, sann sie, erzürnt über die tiefe Röte, die ihr ins Gesicht schoss. Und diese Augen!

»Ach, mein Mädchen, das ist aber kein löblicher Geistesblitz! Doch um deine Frage zu beantworten … nein, ich konnte bislang noch nie die Gedanken anderer lesen. Ein oder zwei Mal war ich mir allerdings recht sicher, was im Kopf meines Hundes vorging. Und Pferde? Nun, ich entsinne mich an ein Jagdpferd, das mir zu verstehen gab, dass es etwas erschöpft sei … bevor es mich abwarf und über einen Graben setzte. Indes bist du die erste deiner Gattung, die sich mir in dieser Weise öffnet.«

Voller Zweifel blickte sie ihm forschend in die Augen. »Und was könnte das alles deiner Ansicht nach bedeuten? Hältst du mich immer noch für eine Streunerin, die den Boden der Stewarts betreten hat? Bin ich nichts weiter als dein Besitz? Mylord, wenn du dich ernsthaft konzentrierst, empfängst du vielleicht sogar geheime Botschaften von einem Bettpfosten … oder einem Nachttopf!«

»Mag sein, Cat! Aber das würde mir weitaus weniger Vergnügen bereiten, als dich zu necken.«

Sie beugte sich zu ihm vor und senkte ihre Stimme, dass nur er sie verstand. »Dann wird es höchste Zeit, dass ich dich warne, Mylord. Necke mich einmal zu oft und du wirst meine scharfe Zunge und meinen beißenden Spott zu spüren bekommen. Und lass dich nicht von der Zerbrechlichkeit des weiblichen Körpers irreführen, denn ich habe schon stärkere Männer als dich besiegt.«

»Dessen bin ich gewiss, mein Schatz.« Das dröhnende Gelächter des Grafen zog sämtliche Blicke an. »Zum Teufel, wir werden eine schöne Zeit haben, Catherine. Sicherlich wird es weitaus besser als alles, was ich mir erhoffte.«

»Ich denke nicht …«

»Hast du dein Nachtmahl beendet, mein Mädchen?«

»Nein, aber …« Bevor sie ihren Gedanken laut äußern konnte, senkten sich seine Lippen auf die ihren und er küsste sie erneut lange und innig.

Sie schob ihn von sich und nach einem Blick auf die Menge starrte sie betreten auf die Tafel. »Aller Augen sind auf uns gerichtet.«

»Ganz recht, Mylady. Dann wird es vermutlich Zeit, dass wir diese unhöflichen Tölpel verlassen, die ihr Vergnügen sicherlich anderswo finden.« Sie spürte, wie seine starke Hand unter dem Baldachin die ihre umschloss. Sie verfolgte seinen suchenden Blick, der begehrlich auf ihren Busen fiel. »Und wir finden das unsrige!«

Catherine bemühte sich, die Wärme zu ignorieren, die ihre Magengegend durchströmte. »Bevor ich hierher kam, schwor ich mir, mich nie wieder von dir verführen zu lassen, solange wir nicht über die Schule geredet haben.«

»In der Tat?«

Seine heiße Hand auf ihrem Schenkel zerstreute ihre Gedanken und Catherine musste sich zur Konzentration zwingen.

»Nenn mir deine Bedingungen, Cat.«

»Eine Grund- und eine Lateinschule – beide in Elgin.«

»Dort gibt es bereits eine ausgezeichnete Lateinschule«, entgegnete er kopfschüttelnd. »Du kannst die Grundschule gleich hier auf Balvenie einrichten.«

»Aber es wäre wesentlich einfacher, beide Schulen zeitgleich zu eröffnen.«

Sein Murren, dem ein Zerren seiner Hand folgte, als er seinen Sessel zurückschob und aufstand, vermittelte ihr, dass ihr die Zeit davonraste.

»Ich erkläre mich einverstanden, beide Schulen hier zu gründen, solange du willens bist, für die Unterbringung der Lehrer zu sorgen, die wir von Elgin benötigen!«

»Du beginnst mit einer Schule.«

Eilig wog Catherine ihre Chancen ab. Sie hatte

bereits mehr erreicht, als sie von diesem Mann zu hoffen gewagt hatte. Dennoch wollte sie nicht klein beigeben.

»Zwei Schulen. Und ich werde unterrichten …«

»Nein. Zunächst einmal eine Schule!«

»Wenn ich dir vielleicht kurz die Vorteile schildern könnte, die beide …«

Catherine blieb keine andere Wahl, als sich von ihm durch den Rittersaal ziehen zu lassen und mit einem Nicken oder Lächeln die Verbeugungen und Hofknickse zu erwidern, während er sie weiter zu dem riesigen, geschwungenen Eingangsportal zerrte. Sie musste sich nicht umsehen, um zu wissen, dass sämtliche Blicke auf sie gerichtet waren und dass die Mäuler nicht schweigen würden, sobald die Tür hinter ihnen ins Schloss fiel.

In dem dämmrigen Korridor vor dem Saal stampfte sie mit dem Fuß auf, fest entschlossen, ihn für sein Verhalten zur Rede zu stellen. Und das hätte sie auch getan, doch ehe sie zu Wort kam, nahm der Burgherr von Balvenie sie teuflisch grinsend auf seine Arme und eilte mit ihr durch den dunklen Gang.

»Ach, mein Mädchen, ich werde dir mehr Leckerbissen geben müssen. Du wiegst kaum mehr als ein Spatz!«

Verwirrt über die Tatsache, dass sie getragen wurde, fand sie keine Worte des Protests. Stattdessen ertappte sie sich dabei, dass sie ihre Arme zögernd um seinen Nacken schlang. Um nicht zu stürzen, redete sie sich ein. Was für ein Vorwand! Das Schwindelgefühl, das sie berauschte, das Begehren, das in ihr aufkeimte, ließen sie wohlig erbeben.

Er umschlang sie fester und sie schmiegte ihr Gesicht in seine Halsbeuge.

Er beschleunigte seine Schritte. »Lass das, Cat, sonst schaffen wir es nicht mehr bis in mein Schlafgemach.«

Sie mochte den kehligen Unterton in seiner Stimme. Es faszinierte sie, wie seine muskulösen Arme sie unerbittlich umfingen. Und sie rätselte, ob er vielleicht ähnlich empfand.

Sie sann über seine Drohung nach. »Ach! Ich hielt … ich hielt dich für so viel stärker … als …«

»Das hat nichts mit Stärke zu tun, mein Mädchen.«

Er bedachte sie mit einem schiefen Lächeln, trat die Tür auf und schlüpfte ins Zimmer. Catherine blieb kaum Zeit, einen Blick in Athols Vestibül zu werfen. Die Tür zu seiner Schlafkammer schloss sich direkt an. Ihr stockte der Atem.

Mit einer Abruptheit, die sie innerlich aufrüttelte, hielt er vor der Tür inne und starrte diese an, als wäre sie ein unüberwindliches Hindernis. Catherine spähte von der Tür in sein anziehendes Gesicht und entflammte vor Begehren.

Seine Stimme war nur mehr ein raues Flüstern und er sah sie nicht an. »Sobald ich dich über diese Schwelle getragen habe, bist du die meine, Catherine Percy!«

Zögernd trafen sich ihre Blicke und sie gewahrte seine stechenden grauen Augen durch das Dämmerlicht im Raum. »Aber ich bin dein, John Stewart … seit dem Augenblick unserer Vermählung.«

»Ja, ich habe deinen Körper besessen! Aber deinen Geist, deine Seele …« Unmerklich schüttelte er den Kopf. »Ich wünsche mir dein Vertrauen. Ich will, dass du mich als deinen Gemahl akzeptierst. Ich möchte alles von dir, Cat.«

Ihr Blick wich nicht von seinem Gesicht. Selbst in

diesem Licht bemerkte sie, dass seine Wangenmuskulatur zuckte.

»Ich habe dir meinen Körper hingegeben. Ich werde mich dir mit meiner ganzen Leidenschaft hingeben. Aber was alles andere anbelangt …« – Catherine umschlang seinen kräftigen Nacken fester und schmiegte ihr Gesicht an das seine –, »so wirst du dir mein Vertrauen verdienen müssen.«

Sie ließ ihm keine Gelegenheit zur Antwort, sondern grub ihre Finger in sein Haar und besiegelte seine Lippen mit einem stürmischen Kuss, wie er es sie gelehrt hatte. Als sie von ihm abließ und zurückwich, war sie sich nicht sicher, wer von ihnen beiden ergriffener war.

»Catherine, ich …«

»Nein, John, ich brauche dich! Gleichwohl, hast du eigentlich vor, die ganze Nacht hier herumzustehen? Wir vergeuden nur …«

Athol drückte die Tür zum Schlafgemach auf und ließ Catherine sachte zu Boden. Weiterhin in inniger Umarmung mit ihr schob er den Riegel vor.

Catherine liebkoste seine Halsbeuge, nicht willens, sich aus seiner Umklammerung zu lösen. Die Geborgenheit, die sie in seinen kraftstrotzenden Armen empfand, bereitete ihr unerhoffte Wonnen.

»Bedeutet das, dass ich mich frei bewegen darf?«

»Es wäre mir ein Leichtes, dich auf mein Bett zu werfen und dich zu nehmen, wie es mir gefällt. Für die unberührbare Heilige, die du gern verkörpern würdest, bist du ein viel zu verführerisches Wesen, mein Mädchen.«

»Nun, Mylord, die Heiligsprechung ist – wie wir beide sehr wohl wissen – keine Zier, die du je erreichen wirst.«

»Ganz recht, und das ist ein Segen für uns beide.«

Sie erbebte, als sich sein Mund auf ihren Hals senkte. Seine Lippen berührten die Haut unterhalb ihres Ohrs, schürten das züngelnde Feuer des Begehrens, das tief in ihrem Innern schlummerte. Sie spürte seine forschenden Hände, die über ihren Rücken zu ihrer Kehrseite glitten. Sie schauderte ob des Drucks seiner Finger, die ihre Hüften an seine jäh erwachte Männlichkeit pressten.

Catherine öffnete ihre Lippen, rang nach Atem. Mehr als alles in der Welt verzehrte sie sich danach, von ihrem Gatten verführt zu werden. Sie brauchte ihn. Jede Faser ihres Körpers sehnte sich nach ihm, sie wollte ihn in sich spüren, aufs Neue um das erhebende Gefühl wissen, wenn ihre Leiber sich vereinigten, er mit ihr verschmolz. Allein der Gedanke, dass er in sie eindrang …

»Nicht so vorschnell«, murmelte er an ihrer Schläfe, sein Atem heiß, als seine Zunge die empfindlichen Zonen ihres Ohrs koste. »Solche Gedanken sind mein Untergang … und bereiten dem Vergnügen ein viel zu rasches Ende.«

Von einer Flutwelle mannigfacher Empfindungen überrollt, schwindelte Catherine; sie lehnte sich in seinen Armen zurück und musterte ihn verwirrt. »Was hast du gesagt?«

Seine Finger drängten unter ihren Tartan und umfingen ihre Brüste. Funkelnde Sterne tanzten vor Catherines Augen, und sie lehnte sich gegen den Türpfosten, um nicht zu stürzen.

»Ich habe lediglich gesagt, nicht so vorschnell. Bald schon werden wir den Zenit unserer Lust erreichen. Aber noch nicht, mein Schatz!«

Sie versuchte den watteweichen Nebel in ihrem

Kopf zu durchdringen. Es konnte nicht sein. Er konnte ihre Gedanken nicht lesen. Vielleicht lag es einzig daran, dass sie so unerfahren war und zu übereifrig in diesem lustvollen Spiel. Er hatte einfach geraten.

»Denk, was du willst.« Er beugte sich vor und küsste sie abermals so innig, dass sie, als er den Kopf hob, für einen langen Augenblick wie gebannt verharrte, fasziniert von seiner unermesslichen Lust. »Aber sei auf eines vorbereitet, Maid. Diese Nacht wird von all den Wonnen erfüllt sein, die unser beider Leidenschaft uns bereiten kann.«

»Sag mir, was ich tun soll, John. Lehre es mich.« Ihre Stimme klang wie die einer Fremden. Ihr Begehren, so sinnierte sie, schien das einer anderen zu sein. Wie ein zweites Ich und doch im selben, verlangenden Körper.

»Entkleide dich für mich.«

Sie sah auf und versank in den glutvollen Tiefen seiner Augen.

»Leg den Tartan ab, Cat.«

Seinem Blick standhaltend, tastete sich ihre Hand zu der Brosche an ihrer Schulter vor. Als das Wolltuch von ihren Schultern glitt, gewahrte sie, dass seine Augen jede Bewegung verfolgten, begehrlich auf ihrem reizvollen Brustansatz verharrten, ehe sie tiefer glitten.

Schließlich streckte Athol seine Hand aus, fasste die ihre und zog sie mitten in sein Schlafgemach. Dort ließ er sie stehen und begab sich zum Kamin.

Zum ersten Mal seit Verlassen des Rittersaals weilte Catherine nicht in seiner unmittelbaren Nähe, und sie nutzte die Gelegenheit, um einen Blick in die Kammer zu werfen. Ein knisterndes Feuer spendete dem Raum angenehme Wärme, tauchte ihn in flimmerndes, goldenes Licht. Vor dem Kamin standen ein Tisch und Stühle neben einem ausladenden Sessel und gegenüber dem Feuer thronte ein riesiges Himmelbett vor einer vertäfelten Wand. Verträumt blickte sie zu der kunstvoll geschnitzten Schlafstatt mit den schweren Damastvorhängen.

»Nein. Noch nicht!«

Sie fühlte sich ertappt, doch dann erspähte sie ihren Gemahl vor dem Kamin und er bot ihr seine Hand.

»Das heben wir uns für den Schluss auf, Cat.«

Ohne zu zögern begab sich Catherine zu ihm. Sobald er sie in seine Arme nahm – und sie die besitzergreifende Zärtlichkeit seiner glutvollen Hände auf ihrem Körper spürte –, brauste ihr der Kopf vor Erregung.

John Stewart sank in den Sessel neben dem Kamin und zog sie auf seinen Schoß. Sie schlang ihren Arm um seine Schultern und stellte fest, dass sie einmal mehr in seinen geheimnisvollen grauen Augen versank. »Warum hier?«

»Hier sind wir am weitesten entfernt vom Bett.« Sie gewahrte, wie seine Hände die Bänder im Rücken ihres Gewandes lösten. »Und es ist der hellste Punkt im Raum.« Sie seufzte, als er den Ausschnitt ihrer Robe herunterstreifte, worauf ihre Brüste ungehemmt ins Freie drängten. »Und auch das wärmste Fleckchen – dicht gefolgt von der Daunendecke auf dem Bett –, aber das heben wir uns für später auf.«

Sie hielt den Atem an, als er den Kopf neigte und seine Zunge behutsame Kreise um eine ihrer rispengleichen Knospen zog. Es durchzuckte sie wie ein

Blitzstrahl, und sie beobachtete mit schreckgeweiteten Augen, wie ihr williges Fleisch an seine Lippen drängte. Er umschloss es mit seinem Mund und sie schmolz dahin vor Wonne.

Als er schließlich den Kopf hob und sie zwischen seine Beine zog, verfolgte Catherine mit Erstaunen, wie er ihre Robe und das dünne Unterkleid über ihre Hüften streifte. Jetzt entflammte sie vor Begehren, jede Faser ihres Körpers glühte, sprühte vor Lust, und auch er schien dem Taumel der Leidenschaft verfallen. Die Art und Weise, wie sein Blick jeden Zoll ihres unverhüllten Körpers verzehrte, wie seine Hände zärtlich ihre vollkommenen Rundungen streiften, umfingen, neckten, ihre Hüften, Schenkel, Brüste und Bauch nachzeichneten – jede seiner sanften Berührungen brachte sie dem siebten Himmel näher. Als seine Lippen sie erneut kosten, hätte sie ihre Lust am liebsten laut herausgeschrien.

Er wollte sie. Er war genauso angetan von ihrem Körper wie sie von der Leidenschaft, die er begierig in ihr erweckte. Sie waren gefangen. Gefangen in diesem Spiel.

Ganz allmählich prickelte eine ungeahnte Kühnheit durch ihre Adern und Catherine fasste sich ein Herz und ließ ihre Hände über seine breiten Schultern gleiten.

»Sag es mir. Zeig mir, was ich tun soll.«

»Du bist mehr als …« Er stockte, legte den Kopf schief und betrachtete sie. »Du bist wunderschön.«

Dass es *ihm* die Sprache verschlug, zauberte ein Lächeln auf ihr Gesicht. Sie fasste seine Hand, führte sie an ihre Lippen und küsste jeden seiner Finger. »Zeig es mir, John.«

Auf seinem anziehenden Gesicht spiegelte sich die

Anspannung. Sie glaubte, einen qualvollen Zug um seine Augen zu erkennen.

»Eine Berührung von dir, Cat … und es ist um mich geschehen.«

»Eine einzige Berührung genügt schon?«, murmelte sie und sann darüber nach, wie sie sich in der Nacht vorher gefühlt hatte, als seine Finger ihren Körper verzaubert hatten. Ihn nicht aus den Augen lassend, sank sie langsam auf die Knie. »Versprochen? Nur eine Berührung?«

Sie zupfte an seinem Hemd, presste ihre Lippen auf die Haut seiner Brust und liebkoste ihn, wie er es ihr vorgemacht hatte. Ihre Hände ruhten nur für Augenblicke auf seinen Knien, um dann unter den weichen Wollstoff seines Kilts zu gleiten.

»Catherine … du bist mein Tod.«

»Nun, soweit ich weiß, bist du wahrhaftig kein Schwächling.« Von Sekunde zu Sekunde mutiger werdend, küsste sie zärtlich seine Brust, seinen Hals, sein Kinn; unterdessen setzten ihre Finger ihre sinnliche Reise zu seinen festen, muskulösen Schenkeln fort. »Und wie könnte eine bedauernswerte Lehrerin wie ich der Untergang des berühmten und mächtigen Grafen von Athol sein?«

»Cat!«

Gepresst zog er den Atem ein, als sie ihre Beute aufgespürt hatte. Sie legte ihre Finger um ihn, wie vom Donner gerührt über die Ausmaße seiner Männlichkeit. Zögernd sah sie auf und traf auf seinen Blick.

»Letzte Nacht warst du gewiss nicht so gewaltig.« Mit ihrem Daumen ertastete sie die weiche Spitze, während ihre Hand vorsichtig seine Männlichkeit streichelte. Tiefe Besorgnis klang aus ihrer Stimme.

»Wirst du noch größer, John? Schon aus diesem Grund passen wir nicht länger zusammen.«

Seine Finger waren grob, als sie sich in ihr Haar gruben und ihren Mund brutal an den seinen rissen. Sein Kuss war hitzig, seine Zunge drang tief in ihren Mund. Als er zurückwich, spürte Catherine plötzlich, wie sie in die Luft gehoben und zum Bett getragen wurde.

»So viel zu der Aussage ›Das Bett heben wir uns für den Schluss auf‹.«

»Ja, und das ist allein deine Schuld.« Seine Stimme war nur noch ein raues Flüstern, als er die Daunendecke zurückschlug und sie recht unsanft auf das Bett warf. Rasch streifte er seine Stiefel ab.

»Ich habe dich gebeten, mich zu lehren … aber du hast abgelehnt.« Sie rollte sich in die Mitte des riesigen Betts. »Ich musste selber erkunden …«

Das Hemd glitt ihm nicht rasch genug über den Kopf, und Catherine fehlten die Worte, als er es vorn aufriss. Der Anblick seiner goldbraunen Haut und der trainierten Brustmuskulatur ließen ihr Herz noch heftiger schlagen.

»Ich … ich denke … John … die Größe …«

Sein Kilt fiel zu Boden. Catherine spähte nach unten, maß die gewaltige Erektion, ehe sie abermals zu seinem Gesicht aufblinzelte.

»Ich kann unmöglich …«

»Überlass es einfach mir, mein Mädchen.«

Sie seufzte – zu mehr war sie nicht fähig –, als Athol sich vorbeugte, ihre Fußknöchel umfasste und sie wieder zum Bettrand zog. Ihr blieb nicht einmal die Zeit, seine nächste Bewegung zu erahnen, da hatte er sich auch schon über sie gebeugt und umfing die Spitze ihrer Brust mit seinen Lippen.

Jeder Gedanke an Widerstand wurde von Wonnen überlagert, indes dauerte es einige Augenblicke, bis Catherine wieder zu Atem fand. Und dann, als er ihren Körper erforschte, ihren Bauch mit Lippen und Zunge liebkoste und immer tiefer glitt, bis er am Dreieck ihrer Scham verharrte, spürte sie die Säfte, die wie glutheiße Lava in ihr pulsierten. Catherine schrie die Ekstase laut heraus, die ihren ganzen Körper erbeben ließ.

Entrückt vor Lust und Sinnlichkeit zerstreute Catherine ihre früheren Bedenken. Sie wollte ihn in sich spüren, griff wie von Sinnen nach ihm, packte sein Haar und zog ihn auf sich. Sie spürte, wie er in sie eindrang, stemmte ihm ihre Hüften entgegen, und schrie verwundert auf, als er sie völlig ausfüllte.

Und als er sie mit seinen langen, langsamen Stößen nahm, war Catherine abermals weit entrückt, da er sie auf den Schwingen der Leidenschaft davontrug. Aber diesmal erreichten sie gemeinsam die erfüllende Vereinigung von Körper und Seele.

Augenblicke später, Johns schweißfeuchter Körper ruhte noch auf ihr, sandte Catherine ein Stoßgebet gen Himmel. Sie musste für so vieles dankbar sein. Vor allem aber wollte sie dem Herrn danken, dass er ihr die Kraft verliehen hatte, diesen Mann zu zähmen. Mit zärtlicher Hand streichelte sie seine kraftstrotzenden Schultern und küsste ihn auf seine Brust.

John Stewart, seines Zeichens Graf von Athol, war ganz gewiss nicht mehr der gefährliche Löwe, den sie einst gefürchtet hatte.

11

Als die ersten Strahlen der Morgensonne in die Kammer fielen, tastete John Stewart verschlafen nach seiner Gemahlin. Aber ach, wo die weichen, einladenden Rundungen ihres vollkommenen Körpers geruht hatten, ihn erregt und im Laufe der Nacht wieder und wieder empfangen hatten, spürte er nichts als die kühle Leere des Lakens. Abrupt hob er den Kopf, spähte zu der verlassenen Betthälfte, schwankte zwischen Lachen und Fluchen, weil sie ihn aus lauter Eigensinn einfach verlassen hatte.

Nachdem er beide Beine über den Bettrand geschwungen hatte, saß der Graf für eine Weile grübelnd da. Hier stand ihr der schönste aller Räume im ältesten Teil der Burg zur Verfügung, und sie wusste nichts Besseres zu tun, als sich in dieses zugige Loch zu flüchten. Wie viele andere Frauen kannte er, die einen solchen Luxus ebenfalls standhaft zurückgewiesen hätten? Keine, entschied er unumwunden. Gewiss, es passte zu ihm, dass er ausgerechnet die eine Ausnahme geheiratet hatte.

Nein, dachte er, sich sogleich berichtigend. Es gab noch eine andere. Wie ein Geist hatte Joanna MacInnes monatelang in den Gewölben unter der Burg Ironcross gehaust, bis schließlich Gavin Kerr nach Norden gekommen war und sich dieses Anwesens angenommen hatte. Wahrhaftig! Es gab noch eine weitere Frau, die schnöde Bequemlichkeit nicht kümmerte.

Nachdem er aufgestanden und ins Sonnenlicht getreten war, vermochte John nichts weiter zu tun, als über die Fügungen des Schicksals zu lächeln. Die Hand von Joanna MacInnes war ihm vielleicht versagt geblieben, gleichwohl war er blindlings in die Ehe mit einer ähnlich prinzipientreuen Frau gestolpert.

Und nach allem, was abzusehen war, musste er wahrlich dankbar sein. Catherine Percy stellte sich als ein Juwel von einer Ehefrau heraus. Und unabhängig von ihrem Lerneifer, der – nach seinem Dafürhalten – ein wahrer Segen bei einer Frau war –, verbargen sich Intelligenz und Leidenschaft hinter ihrem gezierten und braven Äußeren. Sie entwickelte sich in der Tat zu einer vollkommenen Gemahlin.

Und er hatte sie genau dort, wo er sie haben wollte.

Allein der Gedanke an die gemeinsam verbrachte Nacht ließ das Blut in seinen Lenden erneut pulsieren. Athol vermochte sich an nichts zu erinnern, was dem Lustempfinden gleichgekommen wäre, das er bei Catherine empfand.

Und da war noch etwas. Ein überaus heikler Punkt. Sie hatte die Worte nie gesagt, und doch – als ihre nackten Glieder sich mit den seinen verstrickten, ihre nachtblauen Augen in den seinen versanken, da hatte John es ganz genau gewusst. Er hatte die Hingebung, das Vertrauen in ihrem Blick erkannt. Sie gehörte ihm mit Leib und Seele.

Zum Teufel, dachte er, seine Zweifel abschüttelnd. Sie hatte sich in ihn verliebt. Beim heiligen Andreas, und er hatte sie noch selbst davor gewarnt! Das konnte sie nicht abstreiten.

Gleichwohl war ihm der Sieg über seine Gemahlin ein Leichtes gewesen. Er hatte nichts weiter tun müssen, als das dünne Eis des Widerstands zu brechen. Und wer hätte ahnen können, welch tiefe Bereitwilligkeit sich ihm offenbaren würde?

Wahrlich, Catherine Percy zu bezähmen war in der Tat überaus einfach gewesen.

Wieder kreiste der angriffslustige Adler über den Männern auf dem Gipfel, diesmal hackte er in die Schulter desjenigen, der noch an einem Felsvorsprung hing. Lautes Fluchen ertönte.

»Habt Ihr es?« Das Brüllen des Statthalters hallte von den Felsen. »War es dort, Mann?«

»Gewiss, Mylord«, lautete die mürrische Antwort.

»Zieht ihn hoch.«

Während die Soldaten ihren erschöpften, blutenden Mitstreiter zu sich über den Rand hievten, trat Sir Arthur Courtenay zu dem Mann. Ein Blick auf das zusammengerollte Pergament sagte ihm, dass es auch diesmal keinen Schatz geben würde. Nicht hier, jedenfalls.

»Schlangen! Schwarze Katzen! Steile Klippen! Wir hätten diese drei Hexen bei der erstbesten Gelegenheit verbrennen sollen. Ich hasse diese Percy-Weiber! Wo habt Ihr es dieses Mal gefunden?« Er entriss dem Soldaten die Pergamentrolle. »Gab es einen Drachen, der die Beute beschützen sollte?«

»So könnte man sagen, Mylord.« Er zeigte dem Befehlshaber seine blutige Schulter. »Das verdammte Ding war unter dem Adlernest versteckt. Wenn ich mein Gesicht nicht mit den Händen hätte schützen können, hätte dieser Satan von einem Vogel mir die Augen ausgekratzt, so wahr wir hier stehen!«

Der in eine Priesterrobe gewandete Mann trat vor und nahm die Pergamentrolle aus der Hand des Statthalters.

»Man sollte die Mutter nie reizen, wenn sie ihre Jungen im Nest hat.«

»Mag sein«, schnaubte der Soldat. »Trotzdem habe ich verdammt noch mal dafür gesorgt, dass die kleinen Miststücke die Klippen hinunterstürzten, nachdem die Mutter das erste Mal auf mich eingehackt hatte.«

Der andere wandte sich ab, öffnete die Pergamentrolle und sah zu dem königlichen Statthalter. »Offen gestanden, Sir Arthur, die Männer, die Euch dienen, sind wirklich ausgezeichnet!«

»In der Tat, sie dienen *mir* und Ihr solltet Eure lästerliche Zunge im Zaum halten.« Für eine lange Weile starrten die beiden Männer einander feindselig an, dann brach Sir Arthur das Schweigen. »Als wenn ich nicht wüsste, was es diesmal ist! Gewiss ist es keine weitere Landkarte, oder etwa doch?«

Der Kuttenträger starrte mit steinernem Blick auf die Karte. Ohne jede Vorwarnung warf er schließlich das Pergament Sir Arthur zu. Unverhohlener Zorn blitzte in den Augen des königlichen Statthalters auf.

»Ganz recht. Genau das ist es. Eine weitere Karte für uns … von den überaus geschätzten Damen Percy.«

»Das ist das Ende!«, tobte Sir Arthur und warf die Karte zu Boden. »Ich habe es satt, mich von diesen hinterhältigen Schlampen zum Narren halten zu lassen. Diesmal haben wir mehr auf uns genommen und unsere wertvolle Zeit in diesem verdammten Landstrich verschwendet! Ich habe Euch bereits vor zwei Wochen gesagt, dass das alles zu nichts führt! Und ich sage Euch, sie haben den Schatz mitgenommen! In diesem Augenblick sitzen diese Weibsstücke in Schottland und machen sich lustig über uns. Sie haben ihn mitgenommen und uns ist nichts geblieben …«

»Ich weiß aus zuverlässiger Quelle, dass sie das nicht getan haben.«

Misstrauisch maß der Statthalter sein Gegenüber. »Ihr wisst es?«

»Der Schatz ist hier … irgendwo.« Der Geistliche hob die Karte vom Boden auf. »Und da ist eine Landkarte …«

»Dann hat ihn eine von ihnen! Ich tippe auf die Älteste! Verflucht, ich hätte ihr folgen sollen – wie ich das von Anfang an wollte –, statt meine Zeit mit dieser vergeblichen Suche zu vertun.«

»Wie ich schon sagte, ist des Rätsels Lösung nicht an eine von ihnen gebunden, sondern an alle drei. Deshalb müssen wir den Karten folgen. Sie haben diese gewiss nicht ohne Grund zurückgelassen, und ich meine, wir dürfen sie nicht außer Acht lassen. Die Mutter hat mit ihnen korrespondiert und diese Landkarten könnten uns sehr wohl zu dem gesuchten Schatz führen.«

Der Statthalter schritt unschlüssig entlang des Felsgrats. Schließlich blieb er stehen und funkelte den Mann an. »Nein! Ich lasse mich nicht noch einmal ins Bockshorn jagen. Als Erstes werden wir der Ältesten folgen. Habt Ihr mir nicht erzählt, dass sie nach Elgin aufgebrochen ist? Wir haben einige der Karten … vielleicht hat sie den entscheidenden Hinweis. Und wenn sie uns nicht selbst hinführen kann, dann werde ich sie auf der Streckbank foltern, bis sie uns die Aufenthaltsorte ihrer beiden Schwestern verrät.«

Der Geistliche runzelte die Stirn. »So einfach ist das nicht. Meine Männer haben mir die Nachricht überbracht, dass sie den Grafen von Athol geheiratet hat – den Cousin des schottischen Königs.«

»Eure Männer?!« Sir Arthur platzte der Kragen. »Ihr habt Männer in ihrer Nähe postiert und verratet mir nichts davon? Wollt Ihr damit sagen, dass Ihr die ganze Zeit über in der Lage wart, sie zurückzubringen, und nicht gehandelt habt?«

Der schwarz gewandete Mann richtete sich zu seiner vollen Größe auf. »Ich an Eurer statt würde nicht so vorschnell urteilen. Ohne mein Zutun wüsstet Ihr bis heute nichts von der Beziehung der Percys zu dem Schatz von …«

»Genug!«, unterbrach ihn der Statthalter mit einem misstrauischen Blick in Richtung der lauschenden Soldaten. »Das beteuert Ihr nun schon so lange, dass ich es nicht mehr hören kann!«

Sir Arthur trat näher, packte die Kutte des Mannes und zerrte daran, bis ihre Gesichter auf einer Höhe waren.

»Wann holt Ihr sie zurück?« Der drohende Unterton in seiner Stimme war unüberhörbar.

»Wenn der richtige Zeitpunkt gekommen ist.« Der Geistliche ließ den Gefolgsmann des Königs nicht aus den Augen, während er sich dessen Umklammerung entzog.

»Pah!« Der Statthalter drehte sich auf dem Absatz um und stapfte abermals entlang der Klippe.

»Aber in der Zwischenzeit, Sir Arthur, haben wir eine weitere Karte, die uns unserem Ziel womöglich näher bringt. Wenn Ihr mich also genug verflucht habt, obschon ich dafür Sorge getragen habe, dass wenigstens eine von Nichola Percys Töchtern in Reichweite ist, dann glaube ich, sollten wir unser Unterfangen fortsetzen.«

»Ja, wenigstens vorübergehend.« Courtenay hatte ihm den Rücken zugewandt und beobachtete den

Adler, der über ihnen im Sonnenlicht kreiste. »Allerdings frage ich mich, Nichola Percy, wie Ihr reagieren würdet, wenn ich Eure Brut aus dem Nest werfen würde.«

Die Spätsommersonne schien gnadenlos auf die beiden Reiter und ihre störrischen, alten Maultiere herab.

Catherine blickte über ihre Schulter zu dem geröteten Gesicht des erschöpften Mönchs. Bruder Bartholomew wischte sich mit dem Ärmel seiner Kutte den Schweiß von der Stirn; daraufhin verlangsamte sie, damit er zu ihr aufschloss.

Ihre Blicke trafen sich. »Ich verstehe immer noch nicht, Mistress, wieso wir nicht den Pfad durch den Glen of Rothes nehmen konnten, den der Stallbursche uns empfohlen hat. Der Junge beteuerte doch, es wäre der sicherste und schnellste Weg nach Elgin.«

»Es war derselbe Bursche, der uns auch diese prächtigen Maultiere gegeben hat, Bruder.« Catherine lächelte und tätschelte ihr betagtes Reittier. Sie ließ ihren Blick über die zerklüfteten Berge und die dichten grünen Tannen- und Eichenwälder schweifen und dann in die Schlucht, die sich mit ihren satten Weiden unterhalb von ihnen erstreckte. »Nun, Ihr kennt meine Schwäche für die Berge, Bartholomew. Wusstet Ihr, dass seit meiner Ankunft noch kein Tag vergangen ist, an dem meine Zofe Jean nicht den herrlichen Ausblick erwähnt hätte – schließlich ist sie hier in der Nähe aufgewachsen. Das heißt … dort jenseits der Schlucht. Ein atemberaubendes Panorama, findet Ihr nicht?«

Wenig begeistert spähte der Mönch zu den Anhöhen und brummte etwas Unverständliches, während er sein Maultier hinter ihr über den Gebirgspfad trieb. Für Augenblicke zufrieden mit sich und der Welt, wandte Catherine ihre Aufmerksamkeit dem felsigen Weg zu.

In Wahrheit hatte es völlig andere Gründe, warum sie diesen Pfad eingeschlagen hatten. Dieser Stallbursche, Roy Sykes, hatte ihr einfach zu bereitwillig geglaubt, dass ihr Gatte ihnen die Reise nach Elgin ohne Begleittross erlaubt hätte. Und die Tatsache, dass der rothaarige junge Mann ihnen die beiden klapprigsten alten Maultiere aus dem Stall geholt hatte, hatte Catherine vollends überzeugt, dass der Bursche ihrem Gemahl alles haarklein berichten würde, sobald sie und der Mönch die Burgtore hinter sich gelassen hätten.

Den Blick geschärft, spähte Catherine in die Schlucht. Wenn sie auf eigenen Füßen stehen wollte, so sinnierte sie, dann war es auf jeden Fall besser, dass Athol sie vor dem Eintreffen in Elgin nicht aufgriff. Der Ritt über die Berge und längs der Schlucht bot ihnen wenigstens die Chance, die Reise unentdeckt beenden zu können. Die beschwerlichere Route nahm zwar mehr Zeit in Anspruch, doch nach Jeans Schätzungen konnten sie es bis Sonnenuntergang schaffen.

Und Jeans Einschätzung dieser Strecke hatte sich bislang als richtig erwiesen. Aufgrund der Aussagen der Kammerfrau war Catherine überaus zuversichtlich, dass sie den Weg zu den Mauern der alten Stadt und ihrer berühmten Kathedrale finden würden. Und so verlassen wie diese Berge wirkten, glaubte Catherine, dass sie die sicherste Reiseroute eingeschlagen hatten.

Während sie ihr eigenes Maultier anspornte, versuchte sie alle erforderlichen Schritte zu überdenken. In der Vergangenheit, als die drei Schwestern noch zusammengewesen waren, hatte sich alles wesentlich einfacher gestaltet. Von den dreien war Catherine immer die Träumerin gewesen – mit den glühenden Vorstellungen von dem, was sie tun konnten und sollten. Laura hingegen war die Stimme der Vernunft gewesen, deren unbestechliche Logik sie oftmals davor bewahrt hatte, in ernsthafte Schwierigkeiten zu geraten. Adrianne, ihre jüngste Schwester, war eine rechte Unruhestifterin – der geborene Quälgeist. Und obschon Catherine und Laura in der Öffentlichkeit das Verhalten ihrer Schwester in Schutz nehmen mussten, waren sie im Grunde ihres Herzens ihre größten Bewunderinnen. Lauras ungezähmte Energie und ihr Wagemut waren ihnen stets ein Ansporn gewesen.

Als der Pfad ein wenig breiter wurde, gesellte sie sich zu dem beleibten Mönch. Die Sonne stand inzwischen nicht mehr direkt über ihnen und sie erspähte die nächste Hügelkette. Catherine war sich bewusst, dass, wenn sie diese Schule gründen wollte, sie auch die Aufgaben würde übernehmen müssen, die sonst ihren Schwestern zugefallen wären. Stirnrunzelnd seufzte sie, vermisste sie die beiden doch mehr denn je.

Bislang hatte sie es nicht gewagt, ihrem Gemahl einzugestehen, dass sie ihre Schwestern dauerhaft nach Balvenie zu holen gedachte, sobald die Schule eröffnet war und alles reibungslos funktionierte. Laura und Adrianne waren ebenso gebildet wie sie. Es gab also keinen Grund, warum Catherine sie nicht als Lehrerinnen hätte einstellen sollen. Gewiss hatte John Stewart keinerlei Bedenken ... das hoffte sie zumindest.

Aber alles der Reihe nach. Zunächst musste sie die Schule eröffnen. Und dafür hatte Catherine die Einwilligung ihres Gemahls. Jetzt lag der kritischste Punkt vor ihr, nämlich die Unterstützung des Bischofs zu gewinnen. Ihr war bewusst, dass ihr das in aller Eile gelingen musste. Wenn sie es ihrem Gatten überließ, so warnte sie ihre innere Stimme, würden womöglich Monate und die Geburt eines Stammhalters dazwischen liegen, ehe er sich berufen fühlte, ihre Sache vorzubringen.

»Zum Bischof ...«, murmelte sie mehr zu sich selbst als zu ihrem Begleiter.

Bruder Bartholomew wandte sich zu ihr und maß sie für Augenblicke, ehe er anhub: »Mylady, ich hoffe, Ihr wisst, dass ich Patrick Hepburn, dem neuen Bischof, noch nie begegnet bin.«

Catherine nickte. »Gewiss doch, Bartholomew. Aber keine Sorge. Nach meinen Gesprächen mit einer jungen Frau, die ich auf dem Weg nach Norden begleitete, weiß ich Einiges über ihn. Ich glaube, er wird unserer Sache zustimmen.«

»Ich weiß, dass er der älteste Sohn des Grafen von Bothwell ist, Mylady. Kennt Ihr ihn nicht durch Eure Mutter?«

Sie bedachte ihn mit einem Lächeln. Es erheiterte sie einmal mehr, dass jeder ihr bekannte englische Mönch fasziniert war von den weit reichenden Verbindungen ihrer Mutter. Wollte man ihnen Glauben schenken, so kannte Nichola Percy jeden europäischen Adligen.

»Ich weiß nicht, ob meine Mutter ihm je begegnet ist. Lady Nichola ist eine Erskine und keine Bothwell, Bartholomew. Doch nach allem, was ich in Erfahrung bringen konnte, war ein entfernter Cousin von mir in St. Andrews, als Bischof Hepburn dort Prior war. Von daher hat meine Mutter ihn gewiss über unser Anliegen unterrichtet, die Schule zu gründen … und dass wir Unterstützung benötigen.«

»Es wäre weitaus besser gewesen, wenn Bruder Egbert und Bruder Paul uns begleitet hätten, Mistress«, gab der Geistliche zu bedenken. »Ein Mann in seiner Position mag zwar liebenswürdig auf einen Brief reagieren, und doch könnte er schlichtweg Zweifel hegen in Anbetracht einer so jungen Frau. Es wäre nur verständlich, wenn er Eure Fähigkeiten in Frage stellen würde, eine so umfassende Aufgabe zu bewältigen.«

»Verständlich?«, fragte Catherine scharf. »In diesem Fall, Bartholomew, könnten auch zwei weitere englische Mönche wenig an seiner Einstellung ändern. Nein, Ihr und die barmherzigen Brüder seid auf meinen Wunsch hin in die Highlands gekommen. Ich glaube, dass es letztlich meine Ausbildung und mein Wissen sein müssen, was ihn überzeugen wird.«

Bruder Bartholomew musterte sie forschend und nickte dann. Wenn er schon sein Los mit ihr teilen wollte, sinnierte sie, dann mussten er und die beiden anderen Mönche sie auch als gleichberechtigt ansehen.

»Gewiss, Mistress. Ihr habt sicherlich Recht. Und Euer Traum wird zweifelsohne in Erfüllung gehen.«

Dem Himmel sei Dank, dachte sie im Stillen. Wenigstens einer, der in diesem Augenblick ihre Gedanken richtig zu deuten wusste. Und sie war sich sicher, dass zumindest dieser Mönch an sie glaubte.

»… Und den Grafen nicht nur als Gönner, sondern auch als Gatten zu haben, wird gewiss ein Übriges zu Eurer Unterstützung und Glaubwürdigkeit beisteuern. Wahrhaftig, ein so wohlhabender und einflussreicher Gemahl …«

Catherine seufzte und spornte ihr Maultier an. Das hatte sie sich selbst zuzuschreiben. Wäre sie am Morgen nicht so überstürzt aufgebrochen und hätte sie den Frühaufsteher Bartholomew nicht gebeten, sie zu begleiten, dann wäre vielleicht Bruder Egbert oder Bruder Paul mitgekommen und die altmodischen Vorstellungen des beleibten Mönchs wären ihr erspart geblieben. Auch wenn der Mann das ihrem Vater gegebene Versprechen eingehalten und Catherine und ihre Schwestern vor vielen Jahren unterrichtet hatte, so vertrat er doch recht altertümliche Ansichten, was die Stellung der Frau in einer Männerwelt anging.

Nun, sei's drum, dachte Catherine und trieb abermals ihr Maultier an. Er war hier und sie würde ihn einspannen wo immer möglich. Schließlich hatte sie von Anfang an gewusst, dass sie eine Schule nicht allein leiten konnte …

Dieser Gedankengang endete abrupt, da sie unvermittelt in die Zügel griff. In einiger Entfernung säumte eine Baumgruppe den Abhang. Und dort, wo das mittägliche Sonnenlicht auf das Unterholz fiel, blitzte irgendetwas auf.

Sobald Catherine der Ernst der Lage dämmerte, riss sie den Kopf ihres Maultiers herum und trieb es zurück in die Richtung, aus der sie gekommen waren. Als sie einen lauschigen Hain am Rande der Schlucht gewahrte, bedeutete sie Bruder Bartholomew, ihr geräuschlos zu folgen. Innerhalb von

Augenblicken verbargen sie sich im Schutz der Bäume.

Sie wusste nicht, welche Gefahr – wenn überhaupt – vor ihnen lag, doch sie war keine Närrin. Sie würde nicht blindlings in irgendeine Falle tappen.

John Stewart hatte vollstes Verständnis, dass seine Gemahlin nicht zum Frühstück erschien. Aller Wahrscheinlichkeit nach lag sie noch im Bett, entschied er mit einem zufriedenen Lächeln, und versuchte den Schlaf nachzuholen, den er ihr im Laufe der Nacht geraubt hatte. Doch als sie auch dem Mittagsmahl fern blieb, sorgte er sich allmählich um ihr Wohlbefinden.

Zum Teufel, fluchte er im Stillen, den erstaunten Blicken seiner Männer keine Beachtung beimessend, als er überstürzt den Rittersaal verließ. Er winkte Tosh ab und strebte in Richtung Stiegenhaus.

Während er die dunkle Treppe hinaufeilte, schalt er sich für seine Torheit. Nein, es war keine Torheit. Er sollte wenigstens so ehrlich sein und sich eingestehen, dass er sie den ganzen Morgen vermisst hatte, sann er. Während er den Problemen seiner Untergebenen gelauscht und ihre Zwistigkeiten ausgeräumt hatte, waren seine Gedanken ständig zu Catherine gewandert. Und auch während der militärischen Übungen mit seinen Männern hatte er immer wieder an ihr Gesicht, ihre Augen, ihr Lächeln denken müssen.

Verflucht, es war keinesfalls verwerflich, wenn ein Mann seine eigene Frau begehrte! Ganz gewiss nicht! Zum Teufel, diese Ehe bot ihm mehr Zerstreuung als alles zuvor.

Augenblicke später verharrte Athol vor der Tür zu

ihrer Kammer. Er hob eine Hand und runzelte die Stirn, da es ihm schlagartig idiotisch vorkam, auf seinem eigenen Besitz anzuklopfen. Er sollte geradewegs eintreten, überlegte er, weiterhin zögernd. Aber was, wenn sie noch schlief? Ein Lächeln umspielte seine Mundwinkel. Wäre es nicht wesentlich angenehmer, lautlos ins Zimmer zu huschen und sie auf sanfte Weise zu wecken? Der Gedanke, sie hier und jetzt zu verführen, ließ seine Hand vorschnellen und den Türknauf umklammern.

»Sie ist nicht da, Mylord.«

Abrupt drehte Athol sich um und fixierte die näher kommende Kammerfrau. »Nein? Wo ist sie dann? Bei meiner Mutter?«

Jean schüttelte den Kopf. »Ich komme gerade aus den Gemächern der Grafenwitwe. Sie war den ganzen Morgen nicht dort.«

»Ist sie vielleicht bei Susan?«

Verlegen strich die Zofe über den Ballen Wollstoff, den sie trug. »Mylord, ich habe sie seit gestern Abend nicht mehr gesehen. Das war, als ich ihr beim Ankleiden half, weil sie sich zu Euch in den Rittersaal gesellen wollte.« Die Frau starrte auf den Stoff. »Später … später schien sie meine Dienste nicht mehr zu benötigen. Aber heute Morgen, als ich ihr meine Hilfe beim Ankleiden anbieten wollte, fand ich lediglich die Garderobe, die sie gestern Abend getragen hat.«

Athol spürte, wie sich sein Magen qualvoll verkrampfte. »Hast du überall gesucht? Im Hof … im Garten … in der Kapelle?«

»Ja, Mylord.«

»Und keine Sekunde lang daran gedacht, mich zu benachrichtigen?«

Jean funkelte ihn trotzig an. »Als sie nirgends zu finden war, dachte ich, sie wäre wieder in Eure Gemächer zurückgekehrt, Mylord.«

»Bei allen ...« Athol stürmte ins Innere der Kammer und ließ seinen Blick durch den Raum schweifen. Neben dem Bett verharrte er. Ihre Gegenwart erfüllte den Raum wie ein süßer Hauch. Seine Besorgnis wuchs ins Unermessliche.

Jean stand auf der Schwelle. »Wenn sie nicht in Euren Gemächern ist, Mylord, dann bezweifle ich, dass sie überhaupt in der Burg ist.«

Er bedachte sie mit einem vernichtenden Blick. »Was meinst du damit?«, schnaubte er.

»Ihre Reisegarderobe ... ihr Umhang ... sie sind fort, Mylord.«

Athol kämpfte mit seiner Beherrschung. »Hast du *irgendeine* Idee, wohin sie gegangen sein könnte?«

Die Zofe nickte unmerklich, hob indes nicht den Blick.

»*Wohin?*«

»Sie ... sie hat immerzu von der Gründung der Schule geredet ... und mir viele Fragen gestellt ... über Elgin und die günstigste Reiseroute zu der Kathedrale. Sie meinte, sie müsse dorthin reisen ... irgendwann einmal, Mylord ... um den Bischof aufzusuchen. Ich hätte nie gedacht, Mylord, dass sie allein aufbrechen würde!«

Den plötzlichen Wunsch im Keim erstickend, entweder seinen oder Jeans Kopf an die Wand zu rammen, schritt Athol aus dem Raum und funkelte die Kammerfrau zornerfüllt an, die hastig das Weite suchte. Auf dem Weg in den Rittersaal setzte sich der Graf mit dem Eigensinn der Frau auseinander ... seiner Frau. Vor seinem geistigen Auge zogen die Gefahren vorüber, denen sie aufgrund einer so törichten Eskapade womöglich ausgeliefert war. Lautstark fluchend stürmte er in den Saal. Und was das Schlimmste war: Erst gestern hatte einer der Bauern diesen Bastard Adam of the Glen in den Bergen rund um die Burg Balvenie erspäht.

Er würde ihn töten. Mit seinen bloßen Händen würde er ihm den Hals umdrehen. Sollte Adam es wagen, seiner Gemahlin Schaden zuzufügen – ihr auch nur ein Haar zu krümmen –, dann würde dieser Halunke einen Tod erleiden, der selbst Torquemada, den Großinquisitor, mit Entsetzen erfüllt hätte.

Während er aus der Halle in das gleißende Sonnenlicht trat, verfluchte sich John Stewart, dass er eine solche Schwäche für diese Frau entwickelt hatte. Warum gelang es ihm nicht, eine gewisse Distanz zu ihr zu wahren? Warum, zum Teufel, übte sie eine solche Anziehungskraft auf ihn aus? Das Letzte, was ihm vorschwebte, war eine eigensinnige Frau, vor allem, wenn es sich dabei um die eigene Ehefrau handelte!

Die Panik, die ihn auf dem Weg zu den Stallungen ergriff, bewies ihm, dass es für solche Fragen längst zu spät war. Seine Gemahlin hatte ihn in der Tat verzaubert, und er würde sie finden, selbst wenn er diesen Adam of the Glen bis in den tiefsten Höllenschlund verfolgen musste.

12

Die letzten Sonnenstrahlen fielen auf den Waldweg, Dämmerung breitete sich über die beiden erschöpften Reisenden. Catherine schob eine Hand unter den Ellbogen des beleibten Mönchs und half ihm, über einen umgestürzten Baum zu klettern. Mit einem tiefen Seufzer blieb er stehen.

»Ich kann nicht mehr, Mistress. Wenn Ihr mich zwingt, auch nur einen Schritt weiter zu gehen, breche ich zusammen.«

»Wir haben es fast geschafft, Bruder Bartholomew. Auf dem letzten Gipfel konnten wir bereits den Rauch aus den Schornsteinen von Elgin sehen. Ich bin mir fast sicher, dass ich die Umrisse der Stadtmauern erkannt habe.«

Der Mann schüttelte den Kopf und ließ sich ächzend auf einen Baumstumpf sinken. »Nein, Catherine. Ich habe nichts gesehen. Lasst mich hier rasten.« Der Mönch blähte seine rosigen Wangen auf. »Ich sage, wir haben uns verirrt und werden Elgin nie erreichen. In der Tat, seit heute Mittag frage ich mich, wie ich mich von Euch überreden lassen konnte, unsere Maulesel zurückzulassen. Auf dem Rücken dieser Reittiere hätten wir wenigstens eine Chance gehabt.«

»Ich habe Euch doch erklärt, Bruder Bartholomew, dass sie zu viel Lärm gemacht hätten.«

»Pah! Schlagt Euch Eure eingebildeten Häscher aus dem Kopf. Nach wie vor glaube ich, dass Eure Fantasie Euch einen Streich gespielt hat. Wozu Ihr mich gezwungen habt! Diese steilen Anhöhen zu erklimmen! Luzifers Heerscharen könnten mir keine grausamere Folter auferlegen. Und die ganze Zeit lockten die ebenen Wege im Tal …« Er schüttelte den Kopf. »Nein, Mistress. Ich bin den ganzen Weg nach Rom gepilgert und ein erfahrener Wallfahrer wie ich hätte niemals …«

»Pst!« Catherines unwirsche Geste brachte den zeternden Mönch zum Schweigen. Sie umklammerte den Arm des Mannes, zog ihn vom Weg und zerrte ihn hinter einen dicken Baumstamm. »Sie kommen! Hört Ihr den Hufschlag?«

»Nein, aber ich glaube Euch. Und wenn sie kommen, können wir um Hilfe bitten. Um ein Pferd vielleicht. Als gute Christen werden sie gewiss Mitleid mit uns haben und …«

»Nein!« Sie schüttelte heftig den Kopf und spähte durch das Geäst. »Als erfahrener Wallfahrer wisst Ihr sicherlich auch, was Räuber und Halsabschneider mit Pilgern tun, die ihnen in die ruchlosen Hände fallen! Gute Christen, ohne Frage! Das hier müssen dieselben guten Christen sein, die uns schon im Gebirge aufgelauert haben. Sie suchen uns, Pilger.«

»Uns?« Endlich schien er Catherines frühere Warnung zu begreifen. Ihren Umhang umklammernd, blickte der Mönch betreten zu ihr auf. »Aber was sollen wir tun? Wo können wir uns verbergen?«

Innerhalb von Augenblicken hatte sie ihre Umgebung ausgekundschaftet. »Hier finden wir kein Versteck! Wahrhaftig, wir können nicht auf diese Bäume klettern, und selbst wenn es uns gelänge, würden sie uns sicherlich entdecken.«

»Was nun? Sagt es mir, Catherine. Was sollen wir nur machen?«

»Die Beine in die Hand nehmen und rennen! In Richtung Stadtmauer! Und wir haben keine Zeit zu verlieren. Kommt, Bruder! Lauft um Euer Leben!«

Kaum dass sie das gesagt hatte, spurtete der Mönch mit einer ungeahnten Willenskraft über den Pfad. Das war immerhin besser als sein früheres Lamentieren und sie unterdrückte ein Grinsen und folgte ihm.

Ihm dicht auf den Fersen peilte Catherine die Lage. Elgin konnte nicht mehr weit sein. Sie hatte zwar keinerlei Anhaltspunkt dafür, dass man sie tatsächlich verfolgte, doch in diesem Tempo würden sie und der dickleibige Mönch die Kathedrale von Elgin sicherlich noch vor Einbruch der Nacht erreichen.

Und nach ihrer Ankunft würde sie umgehend einen Kurier zu ihrem Gatten auf Burg Balvenie entsenden müssen. Das Letzte, was sie sich nach all den gemeinsamen Wonnen der letzten Nacht wünschte, war, dass er sich Sorgen um sie machte!

Nein, beunruhigen wollte sie ihn keinesfalls!

Beim Anblick des erzürnten Grafen von Athol blieb Patrick Hepburn, der junge Bischof von Moray, abrupt auf der Schwelle zu seinem prachtvoll geschmückten Saal stehen.

»Vermutlich, mein werter Graf, seid Ihr nicht gekommen, um uns zu beglückwünschen, dass die Kathedrale nach dreißigjähriger Restaurierung fertiggestellt ist. Habt Ihr den mittleren Turm gesehen? Sind die Statuen von Bischof Innes und …«

»Ja, ich habe das verfluchte Ding gesehen. Und Ihr liegt richtig mit Eurer Vermutung, Patrick. Deshalb bin ich wahrhaftig nicht hergekommen. Ich will meine Gemahlin zurückholen.«

»So!« Ein verhaltenes Lächeln glitt über die jungenhaften Züge des Bischofs. »Dann sind die Gerüchte also wahr. Ihr habt eine englische Laienschwester zur Frau genommen. Das ist in der Tat ungewöhnlich … und bahnbrechend …«

»Ich schätze mich glücklich, Euch erheitern zu dürfen, Euer Exzellenz«, stieß Athol zwischen zusammengebissenen Zähnen hervor, bemüht, seinen Zorn nicht an dem jungen Bischof auszulassen. »Aber meine Gemahlin, Catherine Percy, hat die Burg Balvenie heute Morgen verlassen, um …«

»Oh, eine Dame?«, warf der Bischof in gespielter Enttäuschung ein.

»Ganz recht, eine Dame!«

»Ohne Euch? Sie hat die Burg ohne Euch verlassen?«

»Ja, ohne mich!«, brüllte Athol. »Sie war in Begleitung eines verfluchten englischen Mönchs.«

»Es ist überaus gütig von Euch, Athol, jedem englischen Flüchtling Schutz zu bieten …«

»Ich stelle diese verdammten englischen Mönche nicht unter meinen Schutz. Ich habe lediglich versucht …«

»Auch ich glaube, dass es die Sache wert ist.« Der Bischof nickte bekräftigend. »Seitdem die Häscher dieses Heinrich Tudor jede Abtei im Süden Englands durchkämmen, ist es nur noch eine Frage der Zeit …«

»Im Augenblick, Patrick, kümmern mich Heinrich Tudor, der Papst oder der leibhaftige Teufel einen feuchten Dreck!« Als der Bischof zu einer Erwiderung anhub – die zweifellos das Verdienst der Nächstenliebe hervorheben sollte –, fuhr Athol rasch fort. »Was ich von Euch wissen will, ist, ob meine Frau bereits hier eingetroffen ist!«

»Ihr meint, dass sie auf dem Weg nach Elgin ist?«

Weiterhin belustigt blickte der Geistliche auf seine weichen, weißen Hände. »Ich hoffe, sie ist hübsch, mein geschätzter Graf. Eine schöne Frau ist ein seltenes Gut unter Gottes Krea…«

»Sie war … sie ist es!«, stammelte John. »Sie war auf dem Weg hierher. Wie ich bereits andeutete, hat sie Balvenie heute Morgen mit einem verfluchten Mönch namens Bartholomew verlassen, und das ganz offensichtlich mit dem Ziel, die Kathedrale von Elgin aufzusuchen!«

»Wie schön! Aber warum sollte sie ohne Euch herkommen wollen?«

»Es ist nicht so sehr von Belang, dass sie ohne mich herkommen wollte, sondern vielmehr, dass sie erpicht ist auf Eure Unterstützung, da sie die Gründung einer Schule auf Burg Balvenie beabsichtigt …«

»Faszinierend! Und wie steht Ihr zu einem solchen Vorhaben?«

»Catherine hat meine Einwilligung. Trotzdem …«

»Ist sie nicht die älteste Tochter von Nichola Erskine?«

»Das ist sie, Patrick.« Athol platzte beinahe der Kragen. »Bevor es stockfinster ist, muss ich wissen, ob sie hier in der Kathedrale eingetroffen ist!«

Der Bischof machte eine vage Geste. »Ich erinnere mich, einen Brief von ihrer Mutter bekommen zu haben. Demzufolge ist Eure Gattin eine überaus gebildete Frau und durchaus in der Lage, die von ihr gewählte Aufgabe zu erfüllen.«

»Das streite ich keineswegs ab. Ist sie *hier?!?*«

»Kein Grund zu brüllen, John. Mein Gehör ist ausgezeichnet.«

Athol gemahnte sich zur Besonnenheit, obschon es ihn in den Fingern juckte, den rotwangigen Gottesmann zu schütteln. Schlagartig schoss ihm durch den Kopf, dass Catherine mit einer Aufhebung ihrer Ehe gedroht hatte. Nein, dachte er, bemüht, den Gedanken zu zerstreuen. Sie hatten die Ehe bereits vollzogen. Und sie schien einverstanden … nun, sogar recht zufrieden mit dieser Verbindung. Nein, die Augenblicke ihrer geteilten Leidenschaft deuteten nicht auf eine unbefriedigte Frau hin. Und doch musste er sich vergewissern, dass sie nicht hier war. Dass dieser allzu weltliche Priester ihr keinen Schutz vor ihm bot.

Er würde Patrick Hepburns Geheimniskrämerei ein jähes Ende setzen, sollte dieser durchtriebene Bischof ihr Unterschlupf gewährt haben.

»Es ist gefährlich dort draußen in den Bergen, Patrick! Meine Männer und ich haben den direkten Weg nach Elgin eingeschlagen und die beiden dennoch nicht aufgegriffen. Also, wenn Ihr mir sagt, dass meine Gemahlin und Ihr Begleiter noch nicht hier eingetroffen sind, dann muss ich mich *umgehend* auf die Suche begeben! Adam of the Glen treibt dort draußen sein Unwesen und dieser Halunke würde meine Gattin liebend gern in seinen Klauen wissen … daran habe ich keinen Zweifel. Diese Bestie streicht schon seit Monaten um meinen Besitz, plündert meine Ländereien und drangsaliert meine Untertanen.«

Der Bischof nickte bekümmert. »Ja, das ist mir zu Ohren gekommen. Wahrlich, Ihr solltet diesen Schurken dingfest machen. Ich denke, die Burgtore von Balvenie würden recht hübsch aussehen mit Adams Haupt auf einer Pike als Schmuck.«

Athol biss die Kiefer aufeinander. »Ich auch. Gleichwohl, ist meine …«

»Wenn Adams Raubzüge sich auf mein Bistum ausweiten sollten, müssten wir ernsthaft darüber reden, ob …«

»Nicht jetzt!«, fiel John Stewart ihm ins Wort und trat auf den Mann zu. »Meine Gemahlin, Patrick! Ist sie hier?«

Offensichtlich bestürzt über den drängenden Tonfall des Grafen, sah Patrick Hepburn auf und maß dessen gequälten Blick.

»Es freut mich zu erfahren, dass Eure ausgedehnte Suche nach einer Gemahlin nicht vergebens war. Wie mir scheint, seid Ihr ernsthaft in Sorge um diese Frau. Andererseits muss ich gestehen, dass ich es befremdlich finde, nachdem Catherine Percy förmlich dazu gezwungen wurde, Euch ihr Jawort zu geben.«

Jetzt war ihm der Grund für die ausweichenden Antworten des Bischofs klar. Der Geistliche, der sie auf seinem Jagdsitz getraut hatte, musste den Vorfall dem Bischof berichtet haben. Nun, warum sollte er die Wahrheit abstreiten?

»Seither hat sich vieles verändert, Patrick.«

»Das sehe ich.« Der Bischof wandte sich ab und trat an eines der riesigen Fenster, die den Innenhof überblickten. »Und nun zum Aufenthaltsort Eurer Gattin. Es ist fast dunkel.«

»Ich weiß! Ist sie eingetroffen?«

»So könnte man sagen.«

Plötzlich immens erleichtert, beobachtete John, wie der Bischof seine weiche Hand hob und auf den Innenhof deutete. In Windeseile war John am Fenster, spähte hinaus und gewahrte die beiden erschöpften Reisenden, die soeben vor den alten Torwächter traten. Catherine schob die Kapuze ihres Umhangs zurück und redete auf den Alten ein, während sie sehnsüchtig zu dem Bischofspalast blickte. Der beleibte Mönch in ihrer Begleitung flüsterte ihr unablässig ins Ohr. Trotz der zunehmenden Dunkelheit hätte Athol beschwören mögen, dass ihr Bruder Bartholomews Gerede zuwider war.

Innerhalb von Augenblicken überlagerte die Erleichterung, sie in Sicherheit zu wissen, den Zorn über ihre unbedachte Handlung und John Stewart stürmte zur Tür.

Ungeahnt flink packte der Bischof den Grafen am Ärmel und hielt ihn zurück. »Ihr werdet doch nicht zu hart mit ihr ins Gericht gehen, mein Freund?«

Athol starrte sein Gegenüber an. »Einen Teufel werde ich tun. Sie ist jetzt meine Angetraute und muss begreifen, dass in diesem unwirtlichen Gebirge überall Gefahren lauern. Als Gräfin von Athol ist sie für Verschwörer wie Adam of the Glen wertvoller – und weitaus angreifbarer – als auf ihrer Flucht aus England. Nein, Patrick, sie wird lernen müssen, dass sie ihr Leben und das eines anderen nicht leichtfertig in Gefahr bringen darf.«

Der Bischof nickte. »Gewiss, sie wird all das begreifen müssen. Gleichwohl ist es nach meinem Dafürhalten noch wichtiger, dass sie lernt, auf *Euer* Urteil zu zählen, und dass sie Euch künftig ins Vertrauen zieht.«

Fragend zog Athol eine Braue hoch. »Eine eigentümliche Aussage für einen Gottesmann, aber ich werde Eure Worte dennoch beherzigen. Wenn Ihr mich jetzt bitte entschuldigen würdet, Patrick …«

»Ich freue mich schon darauf, sie kennen zu lernen, John. Bringt sie herein und …«

»Heute Abend werden wir Eure Gastfreundschaft ablehnen müssen.«

Der Bischof hob eine seiner weichen Hände. »Aber …«

»Nein, sie wird umgehend nach Hause zurückkehren, und wenn ich sie auf den Rücken meines Pferdes binden muss.« Mit einem knappen Nicken strebte er zur Tür.

»Nun«, rief der Bischof ihm nach, »dann versichert sie bitte meiner Unterstützung hinsichtlich der Schule. Lasst wenigstens ihren gutmütig wirkenden Begleiter zurück, damit ich ihm schildere, wie wir ihr helfen können. Oh, und noch eines, John!«

Verdrossen drehte Athol sich an der Tür ein letztes Mal um.

»Seid sanftmütig!«

Mit der Sanftmut eines gereizten Bullen preschte er durch das Hofportal.

Erfreut, ihren Gemahl zu sehen, verlangsamte Catherine ihre Schritte im Hof, gemahnte sich dann jedoch zur Vorsicht. Sein energischer Gang und die finstere Miene machten deutlich, dass er ihre Wiedersehensfreude nicht teilte. Sich dessen gewärtig, dass dies vermutlich kein günstiger Aufenthaltsort für Bruder Bartholomew war, blieb sie stehen und riet dem Mönch im Flüsterton, das Stift aufzusuchen, wo sie ihn später treffen könne. Ihr Reisegefährte indes nickte lediglich zerstreut, ehe er die wenigen Schritte in Richtung des herannahenden Grafen zurücklegte.

»Ich kann Euch gar nicht sagen, Mylord, wie glücklich ich bin, Euch zu sehen. Einmal abgesehen von dem Umstand, dass wir auf unserer Reise nur knapp dem Tode entronnen sind, war die Vorstellung, auf eigene Faust und ohne Geleitschutz zur

Burg Balvenie zurückkehren zu müssen, grauenvoll. Einfach grauenvoll, Mylord!«

Catherine bemerkte, dass ihr Gatte den Geistlichen keines Blickes würdigte und stattdessen ihr näher kam. Seine Augen bohrten sich in die ihren, als er kaum eine Armeslänge von ihr entfernt verharrte. Der Mönch, der unbekümmert weiterredete, war sogleich an seiner Seite, gestikulierte und lamentierte.

»Die Gefahren, denen wir in diesem Hochland ausgesetzt waren, waren entsetzlich, Mylord – grässlicher als alles in meinem bisherigen Leben.«

Catherine verdrehte die Augen. Gewiss würde ihr Gemahl erkennen, dass der Mönch schamlos übertrieb.

»Von einem Augenblick auf den nächsten lauerten uns Räuber und Halsabschneider auf, zwangen uns, unsere Maultiere aufzugeben und die höchsten Erhebungen, die der Allmächtige je geschaffen hat, zu Fuß zu bezwingen. Nicht einmal Hannibal und seine Elefanten hätten dieses Gebiet durchqueren können. Ihr wisst gar nicht, Mylord …«

»Das genügt jetzt, Bruder Bartholomew«, fiel Catherine ihm ins Wort und wandte den Blick von ihrem Gatten zu dem Geistlichen. Der Gottesmann plusterte sich auf und rang die Hände. »Ich bin sicher, dass der Graf sich sehr wohl vorzustellen vermag, wie unsere Reise verlaufen ist.«

»Nein, Lady Catherine, ich habe ja nicht einmal die Häscher erwähnt, die uns – nur wenige Meter von hier entfernt – um Haaresbreite geschnappt hätten.«

Ihr Blick wanderte zurück zu Athols Gesicht. Seine Augen funkelten vor Zorn.

»Wahrhaftig«, spottete sie, wenn auch wenig überzeugend, wie sie fand. Sie bemühte sich, Häme in ihre Worte zu legen. »Wenn wir nicht so gut zu Fuß gewesen wären, hätten sie uns geradewegs vor den Toren ebendieser Kathedrale gemeuchelt.«

»In der Tat!«, bekräftigte der Mönch. »Und ich meine, es war dieselbe Mörderbande, die uns schon den ganzen Tag verfolgte. Sie jagten uns über die Berge, Mylord, fest entschlossen, uns die Kehle aufzuschlitzen, sobald sie uns schnappen sollten.«

Athols düstere Miene machte sie allmählich nervös. Mit gestrengem Blick wandte sie sich an den Mönch. »Wir sind wohlbehalten hier eingetroffen. Von daher besteht kein Anlass, Bruder Bartholomew, die Einzelheiten unserer Reise aufzubauschen.«

»Aufzubauschen?«, krächzte der Mönch. »Ihr wart diejenige, die ihre Klingen im Sonnenlicht aufblitzen sah, Mistress.«

»Das war lediglich ein Vorwand, um durch die Berge reisen zu können«, schwindelte sie. »Gütiger Himmel, Ihr wisst doch, wie sehr ich dieses Hochland liebe.«

»Nein, Ihr seid viel zu bescheiden, Mistress. Euer Gemahl sollte wahrlich erfahren, welchen Mut Ihr bewiesen habt.« Der Mönch wandte sich zu dem Grafen, und Catherine musste dem Drang widerstehen, ihm mit seinem Umhang den Mund zu stopfen. »Ich möchte sagen ... da waren fünfzig ... vielleicht auch hundert, die uns einzukreisen versuchten ...«

Catherine bedachte ihren Gatten mit einem flehenden Blick. Doch er starrte sie nur vernichtend an, während er dem blumigen Unfug des redseligen Mönchs lauschte. Inzwischen war die Dämmerung hereingebrochen, und sie drehte sich um, da eine

Fackel zwischen den Ställen und dem Torwärterhäuschen aufflackerte. Unversehens spürte sie ihre schmerzenden Füße und ihr Interesse an der Unterhaltung schwand. Schließlich wandte sie sich zu ihrem Gemahl.

»Verzeih mir, aber ich habe die Angelegenheit noch nicht erledigt, deretwegen ich nach Elgin gekommen bin. Ich denke, solange du Bruder Bartholomews Geschichten von umherstreifenden Mörderbanden lauschst, kann ich ebenso gut das Ordenshaus aufsuchen und mich erkundigen, ob es möglich ist, den Bischof noch heute Abend wegen der Schule zu sprechen.«

Mit einer gebieterischen Armbewegung schob der Graf von Athol den Mönch beiseite und trat Catherine in den Weg. »Du rührst dich nicht von der Stelle, bis *ich* es dir erlaube.«

Sich dessen bewusst, dass ihre Nerven nicht zuletzt aufgrund ihrer Erschöpfung zum Zerreißen gespannt waren, versagte sich Catherine eine schnippische Antwort und bemühte sich stattdessen um Haltung. Seine Stimme klang bedrohlich, und sie wusste, dass jeder Widerstand zwecklos war. Dennoch hielt sie seinem zornesumwölkten Blick stand.

»Mein Gemahl, du wirkst überaus erregt nach diesen übertriebenen Schilderungen der heutigen Geschehnisse. Ich kann dir versichern, dass ich dir gleich nach meiner Unterredung mit dem Bischof haarklein berichten werde, was wirklich vorgefallen ist. Das wird dein Gemüt besänftigen.«

Sie versuchte, an ihm vorbeizuschlüpfen, doch er umklammerte ihren Arm mit stahlhartem Griff. Da sie wusste, dass Bruder Bartholomew alles mit anhörte, beschloss sie, sein raues Gebaren geflissentlich zu übergehen. Stattdessen versuchte sie sich den zärtlichen und leidenschaftlichen Mann vor Augen zu führen, mit dem sie die vorangegangene Nacht verbracht hatte, und schenkte ihm ihr betörendstes Lächeln.

Unmerklich hellte sich sein Gesicht auf, und Catherine entschied sich dafür, die Gunst des Augenblicks zu nutzen.

»Wenn du erlaubst, geschätzter Gemahl, ich weiß nicht, ob Seine Exzellenz das Nachtmahl ...«

»Verlasst uns, Mönch!«

Auf Athols knappen Befehl verschwand der Mann in Windeseile im Ordenshaus. Catherine bemerkte, wie sich die Miene ihres Gatten erneut verfinsterte. Allein gelassen und ihm schutzlos ausgeliefert, stellte sie sich auf Zehenspitzen und spähte über den Hof, als die Glocken die Vesper einläuteten. Stallknechte und Schmiede passierten den Hof auf dem Weg zur Kathedrale, machten jedoch einen weiten Bogen um sie, während sie neugierige Blicke in ihre Richtung warfen. Sie waren allein, mit Ausnahme des alten Torwächters, der auf einem Holzklotz vor dem Eingang döste.

»Keiner kann dich vor meinem Zorn schützen, mein Schatz.« Er riss an ihrem Arm und zerrte sie über den Hof zu den Stallungen.

»Schützen? Ich brauche keinen Schutz. In Anbetracht der Tatsache, dass ich nichts Verwerfliches getan habe, finde ich dein Verhalten völlig unpassend. Verstehst du mich? Unpassend!«

Im Schatten der Stallmauer wirbelte er sie nicht unbedingt sanft herum, bis sie ihn anschaute.

»Für eine Frau, die sich ihrer überdurchschnittlichen Intelligenz rühmt, handelst du mit weniger

Verstand als die alten Maultiere, die du mir gestohlen hast.«

»Gestohlen?«

»Ganz recht, gestohlen. Immerhin waren die Maulesel so gescheit, dass sie den Weg in die Schlucht nahmen, wo man sie fand.«

»Wie froh ich bin, dass dein wertvolles *Eigentum* keinen Schaden genommen hat, Mylord.« Das bedrohliche Zucken seiner Kinnmuskulatur entging Catherine keineswegs. Sein Gesicht lief tiefrot an und seine Augen funkelten vor Zorn. Nun, dachte sie, soll er doch seinem Ärger Luft machen. Die Arme vor der Brust verschränkt, nickte sie ermunternd. »Also gut, mein Gemahl. Lass mich deine Klagen hören!«

»Catherine Percy, versuche nicht, mich zu beschwichtigen. Ich kann deine Gedanken lesen.«

Abermals nickte sie und bedachte ihn mit einem schwachen Lächeln. »Komm schon, ich warte! Willst du wüten und toben und mich in Stücke reißen? Nun denn, ich bin bereit!«

»Ich … ich vermag nicht zu begreifen, dass eine Frau wie du, eine Fremde in einem so wilden Land …« Die Worte sprudelten aus ihm heraus, er schilderte ihr die Gründe, warum ihr Aufbruch von Burg Balvenie unüberlegt gewesen sei, doch sie hörte ihm gar nicht zu. Als seine Verärgerung ihren Siedepunkt erreichte, waren seine Augen schwarz wie die Nacht, und Catherine blickte in ihre Tiefen, bewunderte ihre Intensität und ihre Fähigkeit, je nach Stimmung die Farbe zu wechseln. Und wie schon so oft bemerkte sie auch diesmal seine langen dunklen Wimpern. Insgeheim stellte sie sich vor, welch schöne Kinder er zeugen würde. Kinder! Im

Stillen lächelte sie. Noch vor wenigen Tagen hatte sie allein der Gedanke an eine Eheschließung mit diesem Mann entsetzt und jetzt träumte sie bereits von Nachwuchs.

»Lass das!«, schnaubte er. »Du hörst mir nicht einmal zu!«

Seine Hände umfassten ihre Schultern. Sie riss sich aus ihrem Tagtraum und nickte. Indes gelang es ihr nicht, den Blick von seinen vollen Lippen zu lösen.

»Catherine! Du hast nichts von dem begriffen, was ich soeben gesagt habe! Wie konntest du nur so …«

Sie wünschte sich, er würde sie küssen. Bis zu diesem Augenblick hatte sie gar nicht gewusst, wie sehr sie ihn vermisst hatte. Und in der Tat: Als er aus der Residenz des Bischofs in ihre Richtung geschritten war, hätte sie am liebsten jeden Anstand außer Acht gelassen und sich in seine Arme geworfen. Unterschwellig fragte sie sich, ob er dann vielleicht anders reagiert hätte.

»Catherine! Versuche nicht, mich abzulenken!«

Sie sah auf und maß sein Gesicht. Seine langen roten Haare wirkten fast schwarz in der Dunkelheit. Sie gewahrte die dicken Flechten, die straff nach hinten frisiert und im Nacken zusammengebunden waren. Sie überlegte, was er wohl tun würde, wenn sie sich auf die Zehenspitzen stellen und sein Kinn, seine Wangen, seinen Hals küssen würde.

»Mir reicht's!«

Unsanft fasste Athol sie bei der Hand und zog sie durch die Stalltür. Der Geruch von frischem Heu und Pferden schlug ihr entgegen. Wie tröstlich, dachte sie.

»Was hast du vor?«

»Ich suche einen Ort, der etwas abgeschiedener

ist! Schließlich bieten sämtliche Fenster, die zur Hofseite hinausgehen, den Blick auf den Grafen von Athol und seine widerspenstige Gemahlin. Wir müssen ein … ein *privates* Gespräch führen«, knurrte er. »Und bilde dir ja nicht ein, dass ich nicht wüsste, was dir in diesem Augenblick durch den Kopf geht.«

Er zerrte sie auf den verwinkelten Heuboden. »Tut mir Leid! Ich wollte beileibe nicht so … so leicht durchschaubar sein!«

Er umschlang ihre Taille, warf sie ins Heu und zog die kurze Leiter nach oben.

Mit angehaltenem Atem vernahm Catherine das leise Prusten, das seinen Lippen entwich. Verwundert betrachtete sie ihn, während er sich neben ihr ausstreckte. Es war ein Lachen – dessen war sie sich sicher. Er hatte tatsächlich gelacht!

»Leicht durchschaubar? Nur für mich, Cat. Aber ich sage dir eins, mein Schatz, wir sind weit entfernt von einem Ende der Diskussion darüber, wie du dich erdreisten konntest, allein herzukommen.«

Sie wollte etwas erwidern, besann sich jedoch eines Besseren.

Nun, eins nach dem anderen, entschied sie. Schließlich sah sie nicht die geringste Veranlassung, diese Auseinandersetzung fortzuführen. Vielleicht hatte er ja auch die ganze Sache längst vergessen, wenn sie dieses private … äh-hm … Gespräch beendet hatten.

Catherine drehte sich zu ihm um und lächelte.

13

Als sein Anführer nahte, wich der verängstigte Stallbursche zwei Schritte zurück.

»Ich habe alles versucht, Herr! Ich habe beiden erklärt, dass der einzige Weg nach Elgin durch den Glen of Rothes führt! Darüber hinaus habe ich ihnen die ältesten Maultiere im ganzen Stall gegeben. Die, von denen ich wusste, dass sie ...«

»Versucht!« Adam of the Glen spie angewidert aus, als er den verschreckten Mann passierte. Er stapfte zum Lagerfeuer.

Nervös rieb sich Roy Sykes den Nacken, als wollte er sicherstellen, dass sein Kopf noch auf seinen Schultern saß.

»Herr, nach ihrem Aufbruch bin ich sogleich zu Euch geeilt, um Euch die Nachricht zu überbringen.«

Adam starrte in die Flammen. »Inzwischen muss er von deinem Verrat erfahren haben.«

Roy starrte auf den breiten Rücken des kraftstrotzenden Highlanders und gewahrte dessen gegürtetes Breitschwert. »Ja, ich bin sicher, dass einige Stallburschen gesehen haben, wie ich mit Lady Catherine vor ihrem Aufbruch geredet habe. Sicherlich werden sie dem Gutsherrn berichten, dass ich derjenige war, der ihr die Maultiere gab. Er wird mich aufknüpfen, weil ich ihm verschwiegen habe, dass sie fortreiten wollte. Bitte, Herr, schickt mich nicht zu ihm zurück.«

Der Highlander drehte sich um, heftete seinen finsteren Blick auf die angstverzerrten Züge des Mannes. »Ziehst du meinen Zorn dem seinen vor? Ren sollte dich an diesem Baum aufknüpfen, auf dass dir die Krähen die Augen aushacken!«

Roy Sykes fiel auf die Knie und rang die Hände. »Schickt mich nicht zurück, Herr. Bitte, verschont mein Leben! Ich tat, wie mir von Euch geheißen. Ich hätte nie gedacht, dass die Engländerin und der Mönch das Wagnis eingehen würden, auf eigene Faust durch das Gebirge zu reiten!«

Adam of the Glen wandte sich dem narbengesichtigen Mann zu, der am Feuer hockte und lauschte. »Er meint, dass du blind gewesen sein musst, Ren. Schließlich hast du mir erklärt, dass sie euch nie passiert hätten.«

»Nun, wenn der Bursche das sagt, dann muss es wohl stimmen.« Ren warf dem Stallknecht einen vernichtenden Blick zu. »Wir haben den gesamten Viehtreiberpfad durch die Mannoch Hills überwacht. Niemand wäre uns entkommen. Wir hätten dieses Weibsstück mit ihrem fetten Mönch schon von weitem bemerkt.«

»Ihr habt den Viehtreiberpfad beobachtet?«

»Gewiss – und da war keine Menschenseele.«

»Und du hast deine Männer nicht am Flussufer verteilt?«

»Nun ja … doch, im Verlauf des Tages.« Ren senkte betreten den Blick. »Aber da war keine Spur von ihnen, Herr.«

»Beim Leibhaftigen!«, schnaubte Adam. »Dann hätten sie euch ausweichen können!«

»Nein!« Ren war sichtlich unwohl in seiner Haut. »Nun, vielleicht doch. Aber, Herr … Ihr habt es selbst gesagt. Es waren nur zwei englische Memmen – ein Mönch und eine Frauensperson. Wie sollten sie …«

Dem hünenhaften Highlander platzte der Kragen. »Bei allen Heiligen, ich habe es satt, für alle denken zu müssen! Zum ersten Mal seit Monaten habe ich eine echte Chance, mich an diesem Verräter Athol zu rächen, und ihr wisst nichts Besseres, als verrückt zu spielen!«

Seine versammelten Mitstreiter rückten betreten zusammen und tuschelten. Unvermittelt richtete sich Adams ganzer Zorn gegen sie. »Sie war dort draußen! Eine Blüte, die es lediglich zu pflücken galt! Aber keiner von euch besaß den Mut oder die Geistesgegenwart …«

Adam stockte mitten im Satz, vernahm er doch ein leises Pfeifen, das durch die Dunkelheit schallte.

Nach einem letzten Blick auf Roy Sykes und Ren begab sich ihr Anführer von der verfallenen Steinhütte am Rand der Lichtung zu der vereinbarten Stelle, wo sein Besucher wartete.

Obschon lediglich von dem schwachen Lichtschein einer Fackel erhellt, der von draußen in den Stall einfiel, erstrahlte Catherine Percy in ihrer vollen Schönheit.

Sie nur widerwillig freigebend, glitt John zum Rand des Heubodens und sprang hinunter. Seufzend folgte ihm Catherine, worauf er sie vorsichtig zu Boden hob und ihre Lippen mit einem zärtlichen Kuss besiegelte. Während sie in inniger Umarmung verharrten, spürte er die Wärme ihres Körpers, ihre kosenden Hände auf seinem Rücken. Er schob eine gelöste schwarze Haarsträhne hinter ihr Ohr.

»Ich bin eine wollüstige und verderbte Frau geworden.«

John musterte sie forschend. »Zweifellos. In der Tat würde der Bischof ein ernstes Wort mit dir reden, wenn er davon wüsste, dass du deinen Gemahl verführt hast. Indes, wenn ich es mir überlege, kümmern mich die Ansichten des Bischofs nicht im Geringsten.«

Als sie leise auflachte, glitt auch ein Lächeln über seine Züge und er küsste ihr Haar.

»Soll das heißen, dass du es keineswegs ungewöhnlich findest, wenn ein Mann seine Angetraute in den Mauern einer Kathedrale verführt?«

»Ungewöhnlich? Aber nein!« Er grinste. »Schon gar nicht, wenn man bedenkt, dass es sich um denselben Mann handelt, der seine Gemahlin in der Fensternische eines dunklen Korridors entjungfert hat, statt die Bequemlichkeit des Ehebetts zu genießen.«

Zufrieden seufzend schmiegte sie sich enger an seine Brust. »Die Sichtweise dieses Mannes gefällt mir.«

John Stewart schmunzelte. Er hatte eine Zauberin geheiratet, die auf geheimnisvolle Weise Macht über ihn ausübte. Sie erregte und entflammte ihn – beherrschte seinen Körper, seine Sinne, ja sogar sein Herz. Sie besaß die Fähigkeit, ihn in Sekundenbruchteilen von einem zornentbrannten Mann in einen lammfrommen Schulbuben zu verwandeln. Und jetzt stand sie da, zufrieden und scheinbar unbekümmert wegen der ihr innewohnenden Zauberkraft … oder der Strafpredigt, die er ihr zu verabreichen gedachte.

»Du grollst mir nicht länger!«

Aber vergessen ist die Geschichte dennoch nicht, dachte er bei sich.

»Catherine«, hub er an, dieweil er sich ihr sanft entzog und ihr hübsches Gesicht mit seinen Händen umschloss. »Vermutlich darf ich nicht zu streng mit dir sein. Du konntest nicht wissen, welchen Gefahren du dich in den Highlands aussetzen würdest, sonst hättest du nicht so unüberlegt gehandelt.«

»Ich bin zäher als du denkst, John.«

»Beim heiligen Andreas, das weiß ich! Aber unsere Feinde hier sind wesentlich hinterlistiger als die, vor denen du aus England geflohen bist.«

»Ich habe nichts getan, was diese Leute gegen mich aufbringen könnte!« Ihre nachtblauen Augen weiteten sich. »Oder glaubst du mich in Gefahr, weil englisches Blut in meinen Adern fließt?«

»Das ist es nicht«, flüsterte er. »Allein aufgrund unserer Heirat, Catherine, hast du dich zur Zielscheibe derjenigen gemacht, die mich vernichten wollen.«

»Und warum will man dich vernichten?« Ihre Stimme klang sanft und er gewahrte den mitfühlenden Unterton. »Du bist ein guter Führer deines Volkes. Soweit ich das beurteilen kann, achtet und respektiert es dich als seinen Lehnsherrn und Gebieter.«

Ihr Vertrauen in ihn war grenzenlos. Den Blick auf ihr Gesicht geheftet, streichelte er mit seinem Daumen ihre Unterlippe. Übermannt von einem plötzlichen Gefühl der Ohnmacht, drückte er sie fest an seine Brust. Die Hilflosigkeit, die er nach ihrem Verschwinden empfunden hatte, war entsetzlich gewesen. »Tu mir das nie wieder an, Cat! Bring dich nie wieder so in Gefahr wie heute!«

Sie entwand sich ihm und erwiderte seinen Blick. »Um Freund von Feind unterscheiden zu können, John, muss ich die Wahrheit über dich erfahren. Ich muss wissen, wer dein Feind ist und warum er so entschlossen ist, uns Schaden zuzufügen. Darüber hinaus glaube ich, dass die Gefahr nicht nur dort draußen, sondern auch in den Mauern der Burg Balvenie lauert.«

»Du meinst den Stallburschen, Roy Sykes.«

Sie nickte. »Kaum dass wir im Gebirge waren, bemerkte ich den Hinterhalt. Da dämmerte mir der Grund, warum ich ihn so rasch überzeugen konnte.«

»Bei unserer Rückreise möchte ich, dass du mir die Stelle zeigst, wo sie euch aufgelauert haben.« Athol biss die Kiefer zusammen. Bislang waren sie ihm noch jedes Mal entkommen, aber diesmal würde er den Halunken den Garaus machen, und wenn es ein Jahr dauerte. Er sah auf und bemerkte ihren forschenden Blick. »Aber woher wusstest du, dass nicht ich es war, der dich dort erwartete?«

»Du und warten?« Sie schüttelte den Kopf. »Nein, du gehörst nicht zu denen, die wartend in einem Hinterhalt lauern! Um ehrlich zu sein, hatte ich angenommen, dich und deine Männer durch die Schlucht preschen zu sehen. Genau deshalb haben wir die Route durch die Berge genommen.«

»Verstehe.« Sie kannte ihn besser als er vermutet hatte. »Und wie ist es dir gelungen, ohne Führer den Weg nach Elgin zu finden?«

»Das war nicht schwer.« Sie zuckte die Schultern. »Mein Orientierungssinn ist recht gut entwickelt. Aber, was viel wichtiger ist: Wie hast du von Roy Sykes' Machenschaften erfahren? Als mir das alles klar wurde, fragte ich mich, warum du uns nicht längst verfolgtest. Genau genommen war es weniger die Angst vor irgendwelchen Häschern als der Zorn meines Gatten, der mich zur Eile trieb.«

»Warte.« Athol fiel ein, dass sie ihren Umhang auf dem Heuboden zurückgelassen hatten. Er drehte sich um und huschte durch den dunklen Stall. Ein prachtvolles Jagdpferd warf schnaubend den Kopf zurück. Zweifellos das des Bischofs, überlegte er. Als er neben Catherine trat, stand sie am Scheunentor und spähte durch den flackernden Fackelschein zur Kathedrale. Einige Ordensbrüder stapften durch den Hof zum Stiftshaus. Er schüttelte den Umhang aus, ehe er diesen um ihre Schultern legte.

»Erst gegen Mittag erfuhr ich von deinem Verschwinden. Und wie mir berichtet wurde, war Roy Sykes unmittelbar nach euch aufgebrochen. Als ich erkannte, dass der Stallbursche ohne meine Einwilligung gehandelt hatte, vermochte ich mir recht gut vorzustellen, dass er Übles im Schilde führte.«

»War er sein ganzes Leben lang auf Balvenie?«

»Nein.« Er schüttelte den Kopf. »Und vermutlich hätte ich ihm gegenüber von Anfang an misstrauischer sein müssen. Ungefähr um dieselbe Zeit, da Adam of the Glen mit seinen Raubzügen begann, tauchte er hier auf, bat um etwas zu essen und um Arbeit. Unser Stallbursche war kurz zuvor einem Fieber erlegen und der Bursche hatte Ahnung von Pferden. Dennoch hätte ich einen Zusammenhang vermuten müssen.«

»Wer ist dieser Adam of the Glen, John?«

Er versuchte, in die Finsternis des Stalles zurückzuweichen, doch sie hielt ihn mit sanfter Gewalt fest.

»Bitte, erzähl mir von ihm. Wie soll ich mich schützen, wenn ich nichts über diese Schattengestalt weiß, die mir in irgendeinem Hinterhalt auflauert?«

»Nun, ich weiß selbst kaum mehr über ihn.«

»Du bist nicht ehrlich zu mir, mein Gemahl! Du musst mehr wissen, wie deine Mutter … Die Grafenwitwe reagierte auf die Erwähnung seines Namens wahrlich nicht so, als wäre er ihr ein Unbekannter. Sie …«

»Was hat sie dir über ihn erzählt?« Sein Ton war schroffer als von ihm gewollt.

»So gut wie nichts! Aber ihre abweisende und scharfe Reaktion sagte mehr als tausend Worte. Die Erwähnung von Adam of the Glen berührte sie tief. Er ist mehr als nur ein dahergelaufener Dieb, nicht wahr?«

Athol wandte sich ab und schlenderte zu der Box des Jagdpferdes. Wenn er seiner Mutter doch nur selbst mehr entlocken könnte, sinnierte er, während er die Blesse des Pferdes streichelte. Seine Suche nach den vermeintlichen Geliebten des alten Grafen war erfolglos geblieben. Niemand hatte ihm einen Hinweis auf Adams Mutter liefern können. Und dann zu erfahren, dass dieser hinterlistige Teufel ähnliche Nachforschungen anstellte, ergab für Athol keinen Sinn.

»John! Erzähl mir, was du weißt!«

Sie war hinter ihn getreten. Er spürte den sanften Druck ihrer Hände auf seinen Schultern – ihr Versuch, seine verspannte Muskulatur zu lockern. Er drehte sich zu ihr um.

»Er ist mein Halbbruder. Der uneheliche Sohn meines Vaters. Bis vor wenigen Wochen wusste ich nicht einmal, dass er existiert. Wahrhaftig, ich hatte keine Ahnung, dass der Halunke, der meine Ländereien plündert, mit mir blutsverwandt ist.«

Trotz der Dunkelheit gewahrte Athol ihre sorgenvolle Miene. »Und du nimmst an, dass er das ebenfalls weiß?«

Von plötzlicher Verärgerung übermannt, wandte er sich ab und stapfte im Gang auf und ab. »Ja, das glaube ich, sonst wäre er nicht so verflucht versessen darauf, meinen Besitz zu zerstören. Aber einmal abgesehen davon weiß ich nichts über ihn. Zum Teufel, ich weiß nicht einmal, warum er so viele Jahre lang gewartet hat, ehe er damit begann, meinem Volk das Leben zur Hölle zu machen.«

»Wie lange geht das schon so? Ich meine, wann hat es angefangen?«

»Vor sechs Monaten ... schätzungsweise.« Er funkelte sie ungehalten an. »Aber wo war er vorher? Nach den Beschreibungen meiner Untergebenen ist er kein Jüngling mehr ... sondern ein Hüne von einem Mann. Warum ist er urplötzlich aufgetaucht?« Verdrossen trommelte er mit seinen Fäusten an die Wand. Der gesamte Stall erzitterte, worauf eine Schar Vögel aus dem Gebälk flatterte und die Pferde nervös wieherten und ausschlugen.

»Vielleicht ist auch er erst vor kurzem auf die Wahrheit gestoßen.«

Ihr besorgter Blick fand den seinen. »Wer hat dir die Wahrheit über ihn enthüllt?«

»Meine Mutter – aber mach dir nicht die Mühe, sie danach zu fragen. Anscheinend will sie Stillschweigen wegen dieser Sache wahren. Wann immer ich sie darauf anspreche, weigert sie sich, mir Rede und Antwort zu stehen. Und ihr Besorgnis erregender Gesundheitszustand dient ihr als Vorwand, jede unangenehme Diskussion im Keim zu ersticken.«

Zögernd trat sie auf ihn zu. »Und ich bin sicher, dass du ein überaus verständnisvoller Sohn warst. Es ist gewiss nicht angenehm zu wissen, dass der eigene Gatte ein uneheliches Kind gezeugt hat.«

»Nein, das ist nicht der Grund«, entgegnete er unwirsch. »Ich weiß nicht, wie behütet du aufgewachsen bist, aber dass sich ein Mann eine Geliebte nimmt, ist in den Highlands nicht ungewöhnlicher als sonst wo – England eingeschlossen. Das wirklich Befremdliche an der ganzen Sache ist, dass ich nichts von Adams Existenz erfahren sollte!«

Als er sah, dass sie verstohlen eine Träne von ihrer Wange wischte, mäßigte er sich. Er umfasste ihr Kinn, da sie ihr Gesicht abwenden wollte. »Was ist denn, mein Mädchen? Habe ich etwas Falsches gesagt?«

Sie schob seine Hand fort. »Hältst du ein solches Verhalten denn für rechtens? Hast du ebenfalls vor, dein Land mit unehelichen Söhnen und Töchtern zu bevölkern?«

Ihre Betroffenheit – und der krampfhafte Versuch, das Zittern in ihrer Stimme zu überspielen – berührten ihn tief. Athol erkannte, dass Catherine sich in ihn verliebt hatte; ihr Verhalten bestätigte ihm das nur allzu deutlich. Dennoch hatte ihre Verliebtheit sie nicht davon abhalten können, sich seinen Wünschen zu widersetzen und den Schutz der Burg zu verlassen. Er indes würde sein Denken nicht von romantischer Verklärung bestimmen lassen. Seine Züge verhärteten sich.

»Du verlangst mehr von mir, als ich dir in jener ersten Nacht zugesagt habe.«

Ihre Stimme klang leise, aber betont. »Und ich habe dir schon jetzt mehr gegeben, als ich in jener ersten Nacht für möglich hielt.«

»Ich habe dich gewarnt, oder?«

»Ja, das hast du.«

»Und du bereust es bereits?«

Sie schüttelte den Kopf. »Nein, ich bereue nichts!

Und ich werde es auch nicht tun, solange du dich als achtbarer Gemahl erweist!«

Ihr Anflug von Hochmut machte ihn schmunzeln. »Nun, um deine Frage zu beantworten: Ich habe nicht vor, die Burg Balvenie mit illegitimen Nachkommen zu beglücken, solange du dich als achtbare Gemahlin erweist.«

»Ich war bislang die vollkommene Ehefrau und gedenke es auch zu bleiben!«

Er trat einen Schritt vor, musterte sie und zog ihr die Kapuze ihres Umhangs über den Kopf.

Auf dem Weg zur Stalltür murmelte er: »Wahrlich, wir werden deine Vorstellungen von einer vollkommenen Ehefrau etwas zurechtrücken müssen.«

»Ich weiß nicht, wovon du sprichst!«

»Die vollkommene Ehefrau verschwindet nicht heimlich aus dem Bett ihres Gatten und reitet in die Gefahren eines ihr unbekannten Landstrichs hinaus.« Als sie ins Licht der Fackel traten, blieb er stehen und spähte in Catherines Gesicht. Sie indes schenkte ihm keinerlei Beachtung.

Sei's drum, entschied er. Zum Teufel. Wozu sollte es gut sein, wenn er sie schalt? Und in der Tat fing er allmählich an, ihre Tagträumereien zu schätzen, vor allem, wenn er in deren Mittelpunkt stand. Nach ihrem soeben vollzogenen Liebesakt konnte er die Eigenheiten seiner Ehefrau doch nicht kritisieren, oder?

Seiner vollkommenen Ehefrau, berichtigte er sich im Stillen.

14

Die Raubzüge nahmen kein Ende.

Vor den Toren der Burg Balvenie setzte Adam of the Glen seinen Vernichtungsschlag auf Athols Besitzungen fort, den erzürnten Grafen dicht auf den Fersen. Wann immer ihr Gemahl heimkehrte, versuchte eine zunehmend verdrossenere Catherine hartnäckig – und erfolglos –, ihn davon zu überzeugen, einen Kurier nach Elgin zu entsenden.

Mehr als zwei Wochen waren vergangen, seit John Stewart sie nach Balvenie zurückgeholt hatte. Vor ihrem Aufbruch hatte er ihr zur ›Bestrafung‹ die Unterredung mit dem Bischof versagt, und obschon sie Bruder Bartholomew zurückgelassen hatten, hatte Catherine nach wie vor keinen Hinweis darauf, wie es um ihre Schule stand. Die junge Frau wusste sehr wohl um den Einfluss der Kirchenobrigkeit und dass mit der Zustimmung des Grafen, ihres Gatten, die Schlacht nur halb geschlagen war. Ohne die Unterstützung des Bischofs ließ sich kaum etwas bewerkstelligen. Sie durfte gar nicht daran denken, dass sie nur einen Steinwurf von der Bischofsresidenz entfernt gewesen war!

Während sich die Zeit dahinschleppte, reifte in Catherine der Entschluss, erneut nach Elgin aufzubrechen. Und eines schönen Tages versuchte sie es mit einem der anderen Mönche. Indes hatten Athols Männer für einen solchen Fall klare Anweisungen erhalten. Es täte ihnen sehr, sehr Leid, aber die Gräfin dürfe die Burgtore weder zu Pferd, Esel oder Ziege passieren. Und wenn sie das Dorf im Tal unterhalb der Burgmauern besuchen wolle, dann werde man sie selbstverständlich gern begleiten.

Wie wäre es, wenn sie ein wenig im Garten spazierte?

Eines Abends, als sie rastlos in ihrer Kammer auf und ab schritt, drangen vom Hof Hufgetrappel und Männergeschrei zu ihr. Als Jean klopfte, eilte Catherine zur Tür. Gemeinsam passierten sie den zugigen Korridor und traten vor eines der hohen, schmalen Fenster, die zum Hof hinausgingen. Athol war einige Tage fort gewesen – eine Ewigkeit, so schien es ihr –, aber jetzt war er zurückgekehrt und saß vor den Toren zum Hauptgebäude der Burg ab. Catherines Laune besserte sich zusehends. Endlich, endlich war er heimgekehrt!

Innerhalb von Augenblicken ertönte der Befehl nach heißem Wasser und einem Mahl, das in die Gemächer des Grafen gebracht werden sollte, und Jean verschwand mit den anderen Bediensteten.

Wie erschöpft ihr Gatte auch immer sein mochte, entschied Catherine, sie würde zu ihm gehen und dafür sorgen, dass er ihr wie versprochen half. Da sie nicht wusste, ob vielleicht jemand bei ihm weilte, kleidete sie sich rasch an und legte sich derweil ihre Worte zurecht.

Als sie die Tür öffnete, schrak Catherine zusammen, da ein kühler Windhauch den brennenden Kienspan in ihrer Hand auslöschte. Sie ging zurück ins Zimmer, trat an ihr Bett und nahm den Tartan der Stewarts, den sie fröstelnd um ihre Schultern legte.

Nachdem sie einen brennenden Kienspan letztlich für überflüssig befand, schloss sie die Tür hinter sich und strebte durch den Gang. Kaum dass sie einen Fuß vor den anderen gesetzt hatte, erstarrte sie, denn sie vernahm Schritte. Jemand nahte, und sie war sich gewiss, dass es nicht Jean sein konnte. Einer Eingebung folgend, trat sie in eine Fensternische und Augenblicke später huschte ein Schatten an ihr vorüber. Bei Tageslicht hätte sie vermutet, dass es sich um einen der Diener handelte, aber jetzt …

Schlagartig war Catherines Neugier geweckt. Sie trat aus ihrem Versteck und spähte suchend in die Finsternis. Lautlos nahm sie die Verfolgung auf.

Es war eine Frau – dessen war sie sich sicher. Selbst in dem schwachen Mondlicht, das durch die schmalen Fensterschlitze fiel, vermochte Catherine eine weibliche Gestalt auszumachen.

Als der Schatten über die stockfinstere Wendeltreppe verschwand, blieb Catherine unschlüssig stehen. Wenn es Susan war, warum geisterte sie dann noch immer durch diesen Teil des Gemäuers? Wenn es eine andere Frau war, sollte sie es dann wagen, ihr in die Dunkelheit zu folgen?

Sie atmete tief ein und schlüpfte zum Treppenaufgang. Der Widerhall leichter Schritte drang zu ihr nach oben. An das Mauerwerk gepresst, huschte Catherine die Stufen hinunter und lauschte auf jedes Geräusch.

Plötzlich hielt sie inne. Sie vernahm das ächzende Knarren von Holz und dann das Aufatmen einer Frau, so erleichtert, als hätte sie mit einem schweren Gewicht hantiert. Es war Susan – daran zweifelte Catherine mittlerweile nicht mehr.

Sie verharrte, unvermittelt von Entsetzen gepackt, dass die junge Frau bei ihrer Rückkehr denselben Weg nehmen könnte. Unter diesem Teil des Anwesens befanden sich Vorratsräume und Wachquartiere, doch soweit sie wusste, wurde diese Treppe nie benutzt, um zu den oberen Geschossen zu gelangen. Jetzt drang kein Laut mehr von unten, und Catherine nahm allen Mut zusammen und ging weiter. Am Fuß der Treppe ertasteten ihre Finger eine riesige, eisenbeschlagene Holztür. Spinnweben klebten an ihren Fingern und Haaren. Diesen Ausgang hatte Susan gewiss nicht benutzt. Nach wenigen Schritten stieß sie auf eine weitere, ebenso verstaubte Tür.

Als sie ihren Weg fortsetzte, streifte ihr Kopf plötzlich das tief hängende Deckengewölbe. Mit ausgestreckten Armen tastete sie durch die Dunkelheit und musste schließlich erkennen, dass sie vor einer Mauer stand. Stirnrunzelnd überlegte sie, wie Susan ihr entwischt sein mochte.

Wenn sie doch nur einen brennenden Kienspan hätte, schalt Catherine sich. Sie verharrte kurz, lauschte auf Geräusche, und als sie nichts hörte, gab sie schließlich ihre Verfolgungsjagd auf und nahm denselben Weg zurück, über den sie auch gekommen war.

Als sie durch den Gang zu ihrer Kammertür strebte, verlangsamte Catherine ihre Schritte; sie erinnerte sich, dass Susan an ebendieser Stelle gestanden hatte, in jener Nacht, da John sie zum ersten Mal geliebt hatte. Zu beschämt wegen des Entdecktwerdens und auch besorgt um den Gemütszustand der anderen Frau, hatte Catherine kaum einen Gedanken darauf verwendet, warum Susan um diese nächtliche Stunde durch den älteren Teil der Burg geisterte. Doch als sie sich jetzt umschaute und den Eingang zum Stiegenhaus betrachtete, wurde Catherine einiges klar.

Gleichwohl, wohin Susan auch gehen mochte und was immer sie dort tat, es blieb für Catherine ein Rätsel. Und das war eine Seite an Susan, die ihr völlig fremd war.

Unterdessen hatte sie ihre Tür passiert und strebte in den neueren Teil der Burg, denn Catherine war bewusst, dass drängendere Aufgaben vor ihr lagen. Schließlich musste sie ein für alle Mal klären, wann sie nach Elgin aufbrechen und den Bischof aufsuchen durfte.

Alles war still, als Catherine die Tür zu den Gemächern ihres Gatten erreichte. Für Augenblicke dachte sie daran, wie erschöpft er sein musste, nachdem er die Plünderer eine Woche lang durch das Hochland verfolgt hatte, verwarf diesen Gedanken jedoch rasch wieder. Sie wollte anklopfen, verharrte indes mitten in der Bewegung.

Aber, so sinnierte sie, welche andere Möglichkeit blieb ihr denn, als ihn aufzuwecken? Vielleicht begab sich Athol gleich morgen wieder auf die Suche und sie würde gar keine Gelegenheit zu einem Gespräch mit ihm finden. Der Gedanke, dass er aufbrechen könnte, ohne nach ihr geschickt zu haben, schmerzte sie tief.

Nun, entschied sie, sie würde nicht warten, bis er nach ihr verlangte.

Ihre Fingerknöchel trafen ins Leere, da die Tür unvermittelt aufsprang. Als sie verdutzt den Kopf hob, begegnete sie dem abgespannten Blick ihres Gatten. Der Anflug eines Lächelns umspielte seine Mundwinkel.

Stumm wie eine Statue verharrte er auf der Schwelle, verschlang mit seinen Augen ihren Körper. Sogleich glitt eine heiße Röte über ihr Gesicht, sie gewahrte ein heftiges Pulsieren in ihren Schläfen. Den Kopf leicht geneigt, verharrte Athols Blick auf dem Tartan der Stewarts, den sie um ihre Schultern trug. Dann beugte er sich ohne jede

Begrüßung vor und küsste sie kurzerhand auf den Mund.

»Ich bin froh, dass du hier bist, mein Mädchen«, brummte er schließlich. »Ich habe dich gesucht.«

»Mich?«, flötete sie. Seine starken Finger fassten ihr Handgelenk und zogen sie in sein Vestibül, dann trat er die Tür zu.

»Meinetwegen kannst du dieses Loch, das du als Schlafgemach bezeichnest, behalten, aber wenn ich hier auf Balvenie weile, erwarte ich, dass du mein Bett mit mir teilst!«

Unterschwellig dämmerte Catherine, dass sie sich einer solchen Anordnung widersetzen sollte, stattdessen jedoch wurde ihr bei seinen Worten warm ums Herz. Schweigend und mit weichen Knien folgte sie ihrem Gemahl, als dieser sie in sein Schlafgemach führte.

Sobald sie die Kammer betrat, bemerkte sie den riesigen Zuber vor dem Kamin. Als er den Griff um ihr Handgelenk lockerte, drehte Catherine sich um und beobachtete, wie er seine Tür verriegelte. Die Vertraulichkeit dieser Handlung brachte ihr Blut in Wallung, unversehens schwindelte ihr. Athol schritt zum Kamin, nahm einen gewaltigen Kessel vom Haken über dem Feuer und goss dessen dampfenden Inhalt zu dem Wasser, das sich bereits in dem Zuber befand.

»Ich … habe … ich habe gehört, dass …«

»Wie ich sehe, bin ich zu lange fortgewesen.« Er wandte sich zu ihr, zerrte sein Hemd über den Kopf. »Sobald wir allein sind, vergisst du wieder, was du eigentlich sagen wolltest.«

Sie trat einen Schritt zurück und versuchte sich zu sammeln. Sie musste ihre Bitte vorbringen, ehe er ihr zu nahe kam. »Ich möchte nochmals nach Elgin reisen.«

Er löste seinen Kilt, und der dunkle Wollstoff glitt zu Boden. Es gelang ihr nicht, den Blick von seiner ausgeprägten Brustmuskulatur abzuwenden, dem straffen Bauch, dem schmalen Streifen rötlichen Haars, das zu seiner …

Catherine blickte rasch zur Seite. »Ich muss den Bischof sehen!«, entfuhr es ihr.

»Eine starke Reaktion auf den Körper deines Gatten, Cat. Dennoch muss ich ein Bad nehmen!«

Er nahm sie nicht ernst. »Also gut! Du kannst nach Herzenslust baden, sobald du mir dein Wort gegeben hast, dass deine Leute mich in Zukunft nicht mehr behelligen, wenn ich nach Elgin zu reiten wünsche.«

Er begab sich zu dem Waschzuber und stieg in das dampfende Nass. »Es steht dir nicht zu, mit mir zu verhandeln.«

Sie sah, wie er sich zurücklehnte und sie mit einem durchtriebenen Grinsen bedachte. Darüber hinaus bemerkte sie seinen schmachtenden Blick, als sie den Tartan von ihren Schultern nahm und auf das Bett warf.

In dem schlichten Leinenkleid, das Jean ihr in der vergangenen Woche genäht hatte, fühlte Catherine sich beileibe nicht wie eine Verführerin. Doch das Bewusstsein, dass ihr Gatte sich besonders umgänglich zeigte, sobald sie in tiefer Leidenschaft verstrickt waren, spornte sie zu Höchstleistungen an. Immerhin war es für eine gute Sache und den Versuch wert.

»Wie ich bereits erwähnte«, hub sie an, »muss ich nochmals nach Elgin reisen.«

»Ich habe dich genau verstanden, Cat, und du

wirst nicht hinreiten. Also schlag es dir aus dem Kopf.«

»Nein, das werde ich nicht tun!« Ihre Hände glitten über den Stoff ihres Gewandes und lösten sachte die Bänder, die das Dekolleté säumten. Sie konnte nicht anders, sondern erbebte vor Erregung, als er zu Stein erstarrte und jede ihrer Bewegungen verfolgte. »Ich kenne den Weg bereits. Ich kann in Begleitung der beiden anderen Mönche reisen, wenn dich das …«

»Du wirst nicht gehen«, murmelte er schwach.

Sie zupfte am Ausschnitt ihres Gewandes und streifte das Kleidungsstück über eine Schulter. Sah, wie er den Atem anhielt. »Mir deine Zustimmung für diese Schule zu sichern war nur der Anfang. Ich muss den Bischof sehen, um Lehrer anwerben zu können und …«

»Lehrer?« Für Sekundenbruchteile glitt sein Blick zu ihrem Gesicht. »Meine Antwort ist nach wie vor dieselbe.«

Catherine streifte das Kleid über ihre andere Schulter. Innerhalb von Augenblicken glitt es über ihre Hüften und fiel zu Boden. Sein glutvoller Blick bewies ihr, dass er zwar durchaus wusste, was ihr dünnes Unterkleid verbarg, dieses Wissen seine Lust jedoch keineswegs schmälerte.

»Plötzlich frage ich mich, ob du nicht an einem Handel interessiert sein könntest.«

»Du bist ein kleines hinterhältiges Ding, Cat.« Er lächelte vage und nickte. »Vielleicht bin ich das tatsächlich.«

Catherine nahm allen Mut zusammen und tat einen zögernden Schritt in Richtung Zuber. »Wenn du mich nicht mehr hier einsperrst und mir stattdessen erlaubst, alles für die Schule Erforderliche zu veranlassen, dann werde ich dir dafür …«

»Ja?«

»Den Rücken waschen.«

Auf sein ausgelassenes Lachen hin musste sie schmunzeln.

»Nun, ich kann mich des Eindrucks nicht erwehren, dass du für deine Schule weitaus mehr tun würdest als das …«

»Also gut! Ich wasche dir Rücken und Arme und … und trockne dich auch ab. Im Gegenzug musst du allerdings dein Versprechen einhalten.«

»Komm her.«

Seine Stimme klang lasziv und betörend. Trotzdem schüttelte sie energisch den Kopf. »Nein, erst wenn du …«

»Du wirst herkommen … oder ich hole dich.«

Wieder schüttelte sie den Kopf, trat einen kleinen Schritt zurück und stellte einen Stuhl zwischen sich und ihn. »Erst, wenn du mir dein Wort gegeben hast …«

»Du hast bereits meine Einwilligung für die Schule.«

»Das schon, aber ohne die Unterstützung des Bischofs – die Unterstützung, um die ich ihn seinerzeit in Elgin bitten wollte – weiß ich nicht, wie …« Catherine stockte, da Athol sich aus dem Zuber erhob. Ihre Augen weiteten sich beim Anblick seiner nassen, prall erregten Männlichkeit, ehe sie seinen Blick erwiderte. Sie zwang sich zur Konzentration. »Du … du hast mir keine Gelegenheit gelassen, Patrick Hepburn kennen zu lernen!«

»Kommst du freiwillig oder ist es dir lieber, wenn ich dich hole?«

»Du … Hör auf, John. Du hast mir noch keine befriedigende Antwort gegeben.«

»Komm und wasch mir den Rücken, Catherine, und ich verspreche dir eine Antwort, die dich befriedigen wird.«

Nach wie vor skeptisch maß sie ihn. »Und ich habe dein Ehrenwort darauf?«

»Gewiss.« Durchtrieben grinsend nickte er, dann sank er langsam zurück ins Wasser. »Wenn du herkommst, gebe ich dir, was du willst.«

Sie konnte ihm nicht widerstehen. Und sie konnte ihr eigenes Begehren nicht verleugnen. Während sie zögernd zu ihm trat, stellte sie fest, dass er ihren Körper mit Blicken verschlang. Als sie neben ihm verweilte, hielt er ihr ein feuchtes Tuch hin.

»Hier, mein Mädchen.« Doch als sie danach griff, schoss seine Hand vor und ergriff ihren Unterarm. Dann umschlang er sie, und sie saß im Wasser auf seinem Schoß, noch ehe sie einen Schrei ausstoßen konnte.

»Ah! So ist es viel besser«, flüsterte er diabolisch und zog sie tiefer in den Zuber. Catherine spürte, wie seine hart aufgerichtete Männlichkeit ihre intimen Zonen streifte. »Vielleicht werde ich dich zuerst waschen, mein Schatz.«

Ihre Beine weiterhin aus der Wanne baumelnd, einen Arm um seine Schultern gelegt, sah sie zu ihm auf und begegnete seinem glutvollen Blick. »Bevor wir weiter fortschreiten mit … mit …«

»Diesem Bad? Einer Verführung?«

»Was auch immer!« Sie bemühte sich, nicht an das warme Wasser zu denken, das er mit seiner riesigen Hand auf ihre Brüste schöpfte und damit ihr dünnes Unterkleid durchnässte, sodass es durchschimmernd war. »Dein – dein Versprechen. Ich darf morgen nach Elgin aufbrechen.«

»Nein, das darfst du nicht!«

Sie versteifte sich in seinen Armen und setzte sich zur Wehr. »Du hinterlistiger Betrüger! Mir hätte klar sein müssen, dass ich niemals ...«

»Bleib still sitzen. Du spritzt das gesamte Wasser aus der Wanne.«

Sie wurde fuchsteufelswild. »Wenn ich mit dir fertig bin, wirst du mehr zu beklagen haben als nur das bisschen Wasser!«

»Du kannst nicht nach Elgin reisen.«

Sie versuchte, sich von seinem Schoß zu erheben, doch er hielt sie entschlossen fest.

»Du hast mir dein Wort gegeben und jetzt leugnest du ...«

»Nein, das ist nicht wahr«, knurrte er, seine Lippen auf ihre entblößte Halsbeuge gepresst. Das erregte sie über die Maßen, dennoch wollte sie nicht kampflos aufgeben. »Du wolltest den Segen und die Unterstützung des Bischofs für deine Schule ...«

Sie boxte ihn in den Brustkorb und versuchte zu entkommen.

»Der Bischof hat alles zugesagt, meine kleine Wildkatze. Ich bin sicher, es besteht kein Anlass, deswegen einen Krieg in einem wohlig warmen Badezuber anzuzetteln.«

Für Augenblicke gab Catherine sich seiner Umarmung hin. Dann drehte sie sich um, legte beide Hände auf seine Schultern und sah ihn an. »Was hast du da gesagt?«

»Ich sagte, dass du nicht nach Elgin zu reisen brauchst. Der Bischof hat dir bereits jedwede Unterstützung zugesichert, die du benötigen wirst.«

Diesmal gab sie ihm bereitwillig nach, als er sie fest an sich zog. Ihr Busen schmiegte sich an seine Brust. »Und wie lange weißt du das schon? War es Bruder Bartholomew, der ihn auf unsere Seite gebracht hat?«

Er schien bereits jegliches Interesse an der Diskussion verloren zu haben. Sie erbebte, als seine Hand ihren Busen liebkoste und er mit zärtlichen Küssen ihr Gesicht bedeckte. Sie legte ihren Kopf auf seinen muskulösen Arm. Plötzlich fiel es ihr schwer, einen klaren Gedanken zu fassen. »Ist … ist er bereits zurückgekehrt und keiner hat es mir erzählt?«

»Ich habe meinen Teil der Vereinbarung erfüllt«, flüsterte er rau, während seine Hand ins Wasser eintauchte. Sie spürte, wie seine Finger unter den Saum ihres nassen Unterkleides glitten und ihre Schenkel streichelten. Catherine hielt den Atem an und schmiegte sich erwartungsfroh an ihn. »Jetzt bist du an der Reihe, glaube ich.«

15

Arthur Courtenay spülte den letzten Rest Wein aus seinem Becher hinunter und wischte sich mit seinem Samtärmel den Mund ab. Den Blick ins Feuer gerichtet, lehnte er sich auf dem einzigen Stuhl in der Kammer zurück und warf den Becher scheppernd in eine dunkle Ecke.

»Schlampen, Hexen und hinterlistige Priester«, knurrte er mit schleppender Stimme. »Nun, mich könnt ihr nicht zum Narren halten. Ich werde diesen Schatz finden.«

Gedämpfte Männerstimmen drangen durch die dicke Eichentür, die zum Rittersaal führte. Der Statthalter des Königs stand auf, straffte sich und begab sich zur Tür. Als er sie aufriss, wandten seine Soldaten und ein grimmig wirkender Fremder ihm ihre Gesichter zu.

»Mylord!« Der Neuankömmling trat näher und verbeugte sich. »Ich komme vom Lordkanzler.«

»Nun, edler Ritter, tretet ein«, brummte Courtenay, drehte sich um und schritt durch die Kammer zum Kamin. »Und beeilt Euch.«

Sein Gesicht in Dämmerlicht gehüllt, stand der Statthalter mit dem Rücken zum Feuer, als der grobschlächtige Kurier eintrat. Courtenay unterzog sich gar nicht erst der Mühe, Höflichkeit walten zu lassen. Leder und Stahl schimmerten unter dem Umhang des Mannes, der vom zuckenden Feuerschein erhellt wurde.

»Also, was liegt an?«

»Der Lordkanzler lässt Euch ...«

»Kommt zur Sache, Mann«, schnaubte Courtenay. »Was habt Ihr mir zu berichten? Ich habe nicht viel Zeit.«

Der Ritter maß ihn für Augenblicke. »Gewiss, Mylord. Folgendes: Der König wünscht zu wissen, was Ihr unternommen habt, um die Gemahlin und die Töchter dieses Verräters Percy aufzugreifen.«

Für eine lange Weile stand Sir Arthur schweigend da, sorgfältig seine Antwort abwägend.

»Sagt dem Lordkanzler, dass wir den Aufenthaltsort der ältesten Schwester kennen. Sie ist nach Norden geflohen und hat in der Nähe von Elgin Zuflucht gesucht, aber wir wissen genau, wo sie sich aufhält. Sie wird uns nicht entkommen. Die beiden anderen Schwestern und die Mutter sind ebenfalls in Schottland, und wir werden sie aufspüren, sobald die Älteste gefasst ist. Berichtet das Eurem Herrn, werter Ritter.«

»Ist das alles, Mylord?«

Ungerührt erwiderte Courtenay den stahlharten Blick des Ritters. »Das ist alles. Und jetzt verschwindet.«

Als sich die Tür hinter dem Kurier schloss, drehte Sir Arthur sich um und starrte brütend in die Flammen. Eher wollte er in der Hölle schmoren, als dass er mehr preisgab. Er würde diese verfluchten Percys finden und dann gehörte ihm der Schatz. Ihm allein.

Catherine atmete die würzige Herbstluft in vollen Zügen ein, bemüht, die Gedanken zu verdrängen, die sie in den vergangenen Tagen gequält hatten.

Obschon sie von dem entsetzlich feuchten und kalten Klima gehört hatte, das gelegentlich in den Highlands herrschen sollte, erinnerte dieser Herbst an einen lauschigen Spätsommer und die Tage waren meist sonnig und angenehm. Umgeben von einer großen Schar von Begleiterinnen trat sie in den Schutz der Gartenlaube und nickte den Frauen zu, die eilig die mitgebrachte Decke ausbreiteten und einen gepolsterten Sessel neben die niedrige Mauer schoben. Die letzten Rosen verströmten ihren betörenden Duft.

Catherine spähte zu Tosh, der die zarte, aber lautstark protestierende Frau von der Burg in den Park getragen hatte. Behutsam und wesentlich zartfühlender, als man es dem wilden, von Narben gezeichneten Krieger zugetraut hätte, setzte er sie in den Sessel. Die Bediensteten waren rasch mit einer weiteren Decke zur Hand und boten der Kranken eine Tasse Heiltee an.

Die Grafenwitwe schob die Tasse angewidert beiseite. Aufgebracht funkelte sie ihre Schwiegertochter an. »Catherine Percy, jetzt ist der Zeitpunkt gekommen, da ich wahrhaftig sagen muss, dass ich den Tag bereue, an dem ich dich kennen lernte.«

Ihre Kränkung übergehend, bedachte Catherine die Gruppe mit einem freundlichen Lächeln und schickte sie für eine Weile fort. Spitzbübisch grinsend bezog Tosh hinter einem knorrigen Birnbaum am Ende des Parks Stellung. Catherine sah, dass er von dort aus mögliche Gefahren zeitig erkennen konnte.

Die restlichen Bediensteten brachen mit gemischten Gefühlen auf. Einige waren offensichtlich erstaunt und auch erfreut, dass jemand den Mut aufgebracht hatte, die Grafenwitwe dazu zu bewegen, ihre Gemächer zu verlassen. Andere schienen besorgt um Catherine und das mögliche Resultat, wenn sie sie allein mit der mäkelnden Kranken zurückließen. Gleichwohl traten die Frauen den Rückweg zu den Burgtoren über den Hügel an und ließen lediglich Auld Mab – die älteste Vertraute der Gräfin – und Jean zurück, die gemeinsam einen Rundgang unternahmen, um über die letzten Kräuter und Herbstblumen zu plaudern, welche die Beete schmückten.

Catherine bedachte ihre Schwiegermutter mit einem Lächeln. Ihr kleiner Plan funktionierte hervorragend. Die Gesichtsfarbe der alten Dame war schon jetzt rosiger als in all den Wochen zuvor. Es hatte die ganze Sache erleichtert, dass Susan nicht an Lady Annes Bett geweilt hatte, als Catherine den kleinen Ausflug ins Freie vorgeschlagen hatte. Die jüngere Frau schien vollauf zufrieden damit, ihrer Tante in dem stickigen Zimmer Gesellschaft zu leisten, und Catherine vermutete zu Recht, dass sie sich jeder Veränderung widersetzen würde. Darüber hinaus war es förderlich gewesen, dass die alte Mab Catherines Ansinnen sogleich beigepflichtet hatte.

Und bei ihrer Rückkehr würden die Gemächer der Grafenwitwe gereinigt und gut durchgelüftet sein.

»Du wirst noch mein Tod sein«, murmelte die alte Gräfin, noch ehe die letzte Bedienstete hastig das Weite suchte. »Ganz gewiss erkälte ich mich. Bedenke meine Worte, bei Einbruch der Nacht bin ich tot.«

Das Wehklagen der alten Frau abermals übergehend, streifte Catherine ihren Umhang ab, breitete ihn auf der Decke aus und zog den Gedichtband aus der geräumigen Innentasche, den sie in der Bibliothek ihres Gatten ausgesucht hatte.

»Ich hätte nie gedacht, dass du eine so hinterhältige junge Frau sein könntest. Du willst meine Stellung, meinen Besitz – ohne Frage. Nun, ich ...«

Catherine setzte sich der Grafenwitwe zu Füßen und erntete einen sanften Tritt als Dank. Lächelnd öffnete sie das Buch an einer markierten Stelle und las laut vor.

»Mal wandelte ich durch einen lauschigen Hain,
Fand einen Strom, der schön und hold,
Gesäumt von Blumen so zart und fein.
Dort, über Steine, die funkeln wie Gold,
Kalt und kristallklar das Wasser rollt,
Und in meinen Ohren eine Melodie.
Klänge von Freude und Harmonie ...«

Lady Anne Stewart fiel ihr anklagend ins Wort. »Glaube ja nicht, dass ich mich so von dir behandeln lasse, junge Dame.«

Catherine fuhr mit dem Lesen fort.

»… Und zu guter Letzt, nach all diesen Dingen,
Gewahrt ich einen Garten, von Mauern umzogen.
Und inmitten der Blumen, die mich umfingen,
Die Göttin Fortuna und dort am Boden
Vor ihren Füßen, das Rad des Schicksals …«

Catherine hielt kurz inne und las dann wieder weiter.

Nachdem sie sich mit ihrem Schicksal abgefunden hatte, weiterhin John Stewarts Gemahlin zu bleiben und auf Balvenie zu leben, war sie entschlossen, mit den anderen Burgbewohnern ihren Frieden zu machen. Und in dieser Hinsicht stellte die Mutter des Grafen die größte Herausforderung dar. Obschon die Grafenwitwe sich leidend gab, war die junge Frau überzeugt, dass Lady Anne Stewart ein starker Überlebenstrieb innewohnte. Sie brauchte nur etwas Ansporn und einen Lebenssinn. Wenn alles nach Catherines Plänen verlief, würde die alte Dame heute beides bekommen.

Aber das war es nicht allein: Catherine brauchte dringend die Erfahrung und Unterstützung der Grafenwitwe. Eigennützig wie sie war, musste sie sich insgeheim eingestehen, dass dieser Ausflug ebenso sehr ihren eigenen Zielen galt wie der kränkelnden Mutter ihres Gatten.

Als Catherine nach dem Lesen der Seite aufschaute, musste sie feststellen, dass Lady Anne sich im Sessel vorgebeugt hatte. Sehnsüchtig fixierte sie das

Buch in Catherines Schoß. Diese wartete, bis die alte Frau ihren Blick erwiderte.

»Du hast in meiner Vergangenheit herumgeschnüffelt.«

»Ich wollte deine Interessen in Erfahrung bringen«, stellte Catherine richtig. »Deine Vorliebe für Dichtkunst und Musik ist auf Balvenie bestens bekannt.«

Die Grafenwitwe blickte abermals auf die Seite. »Das ist ein Gedicht von James I., der Schottland regierte.«

»Ganz recht.« Catherine nickte.

»Warum machst du das?« Lady Anne sank schwerfällig in ihren Sessel zurück. »Warum unterziehst du dich der Mühe? Lass mich schlicht und einfach in Frieden! Ich brauche diese täglichen Besuche nicht, verstehst du! Dieses ständige Gezänk an meinem Bett! Begreifst du denn nicht, dass ich nur meine Ruhe will, um zu sterben!«

Auch wenn ihr schroffer Tonfall kränken sollte, berührte die Kümmernis, die in den Zügen und in den Worten der alten Dame lag, Catherine tief. Jede von ihnen litt in gewisser Weise. Und ob sie es sich selber eingestanden oder nicht – sie sehnten sich beide nach Liebe.

Als sie aufsah und dem Blick der stechenden Augen begegnete, legte Catherine eine Hand um die ausgemergelten Finger und versuchte, sie zu wärmen.

»Erinnerst du dich an den Tag unserer ersten Begegnung? Der Tag, an dem du mich eine Närrin gescholten hast, weil ich Unmögliches herbeisehnte … weil ich nicht einsehen und dankbar sein wollte, dass das Schicksal es gut mit mir gemeint hatte?«

»Vergleiche dich nicht mit mir! Und solltest du es wagen, mich gleichermaßen anzufahren, dann werde ich dafür sorgen, dass Tosh dich durch die Schlucht und auf den Ben Aigan prügelt!« Die Grafenwitwe stockte, und als sie erneut anhub, zitterte ihre Stimme unmerklich. »Ich bin alt und verbraucht. Ich hatte ein erfülltes Leben und jetzt bin ich bereit zu sterben, um meinem Sohn und dir die Mühen zu ersparen, für eine Kranke sorgen zu müssen. Du hingegen … du bist jung, stark und voller Leben. Und unabhängig von meiner Krittelei an jenem ersten Tag glaube ich, dass du die bestmögliche Ehefrau für John bist. Du brauchst eine alte Närrin wie mich nicht …«

»O doch!«, unterbrach Catherine sie. »Auch wenn ich nach außen hin Stärke zeige, Lady Anne, ich fürchte mich. Und ich brauche dringend deine Hilfe.«

Verwundert spähte die Grafenwitwe zu ihr.

»Wovor fürchtest du dich? Hat mein Sohn dich in irgendeiner Weise …«

»Nein, Hoheit. Das ist es nicht.«

»Was dann? Du bist von lauter Menschen umgeben, die dich bei deiner Schule unterstützen werden. Das alles mag dir nicht schnell genug gehen, aber …«

»Auch das ist nicht das Problem.« Catherine schüttelte den Kopf. »Obgleich ich nicht wusste, dass der Bischof bereits zugestimmt hatte, so bin ich mir doch bewusst, dass ich den Rest mit Leichtigkeit schaffen werde.«

»Was ist es dann, mein Kind? Du, deine Schwestern und deine Mutter befinden sich in Sicherheit. Also, was beunruhigt dich?«

Eine tiefe Röte flog über Catherines Wangen. Die Gefühle, die sich ihrer bemächtigten, waren ihr völlig fremd und ließen sich doch nicht verleugnen.

»Es ist … es ist eine Vermutung, die ich habe.« Catherine schloss das Buch und legte es auf die Decke. Sie versuchte ihre Hand vom Schoß der alten Gräfin zu ziehen, doch diese hielt sie überraschend fest umklammert.

»Willst du es mir nicht sagen, Catherine?«

»Ich … ich bin mir einfach nicht ganz sicher. Aber … ich denke … ich habe Anzeichen an mir bemerkt, die … die damit einhergehen …« Sie nahm einen tiefen Atemzug. »… wenn man guter Hoffnung ist.«

»Gelobt sei der Herr! Bei der Heiligen Jungfrau, das ist ein wundervoller Tag!« Das Gesicht der Grafenwitwe hellte sich unvermittelt auf und ihr freudiges Lachen zog die Blicke von Tosh und den beiden anderen Frauen im Garten auf sich. »Hast du John die Neuigkeit berichtet?«

Catherine schüttelte den Kopf. »Ich war mir nicht sicher. Bin es immer noch nicht. Und ich kenne niemanden hier auf Burg Balvenie, dem ich mich anvertrauen könnte … nun, niemanden, der über die diesbezügliche Erfahrung verfügt … und den ich danach fragen könnte.«

Lady Anne beugte sich vor und drückte Catherines Hand, ehe sie mit ihren Fragen fortfuhr. Catherine gab ihr eine genaue Beschreibung ihrer gelegentlichen Schwindelanfälle, berichtete von ihrer morgendlichen Übelkeit und dem Ausbleiben ihrer Monatsregel.

»Wahrhaftig, das wird es sein«, flüsterte die alte Gräfin mehr zu sich selbst. »Ich wusste, dass ich auf

Nichola Erskines Tochter zählen kann und als glückliche Frau sterben werde.«

»Aber das meine ich ja gerade«, warf Catherine ein. »Ich habe Angst. Ich weiß nicht, was ich tun soll!«

»Es ist ganz einfach, mein Kind! Schon so viele Frauen haben es vor dir durchgestanden. Mit Hilfe einer Hebamme, den Kräutertees der alten Mab und einigen Gebeten …«

»Nicht die Geburt, Gräfin. Daran versuche ich noch nicht zu denken. Was mich derzeit ängstigt, ist der Umstand, wie mein Gatte mich behandeln wird, wenn er davon erfährt.«

»Er wird erfreut sein, mein Mädchen. Er wünscht sich ein Kind. Das war schließlich der Grund für seine Heirat.«

Lady Annes Worte bestätigten ihre Befürchtungen. Es gelang ihr nicht, ein Schluchzen zu unterdrücken.

»Und was dann?«, fragte sie gequält. »Meinst du nicht, dass er jetzt, da ich sein Kind unter dem Herzen trage, das Interesse an mir verlieren wird? Er hat mir mehr als einmal zu verstehen gegeben, dass ich keine romantischen Vorstellungen von unserer Ehe hegen soll. Oft genug hat er mir gesagt, dass sich zwischen uns keine Liebe entwickeln wird!«

»Er ist ein Narr, Catherine – wie alle Männer. Und du bist töricht, ihm zu glauben.«

»Bitte, versuche nicht, mir Unwahrheiten aufzutischen!« Catherine entzog der alten Dame ihre Hand und ließ sich auf die Decke zurücksinken. Für Augenblicke wurde die Sonne von einer Wolkenbank verfinstert. »Ich weiß noch recht gut, welche Umstände zu unserer Eheschließung führten.«

»Und doch hast du dich in ihn verliebt. Du wusstest um die Gefahr und konntest dein Herz dennoch nicht schützen.«

Catherine sah ihre im Schoß gefalteten Hände nur noch durch einen Tränenschleier. Sie hatte es nicht vermocht, ihrem Gatten die Wahrheit zu beichten. Hatte sie sich nicht einmal selber einzugestehen gewagt. Aber die Grafenwitwe hatte es klar und deutlich zum Ausdruck gebracht: Sie hatte sich hoffnungslos in John Stewart verliebt.

»Es rührt mein Herz zu wissen, dass er dir so viel bedeutet. Für mich ist es ein wahrer Segen, dass John trotz seines törichten Wankelmuts endlich die Frau geheiratet hat, die seiner wert ist.«

So warmherzig hatte Lady Anne noch nie zu Catherine gesprochen, doch ihre Worte verstrickten die junge Frau nur tiefer in ihre Empfindungen.

»Aber … aber ich weiß nicht, was ich tun soll!«

»Sag ihm die Wahrheit, mein Kind. Die ganze Wahrheit! Über deine Liebe zu ihm. Über das Kind! Nur ein Barbar bliebe von einer solchen Enthüllung unberührt.«

»Aber das ist nicht einfach.« Catherine sah auf und bemerkte den forschenden Blick ihrer Schwiegermutter. »Schlägt John eher nach dir oder nach seinem Vater?«

Die alte Dame zog eine Braue hoch. »Nun, er hat sehr viel von seinem Vater! Äußerlich ist er ihm zum Verwechseln ähnlich. Die gleiche Größe und Statur. Das anziehende Gesicht der Stewarts, in das ich mich gleich bei unserer ersten Begegnung verliebte. Warum fragst du mich das, mein Kind?«

»Weil … hm, wie steht es mit seinem Charakter, Lady Anne?«

»Du weißt selbst, dass unsere Temperamente unterschiedlich sind. Nein, auch darin ist Athol seinem Vater sehr ähnlich – leicht aufbrausend und leidenschaftlich. Und mein Gatte war ein unerschrockener Mann – vor allem dann, wenn es um den Sieg der Gerechtigkeit ging. Wenn es je zwei Menschen gegeben hat, die viel gemein hatten …« Lady Anne stockte abrupt.

Catherine biss sich auf die Lippe, um deren Zittern zu unterbinden. Was sie vernahm, brach ihr fast das Herz.

»Meine Antwort war nicht das, was du zu hören hofftest, nicht wahr, Catherine?«

»Ich habe um die Wahrheit gebeten. Du hast lediglich bekräftigt, was ich erwartet hatte.«

Die Gräfin hob ihre durchschimmernde Hand und wischte eine Träne von Catherines Wange. »Wie ich sehe, hast du die Wahrheit erfahren. Du weißt von Adam, nicht wahr?«

Nicht in der Lage zu sprechen, nickte Catherine knapp.

»Jetzt begreife ich, warum du so bekümmert bist. Du glaubst, dass er aufgrund deiner Schwangerschaft das Interesse an dir verliert. Dass er, genau wie sein Vater, untreu wird. Ist es das?«

Wieder vermochte Catherine nur zu nicken.

»Aber das ist eine irrige Annahme, mein Schatz.« Die knochigen Finger der Grafenwitwe ruhten auf Catherines Schultern. »Auch wenn ihr euch nur kurze Zeit kennt, darf ich dir versichern, dass ich meinen Sohn nie glücklicher erlebt habe als mit dir. Ich weiß, du wähnst mich gleichgültig gegenüber dem, was auf der Burg geschieht. Gleichwohl gibt es nichts, was meine Kammerfrau mir nicht berichten würde. Ich erfahre alles.« Die alte Dame bedachte Catherine mit einem wissenden Lächeln. »Alles. Ich weiß sogar, dass er dich sucht, wenn du ihn nach seiner Rückkehr nicht in seinen Gemächern erwartest. Das ist ein vielversprechender Anfang, mein Kind.«

»War es zwischen dir und deinem Gemahl denn anders, Lady Anne?« Catherines Frage traf die Grafenwitwe unerwartet und sie wandte rasch ihr Gesicht ab. »Nach allem, was ich von den älteren Bediensteten erfahren habe, war der verstorbene Graf ein hingebungsvoller Gemahl, der seine Frau und seinen Sohn vergötterte.«

Catherine harrte einer Antwort, im Stillen darauf hoffend, dass Lady Anne ihr enthüllen werde, dass ihre Eheschließung eine Farce gewesen sei – eine Verbindung, die nicht auf tiefen Gefühlen gründete, sondern lediglich zwei einflussreiche Familien einen sollte. Dass sie sich nie geliebt hätten. Doch die Grafenwitwe zog es vor zu schweigen.

Eine kühler Windstoß raschelte in den Blättern der Rosensträucher und die letzten Knospen neigten ihre Köpfe. Catherine schrak fröstelnd zusammen und spähte zu ihrer Schwiegermutter, unvermittelt besorgt um deren angegriffene Gesundheit. Doch diese schien tief versunken.

»Lady Anne, vielleicht sollte ich Tosh rufen! Ich denke, es wird Zeit, dass wir …«

»Wir *hatten* eine wundervolle Ehe.« Ihre Stimme klang rau. »Ich hielt mich für die glücklichste aller Frauen, weil mein Gemahl nur Augen für mich hatte.«

Als Catherine den Schmerz in den Zügen der alten Frau gewahrte, übermannten sie Schuldgefühle. Sie fasste Lady Annes knochige Finger. »Ich hätte diese

Frage nicht stellen dürfen. Verzeih mir meine herzlose Unbedachtsamkeit.«

Ihre Schwiegermutter schüttelte den Kopf und lächelte schwach. »Aber, aber! Wir hatten ein schönes Leben, Athol und ich. Und obgleich er mich tief gekränkt hat, kann ich mir ein Leben ohne ihn nicht vorstellen.«

»Du hast ihm verziehen und bist bei ihm geblieben. Ich bin mir nicht sicher, ob ich dazu geschwiegen hätte!«

»Nein, mein Kind, ich habe beileibe nicht geschwiegen. Ich habe diesem lüsternen Geißbock das Leben zur Hölle gemacht, bis er seinen unehelichen Sohn fortbrachte und ich ihn nicht mehr zu Gesicht bekam. Ich …«

»Er hat Adam auf die Burg geholt?« Catherine war klar, dass sie dieses Gespräch beenden sollte, gleichwohl erschütterten sie die Enthüllungen ihrer Schwiegermutter.

»Gewiss! Er brachte ihn als Kind zu mir. Damit ich mich um den Kleinen kümmerte. Ich hätte ihn über kurz oder lang im Gebirge ausgesetzt und das habe ich meinem Gemahl auch zu verstehen gegeben.«

»Aber wie konnte er von dir erwarten, dass du … du …«

»Damals herrschten andere Zeiten.«

»Lady Anne, hast du … wusstest du, dass er eine Geliebte hatte?«

Die Grafenwitwe schloss die Augen und dennoch gewahrte Catherine die Tränen in deren grauen Tiefen.

»Warum hat er den Jungen nicht bei der Mutter gelassen? Welchen Sinn hatte es, ihn dir zu bringen?«

»Die Mutter konnte das Kind nicht behalten, erzählte er mir.« Die Grafenwitwe schüttelte den Kopf und sah Catherine ungerührt an. »Catherine, Athol war ein Mann – und Männer tun solche Dinge –, aber ich glaube, er hat seine Untreue bereut. Vermutlich wollte er nicht, dass das Kind unter seinem Fehltritt litt.«

»Aber als du den Jungen nicht behalten wolltest, hat der Graf ihn fortgebracht.«

»Ganz recht.«

»Und du glaubst, dass das der Grund für seine Rückkehr ist? Dass er sich an der Familie seines Vaters rächen will?«

»Schwierig zu sagen. Überaus schwierig.«

Catherine sah, wie die Grafenwitwe ermattet in die Kissen zurücksank. Ihre Miene wurde abweisend und die junge Frau wagte keine weiteren Fragen über Adam of the Glen. In der Tat hatte sie nicht damit gerechnet, all das über den Halbbruder ihres Gatten zu erfahren, sondern vielmehr Rat gesucht, wie sie ihre Ängste im Umgang mit John Stewart bewältigen sollte. Und jetzt war sie verzagter als zuvor über ihr Unvermögen und über die Geschicke, die einen Menschen verändern konnten – die den Bruder ihres Gemahls zu seinem Feind gemacht hatten.

Ein Blick zu Lady Anne vergegenwärtigte Catherine, dass die alte Dame fröstelte, und nachdem sie Tosh und den beiden Frauen Handzeichen gegeben hatte, sprang sie rasch auf.

»Du musst tun, was du für richtig erachtest.« Die leise Stimme der Grafenwitwe richtete Catherines Aufmerksamkeit erneut auf sie. In den Augen der alten Dame schimmerten Tränen des Mitgefühls. »Auch wenn es vermutlich am besten ist, ihm die gute Nachricht noch etwas vorzuenthalten. Er ist vielleicht eher bereit, sein Herz zu offenbaren, wenn ihm nicht alles in den Schoß fällt.«

»Dann wirst du mein Geheimnis wahren!«

»Gewiss, erst einmal werde ich das tun.« Die Gräfin wurde ernst. »Aber nur unter der Bedingung, dass du ihn nicht nach den Schwächen seines Vaters beurteilst. Es ist schon schlimm genug, dass ich es versäumt habe, Adam wie mein eigen Fleisch und Blut aufzuziehen. Ich könnte es nicht ertragen, meinen Sohn für die Fehltritte seines Vaters büßen zu sehen.«

Für Augenblicke maß Catherine die betagte Frau. Genau das hatte sie getan. Erwartet, befürchtet, dass ihr Gemahl sich wie sein Vater, wie andere Männer, verhalten würde.

Als John vor einigen Tagen erwähnt hatte, wie gern er sie mit zur Burg Ironcross nehmen würde, um sie seinen Freunden Joanna und Gavin Kerr vorzustellen, war Catherine sogleich das Gerede um Joanna MacInnes eingefallen. Bevor diese Frau Gavin Kerr geheiratet hatte, war sie Johns Auserwählte gewesen. Seither wurde Catherine von Ängsten gepeinigt, dass er ihrer bereits überdrüssig war und seine ›wahre‹ Geliebte besuchen wollte. In der Tat fragte sie sich, wie er auf die Nachricht reagieren würde, dass sie bereits sein Kind unter dem Herzen trug. Vielleicht bestand dann letztlich kein Anlass mehr, so sinnierte sie, sie überhaupt mitzunehmen.

Die alte Dame winkte dem herannahenden Soldaten und den beiden Frauen ab und nahm Catherines Hand.

»Höre auf eine alte Frau, mein Kind. Lass dich nicht erschüttern von solchen Dingen. Ich sehe die

Kümmernis in deinen Zügen.« Ihre Stimme klang gebieterisch und doch sanft. »Du liebst ihn. Vertraue auf das Gute und zerstreue deine Bedenken. Ich habe es dir bereits gesagt und wiederhole es aufs Neue – er war noch nie so glücklich bei einer Frau. Geh und schlage ihn mit den Waffen einer Frau … und habe Vertrauen zu ihm.«

Catherine versuchte zu lächeln.

»Was das Kind angeht, so lass dein Herz sprechen. Und glaube mir, Catherine, bald schon wird er dir gewiss sein Herz zu Füßen legen.«

Unversehens fröhlicher legte Catherine ihre andere Hand auf die der Grafenwitwe. Vielleicht war ihr Weg doch nicht so dornenreich, wie sie geglaubt hatte. Vielleicht bestand noch Hoffnung, dass sich ihr Traum von einer glücklichen Ehe erfüllte.

16

Die verglühenden Holzscheite im Kamin tauchten das riesige Schlafgemach in anheimelndes Licht. Catherine glitt lautlos aus dem Bett und maß sehnsüchtig den trainierten Körper ihres Gatten, der sich wohlig in die Laken kuschelte. Seine markanten Gesichtszüge waren entspannt vom Schlaf, und sie musste das Verlangen niederkämpfen, wieder ins Bett zu krabbeln und ihre Pläne für den Rest der Nacht zu vergessen.

Fest entschlossen, ihr Vorhaben umzusetzen, huschte sie schließlich über die Bodendielen und kleidete sich behände an. Es war eine zauberhafte Nacht gewesen; sie hatten sich im rotgoldenen

Schein des Feuers geliebt, und die Gefühle, die er in ihr weckte, die zärtlichen Berührungen seines kraftstrotzenden Körpers, hatten sie wieder und wieder in Schwindel erregende Ekstase versetzt. Und anders als in den vorangegangenen Nächten, wo sie im Scherz gestritten, verhandelt und alles und jedes abgewogen hatten, ehe sie von ihrer glühenden Leidenschaft überwältigt worden waren, war diese Nacht die bislang friedlichste gewesen.

Sie brauchte Unterstützung – er hatte ihr seine Zärtlichkeit geschenkt.

Sie wünschte sich Verständnis – er hatte sie mit Begehren erfüllt.

Sie hatte seinen Namen gestöhnt – er hatte sie lustvoll erbeben lassen.

Catherine war glücklich darüber, dass diese Nacht so anders gewesen war. Die reine, unschuldige Freude, mit dem Augenblick zu verschmelzen, mit der Nacht, mit dem geliebten Menschen, war wie ein Segen.

Als sie fertig angekleidet war, warf Catherine ihm lächelnd einen letzten Blick zu. Vielleicht musste sie ihn gar nicht herausfordern, reizen und ihm bei jeder Gelegenheit gefallen. Vielleicht hatte er sie und ihre vielen Eigenheiten längst akzeptiert. Vielleicht war es an der Zeit, dass sie der Sprache ihres Herzens vertraute – und ihrem Gemahl die Neuigkeit enthüllte, die ihn gewiss überglücklich stimmen würde.

Sie warf ihm eine Kusshand zu und nahm sich vor, genau das zu tun – sobald sie das Rätsel gelöst hatte, das sie noch vor Ende dieser Nacht zu entwirren trachtete.

Beim Klang der herannahenden Schritte löschte der Mönch den Kienspan, schloss hastig den Deckel der Truhe und schob die offene Reisetasche unter das Bett. Flink begab er sich zur Tür, die angelehnt in den Angeln hing.

Der Anblick der vorüberhuschenden Frau war ihm vertraut, dennoch stockte ihm der Atem, da Catherine Percy Ersterer mit einem gewissen Abstand folgte. Als sie sich nicht in Richtung ihrer Kammer wandte, atmete er erleichtert auf.

Nachdem die beiden im Gang verschwunden waren, ließ der Geistliche einige Augenblicke verstreichen, ehe er sich mit einem versonnenen Blick auf das Schlafgemach entschied, den beiden zu folgen. Was Mistress Susan, die jüngere Frau, im Schilde führte, kümmerte ihn wenig, dass Catherine Percy womöglich in Gefahr schwebte, durfte er indes nicht billigen.

Der Mönch schlüpfte aus der Kammer und folgte geräuschlos den beiden Frauen. Allen Anweisungen zum Trotz und unabhängig von der Bedeutsamkeit seiner Mission wusste der Gottesmann, dass er Catherine niemals zu Schaden kommen lassen würde. Sollte er ihr seine Loyalität versagen, nachdem er sie seit so vielen Jahren kannte? Nein, das konnte er nicht.

Diese Susan MacIntyre umgab ein großes Geheimnis. Und es oblag ihm sicherzustellen, dass Catherine Percy nicht Opfer ihrer eigenen Neugier wurde. Catherine verfolgte unerschrocken ihre Träume. Mehr noch, sie traute sich viel zu viel zu.

Und das alles machte sie zum bevorzugten Opfer übler Machenschaften.

Nachdem sie sich viele Nächte in der finsteren Flurnische verborgen hatte, war Catherine inzwischen bestens vertraut mit Susans Ritual. Und in der Tat, als sie den Boden des Stiegenhauses bei Tageslicht untersucht hatte, war sie auch auf die Falltür gestoßen, durch die Susan häufig verschwand. Es war überaus merkwürdig, dass sie sich anscheinend nur in den Nächten davonstahl, in denen Athol und seine Männer auf der Burg weilten.

Und mittlerweile war Catherine besessen von dem Gedanken herauszufinden, wohin die jüngere Frau in den fraglichen Nächten ging. Aber aus irgendeinem Grund brachte sie es nicht fertig, ihren Gatten einzuweihen oder sich bei Jean oder den anderen Bediensteten nach Susans Gepflogenheiten zu erkundigen.

Von allen Burgbewohnern war Susan MacIntyre die Einzige, mit der Catherine sich nicht hatte anfreunden können. Und das, obschon die junge Gräfin sich redlich bemüht hatte.

Die Zurückhaltung der jüngeren Frau hatte Catherine zunächst dem Umstand angelastet, dass sie als zukünftige Burgherrin verschmäht worden war und dass eine andere ihren Platz eingenommen hatte. Inzwischen hatte Catherine ihre Meinung jedoch geändert.

Da war noch etwas. Eine geheimnisvolle Aura, die sie nicht recht zu deuten wusste. Susan war distanziert, gewiss. Und sie lebte genauso in einer Traumwelt wie Catherine gelegentlich. Susan war wortkarg, verhielt sich aber nicht feindselig gegenüber Catherine – der Frau, die ihr ihren rechtmäßigen Platz streitig gemacht hatte.

Von daher empfand Catherine keinen Groll, dass

Susan jeden Versuch vereitelte, Freundschaft zu schließen. Gleichwohl kreisten ihre Gedanken um die Frage, warum sie mitten in der Nacht durch eine Falltür ins Freie verschwand.

Als sie das Knarren ebendieser Tür vernahm, verharrte Catherine im Schatten der Dunkelheit. Statt aber ihre Verfolgungsjagd aufzugeben und in ihr Schlafgemach zurückzukehren, wollte sie Susan diesmal auf den Fersen bleiben. Um sich Mut zu machen, umklammerte sie den in ihrem Gürtel steckenden Dolch ihres Gatten und wartete noch einige Augenblicke, ehe sie die Falltür aufdrückte. Athols Waffe hatte sie aus einer plötzlichen Eingebung heraus mitgenommen, hoffte sie doch, dass diese ihr ein Gefühl der Sicherheit vermitteln werde.

An der Öffnung lehnte eine rohe Leiter und Catherine stieg vorsichtig in den feuchten Gang hinunter. Dort war es stockfinster, und am Ende der Leiter musste sie feststellen, dass der schmale Durchgang nur in eine Richtung verlief. Ein Stolpern vor ihr ließ sie aufmerken, und sie bewegte sich behutsam durch die Dunkelheit.

Ein Schauer der Erregung jagte ihr über den Rücken und Catherine zog den Umhang fester um ihre Schultern. Das hier erinnerte sie an vergangene Zeiten, als sie und ihre Schwestern mitten in der Nacht aufgestanden waren, um Schabernack zu treiben. Wie unerschrocken sie zu dritt gewesen waren! Und wie viel einfacher wäre das alles, wenn sie sich nicht hätten trennen müssen.

Das half ihr jetzt jedoch auch nicht weiter, sinnierte sie. Den Blick in die Finsternis gerichtet, verdrängte Catherine ihre trübsinnigen Gedanken.

Mit den Händen tastete sie sich unermüdlich vor,

wagte es nicht zurückzubleiben, aus Furcht, sich in einer Tunnelabzweigung zu verirren und die Spur der von ihr verfolgten Frau zu verlieren. Sie hörte immer noch Susans Schritte und das Knirschen vereinzelter Kiesel. Der Durchgang indes verlief schnurgerade, und sie betete, ihr Glück möge andauern.

Ihre Verfolgung schien kein Ende nehmen zu wollen. Wie lange musste es gedauert haben, diesen Tunnel durch den Felsen zu treiben, auf dem die Burg thronte?, schoss es Catherine durch den Kopf. Während sie sich vorantastete, überlegte sie, ob diese Jagd zu irgendetwas führen würde.

Unvermittelt fiel der Tunnel steil nach unten ab, und kurze Zeit später vernahm sie direkt vor sich die Stimme von Susan, die sich offenbar durch irgendeine Öffnung zwängte. Nach der zurückgelegten Strecke zu urteilen mussten sie sich weitab der Burgmauern befinden. Andererseits, überlegte sie, während sie sich zu erinnern suchte, in welche Richtung der Tunnel verlaufen war, nachdem sie durch die Geheimtür geschlüpft war, waren sie vielleicht nicht weiter gelangt als bis zum Park. Wie dem auch sein mochte, Catherine war sich recht sicher, dass sie sich außerhalb des Wohnturms befanden.

Als sie keinen Laut mehr hörte, schickte Catherine sich an, abermals die Verfolgung aufzunehmen, doch ihr Fortkommen wurde schon bald von einer steinernen Mauer blockiert.

Seit sie durch die Falltür geschlüpft war, hatte sie sich des Eindrucks nicht erwehren können, dass diese in den Stein gehauenen Gänge älter waren als die eigentliche Burganlage. Und ebendiese Mauer war vermutlich dazu gedacht gewesen, den Tunnel zu verschließen.

Da die andere Frau dieses Hindernis bewältigt hatte, war Catherine umso entschlossener, den Weg ins Freie zu finden. Als ihre Hände über die rauen Steinquader glitten, fand sie indes keine Öffnung. Das Tunnelgewölbe schien hoch zu sein, denn ihre Finger ertasteten keine Decke. Schließlich entdeckte Catherine einen winzigen Mauervorsprung, an dem sie sich hochzog.

Sie wähnte sich am Rand einer Öffnung. Ein weiterer Tritt ermöglichte es ihr, sich hochzustemmen. Die Öffnung war schmal, kaum breit genug für ihre Schultern. Dennoch hatte Catherine sich innerhalb von Sekundenbruchteilen in den engen Gang gezwängt, der nach einigen Metern breiter wurde, sodass sie sich auf Händen und Knien fortbewegen konnte.

Ein Geräusch hinter ihr ließ sie verharren. Sie hielt den Atem an, versuchte sich in der undurchdringlichen Finsternis umzuschauen. Sie war sich sicher, dass Susan weiterhin vor ihr war. Wieder vernahm sie den Laut. Ein leises Schaben – der Klang von Metall auf Stein irgendwo hinter ihr. Das Räuspern eines Mannes. Langsam glitt Catherines Hand nach unten, umklammerte den Dolch an ihrem Gürtel.

Konnte auch ihr jemand gefolgt sein?, überlegte sie.

Schlagartig begriff Catherine den Ernst der Lage und kroch in Windeseile weiter. Wie sollte sie sich in dieser Enge schützen? Soweit sie wusste, hatte sie keine Feinde. Aber es lag noch nicht lange zurück, dass Roy Sykes von Burg Balvenie verschwunden war. Einige hatten behauptet, er habe den Zorn des Grafen gefürchtet und deshalb das Weite gesucht, ehe er dafür bestraft werden konnte, dass er Catherine und Bruder Bartholomew geholfen hatte. Andere wiederum sagten, dass er schon immer ein hinterlistiger Bursche gewesen sei und sich vermutlich der Räuberbande angeschlossen habe, die unter Adam of the Glen ihr Unwesen trieb.

Gleichwohl, für Catherine bedeutete das Zusammentreffen mit einem Widersacher in diesem engen Gewölbe eine wirkliche Gefahr, und sie strebte ungeachtet des von ihr verursachten Lärms voran.

Catherine spürte einen kalten Lufthauch auf ihrem Gesicht, dann bemerkte sie, dass sich der Durchgang abermals verengte. Sie verweilte und lauschte. Kein Laut war zu vernehmen, doch das trug wenig zu ihrer Beruhigung bei. Wieder robbte sie vorwärts, bis ihre Hände unvermittelt auf Felsgestein trafen. Panik ergriff sie, indes ertastete sie auf der Suche nach einem Durchlass ein kleines Loch in Höhe ihrer Schulter, durch das sie schließlich kroch.

Augenblicklich befand sie sich in einem größeren Raum. Sie wähnte sich in einer Art Höhle, erhob sich geräuschlos und lauschte auf Susans Stimme. Nichts.

Es fiel ihr nicht schwer, sich für einen Weg zu entscheiden. Das Gesicht in Richtung der kühlen Brise gewandt, tappte Catherine vorsichtig durch die Dunkelheit.

Sie ahnte nicht, was vor ihr lag, und verfing sich jählings in dem Dornengestrüpp, das den Eingang zur Höhle verbarg. Einen Seufzer des Erstaunens und ihre Schmerzensschreie unterdrückend, schlug sie wie von Sinnen um sich, sah jedoch bald ein, dass ihr Unterfangen aussichtslos war.

Die scharfen Spitzen hatten sich bereits durch ihren Umhang und ihr Gewand gebohrt, und sie spürte, wie sie sich schmerzhaft in ihre Haut gruben. Nach einem tiefen Atemzug versuchte Catherine aufs Neue, sich zu befreien, ohne größeren Schaden zu nehmen.

Die Dornen waren dick und tückisch, gleichwohl gelang es ihr, den scharfen Spitzen zu entkommen. Sie trat einen Schritt zurück, suchte eine Öffnung zu ertasten, doch der Gang war erneut versperrt. Abermals lauschte sie auf Geräusche, hörte jedoch nichts.

Als Kinder hatten Catherine und ihre Schwestern einen verschwiegenen Ort gekannt, wo sie oft gespielt hatten. Auch er war von schützendem Dornengestrüpp umgeben gewesen. Dort, inmitten von Zweigen und Wurzelwerk, hatten sie sich ihr geheimes Zuhause vorgestellt, wo Laura immerfort Pläne geschmiedet hatte, während Adrianne ein Holzschwert geschwungen und einzig der Gelegenheit geharrt hatte, fremde Länder zu erobern. Catherine erinnerte sich noch gut, dass sie über den Boden hatten kriechen müssen, um unter den Dornen …

Sie sank auf die Knie. Natürlich war dort unten eine Öffnung, und als sie hindurchkroch, zauste die kühle Nachtluft ihr Haar.

Auf der anderen Seite angelangt, stand Catherine auf und blickte sich um. In der kalten, feuchten Luft zog sie den Umhang fester um ihre Schultern. Sie stand in einem tiefen Felsgraben und die Dornenbüsche hinter ihr bildeten eine Art Hecke. Von Susan weit und breit keine Spur. Vorsichtig huschte Catherine zu der felsigen Böschung und erkletterte die steile Wand, bis sie hinüberspähen konnte.

Nicht weit von der Senke schmiegten sich einige kleine Hütten an den Abhang. Die wenigen Fenster waren dunkel, doch aus den Abzügen auf den verrußten Dächern stiegen dünne Rauchschwaden. Vor ihr lag die Schlucht, hinter ihr, in der Ferne, thronte finster und bedrohlich die Burg, und es erstaunte sie, wie weit der Tunnel sie von der Ringmauer fortgebracht hatte. Unweit der Senke bogen sich die jungen Bäume im Wind, worauf Catherine entschied, dass Susan vermutlich in Richtung der dunklen Wälder gelaufen war, welche die östlichen Ausläufer der Schlucht bedeckten.

Auf dem Weg in den Wald drang das Blöken unruhiger Schafe und das vereinzelte Läuten von Kuhglocken zu ihr. Sie war nicht mehr weit von den ersten Bäumen entfernt, als Wolken den Mond verfinsterten und ein Weiterkommen nahezu unmöglich wurde.

»Ich fasse es nicht, dass ich das getan habe«, murmelte sie leise, während sie zum Himmel spähte. »Man sieht nicht einmal …«

Eine Hand legte sich brutal auf ihren Mund und Catherine vermochte nicht einmal zu schreien. Der Angreifer war ein Hüne, und als sie nach dem Dolch an ihrem Gürtel griff, warf er sie schonungslos in das Heidekraut. Er drückte ihr Gesicht zu Boden, und sie spürte sein Gewicht über sich und den Druck der Waffe an ihrer Hüfte. Ein zweiter Widersacher zerrte an ihren Haaren, und als sie schreien wollte, stopfte der Schurke ihr ein schmutziges Tuch in den Mund. Sie waren stark, und Catherine geriet in Panik, als sie ihr mit einem Lederriemen die Hände hinter den Rücken banden.

»Na, Jock«, grölte der eine, als er sie auf die Füße zerrte, »der Kommandant wird erfreut sein, dass er endlich seinen Lockvogel bekommt.«

Infolge des Aufruhrs, der von fern zu ihm drang, sprang John Stewart in Windeseile aus dem Bett. Er zog sein Hemd über den Kopf und riss die Tür zu seinem Vestibül auf, wo er mit Tosh zusammenstieß.

»Im Turm hat es gebrannt, Mylord. Aber wir haben alles unter Kontrolle. Mit Ausnahme von ein paar angesengten Decken und etwas Ruß scheint alles andere verschont geblieben.«

Athol wickelte sich rasch den Kilt um die Hüften. »Kennt man die Ursache?«

»Nein, Mylord. Das vermag ich nicht zu sagen. Aber ich schätze, dass einer der Diener auf dem Weg durch den alten Teil der Burg einen brennenden Kienspan fallen ließ. Noch ehe ich ankam, war der Brand gelöscht.«

»Warte. Ich will mir selbst ein Bild machen.« Nachdem Adam of the Glen viele der Hütten seiner Kleinbauern abgefackelt hatte, war Athol misstrauisch, wenn es um Brände ging. Gleichwohl wandte er sich noch einmal in Richtung seines Schlafgemachs, um Catherine wegen des Vorfalls zu beruhigen.

Athol knallte seinem Soldaten die Tür vor der Nase zu, setzte sich in Bewegung und stockte beim Anblick seines leeren Betts.

»Zum Teufel«, knurrte er und rang die Hände. »Warum überrascht mich das nicht?«

Was er auch sagte – und wie leidenschaftlich ihr Liebesakt auch immer gewesen war –, morgens war sie noch jedes Mal verschwunden, zurückgekehrt in ihr eigenes, zugiges Kämmerchen. Das schien ein letzter Rest von Unabhängigkeit zu sein, den sie sich trotzig bewahren wollte. Nun, überlegte er, inzwischen war sie so umgänglich geworden, dass es töricht wäre, ließe er sich von einer so unschuldigen kleinen Missetat aufbringen.

Er schnellte herum, drängte an Tosh vorbei und knurrte über seine Schulter: »Wo genau war das Feuer?«

»Es war im oberen Gang des alten Flügels, Mylord. Vor der Kammer, die Lady Catherine nach ihrer Ankunft zugewiesen wurde.«

»Das Feuer ist in der Nähe ihrer Kammer ausgebrochen? Bist du sicher, dass niemand verletzt wurde?«

»Niemand, Mylord! In der Tat war der englische Mönch als Erster zur Stelle und trat die meisten Flammen aus, während er um Hilfe rief.«

Im Laufschritt stürmte John Stewart über die Treppe und durch den Korridor in den alten Burgflügel. Er schalt sich einen unverbesserlichen Narren. Wie hatte er billigen können, dass sie dort verweilte, statt sicher in seinen Armen zu ruhen? Die Nachlässigkeit irgendeines verschlafenen Bediensteten hätte ihr übel mitspielen können!

Rauchschwaden zogen durch den Gang vor Catherines Tür und Athol drängte sich durch die versammelten Soldaten und Diener. Man hatte bereits angefangen, das Chaos zu beseitigen, verbranntes Reisig lag zusammengekehrt neben einer angesengten Wolldecke. Der Graf nickte seinem betagten Verwalter und dem Gesinde zu, das sorgfältig die verrußten Eichendielen säuberte, dann drückte er die Tür auf und trat ins Zimmer. Doch der Raum war leer. Das Bett nicht angerührt. Ihre Kleidung hing ordentlich wie stets an Wandhaken. Und der Rauchgeruch war vergleichsweise schwach in dieser Kammer.

Athol trat hinaus und wandte sich unvermittelt an Jean, die fassungslos auf das verkohlte Reisig spähte.

»Wo steckt Lady Catherine, Jean?«

»Nicht hier, Mylord.« Die Kammerfrau wirkte schlagartig besorgt. »Wir dachten – verzeiht mir – wir dachten, sie wäre bei Euch.«

»War sie hier, als das Feuer ausbrach?«

An ihrer Unterlippe nagend, schüttelte Jean den Kopf. »In der Tat bin ich unmittelbar nach dem Mönch herbeigeeilt. Auch wenn er mich beileibe nicht darauf hätte hinweisen müssen, drängte er darauf, dass ich an die Tür meiner Herrin klopfte. Zu diesem Zeitpunkt war das Feuer bereits gelöscht, dennoch wollte er Lady Catherine mitteilen, dass alles in Ordnung und sie nicht in Gefahr sei. Aber sie war nicht da, Mylord. Wollt Ihr mir jetzt sagen …?«

In Athols Stimme schwang Besorgnis, als er sich zu der alten Mab wandte, die sich soeben durch die Menge schob. »Ist Catherine bei meiner Mutter, Mab?«

Die betagte Frau schüttelte den Kopf. »Nein, Mylord. Die Grafenwitwe hat mich geschickt, um nach dem Auslöser für diesen Tumult zu forschen. Ich habe Eure Gemahlin nicht gesehen.«

Die Menge bildete eine Gasse, als der Graf von Athol durch den Korridor stürmte. Tosh war ihm dicht auf den Fersen. Seine Befehle waren scharf, dennoch bemerkte er selbst den besorgten Ton in seiner Stimme.

»Versammle alle, bis auf den letzten Mann. Ich will, dass dieses Anwesen so lange durchkämmt wird, bis ihr Lady Catherine gefunden habt. Stell sicher, dass niemand die Tore für sie geöffnet hat.

Und sollte jemand ihr ein Maultier überlassen und sie frohen Mutes auf den Weg geschickt haben, dann werde ich ihn mit seiner Zunge an der Stallwand festnageln.« Er schnellte herum und funkelte seinen Gefolgsmann an. »Es kümmert mich nicht, wie lange es dauert, ich will nur, dass sie gefunden wird. Und ich wünsche, dass du die englischen Mönche zu mir in den Rittersaal schickst. Ich will die Gewissheit, dass mir nichts verschwiegen worden ist!«

Mit einem knappen Nicken rannte Tosh von dannen, während Athol vor das hohe, schmale Fenster trat. Laut fluchend hieb er mit der Faust auf das Mauerwerk ein. Er war so in Sorge um sie, dass er nicht mehr klar denken konnte. Sein Verstand ... und sein Herz ... er war nur mehr ein Nervenbündel! Noch nie hatte er sich so elend gefühlt.

Beim heiligen Andreas, schwor er, sobald er sie gefunden hatte, würde er sie an sein Bett ketten, wenn das der einzige Weg war, um ihre Sicherheit zu gewährleisten. Was immer er tun musste, er würde es tun. Er würde ihr sogar sein Herz ausschütten, damit sie begriff, was die Besorgnis mit ihm anrichtete.

Als er Catherine Percy zur Frau genommen hatte, hatte Athol sich nicht vorzustellen vermocht, dass ihn solche Gedanken quälen könnten. Wie hätte er auch ahnen sollen, dass seine Liebe zu ihr an Besessenheit grenzen, dass ihre Sicherheit zur größten Herausforderung seines Lebens werden würde!

17

Der brünette Adam of the Glen war zwar breitschultriger als ihr Gemahl, aber beileibe nicht so groß und anziehend wie dieser. Dennoch war die Ähnlichkeit verblüffend. Nach Catherines Dafürhalten ließ sich die Tatsache nicht anzweifeln, dass sie Brüder waren.

Nachdem die beiden Grobiane sie gefasst hatten, hatten sie ihr die Augen verbunden und sie über einen nicht enden wollenden Pfad geführt. Schon nach kurzer Zeit war es ihr gelungen, den Knebel aus ihrem Mund zu entfernen, indes hatte sie keine Ahnung, ob ihre Häscher das bemerkt hatten. Jedenfalls hatte sie versucht, nicht zu schreien, und die beiden hatten glücklicherweise keinerlei Anstalten gemacht, ihn zu ersetzen.

Sie waren durch das Gebirge marschiert, von dem sie meinte, dass es sich östlich der Burg erhob; schließlich hatten ihr der Kieferndunft und die Tannennadeln unter ihren Füßen zu erkennen gegeben, dass sie durch einen tiefen Wald wanderten. Sie hatten Berge und Täler passiert, bis der Boden unvermittelt felsig geworden war und sie einen steilen, gewundenen Pfad mit losem Geröll hatten überwinden müssen. Als sie abermals durch Wälder geschritten waren, hatte Catherine einen Duft gerochen, der sie an das verlassene, wassergefüllte Steinbecken erinnert hatte, wo sie und ihre Schwestern als Kinder gespielt und schwimmen gelernt hatten. Aus der Ferne war das Murmeln eines Bachs an ihre Ohren gedrungen.

Kurz darauf war sie erschrocken, da ihre Häscher sie hochgehoben hatten und mit ihr durch einen kleinen Weiher gewatet waren. Wieder Wald und dann der Geruch eines Lagerfeuers und raue Männerstimmen, die erstaunte Fragen gestellt hatten, während man sie um das knackende Feuer geführt und kurzerhand zu Boden gestoßen hatte.

Bald darauf war ihr Anführer ins Lager zurückgekehrt, und als er ihr die Augenbinde fortgerissen hatte, hatte Catherine seine abwägende Miene gesehen. Sie glaubte sogar, einen Anflug von Verwirrung in seinem Blick zu bemerken, als er sie stirnrunzelnd maß. Zwei Männer, offenbar ihre Häscher, standen gaffend in der Nähe, bis einer das Wort ergriff.

»Wir haben heute Nacht gute Arbeit geleistet, was, Herr?«

»Ja, Ren«, erwiderte ihr Anführer zögernd und rieb sich mit seiner riesigen Hand das Kinn. Mit einer unwirschen Geste bedeutete er dem Gesetzlosen zu schweigen. »Lass mich einen Augenblick nachdenken.«

Ohne ein weiteres Wort zu verlieren, schritt Adam of the Glen zwischen Catherine und dem Feuer auf und ab. Catherine indes, bald gelangweilt von seinem brütenden Schweigen und dem hektischen Hinundhergelaufe, wandte ihre Aufmerksamkeit der zerlumpten, um sie versammelten Schar zu. Trotz ihrer Hochlandkluft und ihrer groben Art sahen die meisten von ihnen nicht anders aus als die vielen ihr bekannten Bauern. Gewiss, ihre neugierigen Blicke gaben ihr zu verstehen, dass man sie für eine Siegestrophäe hielt, und alle harrten erwartungsvoll dem nächsten Zug ihres Kommandanten.

Vielleicht, überlegte sie – die unverhohlenen Blicke erwidernd –, hatte sie bereits Vorurteile gegenüber den Kleinbauern des Grafen entwickelt, die sie seinerzeit kennen gelernt hatte. Gleichwohl war sie sich ganz sicher, dass keiner von Athols Untergebenen sie so brutal behandelt hätte. Keiner, außer Roy Sykes, berichtigte sie sich rasch. Erzürnt wanderte ihr Blick zu dem rothaarigen jungen Mann, der an der verfallenen Mauer einer Hütte lehnte. Wie schon zuvor senkte der Stallbursche den Blick und starrte auf den knorrigen Ast, den er mit seinem Dolch bearbeitete.

Ihr Augenmerk fiel wieder auf Adam of the Glen, und Catherine gewahrte, dass er stehen geblieben war und sie abermals intensiv musterte. Als sie auf seinen finsteren Blick traf, war sie versucht, seiner unterschwelligen Brutalität mit der gleichen Methode zu begegnen, die sich bei ihrem Gatten als so erfolgreich erwiesen hatte ... nämlich ihn zu ignorieren. Aber das hier war etwas anderes, und sie wollte es nicht versäumen, so viel wie möglich über diesen Mann zu erfahren.

»Eine hervorragende Leistung für zwei erwachsene Männer«, versetzte sie strahlend und warf Ren und dem anderen Mann einen vielsagenden Blick zu. Betreten verlagerte Ren sein Gewicht von einem Fuß auf den anderen und spähte auf Adams breiten Rücken. Der andere senkte, scheinbar verlegen, den Blick. Catherine musste sich das Lachen verkneifen.

Adam indes lachte – ein scharfes, kurzes, freudloses Schnauben. »Wahrlich. Hervorragende Arbeit«, knurrte er. »Endlich habe ich ihn dort, wo ich ihn haben will. Er wird auf den Knien zu mir kriechen, wenn er erfährt, dass ich die Trophäe habe.«

Catherine gefiel es gar nicht, dass er sich so bedrohlich vor ihr aufbaute. Die Hände weiterhin auf dem Rücken gefesselt, erhob sie sich schwankend vom Boden.

»Ich nehme an, Ihr sprecht von meinem Gatten, da ich keine Brüder habe. Und was meinen Vater betrifft – der gewiss jede seiner Töchter als kostbare Trophäe betrachtete, so wurde er im letzten Sommer unseligerweise im Tower von London hingerichtet.«

»Was geht uns das an?«

»Nun, mir ist nicht recht klar, wer nach Eurem Dafürhalten hierher kriechen wird – es sei denn der Geist meines verschiedenen Vaters, um Euch heimzusuchen!« Sie machte einen zögernden Schritt in Adams Richtung und fuhr in vertraulichem Tonfall fort: »Ich versichere Euch, mein Gemahl wird vor *niemandem* kriechen.«

»Ihr scheint Euch Eurer Lage nicht bewusst zu sein, Gräfin.«

Ehe sie antwortete, zog Catherine fragend eine Braue hoch und spähte zu seinen Gefolgsleuten. »Ich denke, wir sollten das nicht vor Euren Männern erörtern. Ich verstehe Euer Anliegen, Euch die rechtmäßige Stellung zu sichern, und da ich nicht anders als aufrichtig zu Euch sein will, meine ich, es wäre besser, wenn Ihr sie wegschicken würdet.«

Er starrte sie mit offenem Mund an, fasste sich jedoch rasch wieder. Sein Gesichtsausdruck indes war der eines Mannes, der eine Verrückte betrachtet.

Catherine beugte sich zu ihm vor und senkte abermals ihre Stimme. »Natürlich solltet Ihr es nicht tun, sofern Ihr Euch vor mir fürchtet. Obgleich ich wie ein Getreidesack zusammengeschnürt bin, vermögt Ihr zu sehen, dass ich bewaffnet bin!« Mit einem Kopfnicken deutete sie auf den in ihrem Gürtel steckenden Dolch, der ihr mit gefesselten Händen indes nichts nützte. »Ich kann Eure Bedenken gut verstehen. Ich bin eine überaus gefährliche Gegnerin. Die Möglichkeit, dass ich Euch verletzen könnte …«

Adam of the Glen wandte sich schroff ab und brüllte einen Befehl, worauf sich seine Männer zu einem der anderen Feuer und außer Hörweite begaben. Keine Frage, wer hier das Kommando hatte. Schweigend beobachtete Catherine, wie einige sich zur Ruhe begaben, sich in Umhänge oder Decken hüllten, während andere die Köpfe zusammensteckten, plauderten und lachten. Schließlich richtete ihr gesetzloser Anführer sein Augenmerk wieder auf sie. Er nahm ihren Arm, führte sie zu der verfallenen Hütte und wirbelte sie zu sich herum.

»Gräfin …«

»Nun« – warf sie kopfschüttelnd ein, »ich darf Euch an Eure Worte erinnern, dass ich mir meiner misslichen Lage nicht bewusst sei …« Sie hielt versonnen inne, hob dann unmerklich die Stimme und fuhr fort: »Um ehrlich zu sein, sehe ich keinen Grund, warum ich mich vor Euch fürchten sollte. Vor allem wenn man den Umstand bedenkt, dass wir inzwischen Verwandte sind. Wir sind beinahe wie Bruder und Schwester, oder etwa nicht?«

Bedrohlich trat er auf sie zu. »Verwechselt nicht Narrheit mit Wahrheit, Gräfin. Mich kann man nicht irreführen.« Mit einer flinken Bewegung hatte er den Dolch aus ihrem Gürtel gezogen. Er wog die Waffe in seiner Hand und maß die scharfe Klinge, die im Feuerschein aufblitzte. »Zum einen solltet Ihr nie vergessen, dass ich Euer Feind bin. Zum zweiten habe ich mir geschworen, alles zu zerstören, was Eurem Gatten gehört.«

»Ich glaube nicht …«

»Es kümmert mich nicht, was Ihr glaubt, Gräfin«, unterbrach er sie. »In den letzten Wochen habe ich meine Fallen gestellt, darauf geharrt, Euch zu erwischen … und jetzt ist es mir gelungen. Ihr seid nichts weiter als ein Unterpfand, eine Schachfigur. Also überlegt es Euch: Ihr solltet weinen und flehen, denn es könnte das Einzige sein, was Euren hübschen Hals vor dieser Klinge bewahrt.«

Vielleicht sollte sie sich tatsächlich fürchten, gleichwohl fühlte Catherine einzig ihren wachsenden Verdruss. Allmählich erzürnte sie dieser Adam of the Glen. Sie gab jede Bemühung auf, ihre Zunge im Zaum zu halten.

»Ich danke Euch für eine solch besonnene Empfehlung hinsichtlich dessen, was ich tun und lassen sollte! Aber in Anbetracht des Überbringers dieser erstaunlichen Weisheiten fürchte ich, dass ich Euren Vorschlag ablehnen muss. Im Gegenteil, ich werde Euch die Augen öffnen, wie sehr Ihr Euch in allem irrt.«

»Da gibt es nichts …«

»Ganz recht, nichts, was Ihr begreifen würdet«, spottete sie. »Allem voran habe ich Euch nichts getan, Schwager. Nichts, weshalb Ihr mich hassen oder mir Böses wollen könntet.«

»Ich habe Euch bereits gesagt, dass Ihr nur …«

»Ich weiß, ich weiß.«

»Ihr seid seine Frau und …«

»Was diesen groß angelegten Vernichtungsschlag gegen Euren eigenen Bruder anbelangt, so beruhen Eure Probleme vermutlich auf einem Missverständnis, da Ihr ihm nie die Gelegenheit gegeben …«

»Ihr wisst nichts von dem Verrat …«

»Ich bin noch nicht fertig«, erwiderte sie scharf, worauf er schwieg und erstaunt die Brauen hochzog. »Soweit ich sehe, ist John hier der Betrogene. Und Ihr irrt Euch des Weiteren gewaltig, denn im Gegensatz zu seinem Reichtum und Besitz gehöre ich meinem Gatten nicht. Ich bin seine Gemahlin. Ganz recht, ein Mensch, der logisch denkt und handelt! Und nach meinem Dafürhalten ist Athol Euch bei weitem überlegen, da er mich als solchen anerkennt.«

»Wenn Ihr denkt ...«

»Ich habe noch nicht geendet«, stieß sie zwischen zusammengebissenen Zähnen hervor. »Und nun zu Eurem ... Hinterhalt! Ihr müsst mir ein schöner Einfaltspinsel sein, wenn Ihr glaubt, es wäre Eurem bestechenden Plan zu verdanken, dass Eure tölpelhaften Helfershelfer mich aufgegriffen und hergebracht haben!«

Adam maß sie mit argwöhnischem Blick. »Was soll das heißen?«

»Ich habe Balvenie aus freien Stücken verlassen. Genau wie das letzte Mal, als ich Euren Männern im Gebirge entwischte. Wenn ich es nicht selbst gewollt hätte, hättet Ihr mich niemals gefasst, für wie gerissen Ihr Euch auch halten mögt!«

Seufzend hielt Catherine seinem finsteren Blick stand. Ihre einzige Chance auf Erfolg bestand in der Hoffnung, dass er nicht in der Lage wäre, ihre Gedanken zu lesen – so wie sein Halbbruder. Ihre nicht ganz wahrheitsgemäße Schilderung, dass sie aus freien Stücken hergekommen war, klang selbst für ihre eigenen Ohren recht überzeugend.

»Wenn Ihr jetzt fertig seid ...«

»Das bin ich nicht! Und nun zu Eurer Empfehlung:

Statt vor einem dermaßen arroganten Dummkopf zu weinen und zu flehen, würde ich mit Freuden das Messer wählen. Auf diese Weise ging mein Vater von uns, Adam, und ich würde den Tod allemal einem Dasein als Feigling vorziehen.«

Er betrachtete sie für einen langen Augenblick, dann zwinkerte er belustigt.

»Nun, wenigstens weiß ich jetzt, warum dieser Halunke von einem Bruder eine Frau wie Euch genommen hat! Ihr habt den Mut, der Athol fehlt.«

»Ich werde diese Bemerkung geflissentlich überhören, beweist sie doch die Unwissenheit eines Menschen, der John Stewart nicht kennt.«

Ein bitteres Lachen entwich den Lippen des hünenhaften Highlanders. »Jetzt seid Ihr im Irrtum, Mistress! Ich kenne ihn besser, als Ihr meint.«

»Vermutlich so, wie er *Euch* kennt? Sagt mir, wie können zwei erwachsene Männer einander kennen, wenn sie sich in ihrem Leben nie begegnet sind? Wenn einer von beiden bis vor einem halben Jahr nicht einmal wusste, dass der andere existiert? Wenn die Blutsverwandtschaft bis vor wenigen Wochen ein wohl gehütetes Geheimnis war!«

In Adams Zügen spiegelte sich eindeutig Verwirrung über ihre Worte und bald darauf abermals Argwohn. »Solche Lügen gehen einem nur allzu glatt über die Lippen! Wenn er das beteuert hat, dann weiß ich, dass er ein Lügner und ein Feigling ist. Ich glaube nämlich, dass er *schon immer* von meiner Existenz gewusst hat. Und nichts von dem, was Ihr sagt oder tut, wird meine diesbezügliche Meinung ändern können.«

Catherine öffnete den Mund zu einer Äußerung und schloss ihn rasch wieder. Es stimmte, sie und

Athol waren erste sehr kurze Zeit vermählt, dennoch hätte sie seine Ehrlichkeit nie angezweifelt. Sie glaubte seinen Beteuerungen, dass er erst kürzlich von seinem Halbbruder erfahren habe. Bedeutsamer indes war Adams feste Überzeugung, dass Athol von ihrer Verwandtschaft gewusst hatte. Kein Wunder, dass Adam seinen Halbbruder so sehr hasste.

»Und nun zu dem von Euch unter Beweis gestellten Mut«, hub er erneut an. »Seid nicht so töricht zu glauben, dass ich mich umstimmen ließe. Einerlei, was Ihr zu seiner Verteidigung beisteuert, meine Fehde gegen Euren Gatten ist von Bestand.« Er hob ihr Kinn mit der Dolchspitze an. »Und ich werde alles tun … alle mir verfügbaren Waffen einsetzen, um ihn zu vernichten!«

Sie spürte die kalte Klinge auf ihrer Haut, dennoch blieb ihr Blick ungerührt. »Und ich werde alles tun, um Euch daran zu hindern!«

Lachend senkte er die Klinge. »Dessen bin ich mir gewiss, mein Mädchen. Gleichwohl ist es eine schwache Drohung, gemessen an dem Umstand, dass Ihr meine hilflose Geisel seid.«

»Nun, ich betone es noch einmal, Ihr irrt Euch gewaltig!« Sie wusste nicht, woran es lag, aber plötzlich dämmerte ihr die Antwort. Susan! Das war mehr als wahrscheinlich.

Sie sah auf und maß Adam of the Glen mit neu erwachtem Interesse. Er war in der Tat ein anziehender Mann. Und gebildet. Und seine Umgangsformen hatten sie keine Sekunde lang an einen Schurken erinnert. Catherines Blick schweifte von Adam in die Dunkelheit. Sie versuchte sich vorzustellen, wie die beiden sich kennen gelernt haben mochten.

»Ich achte Euch für Euren Heldenmut, aber Ihr seid mit einem Lump vermählt und ich …«

»Er ist kein größerer Lump als Ihr!« Das Kinn trotzig gereckt, heftete sie den Blick auf sein Gesicht. »Der Graf von Athol hat stets hart gearbeitet, weil er für seine Untergebenen das Beste wollte. Und nicht weniger! Ihr hingegen habt, soweit ich das zu beurteilen vermag, im letzten halben Jahr ausschließlich von den Früchten seiner Arbeit gelebt. Was habt Ihr gesehen? Darbende Menschen, verbraucht und geknechtet? Nein, wahrhaftig nicht. Und ich denke, tief im Innern wisst Ihr, dass ich die Wahrheit sage.«

Er wandte den Kopf ab, doch sie trat vor ihn, sodass er ihrem Blick nicht ausweichen konnte.

»Adam, er ist nicht derjenige, der stiehlt und brandschatzt und unschuldige Menschen tyrannisiert, die nichts weiter als in Frieden leben wollen.«

Er bedachte sie mit einem leisen, bedrohlichen Lachen. »Nein? Er ist kein Dieb? Hat er mir nicht alles gestohlen? Ihr seid nicht nur eine törichte Närrin, sondern auch überaus naiv in der Beurteilung von Männern. Unschuld? Friede? Was wisst Ihr schon davon? Oder über mich? Ihr kennt mich kaum, und doch meint Ihr, mich beurteilen zu können …«

»Ich kenne Euch gut genug, um Euch zu vertrauen, Adam of the Glen.«

»Dann seid Ihr wahrhaftig eine Närrin.«

»Bin ich das? Woran sollte es sonst liegen, dass ich mich vor Euch nicht fürchte?« Sie drehte sich um und spähte zu dem kleinen Fenster in dem verfallenen Gemäuer. Sie hoffte, dass sie Recht behielt. »Indes beruht dieses Vertrauen nicht auf eigener Erfahrung, sondern eher auf dem Wissen, dass eine andere Frau Eure Werte offenbar erkannt hat.«

Sie war zwar kaum merklich, dennoch entging ihrem forschenden Blick keineswegs die Reaktion auf ihre Worte.

»Ich glaube an Euch«, fuhr sie rasch fort. »Nun, da ich weiß, dass Susan Euch vertraut … und Euch ihr Herz geschenkt hat.«

»Susan? Zum Teufel, von wem redet Ihr da?« Seine Stimme klang barsch, doch seine Miene verriet ihn.

»Vielleicht war ich zu hastig mit meinem Werturteil«, schalt Catherine sich. »Wenn man die Gefahren bedenkt, die sie auf sich nimmt, um Euch mitten in der Nacht zu sehen – und Ihr sprecht von ihr, als wäre sie eine … irgendeine …«

»Beim Leibhaftigen!« Er schnellte herum und warf aufgebracht den Dolch zu Boden. »Ich wusste, dass sie ertappt werden würde, und hatte ihr verboten, es zu tun! Sie ist so eigensinnig wie ein …«

»Adam«, unterbrach Catherine ihn sanft. »Begreift Ihr denn nicht, dass wir Frauen dem Ruf unseres Herzens folgen? Dass wir durchs Feuer gehen, Gefahren trotzen und den Zorn Gottes riskieren … wenn wir lieben?«

Der Gesetzlose schwieg. Seine Augen waren auf irgendetwas hinter Catherine gerichtet, und als sie sich umdrehte, gewahrte sie Susan in einem Winkel der verfallenen Hütte.

»Ich habe dir befohlen zu bleiben, wo du bist!«, schnaubte er.

Susans dunkle, auf Adam geheftete Augen schweiften zu der Gefangenen. Und Catherine spürte das beiderseitige Verständnis, das zarte Band der Freundschaft, das nur Frauen zu knüpfen vermögen.

»Wie könnte ich das tun?« Kopfschüttelnd trat Susan zu ihm. »Sie hat nämlich Recht. Sie weiß um die Frauen und die Liebe.«

Schweigend beobachtete Catherine, wie die Blicke der beiden verschmolzen. Vieles hing unausgesprochen in der Luft. Und obgleich nur zufällige Beobachterin, vermochte sie sich das Gespräch zwischen Adam und Susan vorzustellen.

Ich liebe dich!

Auch ich liebe dich. Aber ich bin ein Gesetzloser! Ein Verbrecher…

Trotzdem liebe ich dich!

Aber ich vermag dir nichts zu geben. Nichts!

Catherine beobachtete, wie Susan wortlos ihre Hand aus dem Umhang streckte und zärtlich auf seine Wange legte. Leise fluchend, doch ungestüm zog er sie an sich und Catherine senkte die Lider. Sie wandte sich ab und schlenderte zu dem Lagerfeuer auf der Lichtung. Dort kauerte sie sich nieder und blickte in die züngelnden Flammen. Tag für Tag zahlten die beiden einen hohen Preis für diese kurzen Augenblicke des Glücks und sie wollte ihnen keinen davon nehmen.

Vor dem Hintergrund dieser tragischen Liebesgeschichte schienen Catherines Probleme so bedeutungslos. Sie war verliebt. Sie trug den von ihrem Gatten ersehnten Erben unter dem Herzen. Sie besaß das Geschick, ihn glücklich zu machen. Und doch, so dachte sie mit einem Anflug von Bitterkeit, verschwieg sie ihm weiterhin hartnäckig die frohe Kunde von ihrer Schwangerschaft.

Schuldbewusst wies sie den Gedanken von sich, dass sie auf ein Bekenntnis *seiner* Liebe und Treue hoffte, und suchte sich stattdessen darauf zu konzentrieren, was sie für *ihn* tun würde, wenn sie diesem Lager jemals entkäme.

John Stewart hatte schon genug Probleme und war gewiss nicht erbaut über die zusätzliche Kümmernis, die seine eigensinnige Angetraute ihm bescherte.

Catherine hatte keine Vorstellung, wie viel Zeit inzwischen verstrichen war. Die Nacht wurde empfindlich kühl, doch das kümmerte sie nicht. Das Feuer wärmte sie und nicht lange darauf verlor sie sich in ihren Träumen.

Sie war wieder in dem ihr vertrauten Land. Die Nebel hingen über den zerklüfteten Bergen und der Himmel war ein Kaleidoskop strahlender Farben. Es war die Ruhe nach dem Sturm. Sie stand auf der Schwelle zum Garten, wiegte ein Kind in den Armen. Einen lächelnden Sohn mit grauen Augen. Den Sohn ihres Ritters. Sie hauchte dem Kleinen einen Kuss auf die Stirn und trat auf die Wiese, denn ihr Ritter nahte.

Als sie seinen entseelten Blick bemerkte, dieweil er sie und seinen Sohn in die Arme schloss, war es um sie geschehen.

Da wusste sie, dass es an der Zeit war. Endlich war die Zeit gekommen, ihren Schwur einzulösen. Den Blick auf seine anziehenden Züge geheftet, hauchte sie die Worte, die sie so lange in ihrem Herzen bewahrt hatte.

Der Ritter bedeckte ihre Lippen mit den seinen. Sein Kuss war zärtlich. Dann hielt John Stewart sie fest.

»Es wird Zeit, dass wir zur Burg Balvenie zurückkehren.«

Catherine wirbelte herum und schaute Susan verdutzt an.

»Komm, lass mich deine Fesseln durchtrennen!«

Während Susan hinter sie trat und ihre Handfesseln löste, spähte Catherine zu Adam of the Glen. Er war fort, genau wie die anderen.

Wie eine Geisterschar waren sie verschwunden. Einzig das glimmende Lagerfeuer deutete auf die Gesetzlosen hin, die sich in Windeseile zerstreut hatten. Hinter ihr ertönte ein Hüsteln. Als sie sich umdrehte, fiel ihr Blick auf die beiden Männer, die sie am Rande der Lichtung überwältigt hatten.

»Wo ist er hingegangen?«

»Wo er nachdenken kann, meinte er.«

Als ihre Fesseln schließlich gelöst waren, erhob sich Catherine langsam und rieb sich die schmerzenden Handgelenke.

»Hier ist dein Dolch!«

Weiterhin verwirrt blickte Catherine auf den Dolch in Susans ausgestreckter Hand. »Er lässt mich gehen?«

Susan nickte. »Aber wir sollten uns sputen. In einer Stunde dämmert es bereits und wir haben einen langen Weg vor uns.«

»Warte.« Catherine versuchte sich zu sammeln. Dass Susan – und Adam – sie bedingungslos freiließen, war ihr unbegreiflich. Sie hatten sie nicht einmal zu Stillschweigen ermahnt. Nicht von ihr verlangt, ihr Geheimnis zu wahren. Ganz gewiss würde die junge Frau in ernsthafte Schwierigkeiten geraten, sollte Athol irgendetwas erfahren. Und doch war Susan willens, ihr zu vertrauen und sie zurück auf die Burg zu bringen. »Ich verstehe nicht …«

»Dein Gesicht sieht entsetzlich aus!«, flüsterte Susan stirnrunzelnd. »Es ist voller Kratzer von der Dornenhecke vor dem Höhleneingang …«

»Ich werde ihnen erklären, dass ich im Park in die Rosenbüsche gefallen bin«, wisperte Catherine, »und mein Umhang und mein Gewand sind zerrissen ... weil ich gestürzt bin ... als ich Jeans Nichten über den Turnierplatz jagte. Und die Wundmale an meinen Handgelenken ... Nun, die gehen niemanden etwas an. Ich werde dein Geheimnis wahren, Susan. Aber ...«

Die Jüngere legte freundschaftlich eine Hand auf ihren Arm. »Adam ist wütend auf mich ... und auf sich selber. Er wird das Lager weiter entfernt von der Burg errichten, wo ich ihn nachts nicht aufsuchen kann. Dennoch danke ich dir, Catherine.«

Lächelnd legte Catherine ihre Hand auf die Susans. »Ich tue es nicht nur für dich, sondern auch für mich. Für meinen Gatten ebenso wie für Adam of the Glen. Wir müssen ihnen helfen, ihre Zwistigkeiten auszuräumen.«

»Aber wir können nichts tun! Ich habe mit Engelszungen auf Adam eingeredet, dass Athol nicht der Unhold ist, für den er ihn hält. Genau wie du heute Nacht, so habe auch ich ihm zu erklären versucht, dass der Graf nichts von ihrer Blutsverwandtschaft wusste. Aber ohne die Wahrheit über ihre Vergangenheit zu kennen ... war es einfach unmöglich.«

»Mit den wenigen Informationen, die wir jeweils haben«, warf Catherine ein, »lassen sich vielleicht einige Fragen beantworten.«

Mit entschlossener Miene vertrat Susan ihre Überzeugung. »Adam ist kein schlechter Mensch. Sein Groll gründet sich auf das ihm widerfahrene Leid. Auf den Schmerz, den ihm kein anderer als John Stewart zugefügt haben kann – so glaubt er zumindest.«

»Aber wie hätte dieser willkürlich jemandem schaden können, von dessen Existenz er nicht einmal wusste?«

»Sicher!«, murmelte Susan. »Es ist unverständlich. Aber wie können wir das ändern?«

»Wir können … und wir werden es … weil wir jetzt zu zweit sind«, sagte Catherine im Brustton der Überzeugung. »Mir ist bewusst, dass wir die Vergangenheit nicht ungeschehen machen können, Susan, aber wir haben die Energie, unsere Zukunft zu gestalten. Das ist unsere einzige Chance. Die Zukunft gehört uns beiden.«

Darauf schlossen sie sich ihren Begleitern an und verschwanden in der Dunkelheit.

18

Nachdem er die englischen Mönche ins Gebet genommen und keinerlei Aufschlüsse gewonnen hatte, geriet John Stewart in Panik.

Sein nächstes Ziel waren die Stallungen, wo Athol, begleitet von sämtlichen Stallknechten, persönlich jeden Hengst, jede Stute, die Esel und Maultiere zählte. Keines der Tiere fehlte. Die wachhabenden Soldaten wurden einzeln verhört. Kurz nach Sonnenuntergang waren die Zugbrücke hochgezogen und die großen eisenbeschlagenen Eichentore geschlossen worden und seitdem hatte niemand die Burg verlassen oder Einlass begehrt.

Flackernder Fackelschein erhellte den Hof, während Soldaten und Gesinde hin und her liefen, Küchen, Keller und Vorratskammern durchsuchten.

Athol war überall, indes vergeblich. Catherine blieb verschwunden.

Als er schließlich am Eingang zum Rittersaal auf die alte Mab traf, waren seine Nerven zum Zerreißen gespannt und er musste sich zur Beherrschung zwingen. Auch die alte Frau hatte niederschmetternde Neuigkeiten für ihn. Die Bediensteten hatten jeden Raum der Burg durchkämmt – mit Ausnahme seiner und der Gemächer der Grafenwitwe. Von der jungen Gräfin fehlte jede Spur.

Er wandte sich ab, spürte einen ungeahnten Druck auf sich lasten. Er wollte schreien, Hiebe verteilen, vernichten. Und das würde er bestimmt auch tun. Den Nächsten, der ihm schlechte Nachrichten überbrachte.

Er wirbelte herum, funkelte ein Dutzend Männer und Frauen an.

»Durchsucht alles noch einmal!«, brüllte er. »Findet sie.«

Von panischer Furcht getrieben, stürmte er die Stufen zum zweiten Geschoss hoch. Er konnte nur raten, wohin sie diesmal entwischt war. Wenn sie wieder nach Elgin geflohen war, würde er ihr eigenhändig den Hals umdrehen. Seine schlimmsten Ängste jedoch gründeten sich auf die Möglichkeit, dass sie tatsächlich das Opfer übler Machenschaften geworden war. Was, wenn unter seinem Dach noch andere vom Schlage eines Roy Sykes lebten? Und wenn diese nun Catherines Abenteuerlust ausgenutzt und sie von der Burg gelockt hatten?

Aber wie?

Wohl wissend, dass er das Unterste zuoberst kehren würde, verlangte Athol nach Tosh und befahl ihm, vier Soldatentrupps in die Nacht hinauszuschicken, um im Dorf, in der Schlucht und im Gebirge auf Spurensuche zu gehen. Augenblicke später setzten sich die Reiter in Bewegung und preschten durch die Tore.

Bei jeder anderen Burg hätte Athol Bedenken wegen geheimer Gänge und unterirdischer Tunnel gehegt. Und er wusste sehr wohl, dass dies auch auf die nahe gelegene Burg Ironcross zutraf, da er dort fast sein Leben verloren hätte. Aber das war hier nicht der Fall.

Seine Familie hatte die Burg vor vielen Jahren in Besitz genommen, nachdem die Black Douglases bei Arkinholm vernichtend geschlagen worden waren. Der Wahn des rebellischen Douglas-Clans, die Burg mit allen Mitteln zurückerobern zu wollen, hatte den ersten Grafen von Athol in Angst und Schrecken versetzt. Also hatte sein Ahnherr nicht lange gezögert, sondern das Gesinde des früheren Lehnsherrn bedroht und bestochen, bis er jede nur erdenkliche Schwachstelle der Burg gekannt hatte. Daraufhin war es ihm ein Leichtes gewesen, die drei Tunnelgewölbe, die unter der Ringmauer hindurchführten, zu versperren.

Indes erschien es ihm unwahrscheinlich, dass Catherine solche Dinge herausfand. Wie hätte sie auch von den drei morschen Falltüren erfahren sollen, die unter dem Wohnturm verborgen waren? Welche nüchtern denkende Frau wäre einem Tunnel gefolgt, der ins Nichts führte?

Nein!, überlegte er kopfschüttelnd. Und selbst wenn sie auf eine Falltür gestoßen war, was dann? Sie wäre mit Sicherheit nicht so töricht, in ein modriges, dunkles Loch hinabzusteigen. Es ergab keinen Sinn. Auf diesem Weg war sie sicher nicht geflohen.

Gewiss, sie war eine eigenwillige Frau. Aber keine, die ihre Zeit verschwendete.

Und dennoch, dachte er, während er zum hundertsten Mal die Treppe hochstieg, konnte er nicht tatenlos herumstehen und warten. Am Horizont graute bereits der Morgen, bald schon würde die Sonne hinter den bewaldeten Anhöhen im Osten aufgehen.

Er konnte noch eines tun, nämlich die Gemächer seiner Mutter aufsuchen und sie zur Rede stellen. Von der alten Mab wusste er, dass sie wach und in Sorge war.

Er sollte zu ihr gehen, entschied er stirnrunzelnd. Tosh hatte ihm davon berichtet, dass Catherine die kränkelnde Frau in den Park gebracht hatte. Dabei hatte er auch erfahren, dass Lady Anne der Nachmittag bei frischer Luft und in der Gesellschaft seiner Gemahlin nicht geschadet hatte. Im Gegenteil, die alte Mab hatte ihm anvertraut, dass die Gräfin so guter Stimmung war wie schon lange nicht mehr.

Er sollte sie aufsuchen und mit ihr reden. Er könnte sie zumindest fragen, ob sie eine Ahnung habe, was in Catherine Percys hübschem Köpfchen vorgegangen sein mochte.

Es war seltsam, aber die Grafenwitwe schien an Catherine Gefallen zu finden. Seine Mutter war nie sonderlich überschwänglich im Umgang mit seinen Frauen gewesen. Und obschon ihm die wachsende Zuneigung zwischen den beiden gefiel, war und blieb seine Mutter ihm ein Rätsel. Sie wusste mehr über Adam of the Glen, als sie preisgab, und ihr Schweigen zehrte allmählich an seinen Nerven.

Nein. Im Augenblick hatte er nicht die Geduld für Lady Annes Monologe, da sie ihn gewiss mit Vorwürfen überhäufen würde. Er hatte sie zweifellos verdient, aber nicht die Zeit, tatenlos herumzusitzen. Höchstwahrscheinlich wusste seine Mutter auch keine Antwort, die ihm dienlich sein konnte; stattdessen würde sie ihn schonungslos kritisieren, dass er der Liebe seiner Gattin unwürdig sei.

Als er erkannte, dass er sich zur falschen Zeit über die falschen Dinge Gedanken machte, kehrte Athol um und trat den Weg in das Kellergewölbe an. Es schien ihm zwar ausgeschlossen, dass Catherine in einem der Tunnel war, dennoch wollte er nichts unversucht lassen. Auf dem Weg durch den Rittersaal verlangte er nach Fackeln, dann strebte er ungeduldig weiter. Er wollte persönlich alle drei Falltüren und die davon abzweigenden Tunnel überprüfen.

Und Gott stehe ihr bei, wenn er sie dort unten fand!

Sir Arthur Courtenay maß die beiden abtrünnigen Schotten, die in ihrer eigentümlichen Hochlandtracht vor ihm standen. Er war sich sicher, dass diese Halunken seine Befehle ausführen würden, dennoch sähe er sie lieber am Galgen als vor seinen Augen.

Der Statthalter des Königs hatte sich vor dem Kamin des heruntergekommenen Herrenhauses aufgebaut, das er in Besitz genommen hatte, und brüllte seine Anweisungen so lautstark, dass die beiden sie gar nicht überhören konnten. Noch bevor er geendet hatte, wurde sein Augenmerk auf einen seiner herannahenden Offiziere gelenkt.

»Er ist eingetroffen, Mylord, genau, wie Ihr es vorausgesehen habt.« Der Soldat warf einen angewiderten Blick in Richtung der Highlander.

»Hast du ihn aufgehalten?«

»Gewiss, Mylord. Er ist im Hof und recht aufgebracht, weil wir ihn so behandeln.«

»Es kümmert mich nicht, wie du ihn behandelst. Lenke ihn einfach ab. Was hat er gesagt?«

»Nichts, bis wir ihn umzingelt haben. Daraufhin hat er gestammelt, dass Eure Lordschaft die Landkarten nicht ohne ihn einsehen dürfe. Er ›besteht‹ darauf, Mylord, zu erfahren, was man gefunden hat.«

»Hast du ihm erklärt, dass er sich nicht länger in die Angelegenheiten des Königs einmischen soll?«

»Ja, das habe ich getan, Mylord, und die Burschen halten sich den Bauch vor Lachen, weil er einen solchen Wirbel veranstaltet. Er verlangt, Euch umgehend zu sehen.«

Der Statthalter des Königs richtete sich zu seiner vollen Größe auf und funkelte sein Gegenüber an. »Dann sag dem Mönch, er soll sich zur Hölle scheren, denn der König hat keine Verwendung mehr für seinen nutzlosen Kadaver.«

»Ich habe versucht, ihn zu kränken, Mylord, aber er …«

»Es gibt andere Mittel und Wege, Soldat!«

»Sicher, Mylord, aber er ist ein Geistlicher und die Männer …«

»Wenn dieses Dreckschwein dich belästigt, dann schlag ihm die Zähne aus, *aber halte ihn von mir fern!*«

Der Offizier nickte und strebte aus dem Saal. Der Statthalter wandte sich zu den beiden wartenden Männern.

»Verwendet jede nur erdenkliche List. Heuert so viele Helfershelfer an, wie ihr braucht, für den Fall, dass ihr sie gewaltsam herschleifen müsst. Aber bringt sie zu mir. Habt ihr mich verstanden?«

Die beiden Soldaten nickten bekräftigend.

»Mit guten Pferden sind wir in der Lage, das Mädchen innerhalb von zwei Wochen herzuschaffen«, meinte einer, als sie sich zum Gehen wandten.

Sobald er allein war, entfernte sich Sir Arthur vom Kamin und blickte missmutig auf die grob skizzierte Karte, die neben einer kleinen, geöffneten Truhe auf dem Tisch lag. Dieser Fund hatte das Fass zum Überlaufen gebracht, denn die hinterlistigen Biester hatten die Truhe im Misthaufen versteckt, auf seinem eigenen Anwesen wohlgemerkt!

Mit kreidebleichem Gesicht starrte er darauf. Die neue Landkarte wies eindeutig den nächsten Punkt dieser nicht enden wollenden Jagd aus. Dort, auf seinem Gut im Süden von Yorkshire, prangte ein leuchtend rotes X inmitten des Friedhofs seiner eigenen Ahnen.

In der Tat, jetzt reichte es ihm. Nun, er hatte weder vor, nach Yorkshire zu reisen, noch sonst wohin. Zum Teufel, er hatte es endlich satt, sich von diesen drei Frauenzimmern an der Nase herumführen zu lassen.

Sir Arthur Courtenay drehte sich um und starrte in die Flammen. Es wurde Zeit, dass er es diesen Percy-Weibern heimzahlte.

John Stewarts Überprüfung der beiden ersten Falltüren und der entsprechenden Gänge hatte zu nichts geführt. Auf seinem Rückweg verharrte er im Hof, da Tosh und seine Männer durch die Tore einritten. Kalt und grau brach der Morgen an, starke Regenfälle setzten ein. Athol bemerkte es nicht einmal.

»Nichts, Mylord!« Der erfahrene Krieger sprang von seinem Pferd. »Im Gebirge war alles ruhig. Keine frischen Spuren rings um die Burg. Andererseits leuchtet mir nicht ein, wie sie …«

»Was ist mit dem Dorf? Irgendwelche neuen Gesichter? Irgendetwas?«

»Wir haben alles durchkämmt, Mylord. Jede Hütte, jeden Stein, jeden Pfad! Sie ist wie vom Erdboden verschluckt!«

John Stewart starrte zu seinem Gefolgsmann, das Blut pulsierte in seinen Schläfen. Ihm war, als ob sein Herz vor Pein aufschrie, und er wusste nicht, was er als Nächstes unternehmen sollte. Im Gegensatz zu seiner Gemahlin war er kein frommer Mensch. Aber, bei allen Heiligen, in diesem Augenblick suchte auch er göttlichen Beistand. Insgeheim sandte er ein Stoßgebet gen Himmel.

»Ich werde meine Mutter befragen«, murmelte er eher zu sich selbst. Blieb ihm noch eine Wahl?, überlegte er. Er stieg die Stufen hoch und betrat den großen Saal.

»Vielleicht sollte ich Mistress Susan bitten, die Grafenwitwe darauf vorzubereiten.«

Toshs Vorschlag war nicht von der Hand zu weisen. Das Letzte, was er jetzt tun durfte, war, seine Mutter mit der Nachricht zu erschüttern, dass Catherine unauffindbar blieb.

»Ja. Spute dich. Zuvor muss ich noch einer Sache nachgehen. Richte Susan aus, dass ich die Grafenwitwe in Kürze aufsuchen werde.«

Als Tosh verschwand, schweifte Athols Blick durch die inzwischen menschenleere Halle und er dachte unversehens an die zurückliegende Zeit. An das erste Mal, da er sie hier ertappt hatte, auf der Suche nach etwas Essbarem. An den Augenblick, da er sie als seine Gemahlin in diesen Saal geführt hatte.

An ihr hübsches, lächelndes Gesicht, als sie den gestammelten Treueiden seiner Untergebenen gelauscht hatte. Das war beinahe zu viel für ihn und er flüchtete sich ins Stiegenhaus.

Innerhalb von Augenblicken stand er vor ihrer Tür. Vor seinem geistigen Auge sah er sie beide, wie sie sich am Fenster liebten, und wieder betörte ihn ihr zauberhaftes Lächeln. Jene nachtblauen Augen, die sein Herz mit einem Bann belegt hatten. Einen so makellosen Körper wie den einer Göttin, der ihn fast um den Verstand brachte.

Er verharrte vor der geschlossenen Tür, atmete tief ein. Nie würde er vergessen, wie ihre Seele sich ihm seit jenem Tag ihrer ersten Begegnung geöffnet und ihm Einblicke in ihre intimsten Gedanken gewährt hatte.

Und obschon sie verschwunden war, spürte er ihre Gegenwart. Er fühlte sie, und es quälte ihn noch mehr, dass er sie nicht finden konnte. Es ist, sinnierte er betrübt, wie ein nicht enden wollender Albtraum.

Eine Hand auf ihre Tür gelegt, spähte er zu dem Fenstersims und wünschte sich, sie wäre dort. Der Himmel war grau, und er flehte aus tiefstem Herzen, sie möge doch zu ihm zurückkehren. Wieder ein Teil von ihm sein. Für immer und ewig bei ihm bleiben.

»Catherine!« Unwillkürlich stieß er an die Tür, die überraschend aufsprang.

Er musste nicht durch die Dunkelheit spähen oder eintreten, um zu erfahren, dass sie zurückgekehrt war.

»Catherine!«

»Ich bin hier, John.«

Leise durchdrang ihre Stimme die Dunkelheit ihrer Kammer. In diesem Augenblick war er sich recht sicher, dass seine Ohren noch nie solch zauberhafte Klänge vernommen hatten.

Sogleich war er an ihrer Seite, nahm sie in seine Arme, schmiegte sie fest an sich.

»Catherine.«

Ihr Körper erbebte. Ihr Mund war so gierig wie der seine, und als sich ihre Lippen fanden, wurden seine Gebete auf einen Schlag erhört. Während sein Mund zu strafen suchte und doch Erfüllung fand, streiften und kosten seine Hände ihren Körper, vergewisserten sich, dass sie unversehrt war. Dass sie kein Trugbild seiner Fantasie war.

Er drückte sie stürmisch an sich und hauchte ihr ins Ohr: »Catherine! Wo bist du gewesen?«

»Pst! Halt mich einfach nur fest.«

Sie war verwirrt, beinahe körperlich spürte er ihre Betroffenheit.

Athol setzte sich auf das Bett, zog sie auf seinen Schoß und wiegte sie in seinen Armen. Nicht nur sie sehnte sich nach dieser Umarmung. Auch er brauchte ihre Nähe. Er konnte es immer noch nicht fassen, dass sie real war. Dass seine Gemahlin wirklich zurückgekehrt war.

Während sie schweigend verharrten, gewann er schlagartig eine Erkenntnis, die ihn für immer verändern würde – ohne sie war er ein gebrochener Mann. Er fühlte sich nur wohl, wenn sie an seiner Seite weilte. Sie gehörte zu ihm, so wie er zu ihr gehörte. Catherine besaß ihn und seine Liebe, ja, sie beherrschte seine Seele.

»Catherine!«, hub er schließlich an. Er hörte die Besorgnis aus seiner eigenen Stimme heraus, obschon er sich etwas beruhigt hatte. »Wo bist du gewesen, mein Schatz?«

»Ich … ich musste meine Kammer aufsuchen.«

Athol erstarrte. Er spürte den dunklen Schatten, der sich zwischen sie schob. Ihr Stammeln strafte ihre Antwort Lügen. Er schob sie von sich und versuchte trotz der Dunkelheit, in ihren Augen zu lesen. Im Verlauf der Nacht hatte er zu vieles durchlitten, um weitere Darbietungen dieser Art verkraften zu können. Unmerklich zitternd klammerte sie sich an seinen Arm.

»Du hast mein Bett verlassen, bist aber nicht in deine Kammer zurückgekehrt. Catherine, was soll das Ganze? Wo warst du?«

Eilende Schritte, die vor ihrer geöffneten Tür verharrten, ließen beide zusammenfahren, und Athol wandte sich harsch um, erzürnt über den Eindringling. Tosh stand mit einem brennenden Kienspan auf der Schwelle. Das Entsetzen in den Zügen des Soldaten verwandelte sich in Betroffenheit, als er die Gattin des Lehnsherrn gewahrte. Athol wirbelte herum und betrachtete Catherine.

»Beim heiligen Andreas!«, schnaubte er. »Was ist das?«

Sie sah entsetzlich aus. Zerkratzt und blutig. Er brüllte seinem Gefolgsmann zu, den Kienspan zu bringen, dann setzte er sie auf den Bettrand und befahl Tosh, Jean zu holen.

Während er vor ihr kniete und ihr Gesicht dem Licht zuwandte, bemühte er sich, die Ursache für die blutigen Spuren herauszufinden.

»Es ist nichts!«, murmelte sie besänftigend. »Nur eine ganz kleine Unachtsamkeit … ein Dornengestrüpp …«

Gewiss, es handelte sich um Kratzer. Als seine Hand durch ihre weiche Haarpracht glitt, fand er die Dornen, die sich in ihren Locken verfangen hatten.

»Wohin bist du verschwunden? Ich habe jeden Zoll der …«

Das unvermittelte Auftauchen ihrer Kammerfrau erlöste sie von Athols Verhör. Er trat zurück vom Bett und beobachtete aufmerksam, wie Jean ihre Herrin schalt. Kurz darauf tauchte eine weitere Bedienstete mit einem Krug Wasser auf.

Athol trat ans Fenster, öffnete die Läden und spähte durch die Kammer. Die Wände waren aus dickem Felsgestein. Das eisenvergitterte Fenster bot ebenfalls keine Möglichkeit zur Flucht.

Eine der Küchenmägde erschien und schürte rasch das Feuer. Auch sie maß neugierig den Raum, sammelte Eindrücke, die sie den Burgbewohnern berichten konnte.

»Lass den Rest Holz hier und troll dich«, befahl er und schob sie durch die Tür. Catherine beobachtete ihn, dieweil Jean vorsichtig ihr Gesicht abtupfte. Er schlenderte durch die Kammer. Als er auf einem kleinen Schemel neben dem Kamin ihren Umhang entdeckte, begab John sich dorthin und betrachtete ihn genauer. Das Kleidungsstück war schmutzverkrustet, der dicke Wollstoff voller Dornen und Risse, die das von ihr eingestandene Missgeschick belegten. Aber innerhalb der Burg wuchsen keine Dornenbüsche, das wusste er genau.

Sobald er ihren Umhang aufhob, fiel sein Blick auf seinen eigenen Dolch, der unter dem Kleidungsstück lag. Er nahm die Waffe, wog sie in seiner Hand. Als er schließlich aufsah, traf er auf Catherines Blick.

Wie sehr er auch versucht war, ihr zu zürnen – enthielt sie ihm doch etwas überaus Bedeutsames vor und zog ihn nicht ins Vertrauen –, er sah nur die für ihn gehegte Zärtlichkeit und Zuneigung in ihrem Blick. Und das machte ihn schwanken, denn seine eigenen Empfindungen brodelten beinahe ungeschützt an der Oberfläche.

Er schritt aus dem Zimmer. Im Gang stand Tosh mit einigen anderen.

»Geht und bittet Susan, meine Mutter und das Gesinde zu beruhigen. Und spürt auch die alte Mab auf.« Ohne ein weiteres Wort zu verlieren, begab sich Athol wieder ins Zimmer und ans Fenster. Jean hatte Catherines Gesicht verarztet und nahm soeben saubere Kleidung aus der hölzernen Truhe. Während sie sich anschickte, seine Gemahlin anzukleiden, trat Athol zum Kamin, bückte sich und fachte eigenhändig das Feuer an.

In diesem Augenblick wünschte er sich aus tiefstem Herzen, Catherine in seine Arme zu schließen und sie in seine eigenen Gemächer zu tragen, wo er sie erst zur Rede stellen und dann lieben würde. Irgendwie musste er diesen Irrsinn verdrängen, der sein Blut in Wallung gebracht hatte, und es war ungewiss, welche der beiden Methoden besser funktionierte. Trotzdem wollte er warten, wohlwissend, dass sie vor allem Zuwendung brauchte.

Dennoch brachte er es nicht übers Herz, sie zu verlassen – um nichts in der Welt. Die Furcht, sie erneut verlieren zu können – eine Beklommenheit, die auf seiner Unkenntnis beruhte, wo sie gewesen und wie sie zurückgekehrt war –, trieb ihn an den Rand der Verzweiflung.

Auf das leise Murmeln von Catherine hin, die ihre

Zofe entließ, drehte er sich um. Er schwieg und fasste sich in Geduld, bis Jean die Kammertür hinter sich schloss. Darauf hielt ihn nichts mehr zurück.

»Catherine Percy Stewart! Von nun an sorge ich dafür, dass du ständig von einem Wachsoldaten begleitet wirst. Nach dem, was du heute Nacht getan hast, will ich dich unter gar keinen Umständen auch nur einen Augenblick allein wissen. Nach dem Schmerz, den du mir bereitet hast, als ich dich verschwunden glaubte … nach allem, was meine Untergebenen durchmachen mussten …« Er redete in einem fort, schritt auf und ab, machte seiner Verärgerung Luft und schalt sie schonungslos – anfangs jedenfalls. Doch es währte nicht lange und seine Schimpftirade verlor an Kraft und Lautstärke. Sobald er sich zwang, sie erzürnt anzufunkeln, schmerzte seine Kehle vor Rührung. Er vermochte nichts anderes zu tun, als seinen verwegenen, kleinen Engel mit Blicken zu verzehren.

Inzwischen in ein weißes, langärmeliges Nachthemd gehüllt, das gelöste Haar weich fließend wie Seide über ihre Schultern gebreitet, strahlte sie ihn an, und John Stewart verlor jegliche Lust, sie zurechtzuweisen. Er hielt inne, trat einen Schritt auf sie zu. Sogleich sprang sie vom Bett auf und warf sich in seine Arme.

Er drückte sie fest an sich, presste seine Lippen auf ihr Haar, ihre Schläfen, liebkoste die tiefen Kratzer auf ihren Wangen. »Catherine! Ich dachte, ich würde verrückt. Wo bist du gewesen?«

Sie antwortete ihm nicht gleich, worauf er erneut den stechenden Schmerz in seiner Brust verspürte. Er griff in ihr Haar, zog es sanft nach hinten und sah ihr ins Gesicht.

»Tu es nicht, Catherine! Denk dir keine Lügen aus!«

»Ich dachte, ich wäre dazu in der Lage«, sagte sie leise. »Aber ich kann es nicht.«

»Dann sag mir, wo du gewesen bist! Und warum wir dich trotz hartnäckiger Suche nicht aufspüren konnten!«

Mit der Spitze ihres Zeigefingers zeichnete sie die Konturen seines Kinns nach. »Ich habe einen geheimen Tunnel entdeckt.«

»Der am Ende der Treppe von diesem Burgflügel?« Das war der einzige, den er nicht überprüft hatte.

»Ganz recht.« Sie nickte. »Ich bin bis zu seinem Ende gegangen.«

»Dieser Tunnel ist versperrt. Auf diese Weise konntest du nicht ins Freie gelangen!«

»Doch! Hoch oben in der Wand, die den Gang blockiert, befindet sich eine kleine Öffnung. Ich bin hindurchgeschlüpft. Ich gelangte ans Ende, wo Dornenbüsche den Durchlass zu der Höhle versperren. Ich habe sie nicht gesehen, und ehe ich noch wusste, was geschah, hatte ich mich darin verfangen.«

Er wusste, dass sie die Wahrheit sagte. Bislang jedenfalls.

»Deshalb habe ich die Kratzer im Gesicht. Und das schmutzige Gewand.«

»Aber warum, mein Mädchen?«, warf er ungehalten ein. »Warum hast du mitten in der Nacht beschlossen, etwas so Törichtes zu tun? Und woher wusstest du von den Gängen unter der Burg?«

Den Blick gesenkt, presste sie ihre Wange fest an seine Brust. »Bitte, John. Bitte stell mir keine Fragen, die ich nicht beantworten kann. Ich hatte meine

Gründe für diese Torheit, und ich *werde* dir alles erklären … sobald ich kann.«

»Sieht so das Vertrauen zwischen Ehegatten aus?« John schob sie von sich, um abermals in ihren Zügen zu forschen. »Erwartest du, dass ich diesen Vorfall einfach vergesse und mich mit dieser ausweichenden Antwort zufrieden gebe?«

»Bitte, vertrau mir.«

»So wie du mir vertraust?« Seine Hände umklammerten ihre Schultern. »Catherine, seit unserer ersten Begegnung hast du nicht einmal getan, worum ich dich gebeten hätte. Du hast dich mir in keinster Weise gefügt. Hast du auch nur einmal auf mein Urteil vertraut? Und jetzt erwartest du von mir, dass ich stillschweigend ein Geschehnis übergehe, das womöglich sogar die Sicherheit meines eigenen Volkes gefährdet?«

Sie tastete nach seiner Hand und presste sie auf ihre Schulter. »Ich weiß, ich bin eine schwierige Frau. Ich gebe zu, dass ich eigenwillig und hartnäckig bin. Und ich habe mich mit der Tatsache abgefunden, dass ich nichts von dem verkörpere, was eine Frau für dich begehrenswert macht.«

Sie schmiegte ihr Gesicht an seinen Arm. Die schlichte Geste und ihre sanften Worte blieben nicht ohne Wirkung. Athols Groll schmolz schnell dahin, stattdessen übermannten ihn Rührung und tiefe Zuneigung.

»Aber trotz all meiner Fehler«, fuhr sie fort, »möchte ich, dass du meinen Beteuerungen Glauben schenkst, dass ich niemals etwas tun werde, was dir oder deinen Untergebenen Schaden zufügen könnte. Auch wenn du meinst, dass ich deinem Urteil keine Bedeutung beimesse, habe ich dir Einlass zu meinem

Herzen gewährt, Gemahl. Dein Platz ist an der Seite derer, die ich am meisten schätze. Ich …«

Er war so gerührt von ihren Worten, dass ihm die Stimme versagte. Mit seinen Händen umschloss er ihr liebreizendes Gesicht, sein Blick magisch angezogen von ihren geheimnisvollen Augen.

»Ich liebe dich, John Stewart.« Heiße Tränen schimmerten auf ihren Wangen, benetzten seine Finger. »Du glaubst vielleicht, ich wäre deines Vertrauens unwürdig, aber ich …«

Er küsste sie voller Leidenschaft, dürstete nach ihren Lippen, suchte seine gemarterte Seele zu erquicken.

»Was soll ich nur mit dir anstellen?« Er schob sie sanft von sich und fuhr mit seinen Fingern durch ihr Haar. Sie fühlte seine sanften Küsse auf ihrer schmerzenden Wangenhaut.

»Behalte mich bei dir! Vertrau mir! Schwöre mir, dass du mein Gemahl bleibst!«

Sie hatte nicht gesagt: Liebe mich. Und er begriff. Vor dem Hintergrund der Tatsache, dass er sich wie ein Scheusal verhalten und ihr geraten hatte, ihre Zweckgemeinschaft nicht mit einer Liebesheirat zu verwechseln, konnte er sie nur zu gut verstehen. Sie wollte nicht noch einmal zurückgewiesen werden.

Er hatte ihre Zuneigung in der Tat nicht verdient.

Ich liebe dich, Catherine! Wahrhaftig! Er dachte an dieses Bekenntnis – schrie es in Gedanken laut heraus –, indes würde sie niemals erahnen, was in ihm vorging.

Aber ihr dies jetzt zu sagen war sinnlos. Sie würde ihm nicht glauben, sondern seine Worte für bedeutungslos halten. Nein, er wollte auf den richtigen Augenblick warten. Den Augenblick, da seine Liebeserklärung ihr den Boden unter den Füßen wegziehen würde … wie es ihm bei ihr widerfahren war.

Als er erneut sprach, klang seine Stimme rau und gefühlvoll. »Ich bin dein Gemahl, und obschon ich dich seinerzeit nicht so kannte wie jetzt, hatte ich stets die Absicht, meinen Eheschwur zu beherzigen.«

»Du bist der einzige Mann in meinem Leben und wirst es immer sein.«

Mit seinem Daumen wischte er behutsam die Tränenspuren von ihren Wangen. »Ich werde dich wertschätzen, Catherine, und dich beschützen … wenn du nur willst. Und ich verspreche dir, ich werde mich deines Vertrauens würdig erweisen.«

Catherine hob die Lider und suchte seinen Blick. »Und du! Werde auch ich die *einzige* Frau in deinem Leben bleiben?«

»Meine süße Catherine.« Er lächelte voller Herzenswärme. »Ich glaube nicht, dass es eine andere Frau gibt, die mich binnen Sekunden von Verärgerung auf Verlangen umschwenken macht. Du bist meine Schwachstelle. Du hast eine Art, ohne die ich nicht mehr leben mag. Du wirst die einzige Frau in meinem Leben sein.«

Sie senkte den Blick und lächelte verschämt. Dasselbe bezaubernde Lächeln, das ihn stets faszinierte.

»John, wirst du mich verführen? Mich lieben?«

Fragend zog Athol eine Braue hoch, und als sie aufsah, blitzten ihre Augen durchtrieben auf.

»Ich muss dir noch etwas offenbaren, aber das kann ich nur, wenn ich weiß, dass du in Hochstimmung bist.«

Während er sie stürmisch in seine Arme riss, konnte John sich das Lachen nicht verkneifen. Er verzehrte sich nach ihren lächelnden Lippen und ließ sich von ihr auf das schmale Bett hinunterziehen. Reglos verharrte er, denn sie begann, ihn zu entkleiden.

»Wenn man bedenkt, was du mir letzte Nacht angetan hast, dann könnte es noch sehr lange dauern, bis ich mich wieder bester Laune erfreue.«

»Wir haben Zeit«, hauchte sie und bedeckte seine nackte Brust mit ihren Küssen. Sie löste seinen Kilt, schob ihr Nachtgewand bis zur Taille hoch und tastete nach seiner erigierten Männlichkeit. Sie koste seine Wange, murmelte in sein Ohr: »Ich tue, was immer du willst, Gemahl … ich werde deine Anweisungen befolgen … und alles tun, um dich auf die Neuigkeit vorzubereiten.«

»Es gefällt mir, wie du zu verführen verstehst. Deine Argumente sind überaus glaubhaft.«

»Und vertraue mir«, hauchte sie, als er in sie eindrang. »Alles andere wird dir ebenso gefallen.«

19

Lady Anne Stewart schickte alle fort bis auf Auld Mab. Nachdem sie die betagte Kammerfrau angewiesen hatte, die Tür zu verriegeln, richtete die Grafenwitwe sich in Sitzhaltung auf, dieweil ihre Zofe einen brennenden Talgstumpen in einen geschnitzten, hölzernen Kerzenhalter stellte.

»Hat sie ihm erzählt, wo sie gewesen ist?«

»Nicht im Beisein der anderen. Gleichwohl, nach ihrem Gesicht zu urteilen, muss sie mit einem Drachen gekämpft haben.«

»Ich wette, der Drache hat verloren.« Die alte Gräfin wies auf die große, an der gegenüberliegenden Wand stehende Truhe. »Bring sie mir her!«

Rasch begab sich die Bedienstete zu der Truhe, öffnete diese und fing an, Stapel gefalteter Leinentücher und Wäsche daraus hervorzuholen und auf dem Boden zu verteilen.

Um sie besser beobachten zu können, setzte die Grafenwitwe sich kerzengerade auf. »Ist mein Sohn noch bei ihr?«

»Gewiss, Mylady, Jean hat es mir berichtet. Und so, wie es aussieht, wird er noch einige Zeit dort verweilen.«

Ein zufriedenes Lächeln glitt über die Züge der Grafenwitwe. »Diese Catherine Percy hat mehr Einfluss auf ihren Gatten als sie vermutet! Das ist gut! Hervorragend sogar! Es ist genau das, was John braucht. Eine Frau, die so gewieft ist wie er.«

Darauf glättete Lady Anne das über ihren Schoß gebreitete Laken und nickte zustimmend, als ihre Zofe eine kleine, schmuckvolle Schachtel aus der riesigen Truhe nahm und zu ihr trug.

»War noch alles an Ort und Stelle, wie du es hineingelegt hattest?«

»Gewiss, Mylady. Getreu Euren Anweisungen.«

Die Grafenwitwe griff in den Ausschnitt ihres Bettjäckchens und zog eine lange Kette hervor. Die alte Mab half ihr, diese über ihren Kopf zu ziehen, und fischte nach dem Schlüssel.

»Gleich nach Sonnenaufgang möchte ich, dass du Catherine zu mir bringst.«

»Und was ist, wenn der Graf dann noch schläft? Ich weiß, für gewöhnlich ist er ein Frühaufsteher, aber …«

Die beiden Frauen tauschten einen wissenden Blick aus. »In diesem Fall wünsche ich selbstverständlich, dass du wartest.« Lady Anne schmunzelte. »Wenn es ihren weiblichen Reizen gelingt, ihren Gemahl ans Bett zu fesseln, obschon die Sonne hoch am Himmel steht, dann müssen wir uns in Geduld üben, ehe wir ihr dieses Pfand von ihrer Mutter aushändigen können.«

Die Grafenwitwe steckte den Schlüssel in das Schloss der Truhe und drehte ihn um. Als der Deckel aufsprang, tastete sie nach dem versiegelten Pergament, das Nichola Erskine ihr für Catherine geschickt hatte.

»Warum wollt Ihr es der jungen Frau ausgerechnet jetzt geben? Ihr hättet es doch schon früher tun können.«

Die Grafenwitwe sah auf und begegnete dem forschenden Blick von Auld Mab. Von allen Bediensteten, die sie im Lauf der Jahre gehabt hatte, war sie ihre einzige Vertraute.

»Nichola bat mich, das Dokument so lange zu verwahren, bis ich die Gewissheit hätte, dass das Mädchen in Sicherheit ist. Dass sich alles zum Guten gewendet hat.«

»Eine überaus weise Frau, als hätte sie von dem Grafen und ihrer Tochter gewusst.«

Die beiden alten Frauen grinsten einander an. »Man könnte sagen … wir beide … haben es geahnt. Darauf gehofft. Und wir haben der Sache Vorschub geleistet, so gut es eben ging. Alles andere mussten wir dem Schicksal überlassen.«

»Weiß Nichola von der Heirat?«

»Gewiss doch.« Die Grafenwitwe stellte das Kästchen neben sich auf das Laken und legte einen knochigen Finger auf ihre Lippen. »Ihre Töchter glauben, es gäbe keine Möglichkeit, um sich mit ihrer Mutter auszutauschen. Aber keine Sorge, Mab. Nichola Erskine hat ein Auge auf alle drei.«

Eine Geräuschkulisse emsiger Betriebsamkeit erfüllte die Gänge. Lautes Rufen und der Duft von frischem Brot drangen aus der Küche. Das Klirren der Schwerter von den Männern, die auf dem Turnierplatz übten.

Aber nein, nichts von alledem vermochte John Stewart zu erschüttern.

Sein Blick glitt über die Frau in seinen Armen. Er wollte seine Augen nicht von dem engelsgleichen, schlummernden Gesicht losreißen. Zum Teufel, er wollte sie nicht wecken, war sie doch so erschöpft gewesen, dass sie nach den Wonnen ihres Liebesspiels augenblicklich eingeschlafen war.

Anscheinend hatte es aufgehört zu regnen, denn der Himmel vor dem Fenster klarte auf. Als sein Blick durch die kleine Kammer schweifte, fiel ihm wieder der Umhang auf und er betrachtete ihre zahlreichen Hautabschürfungen. Er zweifelte nicht an dem, was sie ihm erzählt hatte. Dennoch verwirrten ihn ihre Beweggründe, und er war fest entschlossen, ihr die Fragen zu stellen, die er infolge ihres leidenschaftlichen Geplänkels verdrängt hatte.

Athol beugte sich über ihr Gesicht, berührte vorsichtig den tiefen Kratzer an ihrer Schläfe und hauchte einen zärtlichen Kuss auf die Stelle. Der Schmerz, der ihn bei dem Gedanken an ihr Martyrium übermannte, war unbeschreiblich. Vor ihr hatte er viele andere Frauen gekannt. Er hatte Leidenschaft erfahren, körperliches Begehren. Catherine indes hatte weitaus mehr in ihm erweckt. Sein ständiges Verlangen nach ihr, das Bedürfnis, bei ihr sein zu wollen und alles mit ihr zu teilen, war völlig neu für ihn. Und all das bewies, dass er die Liebe seines Lebens gefunden hatte – dessen war er sich vollkommen sicher.

Und irgendwie musste er ihr das vermitteln. Er sollte es ihr eingestehen. Schließlich wollte er, dass sie seiner Liebeserklärung genauso Glauben schenkte wie er der ihren.

Er beobachtete, wie ihre Lider zuckten und sich hoben. Ihre nachtblauen Augen suchten sein Gesicht. Unvermittelt schnellte ihr Kopf von seinem Arm hoch.

»Es ist schon Tag! Ich vergaß, dein Bett zu verlassen.«

Lächelnd drehte er sich auf den Rücken, zog ihren Körper auf den seinen und genoss das Gefühl ihrer Haut auf seiner. Sein Mund streifte ihre Lippen.

»Du wirst deiner Geheimniskrämerei untreu.« Seine Hände glitten über ihre wohlgeformten Rundungen und sie drängte sich an seinen Körper. »Wie du sehen kannst, ist dies dein Bett und deine Kammer. Ansonsten musst du dich an die Vorstellung gewöhnen, dass ich dich von nun an verfolgen werde … solltest du mitten in der Nacht mein Bett verlassen.«

Mit einem Anflug von Verdrossenheit kämpfend, spähte sie durch den Raum, gewahrte die verglühten Holzscheite im Kamin, die auf dem Boden verstreuten Kleidungsstücke. Darauf verengten sich ihre Augen zu Schlitzen.

»Ich nehme an, ich bin eingeschlafen.«

»Nicht so vorschnell.« Behutsam zog er ihr das Laken von den Schultern und maß anerkennend ihre üppigen Brüste, die sich verführerisch an seinen Leib schmiegten. »Gewiss doch, du bist eingeschlafen. In der Tat waren unsere Körper noch vereint, als du ins Reich der Träume gesunken bist.«

»Und du hast dich erkühnt, mir mein Nachtgewand auszuziehen?«

»Ganz recht.« Er liebte es, wenn sie ihre Arme um seinen Nacken schlang und sich dicht an ihn schmiegte. »Ich dachte, wenn ich dich in meinen Armen hielte – nackt, wie Gott dich schuf –, dann wäre das von Vorteil für mich.«

»Von Vorteil?« Lächelnd koste sie sein Kinn.

»Ja! Wenn ich an das kalte, zugige Loch denke, das du als Schlafkammer bezeichnest, dann meine ich, dass du schon allein wegen meines wärmenden Körpers bei mir bleiben solltest.«

Einmal mehr bedachte Catherine ihn mit ihrem betörenden Lächeln. Und jedes Mal, sinnierte er mit Genugtuung, fühlte er sich wie ein verliebter Chorknabe.

»Solltest du nicht längst hellwach und auf den Beinen sein?« Wohlig streckte sie sich auf seinem Körper, küsste seinen Hals, sein Kinn, seine Brust.

»Fühlst du es denn nicht, Eheweib? Ich bin hellwach.«

»Das fühle ich, mein Gemahl. Aber hast du nicht auch Soldaten, deren Arbeit du überwachen solltest? Bauern, deren Auseinandersetzungen du schlichten musst? Fasane und Wild, das gejagt werden will?«

»Gewiss! Das und vieles andere. Aber allem voran habe ich eine Frau, die verführt werden will.« Er rollte sie herum, bis sie unter ihm zu liegen kam. Dann senkte er den Kopf und streifte mit seiner Zunge ihre Brüste. Deren Spitzen wurden hart, und er verharrte, saugte an beiden Knospen.

Catherine wälzte sich auf den Laken, stöhnte ihm leise ins Ohr, zuckte unter seinem Gewicht.

Athol hob den Kopf. »Ich würde sagen, das ist der wichtigste Teil meines Tagwerks. Meine Frau zu befriedigen.« Sie erbebte, da seine Hand über ihren Körper glitt und ihre feuchten Tiefen ertastete. Stöhnend schmiegte sie sich an seine Finger, die ihren Freudenquell liebkosten.

»Du darfst nicht vergessen, dass ich als Vertreter der Krone alles daransetzen muss, meinem Volk … und meinem König … den fünften Grafen von Athol zu schenken. Einen Erben zu zeugen ist keine leichte Aufgabe, noch dazu einen adligen, also darf ich nichts unversucht lassen. Diese Pflicht dürfen wir nicht vernachlässigen, mein Mädchen. In der Tat sollten wir uns dem entschieden häufiger widmen.«

Einige Augenblicke verstrichen, ehe sie die Bedeutung seiner scherzenden Worte gewahrte, dann war sie plötzlich ganz still. Er hob den Kopf, bemerkte ihren verklärten Blick, ihre rosig überhauchten Wangen.

»Was ist denn, Catherine?« Besorgt, dass er sie gekränkt haben könnte, rutschte er hastig beiseite und streichelte ihr Gesicht. »Wie fühlst du dich?«

Nachdenklich nagte sie an ihrer Unterlippe.

»Da ist etwas, was ich dir letzte Nacht schon sagen wollte.«

»Wenn das alles ist«, seufzte er erleichtert. »Nun, es ist noch nicht zu spät, mein Schatz. Du kannst es mir jetzt sagen.«

Den Blick auf ihn geheftet, atmete Catherine tief ein.

»Dein König wäre stolz auf dich, Mylord, denn ich trage bereits deinen Erben unter dem Herzen!«

Die Folter ist nichts für zimperliche Zeitgenossen, gleichwohl hätte man weder dem königlichen Statthalter noch seinen Helfershelfern einen schwachen Magen bescheinigt.

Und in der Tat, die Geräusche, die aus einer nahen Kammer drangen, zauberten ein befriedigtes Grinsen auf Arthur Courtenays Gesicht. Das klang nach Fortschritten, sann er. Gott sei Dank!

Während er stehen blieb, um dem Abt von Jervaulx den Vortritt in die kleine Zelle zu gewähren, tauchte unversehens ein Mönch auf, den man im Nebengelass verhört hatte. Blutüberströmt, nackt und auf allen vieren schleppte sich der Geistliche aus der Zelle und brach auf dem Steinboden des engen Gangs zusammen. Ihm folgte ein schwitzender Hüne, eine blutbefleckte Peitsche in der Hand.

»Glaubt nicht, dass Ihr uns so bald verlasst.« Der Peiniger spie angewidert aus, noch ehe er die kleine Gruppe hinter sich gewahrte, und verbeugte sich schuldbewusst. »Verzeiht mir, Mylord.«

Der Abt wollte einen Schritt auf den verletzten Mann zutreten, doch der königliche Statthalter versperrte ihm den Weg. Verständnislos maß ihn der Geistliche für Augenblicke, dann senkte er den Kopf, murmelte etwas auf Lateinisch und schlug das Kreuz für seinen gefallenen Mitstreiter.

»Spart Euch Eure Segnungen, Abt, die Ihr vielleicht noch selber brauchen könnt, bevor dieser Tag geendet hat.«

Der weißhaarige Priester reagierte nicht auf diese Drohung, sondern fuhr in seinem Gebet fort. Er warf dem zusammengekauerten Mönch einen letzten Blick zu, dann betrat er vor Sir Arthur die Zelle.

Der königliche Statthalter, der ihm folgte, trat zu einem kleinen, drahtigen Mann, der, bis zur Taille entblößt, breitbeinig über dem gemarterten Körper eines weiteren Mönchs stand. Der Geistliche schien bewusstlos, seine Handgelenke waren über seinem Kopf an einem Eisenring festgezurrt, den man in das Mauerwerk getrieben hatte.

»Seht Ihr, was Euch erwartet, Abt?«

Der in sich zusammengesackte Mönch regte sich. Eine Hand zuckte, ein Fuß schabte über den schmutzigen Boden, und er hob den Kopf, bemüht, einen Blick auf die Ankömmlinge zu erhaschen. Seine Augen waren fast gänzlich zugeschwollen.

»Alle Menschen teilen dasselbe Los, Sir Arthur«, erwiderte der Abt, über den übel zugerichteten Mönch gebeugt. »Die Frage ist nur: Was erwartet uns danach?«

»Versucht ja nicht, mich mit Ammenmärchen einzuschüchtern.« Er trat an das nackte Bein des Mönchs. »Dieser hochmütige Tor hat mich genarrt und meine Geduld zu lange auf die Probe gestellt.«

Der Abt hüllte sich in Schweigen, doch der gefolterte Mönch öffnete den Mund und zusammenhanglose Worte drangen über geschwollene, aufgeplatzte Lippen.

»Nicht so sprachgewaltig heute, scheint mir.« Sir Arthur funkelte den Mann an, dann wandte er sich wieder dem Abt zu. »Ich sage Euch eines, Alter. Als Stellvertreter des Königs bin ich nur einem Mann auf dieser Welt Rechenschaft schuldig. Und mein heiliger Eid gegenüber dem englischen König – ernannt von Gottes Gnaden – verlangt von mir, dass ich seine

Wünsche befolge.« Courtenay packte den alten Mönch und zog ihn hoch, bis er ihm direkt ins Gesicht blicken konnte. Seine raue Stimme war kalt und brutal. »Und er *wünscht*, dass der Schatz des Tiberius an ihn geht.«

»Nicht … der … König …«, röchelte der Mönch. Er hustete, Blut spritzte auf den Boden und auf die Soutane des Abts. Mit letzter Kraft spähte er anklagend zu dem Statthalter. »Sondern … Ihr! Nicht … der König …«

Der Abt wandte seine Augen von dem glasigen Blick des Mönchs zu der kalten, hochmütigen Miene des Adligen. »Ich weiß nichts von einem Schatz. Diesem … diesem Schatz des Tiberius. Ich habe keine Ahnung, wovon Ihr sprecht.«

»Ihr lügt!«, schnaubte Courtenay und stieß den Gottesmann zu Boden, neben den anderen. »Diese Percy-Biester haben das Loch nicht erst am Tag ihres Aufbruchs gegraben. Sie wussten genau, dass man ihnen nachspionierte … und sie haben Schritte unternommen, um den Schatz zu verbergen.«

»Ich beteure noch einmal, ich weiß nicht, was …«

»Ich habe einzig von diesem Schatz erfahren, weil mich dieser Mönch bat … nein, anflehte, ihm zu schildern, was ihr Vater wusste!« Sir Arthur riss den betagten Mann am Kragen hoch und starrte ihn drohend an. »Wenn ich nicht der Hanswurst in diesem Spiel sein sollte, wer dann?«

Der Abt gaffte ihn verständnislos an.

»Erst heute Morgen habe ich erfahren, dass sie über Wochen hinweg die Abteien und Klöster in den nördlichen Grafschaften bereisten. Versucht nicht, mir weiszumachen, dass Ihr nicht wusstet, wo sie sich aufhielten und wann sie von Eurer Abtei aufbrachen ... oder dass Ihr ihnen niemanden nachgeschickt hättet!«

Der Statthalter drehte sich um, versetzte dem Abt einen brutalen Schlag auf den Kopf und stieß ihn gegen die raue Steinwand. Verdutzt nach Atem ringend, sackte der Alte neben dem blutüberströmten Mönch zusammen. Blut sickerte aus seiner Schläfe.

»Vom ersten Augenblick an, seit ich von diesem Schatz erfahren habe, habt Ihr mich samt und sonders genarrt. Aber jetzt bin ich mit meiner Geduld am Ende. Die Zeit ist reif. Ich habe bereits Männer entsandt, die diese Percy-Schlampen zu mir bringen sollen. Ihr beide und sie werden mir berichten, was ich wissen muss.«

Trotz Folter und Schmerz verzog der an der Wand gefesselte Mönch sein Gesicht zu einer grässlichen Grimasse, die an ein Lächeln erinnerte. »Ihr gesteht es ein ... Ihr seid es ... Ihr allein ... und Ihr wisst nicht ... wisst nicht ...«

Der königliche Statthalter baute sich vor ihm auf. »Ihr meint, Ihr könnt den Tod herauszögern, indem Ihr mich weiterhin narrt? Nein, mein hochmütiger Freund. Euch erwartet mehr Pein, als Ihr je für möglich hieltet.«

»Ich weiß ... dass ... Ihr mich nicht töten werdet. Ihr ... wisst nicht ... was sich hinter diesem ... diesem Schatz verbirgt.«

Angewidert verzog der Gefolgsmann des Königs den Mund. »Hochmut kommt vor dem Fall. Wir werden uns einen Spaß daraus machen, dass Ihr schreit. Denn jetzt habe ich den berühmten Abt an meiner Seite und er kann ...«

»Ich weiß nicht, wovon Ihr beide da redet, Sir Arthur.« Tief bestürzt rang der Abt nach Atem.

»Ganz recht, die Percy-Mädchen waren eine Zeit lang meine Schutzbefohlenen. Aber dieser … dieser Schatz? Bei der Heiligen Jungfrau, ich weiß von keinem Schatz!«

Der Mönch ließ seinen Kopf an die Steinwand sinken und lachte gepresst. »Ihr wisst … nichts … er weiß nichts. Es ist … ein Geheimnis!«

Der königliche Statthalter versetzte dem Mönch einen brutalen Hieb, worauf sein entstelltes Gesicht erneut zu bluten anfing.

»Ich weiß alles, was ich wissen muss. Ihr selbst habt es mir berichtet. Der Schatz des Tiberius ist der größte Schatz der Christenheit! Viele haben gemeuchelt, um ihn in ihren Besitz zu bringen, habt Ihr mir erklärt.« Er senkte seine Stimme zu einem heiseren Flüstern. »Er war der eigentliche – wenn auch heimliche – Grund für einen lange währenden Kreuzzug, habt Ihr gesagt. Aber das Versteck … nun, das ist das Geheimnis, meintet Ihr. Bis diese Percys …«

»Ihr … wisst … nichts! Seinen Wert … sein Versteck … Narr.«

Arthur Courtenay schlug mit der Faust in das Gesicht des Mönchs, worauf dessen Kopf zur Seite schnellte. Blut spritzte durch die Zelle.

»Nun, Ihr zwei hinterhältigen Hurensöhne, Ihr beide werdet mir jetzt verraten, was ich wissen muss, bevor die erste dieser Schlampen auf mein Lehnsgut gebracht wird.« Mit einem Kopfnicken bedeutete Sir Arthur seinem Folterknecht, neben den Abt zu treten. »Und keine Ausflüchte! Noch ehe ich mit Euch fertig bin, werdet Ihr preisgeben, was Ihr über den Schatz des Tiberius wisst – und diese Weibsstücke werden mich auf Knien anflehen, mich zu seinem Versteck führen zu dürfen!«

Als die schweren Damastvorhänge aufgeschoben wurden, fiel das Licht der späten Morgensonne in die Kammer und verdrängte die Düsternis.

Nach einem zustimmenden Nicken in Richtung der Kammerfrau, die verunsichert neben den Fensterläden stand, legte Catherine freundschaftlich eine Hand auf Susans Ärmel und flüsterte ihr etwas ins Ohr. Die junge Frau nickte und eilte wortlos aus dem Raum.

»Catherine Stewart!«, schalt die Grafenwitwe, die vor einem Berg Kissen in ihrem Bett thronte. »Es gefällt mir gar nicht, dass ich schon vor deinem Besuch unter Druck gesetzt werde.«

Catherine lächelte Auld Mab zu, die sich im Aufbruch befand. Die betagte Frau verharrte gerade lang genug, um eine junge Dienstmagd aus der Kammer zu scheuchen. Dann waren die Grafenwitwe und Catherine allein.

»Schwiegermutter, ich wollte dich nicht unter Druck setzen, sondern dir Vorschläge für einen so herrlichen Tag unterbreiten.«

Die Grafenwitwe rutschte ein Stück zur Seite und klopfte dann neben sich auf das Bett. Gehorsam trat Catherine zu ihr und setzte sich auf den Bettrand.

»Und ich vermute, du hältst es für einen gelungenen Vorschlag, mich erst zu blenden, indem du die Vorhänge zurückziehen lässt, und dann in den Garten zu schleifen, wo ich mir dann den Tod holen werde?«

Mit einem strahlenden Lächeln legte Catherine eine Hand auf Lady Annes Rechte. »Weißt du, dass du mich zum ersten Mal mit dem Familiennamen meines Mannes angeredet hast?«

»Du suchst das Thema zu wechseln.«

»Nein, Schwiegermama. Ich freue mich über diese Auszeichnung.«

Lady Annes graue Augen wurden sanft, als sie auf Catherines trafen. »Du trägst ein Kind unter dem Herzen. Ein Kind aus meiner eigenen Blutlinie. Trotz all deines Eigensinns und deiner offensichtlichen Gleichgültigkeit gegenüber meiner Gesundheit habe ich entschieden, es mit dir auszuhalten.«

Catherine lachte befreit. Sie streifte ihre weichen Schuhe ab, kletterte auf das Bett und ließ sich im Schneidersitz nieder. »Ich habe es ihm erzählt.«

»Inwieweit?«

»Alles.« Strahlend flüsterte sie: »Ich habe ihm gestanden, wie sehr ich ihn liebe, und ihm enthüllt, dass ich schwanger bin.«

Die alte Dame kniff die Lider zusammen. »Und?«

Catherine riss erstaunt die Augen auf. »Das war alles! Ich dachte, das reichte.«

»Wahrlich, für einen Mann! Aber ich will wissen, wie er es aufgenommen hat!«

»Ich *meine*, es hat ihn gefreut.« Catherine hörte die Ungewissheit aus ihrer Stimme heraus.

»Ich wusste es! Ich hätte ihn als Kind häufiger züchtigen müssen! Dieser verwöhnte, ungehobelte Bengel! War das alles, was er gesagt hat? Dass er sich freut?«

Catherine biss sich auf die Unterlippe und beobachtete das zornumwölkte Gesicht der Gräfin. Vergleichbares hatte sie bereits in Athols Zügen gewahrt. In mancherlei Hinsicht war er eindeutig der Sohn seiner Mutter.

»Ich denke, du bist zu streng mit ihm«, murmelte Catherine schließlich.

»Bin ich das?«

»Als ich ihm eingestanden habe, dass ich ihn liebe … nun … er war zärtlich … liebevoll. Und die Enthüllung, dass er Vater wird … Wahrhaftig, ich denke, er war zu verdutzt, um sich zu äußern. Er war … ruhig, nachdenklich. Und so habe ich beschlossen, seine Reaktion als Freude zu werten!«

In der Tat, je mehr Catherine über die erste Reaktion ihres Gatten nachdachte, umso besser konnte sie diese nachvollziehen. Gewiss, er war höflich gewesen, hatte genickt und sich zu einem Lächeln gezwungen – er hatte sie sogar umarmt und gemurmelt, wie schön das alles sei. Und dann war er in tiefes Grübeln verfallen und hatte offensichtlich überlegt, was das alles bedeuten mochte.

»Dann bist du ihm also nicht böse, mein Kind? Du wirst nicht nach Elgin aufbrechen oder zu Fuß zur Grenze flüchten, um deine Mutter zu suchen, weil er dich so behandelt hat?«

Catherine drückte Lady Annes Hand. »Nein, Mylady. Ich glaube, meine Mutter hat genug eigene Probleme. Gewiss verspürt sie nicht das Bedürfnis, sich die täglichen Querelen ihrer frisch vermählten Tochter anzuhören. Tut mir Leid, dass ich dich enttäuschen muss, Schwiegermama, aber ich bleibe hier.«

»Auch gut!«, erwiderte diese und schob Catherines Hand fort, während sie sich erfolglos bemühte, ihre Freude über Catherines Enthüllungen zu verbergen. Dann wies sie auf die kleine Truhe auf dem Nachttisch neben ihrem Bett. »Stell sie zwischen uns.«

Mit einem fragenden Blick zu der alten Dame tat Catherine, wie ihr geheißen. Dann setzte sie sich wieder auf das Bett und verfolgte, wie die Grafenwitwe eine Kette von ihrem Hals löste. Während Lady Anne an dem Schlüssel nestelte, fiel Catherine ein weiteres Gespräch ein, das sie noch nicht abgeschlossen glaubte.

»Weißt du, wo dein Gemahl Adam hinbrachte, nachdem du ihn gebeten hattest, das Kind fortzuschaffen?«

Lady Anne funkelte sie erzürnt an. »Junge Frau, du bist nicht hier, um über Adam of the Glen zu reden! Und ich wünsche nicht, dass sein Name je wieder erwähnt wird in meiner Gegenwart! Ist das klar?«

Catherine schüttelte energisch den Kopf. »Tut mir Leid, aber damit bin ich nicht einverstanden, Mylady! So lange dieser Mann meinen Gemahl peinigt und ...«

»Ich habe etwas für dich. Von deiner Mutter.«

Die Äußerung der alten Gräfin ließ Catherine sogleich verstummen. Ihr Blick wanderte von dem Gesicht der Adligen zu dem Schlüssel, der am Ende der Kette baumelte, und dann zu der Truhe zwischen ihnen.

»Sie veranlasste einen Kurier, mir das zu bringen – unmittelbar nachdem ich ihr die Nachricht zukommen ließ, dass mein Sohn dich zu dieser Eheschließung gezwungen hat.«

»Du weißt eine Möglichkeit, mit meiner Mutter zu korrespondieren? Du kennst ihren Aufenthaltsort?«

Die Grafenwitwe winkte unwirsch ab und drehte den Schlüssel im Schloss herum. »Vergiss, was ich soeben gesagt habe, denn ich würde es selbst unter Androhung der Folter nicht wiederholen.«

»Aber sie ist meine Mutter, Lady Anne! Ich ...«

»Es ist ihr Wunsch, Catherine! Widersetz dich

nicht den Wünschen deiner eigenen Mutter! Es ist zu deinem und zum Schutz deiner Schwestern, dass sie nicht will, dass ihr Zufluchtsort bekannt wird.« Die Grafenwitwe öffnete die kleine Truhe, nahm ein schmales Päckchen aus dem Innern und reichte es ihr. »Gib dich mit dem Wissen zufrieden, dass sie aus der Ferne Einfluss auf dein Leben und das deiner Schwestern nimmt und ...«

»Was meinst du damit – sie nimmt ›Einfluss‹ auf unser Leben? Sie hat für jede von uns einen sicheren Platz in ihrem Heimatland gefunden. Willst du mir jetzt sagen, dass sie aktiv Anteil nimmt an ...«

»Gewiss, gewiss, mein Kind. Sieh es, wie du willst. Wenn du glauben magst, dass der Mond ... oder irgendein Moos ... über dein Schicksal bestimmt, dann glaube daran!« Ein geheimnisvoller Ausdruck trat in Lady Annes Züge. »Aber jetzt öffne das Paket und erlöse mich von dem entsetzlichen Fluch deiner Mutter!«

»Fluch?« Verwirrt spähte Catherine zu dem Päckchen in ihrer Hand.

»Sie schickte mir dies und gemahnte mich zu größerer Heimlichkeit als Moses bei seinem Auszug aus Ägypten. Und sie hat die Stirn besessen, mir zu schreiben, dass ich nicht sterben darf, ehe ich dich in Sicherheit weiß und dir dieses Päckchen überreicht habe.«

Catherines Finger strichen über das feine Pergament, sie spürte eine schmerzhafte Enge in ihrer Kehle. Ihre Mutter hatte dieses Dokument in den Händen gehalten!

Die Grafenwitwe sank ermattet in die Kissen. »So, nun hast du es, Schwiegertochter. Mach es auf! Ich habe getan, was man von mir verlangte.«

Rasch drehte Catherine sich um und ließ das Päckchen in den Schoß der Gräfin fallen.

»Wenn du glaubst, dass du jetzt sterben kannst, nur weil du ein meiner Mutter gegebenes Versprechen eingelöst hast, dann irrst du dich.« Sie schüttelte heftig den Kopf. »Das billige ich nicht!«

»Hör auf zu plappern, du blauäugiges Gör, und öffne das Päckchen.«

»Nur wenn du aufhörst so zu reden, als hockte der Engel des Todes bereits auf deiner Bettkante.«

»Keine Sorge, mein Kind. In dieser Kammer ist kein Engel – jedenfalls sehe ich keinen! Nur ein schauerliches Geschöpf mit spitzer Zunge und genug Verstand, dass mir Angst und Bange wird!«

Catherine runzelte die Stirn. »Das finde ich überhaupt nicht lustig, Lady Anne. Ich mag dich inzwischen recht gern, und du beschuldigst mich …«

»Öffne es einfach, Catherine, bevor ich die alte Mab kommen lasse, um es ins Feuer zu werfen!«

Widerwillig nahm Catherine das Päckchen aus der Hand der Grafenwitwe entgegen, brach das Siegel und öffnete das Pergament auf ihrem Schoß. Darin befand sich ein Teil einer alten Landkarte, die sie ebenfalls auseinander faltete.

»Da sie das geschickt hat, muss sie annehmen, dass ich hier sehr sicher aufgehoben bin.«

Die alte Dame spähte auf die Zeichen und Symbole auf dem brüchigen Bogen. »Was ist das, Catherine?«, meinte sie scharf. »Der Weg nach Jerusalem?«

»Nein, Lady Anne!«, wisperte Catherine. »Das ist ein Teil der Kartenskizze zu dem Versteck, wo der Schatz des Tiberius verborgen liegt.«

»Ein Schatz?« Mit neugieriger Miene beugte die Alte sich vor. »Nun, etwas Derartiges könnte sogar noch die morschen Knochen einer alten Frau beleben.«

»Er ist überaus kostbar und befindet sich schon seit der Zeit der Kreuzzüge im Besitz meiner Familie.«

Während sie die Nachricht ihrer Mutter las, glitten Catherines Finger über die fein eingezeichneten Linien. Als sie geendet hatte, sah sie zu der alten Gräfin auf. »Obgleich ich sie nie gesehen habe, weiß ich, dass die Karte aus drei Teilen besteht. Zu gegebener Zeit werden Laura und Adrianne die beiden anderen erhalten. Und im Ernstfall – sollte meine Mutter diese schrecklichen Zeiten nicht überleben – werden wir drei gemeinsam handeln und den Schatz an einen sichereren Ort bringen.«

Die Miene der alten Gräfin verdüsterte sich vor Besorgnis. »Das klingt ein wenig verworren, Catherine … und obendrein gefährlich.«

»Es muss kompliziert sein – um das Auffinden des Schatzes für diejenigen unmöglich zu machen, die ihn unbedingt in ihren Besitz bringen wollen.«

»Wissen viele davon?«

»Ja, Lady Anne. Eine ganze Reihe von Männern weiß davon und hat sich auf die Suche begeben!« Catherine senkte ihre Stimme. »Als wir noch Kinder waren, hat man uns Geschichten von Leuten erzählt, die den Schatz des Tiberius überall suchen. Ich glaube, sie könnten sogar hier in den Highlands sein, und einige davon sind rücksichtslose, brutale Männer, die den Wert des Schatzes verkennen. Und sie schrecken vor nichts zurück. Nach ihrem Dafürhalten ist kein Leben so heilig, als dass man es nicht auslöschen dürfte, wenn es nur weiterhilft, die Trophäe an sich zu bringen!«

Die Grafenwitwe legte die Stirn in Falten, tiefe Besorgnis zeichnete ihre Züge.

»Allerdings ist da noch eine Gruppe«, fuhr Catherine fort, »die eine bessere Einstellung zu diesem Schatz hat und ihn aus anderen Beweggründen besitzen will. Und deren Vertreter hielt meine Mutter nie für hinterhältig oder grausam. Gleichwohl sind meinen Schwestern und mir die wahren Beweggründe dieser Männer nicht bekannt.«

Die alte Frau fasste die Hand ihrer Schwiegertochter und drückte sie mit ihren knochigen Fingern.

»Catherine, wie kostbar dieser Schatz auch immer sein mag, er ist es dennoch nicht wert, dass du dafür dein Leben aufs Spiel setzt. Dein Gemahl hat dich ohne jede Mitgift zur Frau genommen, und er wird dir sämtlichen Reichtum dieser Welt zu Füßen legen, solltest du es verlangen. Ich möchte, dass du in Sicherheit bist und dich von diesem Irrsinn fern hältst. Was immer du brauchst, Catherine, du wirst es bekommen, und alles, was ich besitze, gehört dir. Aber vielleicht wollen deine Schwestern ihn haben …«

Tief berührt legte Catherine eine Hand auf die der Grafenwitwe. Die Großzügigkeit der alten Dame rührte ihr das Herz, vor allem aber deren Besorgnis.

»Ich habe dies nie als Reichtum betrachtet und meine Schwestern bestimmt auch nicht. Man hat uns lediglich erklärt, dass es in unserer Verantwortung liegt, ihn sicher zu verwahren.« Catherines Blick fiel auf die Linien und Symbole. »Nun, als mein Vater vom König gefangen genommen wurde und meine Mutter uns von dem Schatz berichtete, haben meine Schwestern und ich viel Zeit damit zugebracht, eine falsche Spur zu legen, auch wenn nicht ausgeschlossen ist, dass niemand diese je verfolgen wird. Gleichwohl ist der Schatz des Tiberius nichts, was ich mir wünschen würde. Er ist viel zu umfassend, als dass ihn einer allein besitzen sollte.«

»Nun, ich bin zu alt und zu weise, um weitere Fragen zu stellen. Und das Letzte, was ich mir wünschen würde, wäre, mich noch tiefer in die heiklen Pläne deiner Mutter verstricken zu lassen.« Die Grafenwitwe schob die Truhe zu Catherine und reichte ihr Kette und Schlüssel. »Wenn du mir versprichst, nicht ohne deinen Gemahl auf eine geheimnisvolle Schatzsuche zu verschwinden, werde ich versuchen, Verständnis zu zeigen, und dich in allem unterstützen, was die Schule angeht ... oder meinen Enkel ...«

»Und mir einige Fragen hinsichtlich Athol und auch Adam beantworten?«

»Du bist ein dreister, hartnäckiger Fratz.«

»Ich bin lediglich eine besorgte Ehefrau. Die darüber hinaus versucht, eine brave Schwiegertochter zu werden.«

Schwerfällig sank die Grafenwitwe in die Kissen zurück und sah die junge Frau fassungslos an. »Du gibst nie auf, nicht wahr, mein Kind?«

Sanft drückte Catherine eine von Lady Annes knochigen Händen. »Da ist so vieles, was ich nicht weiß, Schwiegermutter. Irgendwie müssen wir diese Fehde zwischen ihnen beenden, und ich glaube – wie jeder andere –, dass du froh sein wirst, wenn das Ganze hinter uns liegt.«

Die Adlige betrachtete ihre zusammengelegten Hände. »Ich weiß nicht, Catherine. Das alles macht mir ... Angst!«

Catherine wartete, bis die alte Dame den Blick hob, und als sie sprach, war ihre Stimme fest und ruhig.

»Lady Anne, unsere einzige Chance auf eine bessere Welt liegt in dem Begreifen der Vergangenheit. Daran glaube ich und das werde ich lehren. Auch Adam und John müssen aus der Vergangenheit lernen, bevor sie ihre Zukunft gestalten können.«

20

»Sie hat die Gemächer der Grafenwitwe verlassen, Mylord.«

»Ach?« Athol blickte von der Depesche auf, die soeben vom Königshof eingetroffen war. Wieder einmal war ein kleiner Trupp englischer Streitkräfte nach Norden aufgebrochen, um in den umkämpften schottischen Grenzgebieten Stellung zu beziehen. Aber es gab auch andere Neuigkeiten. »Und wo ist sie jetzt?«

Augenblicke später, nachdem er seine Berater entlassen und Tosh fortgewinkt hatte, verließ der Gutsherr den Rittersaal und strebte über den Hof in Richtung Park. Die Sonne wärmte sein Gesicht, doch die von Westen her aufziehenden Wolken kündigten ein Unwetter an. Ein Handzeichen von dem Wachposten am Burgtor gab ihm zu verstehen, dass Catherine ihn soeben passiert hatte.

Ohne dass sie sich dessen bewusst war, informierten seine Männer ihn über jeden Schritt, den sie an jenem Morgen tat. Er hatte sich auf einen letzten Augenblick trauter Zweisamkeit gefreut, bevor er aufbrechen musste, und jetzt eilte er ihr nach.

Er wollte sie noch einmal sehen, aber da war noch etwas. Am Morgen waren ihm die Wundmale an ihren Handgelenken aufgefallen, und er beabsichtigte, sie danach zu fragen. Nach der Enthüllung ihrer Schwangerschaft hatte er den Gedanken verdrängt, dennoch suchte er Aufschlüsse, warum diese Striemen aussahen, als hätte man ihr die Hände gefesselt.

Bereits wohlvertraut mit dem eigenwilligen Charakter seiner Gattin, ahnte John Stewart, dass seine einzige Hoffnung auf eine Antwort darin bestand, sie rundheraus zu fragen. Unter gar keinen Umständen würde es ihm gelingen, ihr ein Geständnis abzupressen.

Einige Küchenhilfen sammelten Kräuter am Ende des Gartens, und hinter ihnen gewahrte Athol zwei Burschen aus dem Dorf, die eine Kuhherde aus der Schlucht trieben. Catherine indes war nirgends zu sehen.

Als Athol auf einige Tannen zuschlenderte, entdeckte er sie und blieb stehen, da Susan aus dem Schatten eines Birnbaums trat und Catherine mit einer Umarmung begrüßte. Diese Vertraulichkeit freute John zunächst, doch sein Lächeln wich einem argwöhnischen Stirnrunzeln.

Seit wann waren die beiden Frauen Freundinnen?, sinnierte er. Und warum? Verdrossen überlegte er, was aus Susan werden sollte, nachdem er Catherine geheiratet hatte. Da Catherine jetzt die Gräfin von Balvenie war, wurde Susan als Burgherrin gewiss nicht mehr gebraucht.

Da er Graf und darüber hinaus Susans Cousin war, so dachte er, oblag es ihm vermutlich, einen passenden Ehemann für sie zu finden. Und das würde er auch tun, entschied er, aber erst wenn er und seine widerspenstige Gemahlin sich etwas aneinander gewöhnt hatten. Und er würde diesem Plan auch nicht die entsprechende Zeit widmen können, solange sein Zwist mit Adam of the Glen noch nicht beigelegt war – im Guten.

Unbeobachtet verfolgte Athol, wie die beiden Frauen – die überaus beschäftigt schienen mit einer kleinen Holztruhe – über einen gewundenen Pfad zum Ende des Parks schlenderten. Ein sanfter Wind wehte, und Catherines Haar, das ihr in zwei weichen Flechten über den Rücken fiel, glänzte im Sonnenlicht. Wie verschieden diese beiden Frauen doch waren, dachte er und fragte sich, wie er jemals Ähnlichkeiten hatte vermuten können. Vielleicht war es nur gut, dass Catherine in Susan eine Freundin gefunden hatte.

Noch während er über diese neue Freundschaft nachdachte, erinnerte er sich an seine bevorstehende Abreise und verspürte das Verlangen, Catherine zuvor zu sehen und mit ihr zu plaudern.

Susan entdeckte ihn sogleich, als er den Park betrat, und verkündete es Catherine. Und das strahlende Antlitz seiner Gattin entschädigte ihn für alles.

Er gesellte sich zu den beiden, nahm Catherines Hände in die seinen und schloss sie zärtlich seufzend in seine Arme.

»Nun, Susan, ich ...«, er stockte, und als er Catherine freigab, sah er, dass die junge Frau bereits zur Burg zurückeilte. »Habe ich die Planung irgendeines bedeutsamen Vorhabens unterbrochen?«

Er wartete ihre Antwort nicht ab, sondern bezwang ihre Lippen mit den seinen. Es war ihm immer noch unbegreiflich, wie süß sie schmeckte ... und wie leicht ihn ihre Nähe und ihre Zärtlichkeiten abzulenken vermochten.

Athol trat zu einer niedrigen, moosüberwucherten Bank, nahm die Truhe aus Catherines Hand und stellte sie ab. Dann setzte er sich, zog sie auf seinen Schoß und legte schützend eine Hand auf ihren Bauch.

»Sag mir, Gräfin, habe ich dir heute schon erzählt, wie glücklich ich über die Neuigkeit bin, dass du guter Hoffnung bist?«

Eine liebreizende Röte flog über ihre Wangen. Als sie den Blick hob, spürte er die Magie ihrer nachtblauen Augen, die seine Seele streichelten wie Samt.

»Nein, Mylord, du hast heute Morgen recht wenig gesagt. Gleichwohl war es mir ein Leichtes, deine Gedanken zu lesen.«

»Meine Gedanken zu lesen?« In gespieltem Ernst runzelte er die Stirn. »Ich frage mich, ob es gut ist, wenn ein so vorwitziges Mädchen wie du über eine solche Gabe verfügt.«

»Du behauptest, meine Gedanken lesen zu können – warum also sollte mir das nicht gelingen?«

Sein Daumen strich über ihre zarte Wangenhaut. »Nun, aus dem einen Grund, dass dir alles, was du denkst oder fühlst, zu rasch über die Lippen geht. Bei mir indes …«

»Ich weiß.«

Sie drückte ihre Hand fest auf sein Herz, so wie er es mit ihrem Bauch gemacht hatte. Und er fragte sich, ob sie dessen pulsierenden Rhythmus fühlte.

»Du, John, vergräbst deine Gefühle am liebsten tief in deinem Herzen. Du hältst es für eine Schwäche, deine Empfindungen in Worte zu kleiden – für einen Fehler, der anderen Aufschlüsse über dein wahres Ich geben könnte.« Sie strahlte ihn an. »Es sei denn, dein Temperament geht mit dir durch!«

»Aber dann«, erwiderte er ruhig, »hast du deine eigenen Methoden, um damit fertig zu werden.«

Sie seufzte leise und lehnte sich an seine Brust. »Eine Frau muss Mittel und Wege finden, um zu überleben.«

Er zog sie enger an sich. Der Frieden, den er in diesem Augenblick empfand – der Gleichklang der Gemüter, ihre Nähe – war so überwältigend, dass er sich nichts Schöneres für sein Leben vorzustellen vermochte.

Er schüttelte das Gefühl ab. »Ich muss Balvenie für kurze Zeit verlassen, mein Schatz. Aber wenn ich …«

»Wohin willst du?« Catherine wich zurück und sah ihn bestürzt an.

Er grinste. »Seit unserer Eheschließung komme und gehe ich nach Gutdünken und heute fragst du mich zum ersten Mal nach meinem Ziel.«

Sie legte ihre hübsche Stirn in Falten. »Es geht nicht nur um mich. Unser Kind würde es wissen wollen.«

»Lügnerin!« Lachend küsste er sie auf den Nasenrücken. Er wusste, dass sie ihm ihr Herz geschenkt hatte, gleichwohl enthielt sie ihm ihr Vertrauen vor. Und deshalb hatte sie ihm auch nicht die ganze Wahrheit über das in der vergangenen Nacht Vorgefallene berichtet. Aber wen außer sich selbst sollte er dafür belangen?, überlegte er. Nein, was das beiderseitige Vertrauen anging, so musste er ihr Vorbild sein. Nun, von jetzt an würde er ihr alles erzählen.

»Ich breche mit einigen Männern zu der Burg des Grafen von Huntly auf. Sie befindet sich im Osten, kaum einen halben Tagesritt entfernt. Ich habe heute

Morgen die Nachricht erhalten, dass der Graf dort weilt.«

»Also gehst du nicht auf die Jagd nach Adam?«

»Nein, Catherine. Nicht unbedingt.« Athol spähte nachdenklich ins Tal. »Obschon wir auf der Suche nach Adam bislang noch nicht nach Huntly vorgedrungen sind. Seine sämtlichen Spuren schienen uns in andere Richtungen führen zu wollen.«

Er sann kurz über die Möglichkeit nach. Es war durchaus vorstellbar, dass sich sein Halbbruder die ganze Zeit über in den Bergen zwischen Balvenie und Huntly verborgen hatte. Dieses Gebiet hatten sie nie durchkämmt. Und wenn zutraf, was seine Mutter ihm erzählt hatte – dass sie um Adam und seine Kenntnis dieses Landstrichs wusste –, dann durfte er keine Zeit verlieren.

»John, wenn du nicht auf die Suche nach Adam gehst, warum brichst du dann auf?«

»Huntly hat mir Neuigkeiten aus Stirling überbringen lassen, aber ich habe noch andere Gründe. Ich denke, der Graf hat vielleicht einige Antworten für mich.«

»Antworten?«

»Ganz recht! Antworten auf alles. Angefangen von der Identität der Frau, die die Geliebte meines Vaters war, bis hin zu Adams bisherigem Aufenthaltsort. Er könnte sogar die Beweggründe für Adams Entschluss wissen, mein Land dem Erdboden gleichmachen zu wollen. Indes erfahre ich nichts, wenn ich tatenlos hier herumsitze, meine Taube. Also …«

So leicht kam er Catherine nicht davon.

»Wenn du seine Motive erfährst – die Gründe für sein gefährliches Unterfangen –, kannst du vielleicht einen Frieden mit ihm aushandeln.«

»Ich werde mit diesem Satansbraten nicht verhandeln. Wir beide kennen nur den einen Friedensschluss, nämlich dass sein Kopf, aufgespießt auf einer Pike, die Burgtore von Balvenie schmückt.«

Catherines unvermitteltes Frösteln ließ ihn seine harschen Worte bereuen. Trotz all ihrer Courage war sie immerhin guter Hoffnung und verdiente etwas mehr Rücksichtnahme.

»Ich gräme mich um dich«, flüsterte sie zärtlich. »Um diese ganze Geschichte, wie zwei Brüder sich hassen können, ohne einander überhaupt zu kennen.«

»Ich hasse ihn nicht, aber er hat den Fehdehandschuh geworfen und muss für das von ihm angerichtete Unheil büßen.«

»Sicher, John, aber denk doch einmal nach! Wenn die Dinge anders lägen, wenn ihr nicht verfeindet wärt, wie schön könnte es dann sein, einen Bruder zu haben. In euren Adern fließt das Blut eures Vaters!«

Er wandte den Blick von Catherines Gesicht, um seine eigenen Gefühle zu verbergen. Es fiel ihm schwer zuzugeben, dass sie Recht hatte. Tief im Herzen wusste er, dass er Adam of the Glen längst aufgespürt hätte, wenn das sein Ansinnen gewesen wäre. Stattdessen jedoch suchte er seit jenem Tag, an dem seine Mutter ihre gemeinsame Verwandtschaft enthüllt hatte, nach Antworten – Aufschlüssen darüber, was dem Treiben seines Halbbruders zu Grunde lag.

Als Catherine sanft sein Kinn streichelte, glitt sein Blick erneut zu ihr. Ihre Augen schwammen in Tränen. »Ich will, dass du wohlbehalten zu mir zurückkehrst. Und wenn du während deiner Abwesenheit die gesuchten Antworten finden solltest, so bitte ich dich, nicht überstürzt zu handeln.«

»Wenn ich meine Gemahlin nicht besser kennen würde, würde ich behaupten, du sorgst dich um Adam of the Glen.«

»Meine Treue, mein Verständnis gelten dem, dem mein Herz gehört … und das bist du.« Sie legte ihre Hände auf seine Schultern und blickte ihm tief in die Augen. »Und ich möchte nicht, dass du später irgendetwas bereust, was du heute unbedacht tun könntest.«

»Adam verdient seine gerechte Strafe.«

»Das mag sein, John. In erster Linie jedoch ist es dem Fehlverhalten eures Vaters anzulasten, dass Adam geboren wurde. Du solltest wissen, dass seine Untreue deine Mutter tief verletzt hat. Und doch ist es nach so vielen Jahren deine Mutter, die sich schuldig fühlt, weil sie Adam damals zurückgewiesen hat. Sie ist der festen Überzeugung, dass es allein ihr Verschulden ist, warum ihr beide euch heute bekriegt.«

»Das ist Unfug. Das ist …«

»Du bist genauso ihr Sohn wie der deines Vaters.« Catherines sanfte Hände kosten sein Gesicht. »Ich liebe dich so sehr. Ich mag dich nicht leiden sehen für die unüberlegte Handlung eines erzürnten Augenblicks.«

Ihre Lippen streiften sein Kinn, seinen Mund, dann sah sie zu ihm auf.

»Ich glaube an dich, John Stewart, und ich weiß, dass du das Richtige tun wirst. Und jetzt spute dich und komm bald zu uns zurück, denn dein Kind und ich, wir brauchen dich.«

Nervös wiegte Catherine die kleine Truhe in den Armen und betrat den Rittersaal. Susan war nicht dort.

John würde nichts geschehen, versicherte sie sich immer wieder. Schließlich war es sein Land. Seine Untertanen. Er reiste mit seinen Gefolgsmännern – bewaffneten Soldaten, die einen Eid geleistet hatten, ihm zu dienen und ihn zu schützen.

Aber bei der Heiligen Jungfrau, überlegte sie und nagte dabei an ihrer Unterlippe, warum hatte er nicht mehr Soldaten mitnehmen können – wie sonst auch? Warum hatte er Tosh zurückgelassen?

Während sie sich darauf zu besinnen versuchte, wie viele Männer sie in Adams Lager erspäht hatte, kreisten Catherines Gedanken einmal mehr um die entsetzliche Frage, was geschehen könnte, wenn Adam ihrem Gatten eine Falle stellte. Bis ans Ende ihrer Tage würde sie den Hass nicht vergessen, der sich in Adams Blick gespiegelt hatte.

Sie hätte ihn begleiten sollen! Mit ihr an seiner Seite hätte der andere Mann …

Catherine schüttelte den Kopf. Sie war von Sinnen. Der Graf von Athol hatte seine vielen, bislang geschlagenen Schlachten auch ohne sie überlebt. Er würde, er musste zurückkehren!

»Mistress Catherine.«

Die Stimme des Mönchs ließ sie zusammenfahren. Sie drehte sich abrupt um und bedachte Bruder Bartholomew mit tadelndem Blick. »Wie ich hörte, seid Ihr über Eure Zusammenkunft mit dem Bischof von Elgin hoch zufrieden, Bruder, aber das ist noch lange kein Grund, mich halb zu Tode zu erschrecken.«

»Ich bitte um Vergebung, Mistress, aber … nun ja, Bischof Patrick ist ein überaus reizender Mensch!«

»Hm!«, murmelte Catherine zerstreut, da sie weiterhin nach Susan Ausschau hielt. »Keine Ahnung.«

»Mylady, ich weiß, ich hatte seit meiner Rückkehr keine Gelegenheit, mit Euch unter vier Augen zu sprechen, aber Ihr wart stets beschäftigt.«

»Hm«, wiederholte sie stirnrunzelnd.

»Wir sind sehr froh, dass wir Euch hier finden.«

Catherine fixierte ihn, da er auf die beiden anderen Mönche deutete, die an einer Tafel am Ende des Rittersaals saßen.

»Also gut, Bruder«, meinte sie und strebte durch die Halle. »Vielleicht bietet sich jetzt der richtige Zeitpunkt für ein Gespräch.«

Nachdem sie sich an den Tisch zu den Geistlichen gesellt hatte, umklammerte Catherine die Truhe auf ihrem Schoß und lauschte Bartholomews Ausführungen, inwieweit der Bischof seine Unterstützung zugesagt hatte. Als er geendet hatte, berichtete sie ihnen von der Haltung des Grafen hinsichtlich der Schule und worauf sie sich bislang geeinigt hatten.

Darauf blickte sie die Mönche der Reihe nach an und harrte ihrer Fragen. Doch alle drei schienen recht zufrieden mit ihren Neuigkeiten.

»Hervorragend!« Sie stand auf und spähte auf die Holztruhe in ihren Händen. »Ich sollte meinem Gemahl vorschlagen, sämtliche Diskussionen im Rittersaal zu führen. Das ist gewiss sinnvoll.«

»Ihr habt noch etwas auf dem Herzen, sehe ich recht?«, erkundigte sich Bruder Bartholomew. »Können wir Euch irgendwie helfen?«

Catherine nickte zögerlich.

»Gewiss doch. Ich bin auf der Suche nach Mistress Susan.« Sie musterte einige Ankömmlinge, die soeben den Saal betraten. »Und da Ihr Euch danach erkundigt, überlege ich, ob nicht einer von Euch so reizend sein könnte, diese Truhe in meine Kammer zu tragen. Es ermüdet ein wenig, sie ständig hin und her zu schleppen.«

Sie stellte fest, dass die drei wie gebannt auf die schmuckvolle Truhe starrten, die sie vor sich hielt.

»Und das trotz Eurer Schandtaten in den zurückliegenden Jahren, Mistress?« Bruder Paul grinste. »Ich habe meine Lektion gelernt: Man sollte aus Eurer Hand kein Behältnis in Empfang nehmen, das einen Nager oder eine Natter enthalten könnte.«

Catherine sah ihn mit gespieltem Entsetzen an, ehe sie sich an Bruder Egbert wandte. »Ihr hattet gewiss nie Angst vor meinen Scherzen, barmherziger Bruder. Wenn Ihr vielleicht so nett wäret, sie zu nehmen.« Sie senkte ihre Stimme zu einem Flüstern. »Es ist eine Geheimsache, die soeben von meiner Mutter eintraf …«

»Ich würde mich glücklich schätzen, die Truhe zu nehmen, Mistress«, warf Bruder Bartholomew ein.

Catherine drehte sich um und sah den beleibten Mönch durchdringend an. »Das ist überaus freundlich von Euch. Wie Ihr seht, würde ich die sichere Aufbewahrung dieser Truhe noch lange nicht jedem anvertrauen.«

Mit einem feierlichen Nicken nahm der Mönch die Truhe von Catherine in Empfang.

»Die sichere Verwahrung all dessen, was Euch lieb und teuer ist, liegt mir am Herzen, Mistress.«

In der stillen Zuflucht von Susans Schlafgemach betrachtete Catherine das aschfahle Gesicht ihrer Mitstreiterin und bereute beinahe, dass sie dieser die Wahrheit über Athols Mission geschildert hatte.

Catherine begab sich zum Bettrand, wo Susan grübelnd kauerte, und nahm ihre Hände. »Aber warum bist du so aufgebracht wegen dieser Neuigkeiten? Was weißt du? Sag es mir, Susan.«

Susans entrückter Blick begegnete dem Catherines. »Dorthin ist auch Adam aufgebrochen. Bevor wir uns heute Nacht trennten, erzählte er mir, dass er nach Osten aufbrechen wolle – um das Eintreffen des Grafen von Huntly abzuwarten.«

Catherine spürte, wie sich ihr Magen zusammenkrampfte; ihr war plötzlich unwohl. Sie kämpfte gegen die bittere Galle an, wohlwissend, dass diese Übelkeit nicht auf ihre Schwangerschaft zurückzuführen war, sondern auf ihre Ängste vor den möglichen Gefahren, die dem Vater ihres Kindes drohten. Sie stand auf, trat zum Fenster und riss die Läden auf, um tief einzuatmen.

Genau das hatte sie befürchtet. Sie würde sich nie verzeihen, wenn John zu Schaden kam.

Augenblicke später spürte sie Susans sanften Händedruck auf ihrer Schulter. »Wir sind hilfloser, als wir dachten.«

Catherine drehte sich zu ihr um. Die bebenden Lippen ihrer neuen Freundin zeugten von deren Bangigkeit. Sie selbst würde stark sein müssen, sann Catherine. So, wie sie und ihre Schwestern stark gewesen waren, trotz der schweren Prüfungen, die der gewaltsame Tod ihres Vaters und die Abwesenheit ihrer Mutter ihnen auferlegten.

»Nein, Susan«, erklärte Catherine schließlich. »Wir sind nicht hilflos. Wir nehmen das Schlimmste an … und das völlig grundlos. Vielleicht begegnen sie sich überhaupt nicht auf dem Weg zur Burg Huntly. Und wenn alles gut geht und beide unversehrt zurückkehren, gibt uns das erneut Gelegenheit, die Dinge richtig zu stellen. Aber wir müssen vorbereitet sein.«

Die Jüngere rang fahrig die Hände und nickte dann. »Ich denke, du hast Recht.«

»Ja. So ist es schon viel besser. Als Erstes müssen wir erörtern, was wir wissen.«

»Du meinst, über ihre Vergangenheit?«

»Ganz recht.« Catherine, die sich wieder ein wenig besser fühlte, schlenderte durch die Kammer. »Wir wissen, dass sie denselben Vater haben. Das hat Lady Anne Athol eingestanden.«

»Stimmt. Adam hat es viele Male betont.«

Catherine wirbelte zu Susan herum. »Weißt du, wie Adam darauf gestoßen ist? Hat er das je erzählt? Hat er es schon immer gewusst?«

»Nach seinen Schilderungen zu urteilen wusste er nicht, dass er ein Stewart war, bis er im Alter von fünfzehn Jahren nach London gebracht und dort gefangen gehalten wurde, nachdem der Friedensvertrag unterzeichnet worden war.«

Catherine vermochte ihre Verblüffung nicht zu verbergen. »Aber dieser Vertrag beendete den Krieg mit Frankreich – den Krieg zwischen England und Frankreich! Warum sollte man ihn zum Gefangenen machen?«

»Weil er ein Stewart war … ist«, erwiderte Susan grimmig.

»Ich verstehe nicht, warum …«

»Weil Schottland und Frankreich sich stets gegen die Engländer verbündet haben. Vor dreizehn Jahren, als der Vertrag unterzeichnet wurde, wurde eine ganze Reihe von Männern – alles Verwandte des schottischen Königs – aufgegriffen, nach England gebracht und dort als Geiseln gefangen gehalten.

Deshalb haben sie auch ihn verfolgt. Erst da wurde ihm erklärt, dass er der Sohn des Grafen von Athol sei und der Halbbruder des zukünftigen Erben.«

»Wie kam es, dass beide Brüder nicht voneinander wussten?«

Susan schüttelte den Kopf. »Seit seiner frühen Kindheit lebte Adam in der Familie des Grafen von Huntly. Man hat ihm nie offenbart, wer seine leiblichen Eltern sind, aber er wurde gut behandelt und genoss dieselbe Schulbildung wie jedes blaublütige Kind. Der Graf von Huntly behandelte ihn wie sein eigen Fleisch und Blut, und Adam gestand mir, dass er viele Jahre lang schlicht und einfach glaubte, er wäre der uneheliche Sohn dieses Grafen.«

»Und dann wurde er mit fünfzehn Jahren aufgegriffen!« Catherine schritt im Zimmer auf und ab. »Was geschah dann mit ihm?«

»Zwölf Jahre lang wurde er im Londoner Tower festgehalten – und würdeloser behandelt als die Ratten, die jede Nacht dort einfielen. Er erzählte mir, dass ihn in all den Jahren einzig der Gedanke an eine Rückkehr nach Schottland am Leben erhalten habe, wo er Rache an dem Mann üben wollte, der ihm das angetan hatte. Der legitime Sohn von John Stewart! Der Bruder, den er zu hassen gelernt hatte.«

Catherine schüttelte den Kopf. »Aber das kann nicht sein. Athol erfuhr erst wenige Tage vor unserer Eheschließung von Adams Herkunft. Er kann unmöglich für dessen Gefangennahme verantwortlich sein. Und ich bin sicher, er weiß bis heute weder, wo Adam war, noch kennt er den Grund für dessen Hass!«

Susan ließ sich mutlos auf das Bett sinken. »Ich weiß. Unseligerweise fand ich keinen Weg, ihm

Adams Sichtweise zu schildern. Und was hätte ich Adam von dem Grafen berichten sollen? Hätte ich irgendetwas zu seiner Verteidigung beisteuern können, was Adam mir geglaubt hätte?«

»Aber was ist mit diesem Vertrag?«, drängte Catherine. »Glaubt Adam, dass John Einfluss darauf hatte? Wie hätte er das vermocht? Damals war er selbst noch ein junger Mann!«

»Adam hat mir erzählt, dass einer seiner Mitgefangenen behauptete, John Stewart hätte ihn ans Messer geliefert.« Verdrossen spähte sie zu Catherine. »John Stewart.«

»Ja, aber vor dreizehn Jahren ... lebte nicht sein Vater damals noch? Er trug denselben Namen.«

»Dein Gatte war derjenige, der aus einer solchen Entscheidung Vorteile ...«

»Gewiss, aber es war eine Entscheidung, von der er nichts wusste«, warf Catherine ein. »Denk darüber nach. Welche Wahl blieb dem alten Grafen? Einer musste gehen! Er musste einen Sohn hergeben. Genau wie die anderen Stewarts. Wie viele von ihnen hätten ihren Erstgeborenen gehen lassen?«

Susans Worte klangen sanft, doch so schmerzerfüllt, dass Catherine Mitgefühl für die junge Frau empfand. »Also entschied er, dass der ältere Sohn bleiben sollte.«

»Und der Jüngere musste gehen.« Als Catherine die Tränen auf Susans Wangen gewahrte, kauerte sie sich vor ihre Mitstreiterin. »Das alles ist sehr, sehr traurig, Susan.«

»Es wird Adam noch viel mehr treffen, wenn er das erfährt! Der Gedanke, dass seine Mutter ihn zurückwies, ihn verließ. Dass auch sein Vater ... dass sein eigener Vater ihn aufgab ...« Susan schluchzte.

»Wer hat ihn nicht zurückgewiesen? Ihn nicht betrogen?«

»Vielleicht ist es besser so. Die Schuldigen sind von uns gegangen. Er sollte seinen Frieden mit den Mitgliedern der Familie schließen, die ihm noch geblieben sind. Vielleicht können wir ihm beweisen, dass das, was wir wissen, der Wahrheit entspricht. Mit Hilfe des Grafen von Huntly ... vielleicht sogar aufgrund der Dokumente, die damals zu seiner Auslieferung führten. Ich bin mir sicher, es muss einen Weg geben, dass er das alles begreift.«

»Es ist nur tragisch, dass er sein ganzes Leben ohne Liebe verbracht hat.«

»Aber jetzt nicht mehr, Susan. Er hat jetzt dich. Und wenn es uns gelingt, dass er die Wahrheit erkennt, dann hat er in John vielleicht auch einen Bruder. Und in mir eine Schwester.«

Die junge Frau nickte, gleichwohl wusste Catherine, das sie immer noch nicht überzeugt war. Und wer hätte ihr das verübeln können? Dafür Sorge zu tragen, dass Adam die Vergangenheit hinter sich ließ, war eine ebenso umfassende Aufgabe wie die, dass Athol die Zerstörung vergaß, die dieser Mann über sein Volk und sein Land gebracht hatte.

Ein gewaltiges Unterfangen für alle Beteiligten.

Bemüht, die trübsinnige Stimmung zu verscheuchen, die von ihnen Besitz ergriffen hatte, legte Catherine freundschaftlich eine Hand auf Susans Schulter und maß ihr Gesicht. »Erzähl mir, wie ihr euch kennen gelernt habt.«

Susan errötete und senkte den Blick. »Meine Reise nach Balvenie fiel zufällig mit Adams Ankunft in Schottland zusammen. Meine Reisegruppe wurde angegriffen und einige meiner Begleiter sind in dem

Tumult geflüchtet.« Ein schwaches Lächeln umspielte ihre Mundwinkel. »Nahezu völlig allein musste ich Adam und seine Männer abwehren.«

»Das muss entsetzlich gewesen sein für dich!«

»Ja, wahrhaftig. Es war ein einziges Chaos! Noch nie hatte ich etwas Derartiges erlebt. Ich bin das jüngste von acht Kindern, Catherine. Und diese Reise war mein erstes großes Wagnis. Gleichwohl verhielt ich mich überaus beherzt, denke ich. Ich glaube … mein Verhalten … hm, belustigte Adam. Sie sprachen davon, uns die Kehle zu durchtrennen, da wir kaum Wertgegenstände mit uns führten. Mir war es einerlei, es kümmerte mich nicht einmal, wie einige Männer mich angafften. Schließlich wies Adam seine Männer zurecht und befahl ihnen, die Pferde zu nehmen und nach Balvenie vorauszureiten.« In Susans Stimme schwang ein verträumter Unterton. »Er streckte seine Hände nach mir aus und zog mich mit einer Hand hoch. Dann schwang er mich vor sich auf sein Ross und wir flogen davon wie der Wind.«

»Er hat dich zu seiner Gefangenen gemacht?«

»Ja. Er trug mich zu einer Lichtung unweit von dem Dorf unterhalb der Burg. Wir haben … wir haben lange geplaudert. Irgendetwas ist an jenem Tag geschehen, Catherine. Als wir uns trennten, wussten wir beide, dass es nicht für lange sein würde.«

»Gleichwohl bist du hergekommen, um Athols Gemahlin zu werden, oder nicht?«

»Doch, auf Lady Annes Wunsch hin.« Lächelnd sah Susan auf. »Aber nach meiner Begegnung mit Adam of the Glen war mir klar, dass ich das niemals durchgestanden hätte. Deshalb verhielt ich mich nach meiner Ankunft wie eine sauertöpfische, verdrießliche alte Jungfer. John sollte auch nicht eine Sekunde lang Gefallen an mir finden.«

»Und genau das hat er nur wenige Monate später getan«, lachte Catherine, »er hat eine sauertöpfische, verdrießliche alte Jungfer geheiratet.«

»Vielleicht.« In Susans Augen blitzte der Schalk auf. »Nachdem ich mit angesehen habe, was in jener Nacht im Flur vor deiner Kammer vorgefallen ist, würde ich sagen, dass er schon bald Gefallen an Frauen wie uns gefunden hat.«

Catherine errötete bei der Erinnerung, dass Susan Zeugin ihrer ersten Liebesnacht gewesen war. Unbewusst legte sie eine Hand auf das kostbare Kleinod, das sie unter ihrem Herzen trug, und erwiderte Susans Blick. »Genug davon, du Scheusal. Berichte mir, wie du einen Weg gefunden hast, Adam wieder zu sehen.«

»Roy Sykes kam kurz nach meiner Ankunft auf die Burg. Er war für eine Weile unser Kurier. Ich weiß, du musst mich für eine Verräterin halten, weil ich Adams Versteck kenne und es Athol weiterhin verheimliche …«

»Was immer du getan hast, ich grolle dir nicht. Stell dir nur vor, du hättest ihn auf die Burg geholt und ihn mit seiner Familie zusammengebracht …«

»Adam würde einem Unschuldigen niemals Schaden zufügen. Seit ich von diesen Geheimgängen weiß – durch Auld Mab – und einen Weg fand, mich aus der Burg zu stehlen und ungesehen zurückzukehren, hat er kein einziges Mal verlangt, dass ich Athol oder Lady Anne hintergehe. Mir ist wohl bewusst, dass er wie ein Gesetzloser geplündert hat, aber eigentlich kenne ich ihn als Ehrenmann. Auf keinem seiner Raubzüge hat er grundlos Blut vergossen. Er will, dass sein Bruder seine Vergeltung spürt, aber genau so, wie er dich heute Nacht gehen ließ, wird sein Groll niemals einen Unschuldigen treffen. Er ist der festen Überzeugung, dass Athol bestraft werden muss. Er allein.«

Wieder kämpfte Catherine mit ihren Ängsten. »Und deshalb müssen wir die Sache richtig stellen. Wir müssen dafür sorgen, dass beide die Wahrheit einsehen.«

»Ja.« Susan nickte bekräftigend. »Wir haben keine andere Wahl.«

Catherine erhob sich und schritt abermals im Raum auf und ab. Ihnen beiden war Adams und Johns Vergangenheit um einiges klarer geworden. Dennoch ergab so manches noch keinen Sinn.

»Susan, was meinst du, warum der frühere Graf Adam zu den Huntlys gebracht hat, statt ihn bei seiner Mutter zu lassen? Du erwähntest, dass man ihn gut behandelt und erzogen habe, ehe er nach England geschickt wurde. Und wie erklärst du dir den Umstand, dass keiner von einer Geliebten des alten Grafen wissen will? Alle beteuern, dass die Grafenwitwe und ihr Gatte eine gute Ehe geführt haben – dass er keine anderen Frauen hatte.«

»Adam hat versucht herauszufinden, wer seine Mutter ist … oder war. Er hat überall herumgefragt, aber nichts herausbekommen.«

»Und John hat dasselbe getan, ebenfalls vergebens. Das hat er mir selbst gesagt.«

Ihren Blick auf Catherine geheftet, sann Susan nach. »Ich habe Adam zu vermitteln versucht, dass sie tot sein könnte. Viele Frauen sterben bei der Geburt. Doch er behauptet, dass sie noch lebt.«

»Wie kann er das wissen?«

»Er weiß es nicht genau, aber nach seiner Freilassung aus dem Tower erfuhr er, dass ein unbekannter Gesandter ein Lösegeld für ihn gezahlt hatte. Es war kein Gesandter vom schottischen König, so viel verriet man ihm. Und irgendeine unterschwellige Andeutung bestärkte Adam in dem Glauben, dass der Gesandte auf Geheiß seiner Mutter gekommen war.«

Catherine sann darüber nach und schüttelte schließlich den Kopf. »Ein Gesandter, der einen politischen Gefangenen freikaufen soll, hätte sehr viel Gold bei sich tragen müssen. Und welche Frau sollte über einen solchen Reichtum verfügen?«

Susan nickte. »Gewiss keine Bauersfrau.«

»Wenn es nicht der König war und weder Athol noch Lady Anne …«

»Ich glaube, ich habe Adam so verstanden, dass – wenn seine Mutter ihn nicht selbst ausgelöst hat – das Gold von dem einen Menschen stammen musste, der um seine Vergangenheit wusste, der einzigen Person mit dem entsprechenden Reichtum, um die Lösegeldforderung des englischen Königs begleichen zu können.«

»Huntly.«

»Ja. Adam glaubt, dass seine Mutter Huntly darum gebeten hat. Und deshalb will er ihn jetzt aufsuchen.«

Ein feuchtkalter Wind wehte in die Kammer. Fröstelnd spähte Catherine zum Fenster. Der blaue Himmel war tief hängenden, grauen Wolken gewichen. Schon öffneten sich die himmlischen Schleusen und der Regen klatschte auf den schmalen Steinsims.

Sie durfte nicht daran denken, was in diesem Augenblick auf Burg Huntly geschah. Sie musste sich darauf konzentrieren, was sie und Susan hier auf Burg Balvenie in Erfahrung bringen konnten.

Sie musste sich wappnen, musste bereit sein.

21

John Stewart, seines Zeichens Graf von Athol, stand vor dem Kamin im Rittersaal der Burg Huntly. Wasserdunst stieg wie Nebel von seiner durchnässten Tracht auf.

»Es war sein Wunsch, John«, erklärte der Graf von Huntly ihm soeben. »Es war der Wunsch deines Vaters, dass du nie davon erfahren solltest.«

»Aber warum?« Athol maß den weißhaarigen Mann in dem kostbar geschnitzten Sessel. Huntly war eine schottische Legende: Ritter, Politiker, Berater von Königen und ein getreuer Freund von John Stewart und ehemals dessen Vater. »Warum sollte mein Vater meiner Mutter ein uneheliches Kind bringen – und mir die ganze Sache dennoch vorenthalten wollen? Warum, Mylord?«

»Obschon wir uns sehr nahe standen, wollte dein Vater in manchen Dingen keinen Rat annehmen. Trotzdem glaube ich, dir das beantworten zu können.« Huntlys scharfsichtige graue Augen wurden unmerklich sanfter und sein Blick schweifte zum Feuer hinter Athol. »Ich weiß, du kennst deinen Vater als überaus entschlossenen Mann – jemand, der sich nichts und niemandem gebeugt hätte.«

»Ganz recht.« Athol verschränkte die Arme vor der Brust. »So kenne ich ihn.«

»Ich weiß, dass er ein Ehrenmann war«, fuhr

Huntly fort. »Und er liebte deine Mutter sehr. Was, wie du weißt, nicht immer der Fall ist bei Leuten unseres Standes.«

»Wahrhaftig«, erwiderte der reckenhafte Highlander verdrossen. »Gleichwohl hat er einen Fehler gemacht.«

»Ja. Keinen schlimmen Fehler – nach dem Ermessen vieler Männer –, aber einen Fehler, der seine Ehre beschmutzte und deine Mutter ins Unglück stürzte. Als Ehrenmann indes wollte er sich seiner Verantwortung nicht entziehen. Also brachte er den Knaben zu mir, nachdem deine Mutter ihn zurückgewiesen hatte.«

»Er hat Euch vertraut.«

»Ja. Er wollte, dass Adam mit allen Privilegien eines Grafensohnes aufwuchs. Damals warst du noch zu jung, um solche Dinge zu verstehen, von daher erzählte man dir nichts. Und später ... nun, ich glaube, später dachte er, es würde zu nichts führen, wenn du davon wüsstest.«

»Warum?« Athols Stimme klang ungehalten.

Huntly sah ihn nicht an, als er ihm von den Bedingungen des Friedensvertrags berichtete – und der Entscheidung seines Vaters. Mit wachsender Verärgerung lauschte Athol dem betagten Grafen.

Er hatte keine Ahnung gehabt.

»... Ihr hättet euch entweder verbergen oder beide aus Schottland fliehen müssen, aber das hätten sein Ehrgefühl und seine Loyalität nicht erlaubt. Er musste seine Wahl treffen.«

Athol schritt zum Tisch und setzte sich neben den Grafen von Huntly. Das Ganze war vor mehr als zwölf Jahren geschehen. Bis heute vermochte er sich an die ihm unbegreifliche Melancholie zu erinnern, die seinen Vater gegen Ende seines Lebens befallen hatte.

»Diese Wahl war sein Tod.«

Huntly ließ sich Zeit mit seiner Antwort. »Ja. Kaum ein Jahr später starb dein Vater. Du erinnerst dich, dass er vor seinem Tod nach mir geschickt hat?«

John nickte.

»Er wollte sicherstellen, dass du nie davon erfährst. Er glaubte nicht, dass Adam die Haftstrafe überleben würde. Wenn Schottland vertragsbrüchig wurde, würden die Geiseln mit Sicherheit sterben, und dein Vater vertraute dem Grafen von Angus und den Douglas nicht, die damals an der Macht waren.« Huntly legte eine Hand auf Athols Arm. »Da er um dein Ehrgefühl wusste, fürchtete er, dass du nach England reisen und Adams Platz einnehmen würdest.«

Fahrig rieb sich John Stewart über sein Gesicht. Wahrhaftig, das hätte er getan! Er war der legitime Sohn. Es wäre seine Pflicht gewesen, an Adams statt dort zu sein.

»Du bist als der spätere Lehnsherr deines Volkes aufgewachsen und erzogen worden. Und so sehr er seine beiden Söhne liebte, er fühlte sich verantwortlich für deine Mutter, dich und die Menschen in den Gebieten rund um Burg Balvenie.«

»Und was war mit Adam?« John stand auf, begab sich zum Kamin und spähte in die Flammen. *Was war mit ihm? Wie musste sein Bruder gelitten haben!*

Huntly unterbrach seine Gedankengänge. »Ich wusste es damals und ich weiß heute, dass dein Vater Recht hatte. Dir die Wahrheit vorzuenthalten war das einzig Richtige. Wenn du deinen Vater nicht beerbt hättest, würde dein Volk heute nicht so gut leben.«

»Gewiss, aber Adam glaubt mich verantwortlich für das in der Vergangenheit Geschehene – und dies zu Recht. Schließlich habe ich die Wahrheit so weit von mir gewiesen, dass ich ihn wie ein Tier durch das Land gehetzt habe, statt ihn aufzusuchen, die Sache zu klären und Wiedergutmachung zu leisten.«

»Ich trage daran größere Schuld als alle anderen.« Der Graf von Huntly erhob sich und trat neben Athol. »Als ich vor sechs Monaten von Adams Freilassung erfuhr, hätte ich die Verwirrung ahnen müssen, die sein Denken bestimmt. Aber der erneute Krieg zwischen England und Frankreich hat mich stark unter Druck gesetzt. In der Tat ist es noch nicht lange her …«

»Ist er hier?«

Der Graf von Huntly stockte, den Blick unablässig auf John geheftet. »Gestern hätte ich dir auf diese Frage nicht geantwortet. Heute weiß ich, dass du ihn in einem gänzlich anderen Licht siehst.«

»Ist er hier – und weiß er, was ich weiß?«

Huntly schüttelte den Kopf. »Er ist nicht mehr hier, John. Gleichwohl, was ich dir erzählt habe, habe ich auch ihm offenbart.«

John stieß einen leisen Pfiff aus und wartete, dass der Graf fortfuhr. Also wussten sie nun beide um die Wahrheit.

»Er war genauso schockiert wie du, mein Freund, und noch betroffener, würde ich sagen.«

Für Augenblicke fragte er sich, wie er an Adams Stelle diese Neuigkeiten aufgenommen hätte. Es ist so viel einfacher, seinen Ärger auf jemanden zu lenken, den man verantwortlich glaubt für das eigene

Elend, als mit dem Gedanken zu leben, dass Fortuna einem nicht hold ist.

»Wisst Ihr, wo er jetzt ist?«

Der Graf von Huntly zögerte und schüttelte dann den Kopf, dennoch mochte John ihm nicht recht glauben.

»Es wird Zeit, dass Adam das Land und den Reichtum mit mir teilt, den unser Vater mir hinterlassen hat. Zeit, dass wir unseren Frieden schließen.«

»Du magst mit deinem Besitz tun, was du willst, John, dennoch musst du dich nicht grämen, dass Adam verhungern könnte. Wie du weißt, habe ich keinen direkten Erben und ich werde nicht jünger. Ich habe bereits mit dem König und dem Kronrat verhandelt und sie haben zugestimmt. Einer der Gründe für meine Reise in den Norden war, Adam meinen Grafentitel und meine Ländereien zu überschreiben. Und doch, alle Reichtümer dieser Welt würden ihm im Augenblick vermutlich nichts bedeuten. Er braucht etwas Zeit, um sein Leben und seine Zukunft zu überdenken.«

Aber das war nicht genug, dachte Athol bei sich. Nicht für ihn. Er musste Adam finden. Gemeinsam mussten sie die Vergangenheit … und die Zukunft bewältigen.

Catherines Reaktion kam ihm abermals in den Sinn. Ihr Vertrauen in sein Gerechtigkeitsempfinden. Ihre Beharrlichkeit, dass er ihr sein Herz öffnete und ihr seine Gefühle offenbarte.

John Stewart war sich nur zu bewusst, dass er mit einer unglaublich klugen und schönen Frau gesegnet war. Mit einem Kind, das in ihrem Schoß heranwuchs. Und jetzt auch noch mit einem Bruder.

Nun lag es an ihm, die Dinge ins Lot zu bringen.

Das Unwetter hatte die ganze Nacht gewütet und die kalte, feuchte Morgenluft hing beinahe gespenstisch in den Burgfluren von Balvenie.

Auf dem Treppenabsatz legte Catherine eine Hand auf Susans Arm.

»Warte auf mich, ich laufe zurück und hole einen Umhang.«

Sie wirbelte herum und hastete durch den Korridor zu ihrer Kammer.

In Wahrheit wünschte sich Catherine seit dem vorangegangenen Tag nichts sehnlicher, als die Holztruhe in Augenschein zu nehmen, die in ihrer Kammer gut sichtbar auf dem Schemel neben dem Kamin stand. Bruder Bartholomew hatte ihre Anweisung befolgt und die Truhe nach oben zu Jean gebracht. Als sie zu ihren Gemächern eilte, fragte sie sich indes, ob der beleibte Mönch die Truhe geschüttelt oder vielleicht das Schloss untersucht hatte. In der Tat kreisten Catherines Gedanken unablässig um die Frage, wie lange es noch dauern würde, bis jemand die schmuckvolle Truhe entwendete oder zumindest aufbrach.

Sie war keine Närrin. Sie wusste seit vielen Jahren, dass sie auf der Hut sein musste vor denen, die den Schatz des Tiberius suchten. Sie fürchtete sie nicht – jedenfalls nicht die, die sie in unmittelbarer Nähe wähnte. Die meisten dieser Leute würden ihr kein Haar krümmen, dennoch musste sie wachsam sein. Und sie würde sie ausspionieren, falls sich tatsächlich einige von ihnen auf Balvenie aufhielten, wie sie vermutete.

Die intelligenten Täuschungsmanöver, die sie und ihre Schwestern ersonnen hatten, um die Kundschafter zu verwirren, hatten ihren Geist in Zeiten größter Kümmernis abgelenkt. Aber jetzt, allein in den Highlands, hatte sie schlichtweg keine Zeit für solchen Schabernack. Ihre einfache List musste genügen.

Als sie die Tür zu ihrer Kammer öffnete und die Kiste dort erspähte, wo sie diese zurückgelassen hatte, legte Catherine unversehens die Stirn in Falten. Sie trat näher und warf einen prüfenden Blick auf das Schloss. Es schien unversehrt.

Sie nahm den Tartan der Stewarts, der am Fußende ihres Bettes lag, und warf ihn um ihre Schultern. Dann spähte Catherine suchend durch den Raum. Vielleicht war das Ganze zu offensichtlich, hatte sie doch die Holztruhe gut sichtbar für alle zurückgelassen.

Entschlossen trat sie an das Kopfende des Bettes, schob die kleine Schatulle unter Kissen und Laken und türmte das Bettzeug wieder darüber auf. Zufrieden nickend drehte sie sich um und strebte zur Tür hinaus.

Als sie an der Treppe zu ihrer Freundin stieß, sann Catherine erneut darüber nach, was sie und Susan am Morgen in Erfahrung gebracht hatten.

Nachdem sie Auld Mab auf dem Weg in die Küche aufgelauert hatten, hatten die beiden versucht, der Alten mehr über die Vergangenheit zu entlocken, als Catherine von der Grafenwitwe erfahren hatte.

Vor allem aber hatten sie wissen wollen, wer Adams Mutter war. Doch an diesem Punkt hatte die alte Mab geschwiegen wie ein Grab. Von Susan zu Catherine blickend, hatte die alte Frau ihnen rundheraus erklärt, dass sie ihnen nichts enthüllen werde, was die Grafenwitwe oder irgendeine andere Dame aus der Gegend verletzen könnte! Beim Allmächtigen, sie kannte die Wahrheit, wollte aber nichts preisgeben!

Auf der Treppe hatte Catherine eine Eingebung und blieb unvermittelt stehen.

»Was ist denn?«, fragte Susan.

»Adams Mutter!«, entfuhr es Catherine. »Die alte Mab meinte doch, dass sie uns nichts enthüllen würde, was Lady Anne oder eine andere Dame aus dieser Gegend verletzen könnte! Es ist eine Adlige und sie lebt in der Nähe!«

»Ganz recht!«, ereiferte sich Susan. »So muss es sein! Warum würde Auld Mab sonst so ausweichend reagieren?«

Gemeinsam schritten die beiden Frauen die Stufen hinunter.

»Wen könnten wir noch fragen?«

»Ich wüsste keinen auf dieser Burg, der sich so weit zurück erinnert.«

»Was weißt du von den Bekannten der Grafenwitwe?« Die beiden Frauen passierten den Eingang zum Rittersaal. »Hat sie je von Leuten gesprochen, mit denen sie und der Graf vor Jahren befreundet waren? Gewiss hat Lady Anne den einen oder anderen erwähnt.«

Susan folgte Catherine, die sich zur Tür der Grafengemächer begab. »Nun, sie sprach häufiger von dem Grafen von Bothwell und seiner Gattin.«

»Den Eltern von Patrick Hepburn, dem Bischof in Elgin?«

»Ja.« Stirnrunzelnd schüttelte Susan den Kopf. »Ich bin der Gräfin von Bothwell einmal begegnet, auf dem Landsitz meiner Eltern bei Linlithgow. Ich vermag mir nicht vorzustellen, dass sie eine Liebesaffäre mit einem anderen Mann gehabt haben könnte. Sie ist dürr, menschenscheu und halb blind … und sie ist sehr gläubig. Ein Musterbeispiel an Frömmigkeit, so könnte man sagen.«

»So manche Frau war nicht immer fromm. Einige entdecken die Religion erst später … weil die Geschicke des Lebens es so wollen.«

»Gleichwohl« – Susan schüttelte den Kopf –, »meiner Ansicht nach kommt sie nicht in Frage.«

Auf Susans Urteil vertrauend, nickte Catherine und nahm eine brennende Fackel von der Wand, ehe sie in John Stewarts Kammer schlüpften. Holzscheite waren im Kamin aufgeschichtet und Catherine entflammte den trockenen Zunder. Innerhalb von Augenblicken saßen die beiden vor dem prasselnden Feuer. Es war wichtig, dass sie alles nur Mögliche zusammentrugen, ehe Athol von Burg Huntly zurückkehrte.

»Fällt dir noch jemand ein?«

»Nun, der Graf von Moray und seine Gemahlin sind alte Freunde der Familie, indes glaube ich nicht, dass die Gräfin eine geeignete Geliebte abgibt. Ich habe sie nie kennen gelernt, aber ich weiß, dass ihr Pferd auf der Jagd stürzte und sie überrannte. Soweit ich mich entsinne, waren sie erst kurze Zeit vermählt und ihre Beine sind seither verkrüppelt. Sie hat nie Kinder bekommen, Catherine.«

Catherine erhob sich aus ihrem Sessel und schlenderte zu einem der hohen Fenster. Sie öffnete die Läden und spähte in den grauen Nebel, der sich draußen zusammenballte. »Dann ist auch sie vermutlich nicht Adams Mutter.«

»Der Graf von Huntly ist ein weiterer enger Freund der Familie. Allerdings hat er nie geheiratet.« Susan drehte sich in ihrem Sessel um und spähte zu

Catherine. »Alle anderen sind entferntere Bekannte. Die Macphersons besitzen ausgedehnte Ländereien unten am Fluss und der Ross-Clan besiedelt weiter im Osten einige Burgen. Und die MacIn…«

»Was ist mit der Familie MacInnes?« Catherine war hellhörig geworden. Gleichwohl wollte sie ihre Ungewissheit über die Beziehung ihres Gatten zu Joanna MacInnes nicht zeigen. Nein, schalt sie sich, während sie sich wieder zu ihrem Sessel begab, sie mussten sich auf die Fragen konzentrieren, die Adams Herkunft betrafen. »Wie ich hörte, hatten die beiden Familien Vorbereitungen für die Heirat ihrer Kinder getroffen. Da muss es doch irgendeine Verbindung gegeben haben.«

Susans Gesicht hellte sich auf. »Du hast Recht. Ich habe das Naheliegende vergessen. Die alte Mab und die Grafenwitwe erwähnten einmal, dass die beiden Familien schon seit jener Zeit befreundet sind, als Duncan MacInnes seine Familie auf die Burg Ironcross brachte.«

»Und da ihre Ländereien aneinander grenzen«, entfuhr es Catherine unwillkürlich, »machte es natürlich Sinn, den zukünftigen Grafen von Athol und Joanna MacInnes …«

Ihr versagte die Stimme, und sie spürte die heiße Röte, die über ihre Wangen flog.

Eine lange Pause trat ein, ehe Susan beschwichtigend einlenkte.

»Ich denke nicht, dass du aus dieser Ecke irgendetwas zu befürchten hast, Catherine. Ich glaube, man hat der Beziehung weitaus mehr Bedeutung beigemessen, als sich letztlich dahinter verbarg. Ich bin kaum ein halbes Jahr auf Balvenie, dennoch meine ich, Joanna MacInnes Kerr recht gut zu kennen. Und es ist mir ernst, wenn ich sage, dass diese Frau ihren Gatten liebt. Ich habe auch nie gesehen, dass Joanna und Athol sich zu nahe getreten wären. Sie sind schlichtweg gute Freunde.«

Innerhalb von Sekundenbruchteilen hatten Susans Worte jeden Zweifel ausgeräumt, der an Catherine nagte, seit sie zum ersten Mal den Namen ›Joanna MacInnes‹ gehört hatte.

»Was die Familie anbelangt«, setzte Susan hinzu, »so vermag ich nicht viel zu sagen, bis auf ...« Sie brach ab. »Nun, bis auf Joanna und ihre Großmutter, Lady MacInnes, ist die Familiengeschichte der weiblichen Mitglieder etwas verworren.«

Catherine gewahrte, dass Susan fröstelte, und wollte die Blenden schließen.

»Nein, nein. Es ist nicht das Wetter, Catherine.«

»Was ist es dann, Susan?«

»Wie ich sehe, hat dir niemand die Legende von Burg Ironcross erzählt.«

Catherine schüttelte den Kopf.

»Nun«, die junge Frau stockte und spähte ins Kaminfeuer – »lange Zeit, vielleicht sogar Jahrhunderte lang hieß es, dass die Burg Ironcross und ihre Bewohner mit einem Bann belegt wären.«

»O Susan! Du glaubst doch nicht an ...«

»Seit Menschengedenken sind alle Gutsherren eines gewaltsamen Todes gestorben. Und auch viele ihrer Familienangehörigen. Es geht das grässliche Gerücht, Catherine, dass tausend Frauen in einer Krypta tief unter der Burg begraben liegen sollen.«

Catherine seufzte, als ihre Freundin innehielt. Wahrhaftig, Susan glaubte diesen Geschichten. »Hat die Grafenwitwe dir das erzählt?«

»Nein, sie spricht nie von Burg Ironcross oder der

Familie MacInnes. Die alte Mab hat mir das gestanden, als ich meinen ersten Besuch dort abstattete.«

»Und dieser … dieser Fluch ist nie aufgehoben worden?«

»Doch. Auld Mab meint, dass es Joanna und Gavin irgendwie gelungen ist, dem Ganzen ein Ende zu setzen.« Ein sanftes Lächeln glitt über Susans Züge. »Ich weiß nicht, wie die Burg früher ausgesehen hat, aber heute ist sie der friedvollste Ort, den man besuchen kann. Natürlich nur, wenn die wilde Kinderschar nicht gerade die Hunde durch den Rittersaal hetzt oder in den Kaminen feststeckt. Und seit der Geburt der Zwillinge geht es dort noch lärmender zu. Vergiss, dass ich Ironcross als friedvoll bezeichnet habe.«

Auch Catherine lächelte bei dieser Vorstellung. Sie hatte Susan noch nicht ihre eigenen freudigen Neuigkeiten berichtet. Der Gedanke, dass Kinder durch die totenstillen Gänge der Burg Balvenie tollen könnten, war überaus entzückend. Aber auch die Aussicht auf einen Besuch der Burg Ironcross und der dort ansässigen Familie gewann für sie urplötzlich wieder an Reiz.

»Ich glaube, dass Lady MacInnes, Joannas Großmutter, viele Jahre in Stirling gelebt hat, allerdings deutete Mab an, dass sie in all der Zeit vieles ertragen musste von ihrem …«

»Ihrem Gatten?«, ereiferte sich Catherine.

»Ja. Sie ist erst kürzlich wieder in die Highlands gezogen. Sie lebt jetzt bei …«

Ein plötzliches Klopfen an der Tür unterbrach Susan. Auf Catherines Frage, wer Einlass begehre, trat Tosh ins Zimmer, eine versiegelte Depesche in der Hand.

»Vom Grafen?«, fragte sie mit unvermittelt erregter Stimme.

»Nein, Mylady. Eine Botschaft von Burg Ironcross. Sie ist an den Grafen gerichtet, aber der Kurier hatte Anweisung, sie Euch oder Mistress Susan auszuhändigen, sofern der Graf nicht hier weilte.«

»Nicht der Grafenwitwe?«, fragte Catherine erstaunt.

»Nein, Mylady.« Tosh runzelte seine vernarbte Stirn. »Euch oder Mistress Susan, betonte er.«

Die beiden Frauen sahen einander an. Catherine nahm den Brief entgegen und brach das Siegel, während Susan ihr über die Schulter lugte.

Die beiden lasen ihn schweigend und wussten sogleich, was zu tun war.

»Tosh, ich wünsche, dass man eine Nachricht zur Burg Huntly bringt«, meinte Catherine entschieden. »Und wir werden einen Begleiter benötigen, denn wir begeben uns auf eine kurze Reise.«

Die Burgtore von Huntly lagen kaum eine Stunde hinter ihnen, als Athol und seine Männer die beiden Gesetzlosen überraschten, die über eine Anhöhe geprescht kamen.

Die beiden wehrten sich eher halbherzig und wurden umgehend von den Soldaten des Grafen überwältigt. Unter Athols durchdringendem Blick wich sämtliche Farbe aus Roy Sykes' üblicherweise gerötetem Gesicht und der andere stämmige Highlander – den Sykes Ren nannte – schwieg sich beharrlich aus.

Eilig überprüften Athol und seine Männer, ob weitere Mitglieder dieser Halunkenbande in der Nähe waren – damit sie nicht selbst überrascht würden.

Allerdings fanden sie keinerlei Anzeichen auf irgendwelche anderen Rebellen.

Athol beachtete die beiden nicht weiter, stattdessen befahl er, ihnen die Hände zu fesseln und die Gefangenen hinter die Rösser von zwei Soldaten zu binden. Während sie bergauf und bergab durch das zerklüftete Hochland in Richtung Balvenie ritten, hörte er, wie seine Männer mit grimmigem Humor über die Methoden der Folter diskutierten, die mittlerweile recht fortgeschritten waren.

Nach Huntlys Enthüllungen hatte John zunächst mit dem Gedanken gespielt, die beiden freizulassen, ja, Roy Sykes sogar seinen Treuebruch zu vergeben. Aus gutem Grund hatte John Stewart verdrängt, warum er diese Gesetzlosen, die ihn seit einem halben Jahr piesackten, ihrer gerechten Strafe zuführen sollte.

Doch noch während er über ihre Freilassung nachdachte, erkannte er, dass er irgendwie einen Weg finden musste, um an Adam of the Glen heranzutreten – und diese Männer würden ihm als Mittel zum Zweck dienen.

Er wollte sie auf die Burg mitnehmen, sie indes nicht bestrafen. Vielleicht war ein Verhör – obschon nicht mit den Methoden der Folter – sinnvoll, um den Highlander über Adams Aufenthaltsort aufzuklären.

Das Letzte, was er jetzt wollte, war, dass sein Halbbruder auf lange Zeit verschwand, bevor sie die Gelegenheit hatten, ihren Zwist beizulegen.

Als sie auf halbem Weg zur Burg unter einem Baum hindurchritten, der sich besonders gut als Galgen eignete, blieb der abschreckend wirkende Gesetzlose namens Ren abrupt stehen. Um Haaresbreite hätte er den Soldaten vom Pferd gerissen, an das er angebunden war.

»Mylord«, kreischte der stämmige Highlander und fiel auf die Knie, dieweil Roy Sykes mit offenem Mund zusah. »Hängt uns hier, dann seid Ihr uns los. Habt Gnade mit uns zwei zerlumpten, armseligen Kreaturen. Wir haben niemandem etwas zu Leide getan. Das schwöre ich bei allen Heiligen!«

Athol spähte von den beiden zu dem Baum und wieder zurück.

»Einverstanden«, erwiderte der Graf mit der finstersten Miene, die er aufzusetzen vermochte. »Sagt mir, was ihr mir zu sagen habt, dann werde ich überlegen, ob ich euch hier aufknüpfe.«

Innerhalb von Augenblicken hatten die beiden Männer ihm recht glaubwürdig Adams Treiben geschildert, alldieweil sie unter Flüchen beteuerten, keiner Menschenseele Schaden zugefügt zu haben. Das hatte Athol bereits gewusst, und er zögerte nicht lange, ihnen das in drohendem Tonfall zu vermitteln. Das Nächste, was die beiden ihm enthüllten, interessierte ihn indes brennend. Auf die Frage, warum sie vom Rest ihrer Schurkenbande getrennt wären, hatte Roy Sykes so lautstark geantwortet, dass man ihn vermutlich noch in Elgin hörte.

»Er hat alle seine Männer zerstreut, Mylord«, brüllte der rothaarige Stallbursche. »Nach seiner Rückkehr von Huntly hat der Meister uns zusammengerufen, geteilt, was zu teilen war, und uns dann unserer Wege geschickt. Adam hat uns erklärt, dass die Tage der Raubzüge durch Euer Land vorüber sind und dass er uns eigenhändig das Fell über die Ohren zieht, sollte er je erfahren, dass einer von uns Eure Bauern oder Eure Herde belästigt.«

Stirnrunzelnd maß Athol die beiden Männer. »Hat er gesagt, wo er hingehen will?«

»Nein!«, krächzte Ren. »Bei meinem Ehrenwort, er hat nichts gesagt!«

Roy Sykes bekreuzigte sich und hielt dem stechenden Blick des Grafen stand.

»Nein, Mylord! Viele von uns boten ihm an, bei ihm zu bleiben – und alles von ihm Verlangte zu tun. Aber er lehnte ab. Vermutlich weiß er selbst nicht genau, was er tun und wohin er gehen will. Uns hat er jedenfalls geraten, nach Süden zu ziehen und ein ehrbares Leben anzufangen.«

Athol senkte den Blick und atmete erleichtert auf. Wenigstens hatten die Raubzüge seines Bruders ein Ende gefunden. Gleichwohl musste er Adam finden und ihm anbieten, was ihm in all den Jahren zugestanden hätte.

»Durchtrennt die Fesseln«, befahl er seinen Männern, bevor er die verdutzten Gesichter seiner beiden Gefangenen maß. »Ihr seid frei, aber wenn ich einen von euch ... oder einen von eurer Bande ... je wieder sehe, dann knüpfe ich euch auf und überlasse euch den Krähen zum Fraß. Und jetzt tu, wie dein Anführer dich geheißen, Roy Sykes, und fang ein ehrbares Leben an.«

22

Adam hatte keine Ahnung, was er sagen oder fragen sollte, wenn sie sich begegneten. Er wusste nicht einmal, ob er lachen oder weinen sollte, wenn sie sich letztlich gegenüber standen.

Von noch größerer Bedeutung indes war, dass er keinen blassen Schimmer hatte, wie er die Legionen von Kerr-Soldaten überwinden sollte, die bei seinem Eintreffen sicherlich die Tore der Burg Ironcross bewachten. Er wischte sich den Schweiß vom Gesicht, spornte sein Ross an und versuchte sich vorzustellen, wie er zu der Frau vordringen konnte.

Der Graf von Huntly hatte ihren Namen nur kurz erwähnt. Ein Hinweis am Rande, dass sie vor ungefähr einem Jahr ihr Interesse daran bekundet hatte, was mit Adam geschehen war, wie seine Situation als Gefangener aussah und was man zu seiner Freilassung unternommen hatte. Ihre Erzürnung, dass Huntlys eigene Bemühungen, ihn aus der englischen Gefangenschaft zu befreien, gescheitert waren.

Allerdings hatte der Graf nicht ein einziges Mal bekundet, dass es sich um Adams Mutter handelte. Aber wen hätte er sonst gemeint haben können?

Als er nach seinem Freikauf aus dem Londoner Tower auf das kleine Segelschiff gebracht worden war, das auf der Themse geschaukelt hatte, war er sich sehr wohl bewusst gewesen, dass immer noch einige Schotten in den englischen Kerkern einsaßen. Im letzten halben Jahr hatte Adam sich den Kopf zerbrochen, wer sein Wohltäter gewesen sein mochte. Aber jetzt war ihm alles klar.

Es war an der Zeit, dass er Lady Agnes MacInnes kennen lernte.

Als Huntly ihn aufgeklärt hatte, dass John Stewart keine Ahnung von alldem hatte, was Adam im Verlauf der Jahre zugestoßen war, ja nicht einmal recht wusste, dass er einen Halbbruder hatte, stockte Adam der Atem. Es war ihm stets ein Leichtes gewesen, seinen gesamten Hass auf Athol zu lenken – war es doch um vieles einfacher, Rachegefühle für jemanden zu hegen, von dem er wusste, dass dieser irgendwann seinen ganzen Zorn spüren würde.

Aber nachdem er erfahren hatte, dass seinen Halbbruder keine Schuld traf, und er selbst Athol und sein Volk grundlos gequält hatte – ohne dass sein Bruder überhaupt wusste, was dahinter steckte –, fühlte sich Adam eher wie ein gemeiner Dieb denn wie ein rächender Kreuzritter.

Und deshalb hatte er seine Männer fortgeschickt.

Jetzt gab es nur noch eines zu tun: Er musste Lady MacInnes aufsuchen und mit ihr reden. Tief im Herzen fühlte er, dass seine Hoffnung nie ganz erloschen war. Vielleicht war sie tatsächlich seine Mutter. Er würde es erst wissen, wenn er sie sehen, mit ihr sprechen, ihr in die Augen blicken konnte.

Alles andere wies er weit von sich. Einmal im Innern der Burgmauern, waren seine Tage vielleicht gezählt. Es kümmerte ihn nicht. Vielleicht hatte die Jahre währende Haftstrafe seine Empfindsamkeit nur verstärkt und nicht getilgt. Wie dem auch sein mochte, er würde seine Antworten bekommen – er würde erfahren, warum beide Elternteile ihn zurückgewiesen hatten.

Aber er war kein Tor. Adam war sich bewusst, dass diese Antworten – so er sie denn bekam – vermutlich vernichtender waren als in seinen schlimmsten Vorstellungen. Dennoch brauchte er nach wie vor Aufschlüsse, wollte er dieser sechs Monate währenden Suche endlich ein Ende setzen.

Und während er sein Ross entlang einer Reihe von Kiefern lenkte, die an dem steilen Abhang wurzelten, wusste Adam, was er als Nächstes tun würde. Nach seinem Gespräch mit Lady MacInnes.

Für ihn gab es keine Zukunft in den Highlands. Und er hatte auch keine Verwandten und keinen Besitz in den Lowlands. Indes besaß Ambrose Macpherson, der Diplomat, der seine Freilassung erwirkt hatte, Schiffe. Wenn Adam es damit einmal versuchen wolle, hatte er vorgeschlagen …

Er hatte keine Erfahrung als Bootsmann, doch es gab nichts, was er nicht lernen konnte. Ja, das war es. Er würde über die Meere segeln – vielleicht sogar seine früheren Mithäftlinge befehden.

Während sein Ross über den Hügel trabte, warf Adam einen Blick in die Tiefe und auf den See, der in dichten Nebel gehüllt war. Bei dem bloßen Gedanken, dass er die Highlands wieder verlassen sollte, legte sich ein Gefühl der Enge um seine Brust.

Indes war es nicht das Land, was ihn beklommen stimmte. Es war seine Liebe zu Susan.

Er hatte sie aufgefordert, sich von ihm fern zu halten. Er hatte von Anfang an gewusst, dass ihnen jede Chance auf ein gemeinsames Glück verwehrt bliebe. Aber dann hatten sein leichtfertiges Herz und ihre hartnäckige Entschlossenheit gesiegt. Und seit jenem Tag auf der Lichtung unterhalb des Dorfes war beider Schicksal besiegelt.

Als er seine Männer um sich versammelt und ihnen befohlen hatte, ihrer Wege zu gehen, hatte er sie lediglich in einer Sache um Stillschweigen gebeten, sollten sie jemals aufgegriffen werden: seine Beziehung zu Susan.

Sie hatten sich in jener Nacht gestritten, als er der Gemahlin seines Bruders die Rückkehr zur Burg gestattet hatte. Zu jenem Zeitpunkt hatte er nicht gewusst, dass sein Abschied von Susan für immer sein sollte. Adam verlangsamte sein Tempo und spähte in den stahlgrauen Himmel. Plötzlich hätte er schreien mögen!

Ihm schoss der Gedanke durch den Kopf, dass seit jener Nacht, als sich die Tore des Londoner Towers hinter ihm geschlossen hatten, einiges anders geworden war. So vieles hatte sich verändert!

Susan verlassen zu müssen und sie nie wieder zu sehen war bei weitem der größte Verlust in seinem Leben. Ihr würde er mehr nachtrauern als den zwölf Jahren, die er im Kerker verloren hatte. Mehr als den Eltern, die er nie gekannt hatte. Vielleicht auch mehr als dem Leben als solchem.

Adam griff in die Zügel, sah er doch alles schlagartig in einem anderen Licht. Auf einmal schien ihm seine Vergangenheit nicht mehr so gewichtig wie seine Zukunft.

Plötzlich wusste er, dass Susan an seine Seite gehörte.

Als Adam die Ladder Hills hinunterritt, setzte starker Regen ein und er konnte kaum die Gipfel von Carn Mor im Süden ausmachen. Sobald er den Kamm eines heidebewachsenen Hügels erreichte, hielt er abrupt an und spähte vorsichtig in die Schlucht, durch die ein reißender Fluss rauschte.

Er riss den Kopf seines Pferdes herum, verschwand in Windeseile hinter dem Hügel und band das Tier an eine kleine Krüppelkiefer. Darauf zog er sein Schwert aus der Scheide, schlich zurück zu dem Hügelkamm und kauerte sich auf den Boden, um das unter ihm herrschende Treiben zu beobachten.

Zwanzig oder dreißig Männer – einige davon offenbar Highlander, nach ihrer Tracht zu urteilen – hatten sich an den reißenden Wassern des Crombie versammelt. Der Fluss, der sonst leicht zu bezwingen war, hatte sich in einen wilden Strom verwandelt, und die Männer waren sich offensichtlich uneins, wie sie diesen überqueren sollten.

Adam starrte in die Tiefe. Was für eine Abtrünnigenbande war das?, fragte er sich im Stillen. Abgesehen von seiner eigenen wusste er von keiner anderen Zusammenrottung von Gesetzlosen in dieser Gegend. Er versuchte ein bekanntes Gesicht auszumachen. Von seinen eigenen Männern konnte er keinen entdecken; die beiden Highlander, die überaus hitzig argumentierten, schienen die Anführer zu sein. Die meisten anderen sahen tatenlos zu. Auf Grund ihrer Gesten entschied Adam, dass sie darüber stritten, ob sie dort ihr Lager aufschlagen oder längs des Flusses nach Süden weiterziehen sollten.

Während er überlegte, dass ihm noch einige Stunden Tageslicht blieben, gewahrte er neben den versammelten Kriegern, am Ufer des reißenden Flusses, eine Hand voll Männer, die tot, verletzt oder gefesselt am Boden lagen. Zweifellos hatte dort ein Kampf stattgefunden, und Adam fragte sich, was wohl der Auslöser gewesen sein mochte.

Dann erspähte er sie und erstarrte.

Die beiden Frauen schienen unversehrt. Susan und die Gemahlin seines Bruders saßen inmitten des Trosses, zwei Krieger hielten die Zügel ihrer Pferde. Wutentbrannt richtete er sich ein Stück auf.

Was vermochte er schon gegen zwanzig bewaffnete Krieger auszurichten? Panik lähmte sein Denken, seine entsetzliche Ohnmacht ließ ihn schaudern.

Er brauchte Hilfe. Adam blickte über die Berge und zerbrach sich den Kopf. Natürlich bestand die Möglichkeit, dass er einige seiner Männer auf dem Weg nach Norden traf, aber diese Chance war eher gering. Warum, zum Teufel, hatte er sie fortgeschickt?, verfluchte er sich im Stillen. Diejenigen, die seinen Anweisungen gefolgt waren, waren inzwischen über alle Berge. Der Weg zur Burg Huntly war zu weit. Gleichwohl durfte er nicht zulassen, dass diese Lumpen die von ihm geliebte Frau in ihrer Gewalt hatten.

Athol.

Welche Wahl blieb ihm noch? Sein Bruder würde ihn gewiss aufknüpfen, aber wenn Athol wenigstens handeln und ihnen seine Streitkräfte auf den Hals hetzen würde – um Susan und seine eigene Frau zu retten –, dann wäre es die Sache wert.

Als ihre Entscheidung auf die Errichtung eines Lagers fiel, beobachtete Adam, wie die Männer entlang des Flusses nach Osten und zu einer höher gelegenen Lichtung ritten. Offenbar glaubten sie, dort besser geschützt zu sein.

Adam stürmte zu seinem Ross, schwang sich in den Sattel und preschte nach Norden, in Richtung der Burg Balvenie.

Ungeachtet des Unwetters ritten die Soldaten zügig voran. Sie hatten soeben das Dorf Bakebare passiert, ungefähr eine Stunde Ritt von Balvenie entfernt, als die beiden Kuriere im Galopp nahten.

Athol zwang sich, Ruhe zu bewahren, dieweil der Regen sein langes rotes Haar durchnässte, und lauschte der Botschaft der Männer, die von einem dringenden Brief von Burg Ironcross berichteten. Die Gräfin und Mistress Susan hatten infolgedessen befohlen, dass Tosh und eine Gruppe Soldaten sie umgehend nach Ironcross begleiteten. Zögernd überbrachte einer der beiden die Nachricht, die

Gräfin bestehe darauf, dass der Graf ihnen alsbald folge.

»So, die Gräfin besteht darauf, was?«

»Ja, Mylord«, erwiderte einer der Kuriere und händigte ihm einen Lederbeutel mit einer Depesche aus.

Nun, welch ein Fortschritt, dachte Athol grimmig, dass Catherine ihm tatsächlich mitteilte, wohin sie aufbrach und dass er dort zu ihr stoßen sollte!

Auch wenn er den Brief nicht lesen musste, um dessen Inhalt zu erfahren, zog er das Schriftstück aus dem Beutel, während einer seiner Soldaten einen Schild über ihn hielt, um den Regen abzuhalten. Wie er sich bereits gedacht hatte, lautete die Nachricht von Burg Ironcross, dass Lady MacInnes im Sterben lag. Die alte Dame kränkelte schon seit einiger Zeit. Allerdings war es seltsam, dass Catherine und Susan Hals über Kopf aufgebrochen waren, und das trotz des schlechten Wetters und ohne seiner Rückkehr zu harren.

Er fragte sich, was die Nachricht aus Ironcross des Weiteren besagt hatte.

Selbst wenn sie ihm, einmal mehr, Informationen vorenthielt, so hatte sie dieses Mal wenigstens Tosh und einige Begleiter mitgenommen. Zumindest sollten Catherine und Susan damit in der Lage sein, die kurze Reise unbeschadet zu überstehen.

Nachdem er seinen Männern befohlen hatte, dem viel bereisten Pfad über den Glen Fiddich nach Süden zu folgen, kreisten John Stewarts Gedanken einmal mehr um seinen Bruder und die Aussicht auf eine mögliche Zusammenkunft. Wenn er überlegte, wie glücklich er seit seiner Eheschließung mit Catherine war, die noch dazu sein Kind unter dem Herzen trug, dann würde er nicht ruhen, bis er einen Weg gefunden hatte, um die Kluft zwischen ihm und Adam zu überbrücken.

Und wahrhaftig, wenn es eine Sache gab, die sein Glück vollkommen machen konnte, dann war es die Chance, Adam of the Glen zu finden und ihn wenigstens halbwegs für das zu entschädigen, was man ihm in all den Jahren vorenthalten hatte.

Koste es, was es wolle, er würde ihre Zwistigkeiten ausräumen!

Der kleine Felsvorsprung über dem nassen, sandigen Boden bot kaum Schutz vor den unangenehm kalten Regenschauern.

Ihren Rücken an den kalten, feuchten Stein gepresst, rückte Catherine schweigend näher an Susan und deutete auf den bewusstlosen Tosh.

»Hast du eine Vorstellung, ob er ernstlich verletzt ist?«

Der Highlander, der im Uferschlamm lag, hatte während des Überfalls von einem der brutalen Kerle einen gezielten Schlag auf den Hinterkopf einstecken müssen. Und was ihre anderen Begleiter anbelangte, so schwante Catherine, dass sie schwer verletzt, wenn nicht sogar getötet worden waren. Ihre Angreifer hatten lange erörtert, ob die Soldaten ein Lösegeld wert waren oder nicht. Die beiden Anführer, die sich scheinbar ständig uneins waren, hatten sich auch deswegen in den Haaren gelegen. Einer von ihnen, ein grausam wirkender Mann, dem fast alle Finger der linken Hand fehlten, wollte so rasch wie möglich nach Süden aufbrechen, der andere indes schien die Zustimmung der meisten Bandenmitglieder zu genießen.

»Ich kann es nicht mit Gewissheit sagen. Aber ich denke, er atmet noch«, wisperte Susan. »Ich glaube, sie wissen, dass er der Kommandant unserer Soldaten ist.«

»Und damit umso wertvoller für sie!«

Betrübt spähte Catherine zu dem reglosen, am Boden liegenden Tosh. Der Angriff hatte sie unerwartet getroffen. Die Gesetzlosen waren in der Überzahl und schienen von allen Seiten auf sie einzustürmen. Es hatte fast den Eindruck erweckt, als hätte man ihnen aufgelauert. Und unseligerweise hatten Susan und sie sich als entscheidender Nachteil für Tosh und seine Soldaten erwiesen. Statt den Kampf mit den Abtrünnigen aufzunehmen, hatte ihr Begleiter die beiden Frauen verteidigen müssen. Und deswegen machte Catherine sich erbitterte Vorwürfe.

Sie hatte ihrem Gatten versprochen, nichts zu unternehmen, was seinen Leuten schaden könnte. Und hier lagen die Soldaten der Burg Balvenie verwundet am Boden – vielleicht sogar tot oder im Sterben –, und das nur, weil dieses Lumpenpack sie hatte aufspüren wollen.

»Du hast mich Laura genannt und als deine Schwester bezeichnet«, flüsterte Susan, den in der Nähe Wache haltenden Krieger nicht aus den Augen lassend. »Warum hast du das gemacht?«

Catherine beugte sich näher an Susans Ohr. »Zu Beginn des Angriffs deutete der ohne Finger mit seinem Schwert auf mich und rief meinen Namen. Sie sind gekommen, um mich nach England zurückzubringen.«

»Aber die meisten sind Highlander!«

»Gewiss, aber die Anführer beriefen sich auf den Namen Percy.«

»Das habe ich auch gehört.«

»Nur um mich zu töten, hätten sie den langen Weg nicht zurückgelegt. Sie wollen … sie wollen irgendetwas. Ich kann mir denken, dass diesen ungehobelten Kerlen befohlen worden ist, mir und meinen Schwestern nichts zu Leide zu tun, weil man fürchtet, wir könnten ein Geheimnis mit ins Grab nehmen, das sie lüften wollen.«

»Also hast du mir das Leben gerettet.«

»Vermutlich habe ich sie nur entsprechend verwirrt, dass sie es nicht wagen werden …« Catherine stockte, da einer ihrer Häscher mit einer Pferdedecke nahte, die er ihnen zu Füßen warf. Als sie sein hämisches Grinsen mit einem Stirnrunzeln erwiderte, wandte er sich schulterzuckend an ihren Bewacher.

Schweigend beobachteten die beiden Frauen, wie die beiden Gesetzlosen die Köpfe zusammensteckten und sich leise murmelnd beklagten, dass sie ›eine weitere Nacht in dieser verfluchten Kälte‹ zubringen müssten. Nach einer Weile schlenderte der Mann jedoch fort. Mittlerweile war es fast finster und die Männer suchten nach trockenem Zunder für ein Feuer. Catherine gewahrte einen zerlumpten, schmutzigen jungen Burschen, der in ihre Richtung steuerte.

»Du denkst also, ihr Plan sieht vor, uns nach England zu schaffen?«, fragte Susan hastig.

»Ja. Jetzt liegt es an uns …« Catherine brach unvermittelt ab, da der junge Mann nur wenige Schritte vor ihren Füßen stehen blieb und einen verdorrten Busch aus dem Boden riss. Als er sich abwandte, schlängelte sich ein graues Band von der Länge ihres Arms mit unglaublicher Schnelligkeit aus dem aufgewühlten Erdreich und auf den Felsvorsprung hinter den beiden Frauen zu. Catherine starrte auf das dunkle, V-förmige Zeichen hinter dem Kopf und die dunkel gezackte Zeichnung auf dem Rücken.

Sich unterschwellig der entsetzlichen Angst ihrer Freundin bewusst, ergriff Catherine die Pferdedecke und mit einer geschickten Bewegung hatte sie den Kopf der Schlange mit ihrer vom Stoff geschützten Hand gepackt. Innerhalb von Sekundenbruchteilen bedeckte sie deren zuckenden Körper mit ihrem Umhang.

Als sie aufsah, kratzte ihr Bewacher sich am Kopf und blickte sehnsüchtig zu dem soeben entzündeten Feuer auf der Lichtung. Susans Züge waren von Entsetzen und Ekel gezeichnet und Catherine musste trotz ihrer misslichen Lage lachen.

»Ja«, flüsterte sie mit einer Geste ihrer Hand. »Eine Viper … Weißt du, ich hätte nie damit gerechnet, dass so bald Hilfe nahen würde!«

Der Regen hatte sich in einen Wolkenbruch verwandelt und der nasskalte Wind peitschte den Soldaten ins Gesicht. Athol indes war entschlossen, Ironcross noch in selbiger Nacht zu erreichen, und deshalb spornte er sein Ross und seine Krieger gnadenlos an.

Anfangs, als sie nach Süden abgedreht waren, hatte er sich kaum Gedanken gemacht über die Dringlichkeit dieser Reise. Ihm dünkte, dass Catherine zum ersten Mal angemessen gehandelt hatte. Mit Tosh als Begleitung – und nach der Zerschlagung von Adams Bande – war wenig zu befürchten. Alles schien in Ordnung, und sie würde ihn gewiss längst erwarten, wenn er auf dem Anwesen seiner Freunde eintraf.

Aber je weiter sie nach Süden vordrangen, umso mulmiger wurde ihm in seiner Haut.

Er wusste nicht, warum. Aber die unterschwellig nagende Besorgnis hatte sich in einen stechenden Schmerz verwandelt, der ihm Magendrücken bereitete. Und jetzt hatte er diesen metallischen Geschmack im Mund – den Geschmack der Angst.

So schnell, wie es der dunkle Pfad erlaubte, preschte er mit seinem Ross voran.

Sie ging ihm nicht aus dem Kopf. Ihre Gedanken, ihre Stimme – so wie sie ihm viele Male im Geiste gewärtig gewesen war. Und irgendetwas stimmte da nicht.

Er wischte sich den Regen vom Gesicht und spornte sein Pferd abermals an, ahnte er doch, dass sie in Gefahr war. Sie brauchte ihn. Bilder von Drachen und Dämonen zogen vor seinem geistigen Auge vorüber, lähmten sein Denken.

John!

Er hörte, dass sie ihn rief.

Als er den Bergkamm überwunden hatte, war er der Erste, der den einsamen Reiter in der Ebene bemerkte. Genau wie ihm schien dem anderen Mann der Teufel im Nacken zu sitzen. Auf halber Höhe griff Athol in die Zügel. Sein kleiner Soldatentross tat es ihm nach und verlangsamte ebenfalls.

Beinahe zeitgleich gewahrte der Fremde sie, denn er zügelte augenblicklich sein Pferd, um dann im gestreckten Galopp zu ihnen zu stoßen. Der Reiter schien weder Schwert noch Lanze zu halten, doch er ritt mit einer Geschwindigkeit, die Athols Männern ein leises Murmeln entlockte.

Auf Grund von Regen und Wind und der zunehmenden Dunkelheit vermochte Athol ihn nicht zu-

zuordnen. Er hätte einer von Gavin Kerrs Männern sein können, vielleicht aber auch einer seiner eigenen Soldaten; allerdings war das Pferd nicht …

Die Wahrheit traf ihn wie ein Schlag ins Genick. Er spürte das plötzliche Engegefühl in seiner Brust, das Blut, das durch seine Schläfen rauschte. Abrupt brachte Athol sein Pferd zum Stehen. Seine Männer versammelten sich hinter ihm und beäugten argwöhnisch den herannahenden Reiter.

John Stewart maß den Mann ebenfalls. Seine hünenhafte Statur. Den Knauf der Waffe, die er jetzt im Rückenhalfter des Mannes gewahrte. Die Entschlossenheit und Fertigkeit, mit der dieser sein Ross lenkte. Athol bedeutete dem Mann anzuhalten und trieb seinen eigenen Hengst voran.

Die beiden trafen sich an dem rauschenden Bach am Rand der Weide. Während sie ihre schnaubenden Rösser zügelten, maßen sie einander. Zwei stechende graue Augenpaare tauschten forschende Blicke aus, dieweil sie ihre Ähnlichkeit feststellten.

Umgeben von einem tosenden Hochlandsturm brach Adam das Schweigen.

»Ich habe dich gesucht.«

»Ich dich auch.«

Adam reagierte mit einem knappen, verständnisvollen Nicken. »Ich bitte dich, deinen Groll für den Augenblick zu vergessen. Wir müssen uns um eine Sache von weitaus größerer Dringlichkeit kümmern.«

»Mein Groll? Mach dir deshalb keine Gedanken. Dennoch, ganz gleich, um was es sich handelt, versprich mir nur das Eine: nicht nachher gleich wieder zu verschwinden. Ich muss mit dir …«

»Versprechen?« Adams Mundwinkel verzogen

sich zu einem angewiderten Grinsen. »Du willst auf das Wort eines Diebes vertrauen, der dich und dein Volk ein halbes Jahr lang des Friedens beraubt hat?«

»Ich vertraue auf das Wort meines Bruders.«

Die beiden Rösser warfen ihre Köpfe zurück und umkreisten einander. Adam senkte seine Stimme zu einem rauen Zischen. »Mir wurde gesagt, dass du nicht einmal wusstest, dass du einen Bruder hast.«

»Das trifft zu. Aber jetzt weiß ich es.« Athol versuchte sein nervöses Pferd zu beruhigen. »Ich glaube, wir beide haben vieles entbehren müssen – du weitaus mehr als ich –, weil wir die Wahrheit nicht kannten.«

Ihre regennassen Gesichter glänzten.

»Ich kann die Vergangenheit nicht ändern«, fuhr Athol fort. »Ich kann nicht ungeschehen machen, was man dir angetan hat. Aber ich kann dich bitten, mir für die Zukunft eine Chance zu geben. Eine Chance, den Mann kennen zu lernen, der mein Bruder ist.«

Adam starrte ihn nur an und Athol bemerkte die Unsicherheit im Blick seines Gegenübers.

»Das ... das habe ich nicht erwartet«, erwiderte Adam schließlich. »Ich habe dich gesucht, wohl wissend, dass du mich töten könntest, noch ehe ich Gelegenheit hätte, auf die vor uns liegende Gefahr hinzuweisen.«

»Ich habe gerade den Grafen von Huntly besucht. Er erklärte mir, dass du ihn kurz vor meiner Ankunft verlassen ...« Athols Stirn legte sich in tiefe Falten, sobald er Adams Worte verinnerlichte. »Welche Gefahr?«

23

Während Regen und Wind ohne Unterlass über sie peitschten, kauerten sich die von Umhängen, Tartans und Pferdedecken geschützten Gesetzlosen um das rauchende, zischende Feuer. Keiner hatte sich bemüht, etwas zu kochen, und Catherine beschlich das Gefühl, dass sie weiterziehen würden, sobald die Wetterverhältnisse es erlaubten. Das leise Gezänk war verstummt, Totenstille hatte sich über den Tross gelegt.

Doch das war nicht in Catherines Sinn.

Die Viper unter der Decke hatte sich ebenfalls beruhigt, nur gelegentlich zuckte ihr zusammengerollter Körper, den die junge Frau fest hinter dem Kopf gepackt hielt. Catherine war klar, dass es sich um eine Giftschlange handelte, dennoch hatte sie keinerlei Bedenken. Dank Bruder Egbert und seines Interesses an der Naturkunde hatten sie und ihre Schwestern schon früh den Umgang mit Schlangen und anderem Getier gelernt.

Catherine und Susan saßen nah beieinander und stellten sich schlafend. Indes hefteten beide ihren Blick auf die Dunkelheit hinter dem Lager ihrer Häscher.

Sie konnte es nicht erklären, dennoch zweifelte sie keine Sekunde lang an seinem Kommen. In der Tat war sie sich gewärtig, dass er in diesem Augenblick schon sehr nahe war. Sie wusste, dass John Stewart, genau wie der Ritter aus ihren tausend Träumen, durch den Rauch des Feuers treten würde, sein Schwert gezückt, sein Blick zornesumwölkt.

Und bis er eintraf, würde sie schweigend und wachend verharren, in stillem Kampf mit ihrem Gift speienden Freund. Während sie abermals durch die Dunkelheit spähte, überlegte sie, wie sie dieses Lumpenpack abwehren könnte.

Nach der lautstarken Auseinandersetzung der beiden Anführer zu urteilen, standen sie eindeutig im Sold von Sir Arthur Courtenay, dem Statthalter des Königs in Yorkshire. Dass die beiden seinen Namen erwähnten, hatte sie keineswegs erstaunt. Sir Arthur war eine pockennarbige Ratte und seit der Festnahme ihres Vaters ein heimtückischer Widersacher ihrer Familie. Es schien ihm Genugtuung zu bereiten, sie und die Ihren zu verfolgen; indes hatte sie keine Ahnung gehabt, dass er zu denen zählte, die den Schatz des Tiberius suchten.

Törichterweise hatte Catherine geglaubt, dass ihre Schwestern und sie mit ihrer Flucht aus England auch Courtenay und seinen brutalen Nachstellungen entfliehen könnten. Ganz gewiss hatte er keine Handhabe, sie in Schottland aufzuspüren. Aber augenscheinlich hatten sie – und auch ihre Mutter – die Reichweite der Fangarme dieses Ungeheuers unterschätzt. Gold ist ein wertvolles Gut und die Gier eine Geißel der Menschheit.

Catherine spürte, wie Susan erstarrte und sie dann mit ihrem Ellbogen anstupste. Wachsam verfolgte sie den Blick ihrer Freundin. Zunächst sah sie nichts als die nächtliche Schwärze. Dann gewahrte sie das Aufblitzen von Metall im Feuerschein. Da waren Männer zwischen ihnen und dem Fluss.

John.

Als sie sich umschaute, stellte sie indes fest, dass den Soldaten ihres Gatten nichts anderes blieb, als sich den Weg zu einer vom Regen durchweichten Anhöhe zu erkämpfen. Indem sie Schutz unter den zerklüfteten Klippen suchten, hatten ihre Häscher strategisch geschickt jeden Versuch vereitelt, sie hinterrücks anzugreifen. Mit Sicherheit würde es nur noch Augenblicke währen, bis einer der Halunken die nahenden Retter erspähte. Zu ihrer Linken, neben der Baumreihe, wurden die Pferde der Gesetzlosen unruhig, und sie sah, wie sich der eine oder andere unter den Decken regte.

Catherines Verstand raste. Sie musste an ihre jüngste Schwester Adrianne denken. Als Heranwachsende war Adrianne stets die Mutigste von ihnen gewesen. Sie hatte seit frühester Kindheit darauf beharrt, den Umgang mit Waffen und die Strategien der Verteidigung zu erlernen, ja, sich sogar auf dem Heuschober versteckt und ihren Vater beobachtet, wie er seine Männer auf einen möglichen Krieg vorbereitete. Laura und Catherine hatten sie immerfort verspottet, dass sie, eine Frau, niemals des Schutzes bedürfe – diesen stattdessen jedoch irgendeinem glücklichen Manne bieten könne.

Sei immer bereit. Beobachte deinen Gegner genauestens, erkenne seine Stärken und Schwächen. Versuche zu denken wie er. Erkenne seinen Vorteil. Unternimm Schritte, um seine Position möglichst zu schwächen – ehe der erste Vernichtungsschlag eintritt.

Catherine neigte sich zu Susan, flüsterte ihr Anweisungen ins Ohr.

Abermals maß sie die Banditentruppe. Die beiden Anführer hatten sich in die unmittelbare Nähe der beiden Frauen begeben. Catherine zweifelte nicht eine Sekunde lang daran, dass diese brutalen Kerle sie im Falle eines Angriffs als menschliche Schutzschilde oder als Geiseln benutzen würden, damit ihr Gemahl die Waffen streckte. Nun, nach ihrem Dafürhalten sollte es gar nicht erst so weit kommen.

Sie atmete tief ein und nickte Susan zu.

»Es wird Zeit!«, wisperte sie.

Die Verstorbenen in der alten Krypta der Kathedrale von Elgin hätten in jener Nacht rührig werden müssen, denn die durchdringenden Schreie der beiden Frauen hätten Tote aufzuwecken vermocht, und Athol war sich sicher, dass sie weithin hörbar waren.

Seine Männer waren bereit und warteten nur auf sein Zeichen zum Angriff. Die Halunken waren in der Überzahl, und er wusste, dass sie diese kaum je würden überwältigen können; dennoch wollte John Stewart eher sterben, als seine Gemahlin kampflos diesen räudigen Hunden überlassen.

Er spürte Adams feste Hand auf seiner Schulter.

»Es ist ein Ablenkungsmanöver«, entschied der Graf, während er die Abtrünnigen beobachtete, die vom Lagerfeuer aufsprangen und in Richtung des Felsvorsprungs stürmten.

Beim heiligen Andreas, er hoffte es zumindest! Selbst von seinem Standpunkt aus vermochte Athol die Schlange zu sehen, die sich – bedrohlich zischend und züngelnd – in Catherines Hand wand.

»Ich weiß«, erwiderte Adam. »Ich habe mit angesehen, wie sie die Schlange unter der Decke hervorzog.«

Innerhalb von Augenblicken hatte die gesamte Bande einen Halbkreis um die kreischenden Frauen gebildet. Athol zögerte keine Sekunde länger.

»Jetzt!«

In geduckter Haltung schlossen Athol, Adam und

die Übrigen blitzschnell zu den lärmenden Gesetzlosen auf.

Catherines und Susans Ablenkungsmanöver fruchtete in der Tat mehr als je von ihm vermutet. Auf Grund des unaufhörlichen Geschreis der beiden und der erfolglosen Bemühungen der Schlange, irgendjemanden zu beißen, wann immer Catherine die Kreatur durch die Luft schwang, gelang es Athol und seinen Gefolgsleuten, das Lumpengesindel mit einem Überraschungsangriff zu überrumpeln.

Mit dem Groll zweier Racheengel stürzten sich die Brüder auf ihre Gegner, Schwerter klirrten im nächtlichen Regen, bahnten sich eine blutige Spur zu den beiden Frauen.

Obgleich ihre Widersacher um das Doppelte in der Überzahl waren, glich das Überraschungsmoment diesen Makel aus. Seite an Seite erkämpften sich die beiden Brüder den Weg zu Catherine und Susan, die sich während des Gemetzels rasch dem verletzten Tosh zugewandt hatte. Die junge Gräfin schwang weiterhin drohend die Schlange und Athol und Adam zeigten keine Gnade gegenüber der Schurkenbande.

Untermalt vom Heulen des Windes, nahm die Schlacht ihren Lauf. Auf beiden Seiten wurde Blut vergossen, vermischte sich mit dem strömenden Regen und verwandelte die Erde in schwarzbraunen Schlamm. Dann durchbrach einer der Anführer das blutige Treiben und stürmte zu den Frauen, seine fingerlose Hand ausgestreckt. Sogleich hielt Catherine die Schlange hoch, die nach seiner Hand schnappte und ihn mitten in seiner Bewegung innehalten ließ. So verharrte er für Augenblicke, dann wich die Bestürzung in seinen Zügen plötzlich qualvollem Schmerz. Darauf umklammerte der Mann seine Hand und rannte schreiend in die Nacht hinaus.

Wie auf ein geheimnisvolles Zeichen hin endete der Widerstand der Gesetzlosen und innerhalb von Minuten war alles vorüber.

Nach der Festnahme der überlebenden Halunken wandte John sich Tosh zu. Unversehens stellte er fest, dass Catherine nicht mehr an Susans Seite weilte. Von Panik übermannt, blickte er sich um und war erleichtert, als er sie ein Stück weit entfernt von dem Felsvorsprung gewahrte, wo sie die Viper im Schutz des Gesteins vorsichtig freiließ. Während er sie beobachtete, hörte es auf zu regnen.

Sie drehte sich um und er verzehrte sie mit seinem liebevollen Blick. Er wusste, dass er nie genug von ihrem reizenden Anblick bekommen würde. Wusste, dass er ihr auch in tausend Jahren nicht würde eingestehen können, wie sehr er sie liebte.

Aber er würde es versuchen.

Er vermochte sich das Lachen nicht zu versagen, als sie zu ihm gelaufen kam. Ihre Umarmung war stürmisch – ihre Stimme fröhlich – ihre Tränen der süßeste Nektar, den er je gekostet hatte. Und John Stewart ließ zum ersten Mal in seinem Leben sein Herz sprechen und raunte ihr leise ins Ohr:

»Ich liebe dich, Catherine Percy Stewart. Und ich schwöre dir, solange ich lebe, werde ich alles tun, um dich vor dir selbst zu beschützen.«

Sie entzog sich ihm, bedachte ihn mit ihrem koketten Stirnrunzeln. »Und was meinst du damit? Nichts von dem, was hier geschehen ist, war …«

»Ich sagte, ich liebe dich, Cat!«

Er beobachtete, wie sich ihre geheimnisvollen

Augen weiteten – wie sie ihre vollen Lippen öffnete, um etwas zu erwidern, es sich dann aber anders überlegte. Wie ihr vollkommenes Antlitz strahlte, so warmherzig, dass er sich dem siebten Himmel nah fühlte.

Er beugte sich vor, um ihre Lippen mit einem Kuss zu besiegeln, doch sie wich unmerklich zurück. »Was hast du gesagt?«

»Ich liebe dich, Cat. Schon seit langem. Ich habe mich so töricht verhalten … in vieler Hinsicht. Nun, ich …«

Sie küsste ihn voll tiefer Leidenschaft, und Augenblicke später war es John Stewart, der atemlos dastand und seine Gemahlin fassungslos anschaute.

»Was hast du gesagt?«, hauchte sie durchtrieben.

»Was habe ich denn gesagt?«, erwiderte er verdutzt.

»So, jetzt bist du derjenige, dem die Worte fehlen.«

Statt das abzustreiten, hob er sie hoch und drückte ihren biegsamen Körper fest an den seinen.

»Vermutlich dient das nur meiner Ablenkung.«

Mit einem weiteren Kuss brachte er sie zum Verstummen. »Ja, ich kann dich ablenken … oder besser nein, nicht meine vollkommene Gemahlin.«

Zufrieden schmiegte sie sich an ihn, aber nur für kurze Zeit, da ihr Blick auf Tosh fiel, der sich aufgesetzt hatte, zwar benommen, aber bei vollem Bewusstsein, und an dem Felsvorsprung lehnte.

»Oh!«, entfuhr es ihr. Sie versuchte, sich dem Grafen zu entziehen. »Tosh! Hast du ihn gesehen?«

»Ja, ich habe ihn untersucht, während du deinen glitschigen Freund freigelassen hast.« Er fasste ihre Hand, und sie bahnten sich einen Weg durch die Reihen der gefesselten Gefangenen, die am Boden kauerten. »Er hat eine ordentliche Prellung am Hinterkopf, aber die Verletzung blutet nicht mehr. Er hat schon Schlimmeres durchgestanden. Ein Gesicht wie seins bekommt man nicht, indem man Schafe hütet. In ein paar Tagen ist er wieder ganz der Alte, obschon ich nicht sicher bin, wie er es aufnehmen wird, dass er während der gesamten Auseinandersetzung unter dem Schutz der Mädchen stand, die eigentlich er beschützen sollte!«

»Ich habe Adam of the Glen gesehen.«

»Ja, es war in der Tat mein Bruder, der an meiner Seite kämpfte.« Athols Lächeln verschwand und er maß Catherine mit forschendem Blick. »Aber wie kommt es, Eheweib, dass du ihn erkannt hast?«

Beschwichtigend tätschelte sie seinen Arm. »Das ist eine lange Geschichte, mein Schatz. Noch dazu eine, die ich dir mit Freuden zum Besten gebe, sobald wir trockene Sachen und irgendwo Schutz gefunden haben.«

In diesem Augenblick gewahrte Athol seinen Halbbruder, Arm in Arm mit einer strahlenden Susan. Athol runzelte die Stirn und zuckte dann die Schultern. »Wie ich sehe, ist da noch etwas, worüber du mich aufklären musst.«

»Alles zu seiner Zeit, mein Gemahl. Ich gelobe dir, dass es zwischen uns keine Geheimnisse mehr geben wird, sobald ich dir alles erzählt habe, was ich weiß, samt den Beweggründen, warum diese Herren mich entführen und nach England zurückbringen wollten.« Abermals streichelte Catherine zärtlich seinen Arm. »Gleichwohl, wenn du meine Gesellschaft schätzt, dann begleite ich dich zu einigen deiner verwundeten Gefolgsleute.«

Gemeinsam begaben sie sich zu einer Gruppe von

Soldaten am Lagerfeuer. Gott sei Dank war keiner seiner Männer ernsthaft verletzt worden, und innerhalb von Augenblicken war Catherine eifrig damit beschäftigt, Schnittwunden an Armen und Schultern zu verbinden.

»Es war höchst verwunderlich, John«, sinnierte sie. »Du warst nicht hier, und doch hätte ich schwören können, dass du irgendwo in der Nähe warst …«

Ihr Wortschwall setzte sich fort; John Stewart, der vierte Graf von Athol, fand sich indes in einem Land der Träume wieder. An einem Ort, wo der Himmel blau war und die fruchtbare schottische Erde sein Lebensglück symbolisierte. Er sah, wie er Arm in Arm mit Catherine durch eine Schlucht schlenderte. Sie strahlte mit der Sonne um die Wette. Eine Hand auf ihren gerundeten Bauch gelegt, enthüllte sie ihm ihre Schwangerschaft.

Er gewahrte, wie er sie durch die Luft wirbelte, ihr schönes Gesicht umflutet von seidenweichen, ebenholzfarbenen Locken, schimmernd im flirrenden Sonnenlicht. Dann wälzten sie sich in weichen Gräsern und Moosen, hielten sich fest umschlungen – ihr zärtlicher Liebesakt ein Zeichen des Begehrens, der Zuneigung und Liebe, die bis ans Ende aller Tage währen würde.

Wie von fern vernahm er ihre sanfte Stimme.

»Du träumst!«

Er lächelte in Catherines nachtblaue Augen.

»Ganz recht.«

Die Eichentür der Zelle sprang krachend auf und der Mann betrat hastig das dunkle Gelass.

»Steht auf, Mönch! Steht auf!« Der königliche Statthalter begab sich zu der zusammengekrümmten Gestalt seines Gefangenen. Der Mann war völlig am Ende. »Ich habe beschlossen, Gnade mit Euch walten zu lassen und Euch eine weitere Chance zu geben, wie Ihr dem König dienlich sein könnt.«

Ein leises, schnarrendes Räuspern entwich der Kehle des Mönchs, steigerte sich zu einem erstickten Husten.

Sir Arthur versetzte der erschlafft am Boden liegenden Gestalt einen energischen Tritt, worauf sich der Mönch vor Schmerzen krümmte und abermals hustete. Er löste die Ketten, warf sie beiseite und trat zurück.

»Steht auf!«

»Ihr habt den Abt getötet.« Der Mönch richtete sich mühsam auf und spähte zu dem Gefolgsmann des Königs. »Es war Irrsinn von Euch, ihm nicht zu glauben, als er beteuerte, nichts von dem Schatz des Tiberius zu wissen.«

»Und ich behaupte nach wie vor, er hat gelogen. Ihr steckt samt und sonders unter einer Decke – alle Mönche! Ihr seid dreckige Lügner und Betrüger.«

»Und Ihr seid so gut wie tot.« Der Mönch rutschte schwerfällig auf die Knie und kam noch behäbiger auf die Füße. »Ich habe die Henker belauscht, ja, sogar mit ihnen gesprochen. Sie meinten, dass die Kunde umgehend zum König vorgedrungen ist und dass die Männer des Königs schon heute eintreffen werden.«

»Ich weiß nichts von einem solchen Unsinn.« Infolge eines Geräuschs aus der Halle spähte der Statthalter nervös zur Tür. »Diese Männer waren Hochstapler! Müßiggänger bei Hofe. Ich empfange meine Befehle von König Heinrich persönlich. Wir brechen auf. Bewegt Euch.«

»Aber Ihr wisst jetzt, dass der Abt ein Onkel von Anne Boleyn war – der neuen Gemahlin des Königs. Hat er versäumt, Euch das zu enthüllen? Haben diese ›Müßiggänger‹ Euch vor ihrem Tod nicht erzählt, dass der König Euren Kopf auf einer Pike verlangt, weil Ihr einen Verwandten seiner Gattin gemeuchelt habt?«

»Der Narr hätte reden können!«, erzürnte sich Courtenay. »Stattdessen weigerte er sich, auch nur irgendetwas von dem Schatz preiszugeben.«

»›Was für ein Schatz?‹, könnte der König fragen«, höhnte der Mönch. Seine Augen waren brennende, schwarze Schlitze. »Ich vermag ihn genau zu hören. ›Wem habt Ihr gedient, Sir Arthur? Wir haben nämlich kein Sterbenswort von einem Schatz erfahren. Sagt uns, Lakai, was Ihr im Schilde führtet und was für ein Schatz das ist, dessentwegen Ihr unseren Onkel getötet habt.‹«

Lautes Brüllen ertönte im Hof des Herrenhauses.

»Bewegt Euren faulen Kadaver, Bruder. Wir brechen auf!«

Der Mönch richtete sich zu seiner vollen Größe auf und wandte sich zu dem königlichen Statthalter. In der Finsternis der Zelle gewahrte Sir Arthur für Sekunden nur das Aufblitzen in den Augen seines Gegenübers – wie ein flackerndes Grablicht. Courtenay sperrte fassungslos den Mund auf.

»Ihr seid erledigt, Sir Arthur. Das ist das Ende. Die letzte Landkarte, die Ihr mir vorenthalten wolltet, wies Eure letzte Ruhestätte aus. Ihr wart einfach zu dumm, um die Kraft – die Macht – des Tiberius zu begreifen.«

Der Statthalter des Königs wollte den Mann brutal beiseite stoßen. Erstaunlicherweise jedoch rührte sich der Mönch trotz der tagelangen Folter nicht vom Fleck.

»Bewegt Euch!«, schnaubte er. »Meine Männer werden Catherine Percy nach England zurückschaffen, und weder Ihr noch ich benötigen für das, was wir ihr abpressen werden, einen König – ein Land. Wir werden reich genug sein, um uns unser eigenes Königreich zu kaufen. Wir …«

Als der Dolch auf seinen Brustkorb traf, ließ der königliche Statthalter den Kopf sinken und starrte mit gequältem Erstaunen auf den Knauf der Waffe, die aus seinem Wams hervorlugte. Während er noch hinsah, bildete sich auf dem tiefgrünen Samt ein dunkler, fast schwarzer Fleck, der zusehends größer wurde. Sir Arthur hustete, spuckte und sah auf – seinem Rächer direkt ins Auge.

»Wie … warum?«

»Ich habe Euch doch gesagt, das ist das Ende!«, flüsterte der Mönch. »Sie waren immer bei mir. Indes konnte ich mir größere Freiheiten herausnehmen, sobald der König von Eurem Verrat erfahren hatte. Eure eigenen Männer haben mir den Dolch gegeben, Sir Arthur. Sie werden beteuern, dass sie Euch in Notwehr getötet haben, um die Kuriere des Königs zu retten.«

»Der Schatz … der …« Sir Arthur umklammerte den Arm des anderen, dieweil er langsam zu Boden sank.

»Für Euch hat es nie einen Schatz gegeben, Courtenay. Ich habe Euch benutzt, wie ich jeden benutzen werde, um zurückzuerlangen, was meins ist. Ich habe Tiberius berührt. Ich habe seine Macht gespürt. Ich allein bin mit seinem Ruhm gesegnet. Und Ihr wart ein Narr zu glauben, dass er Euch jemals gehören könnte.« Der Mönch stieß den Statthalter des Königs zu Boden und zog den blutigen Dolch aus dessen Brust. Dann maß er das verzerrte Gesicht des Mannes. »Euch bleibt nur noch wenig Zeit. Bereitet Eure Antworten vor, Sünder. Die Lügen, die Ihr Eurem weltlichen Fürsten aufgetischt habt, werden den Herrscher des Himmels nicht täuschen.«

Der Mönch umrundete die zuckende Gestalt des Sterbenden und begab sich zu der geöffneten Tür, wo er einen reckenhaften Soldaten gewahrte.

»Es ist vollbracht.« Der Geistliche reichte ihm den Dolch, packte den Soldaten am Arm und redete leise auf ihn ein, während sie durch den Gang schritten.

Das Ableben von Sir Arthur Courtenay und der Umstand, dass er das Versteck nach wie vor nicht kannte, machten dem Mönch deutlich, dass er einen weiteren Helfershelfer wie ihn für die Suche brauchte. Nun, vielleicht sollte dieser nicht ganz so habgierig sein.

Er ahnte bereits, dass seine Suche in den Highlands ergebnislos bleiben würde. Obschon seine Ordensbrüder Catherine Percy an ihren Fluchtort gefolgt waren, wusste er, dass ihre gefühlsmäßige Bindung an die junge Frau überaus groß war. Zweifellos stand ihre Loyalität gegenüber der jungen Gräfin mit ihrer festen Absicht, den Schatz des Tiberius aufzuspüren, in Konflikt. Ansonsten wären sie inzwischen zurückgekehrt.

Ganz ohne Frage war Courtenay verrückt, wenn er glaubte, dass seine eigenen Männer Catherine Percy von einer Burg in den Highlands entführen könnten, dem Besitz eines der mächtigsten Lehnsherren. Nein, eine Gefangennahme oder auch nur eine Befragung von Catherine Percy war vermutlich längst kein geschickter Schachzug mehr.

Aber da waren immer noch Laura und Adrianne, beide unverheiratet und von daher ziemlich schutzlos. Gewiss doch! Ihm standen noch viele Möglichkeiten offen!

Er musste lediglich etwas wachsamer sein.

24

Joanna MacInnes Kerr ahnte, dass ihre Großmutter bald sterben würde. Die alte Frau war eines Nachts aufgewacht und hatte ihr erzählt, dass der Engel des Todes am Fenster stünde. Nachdem sie den Tod ihres Gatten und ihrer drei Söhne hatte verschmerzen müssen, war Lady Agnes MacInnes letztlich bereit, sie im Jenseits wieder zu sehen.

Joannas Großmutter hatte auch erwähnt, dass sie noch einen einzigen Wunsch vor ihrem Ableben habe. Vor ungefähr einem Jahr habe sie ihren Freund, den Diplomaten Ambrose Macpherson, um einen Gefallen ersucht. Sie habe den Highlander gebeten, zunächst den König aufzusuchen und dann England. Dort solle er sich mit allen Mitteln dafür einsetzen, die Freilassung eines Gefangenen zu erwirken. Eines Mannes mit Namen Adam Stewart.

Es sei ihr letzter Wunsch, Adam Stewart noch einmal zu sehen, bevor sie verschied.

Als Joanna darauf einen Brief an ihren Freund John Stewart, den Grafen von Athol, geschickt und ihn darin gebeten hatte, sie bei der Suche dieses Mannes zu unterstützen, mochte sie nicht hinterfragen, was dem Wunsch ihrer Großmutter zu Grunde lag. Die Sterbende hatte ein Anliegen und das reichte Joanna.

Indes, als sie den hünenhaften, grimmig dreinblickenden Highlander in den blutverschmierten Kleidern jetzt durch die verwinkelten Gänge der Burg Ironcross führte, kamen Joanna doch gewisse Zweifel an ihrer Entscheidung.

Er war gemeinsam mit Athol, dessen junger Gemahlin Catherine und Susan MacIntyre eingetroffen. Man hatte ihn als Athols Halbbruder vorgestellt. Das allein hatte genügt, um den Burgherrn von Ironcross und dessen Gattin zu verblüffen, denn so lange Joanna die Familie kannte, hatte sie noch nie etwas von einem Bruder des Grafen gehört.

Allerdings hatte sie keine Gelegenheit gehabt, der Sache auf den Grund zu gehen. Athol, ebenfalls blutüberströmt nach dem Gemetzel mit den Gesetzlosen, hatte ihrem Gatten Gavin die Verwundung an seinem Oberarm gezeigt, die gewiss eine schöne Narbe hinterlassen würde. Und als ihr Gemahl sich ausführlich nach dem Lumpenpack und dem Wohlergehen der beiden Frauen erkundigt hatte, hatte Joanna Adam Stewart kurzerhand aus dem Saal geführt. Ihre Großmutter konnte nicht mehr länger warten.

Auch wenn Joanna nur zu gern geglaubt hätte, dass die Krankheit ihrer Großmutter genauso harmlos war wie die eingebildeten Leiden der vergangenen Jahre, so wusste sie doch, dass die Zeit der alten Dame abgelaufen war. Als sie den neueren Südflügel der Burg betrat, der auf Anregung ihres Gatten vor acht Jahren grundlegend renoviert worden war, drehte Joanna den Kopf und maß heimlich Adam Stewart.

Er war groß, stattlich und dem Grafen in vieler Hinsicht ähnlich. Aber hinter seinem Äußeren spürte Joanna die innere Erregung, eine Spannung, die sich seit ihrem Aufbruch aus dem Rittersaal verstärkt zu haben schien.

Dieweil sie ihn über die Wendeltreppe zu dem nächsten Geschoss führte, wo Lady MacInnes' Kammer lag, konnte sie sich die Frage nicht versagen, die sie quälte. »Ich hoffe, Ihr nehmt mir meine Frage nicht übel, aber wie lange ist es her, seit Ihr meine Großmutter das letzte Mal gesehen habt?«

Die stechenden grauen Augen des Hünen verengten sich zu Schlitzen, fixierten sie. Seine Stimme war kühl, unbeteiligt. »Wir haben uns noch nie gesehen. Ich meine, nicht … nicht dass ich mich erinnern könnte.«

Joanna nickte und setzte ihren Weg über die Treppe fort. »Wie bin ich froh! Dann werdet Ihr nicht allzu sehr enttäuscht, denn ihr Gesundheitszustand hat sich in letzter Zeit verschlechtert. Und ich … ich versuche, ihre Besucher vorher darauf hinzuweisen.«

Sie erreichten das zweite Geschoss und begaben sich schweigend zu einer geschlossenen Eichentür. Eine flackernde Öllampe hing an der Steinwand. Als Joanna sich umdrehte und den Highlander gewahrte, musste sie das plötzliche Verlangen unterdrücken, sich schützend vor die Tür zu stellen und ihm den Einlass zu verwehren. Die Kälte in seiner Stimme und die Verachtung in seinen Zügen stimmten sie überaus misstrauisch und wachsam. Zunächst einmal wollte sie in Erfahrung bringen, wer er war und warum es ihrer Großmutter so sehr am Herzen lag, ihn zu sehen.

Er brach als Erster das Schweigen. »Wer ist sie und warum ist es ihr so wichtig, mich zu sehen?«

Joanna blinzelte verdutzt. »Ich wollte Euch dasselbe fragen!«

»Was meine Person betrifft … was Ihr über mich wissen müsst … habt Ihr bereits von meinem Bruder erfahren. Und warum sie mich rufen ließ, kann ich nur erahnen, Mylady.«

»Ich will keineswegs aufdringlich sein.« In ihrem Ton lag eine gewisse Schärfe. »Gleichwohl scheint mir meine Frage gerechtfertigt. Gewiss vermögt Ihr meine Bedenken zu verstehen, dass ich sie irgendwelchen Unannehmlichkeiten aussetzen könnte.«

»Sie hat *mich* gerufen, Lady Joanna. Und warum solltet Ihr annehmen, dass ich ihr Unannehmlichkeiten bereiten könnte?«

Joanna zuckte die Achseln. »Ich weiß es nicht! Dennoch sehe ich keine Veranlassung, warum ich das Wagnis eingehen sollte. Ich würde ihr diesen letzten Wunsch sogar versagen, wäre ich mir gewiss, dass es zu schmerzlich für sie wird, Euch zu begegnen.«

Sie sah, wie seine Kinnmuskulatur zuckte. Sein Blick schweifte zur Tür und dann wieder zu ihrem Gesicht. Sein Blick wurde sanfter. »Ich werde dafür sorgen, dass sie sich nicht aufregt.«

»Abgesehen von meinen Kindern bin ich ihre einzige Anverwandte.«

»Was ist mit den anderen geschehen?«

»Sie sind alle tot!«, platzte sie heraus. Er wollte die Wahrheit erfahren, also schilderte sie ihm diese. Und sie würde ihn über alles aufklären, solange er im Verlauf ihres Gesprächs nur umgänglicher würde.

»Eure Eltern … sind beide tot?«

Sie nickte. »Meine Eltern, meine beiden Onkel, mein Großvater. Wir haben ihrer aller Tod verschmerzen müssen. Großmutters Leben war erfüllt von tiefer Kümmernis.«

Sie gewahrte einen Anflug von Bestürzung in seinen Zügen. Wieder blickte er zur Tür. Joannas Stimme wurde sanfter und sie legte behutsam eine Hand auf seinen Arm.

»Erst seit meiner Eheschließung mit Gavin Kerr lebt sie wieder auf. Sie ist in die Highlands gezogen, um bei uns und ihren Enkeln zu sein – um die Erinnerung an all die Toten zu verdrängen.«

»Darf ich Euch etwas aus ihrer Vergangenheit fragen?«

Auf seinen beinahe zaghaften Einwurf hin nickte sie. »Ich werde Eure Fragen so gut wie irgend möglich beantworten, gleichwohl bin ich nach wie vor verwirrt über das Interesse, das Ihr füreinander hegt!«

»Darum bin ich hier.« Er seufzte tief. Zum ersten Mal geriet sein Selbstschutz ins Wanken. »Ich bin auf der Suche nach Antworten. Antworten auf die Fragen, die ich schon zeit meines Lebens mit mir herumtrage.«

Jetzt gewahrte sie seine unterschwellige Verletzbarkeit, eine Vielzahl von Empfindungen, die er zu verbergen suchte. Und den Schmerz, der sich in seinen Augen spiegelte.

Sie schob ihn zu einer kleinen Bank in einer der Fensternischen; dann erzählte sie ihm alles, was sie wusste. Sie erzählte ihm von der Eheschließung ihrer Großmutter mit Duncan, einem Mann, der seine Gemahlin und auch andere Frauen schamlos missbraucht hatte. Sie berichtete ihm von dem Fluch, der auf der Burg Ironcross lag und von dem allgemein angenommen wurde, dass er für den Tod ihres Großvaters, ihrer beiden Onkel, ja, selbst ihrer Eltern verantwortlich war.

Auf seinen fragenden Blick schilderte Joanna ihm, wie ihre Eltern bei einem Feuer in ebendiesem Flügel ums Leben gekommen waren und wie sie und Gavin schließlich das Geheimnis gelüftet hatten, das den ›Fluch‹ aufhob.

»Meine Großmutter glaubte an die zerstörerischen Kräfte jenes Fluches. Sie hatte mit angesehen, wie er ihre gesamte Familie ausgelöscht hatte. Erst nachdem Gavin und ich geheiratet hatten, ließ sie sich schließlich überzeugen, dass jene grauenvollen Tage endlich vorüber waren.«

»Ihr denkt, sie hat ihren Frieden mit der Vergangenheit geschlossen?«

Joanna dachte über diese Frage nach und schüttelte schließlich den Kopf. »Ich dachte, sie hätte es getan. Aber ich habe mich getäuscht. Nach ihren Worten zu urteilen scheint es mir eher so, dass sie nur dann in Frieden ruhen kann … wenn sie Euch getroffen hat.«

Mit düsterem Blick spähte er zu der verschlossenen Tür. »Ist sie wirklich krank?«

Joanna nickte. »Ich habe mich lange geweigert, der Wahrheit ins Auge zu sehen. Doch inzwischen glaube ich, dass sie sterben wird.«

Schweigend musterte Joanna sein Profil. Adams Stewarts Züge waren markant und vom Wetter gegerbt. Sein langes kastanienbraunes Haar hing ihm nachlässig zusammengebunden im Nacken. Seine Augen waren grau und stechend. Er war ein Stewart – daran bestand kein Zweifel. Und doch gewahrte sie noch etwas anderes in seinen Zügen. Die Konturen seines Mundes und seine Kinnpartie erinnerten sie an jemanden.

Und dann dämmerte es ihr. Dieses Gesicht ähnelte dem ihres Vaters.

»Gestattet Ihr mir, sie zu sehen?«

Diesmal zögerte sie nicht, sondern nickte zustimmend. Sie hatte das einzig Richtige getan, indem sie ihm die Wahrheit gesagt hatte. Und sein mittlerweile überraschend höfliches Benehmen bewies ihr, dass sich hinter seinem schroffen, unnahbaren Äußeren ein mitfühlendes Herz verbarg.

Es war der Wunsch einer sterbenden Frau, Adam Stewart zu sehen. Einerlei, welcher Sünde Lady MacInnes sich für schuldig befand, Joanna wusste jetzt, dass dieser Mann die Gnade besaß zu vergeben.

Adam stand mit dem Rücken zur Tür und betrachtete die alte Frau, die, mit Kissen gestützt, schlafend in dem riesigen Eichenbett lag.

Joanna Kerr hatte ihm nicht nur den Besuch bei ihrer Großmutter erlaubt, sie hatte auch die Kammerfrauen angewiesen, den Raum zu verlassen und draußen zu warten, falls sie gebraucht würden.

Allein gelassen mit ihr zögerte Adam, ehe er einen Schritt in Richtung Bett unternahm. Der Baldachin aus kostbarem französischem Damast war zurückgezogen worden, und er sah die knochigen weißen Finger, die unruhig über die feine Spitzenbettwäsche glitten. Die kleine, weißhaarige Frau träumte, indes waren diese Träume eindeutig unangenehmer Natur. Selbst dort, wo er stand, vermochte er ihre aufgewühlten Atemzüge zu hören.

Beim Blute Christi, flehte er inbrünstig, lass mich mit dem Schwert in der Hand und Auge in Auge mit meinem Feind sterben!

Unvermittelt schlug Lady MacInnes die Augen auf und suchte ihre Umgebung zu fixieren. Sie sah sich um, und nachdem sie keine der ihr vertrauten Bediensteten erspähte, entdeckte sie ihn an der Tür.

»Gavin! Bist du das?«

Adam trat näher. Sie schien so zerbrechlich – ihre Stimme kaum mehr als ein gequältes Flüstern. »Nein, Mylady. Es ist nicht Gavin.«

»John! John Stewart!« Sie hob eine ausgemergelte Hand und winkte kraftlos in seine Richtung. »Joanna … sie hat mir erzählt, dass Ihr kommen würdet. Sie sprach auch von Eurer Heirat. Welch gute Nachricht!«

Adam kam näher und hätte beinahe ihre ausgestreckte Hand umfasst, doch dann überlegte er es sich anders und verschränkte die Hände hinter seinem Rücken.

»Nein, Mylady. Es ist auch nicht John.« Er zögerte, verwünschte sich für seine Feigheit. »Ich bin es … Adam … sein Bruder.«

Die alte Frau starrte ihn an, ihre Atemgeräusche kaum mehr vernehmbar. Adam hielt ebenfalls den Atem an und betrachtete sie mit wachsender Besorgnis. Schließlich rang sie nach Luft. Ihre Züge waren vom Schmerz gezeichnet, und während er sie maß, spürte er, wie dieser ihm zu Herzen ging. Zwei einsame Tränen traten in ihre müden Augen, rollten langsam über ihre Wangen. Adam kämpfte die seinen nieder.

»Du!« Ihre Stimme war kaum mehr als ein Atemhauch. »Adam!«

Er verharrte bewegungslos, dieweil sie sein Gesicht betrachtete.

»Mein … Adam!«

Er musste wegsehen und die Augen schließen, um seinen Tränen Einhalt zu gebieten. Er biss die Zähne zusammen, um der Empfindungen Herr zu werden, die ihm fast das Herz zerrissen. Wie lange hatte er dieser Worte geharrt? Wie viele lange Jahre!

»Adam!«

Auf ihr leises Wispern sah er erneut zu ihr. Durch einen Tränenschleier gewahrte er die Frau, die ihn auf diese Welt gebracht hatte. Er sah die schwachen, zitternden Hände, die die Tränen fortzuwischen suchten, das faltige, bebende Kinn. Diesmal zögerte er nicht: Er streckte seine Hand aus und nahm ihre knochigen Finger in seine riesige Pranke.

»Ich bin hier!«

»Mein … eigener Sohn. Mein Adam!« Sie zog seine Hände an ihr Gesicht, küsste sie, presste sie an ihre faltigen Wangen. Sie waren angenehm warm auf ihrer kühlen Haut. »Ich hätte … ich hätte nie gedacht, dass der Allmächtige mir vergeben könnte … was ich getan habe. Ich hätte nie gedacht … dass du kommen würdest.«

Er setzte sich auf den Rand ihres Betts, spürte den faustgroßen Knoten in der Kehle und vermochte kein Wort zu sagen. So lauschte er ihren Dankgebeten, die für Augenblicke beinahe fühlbar im Raum hingen, bevor sie gen Himmel entschwebten.

Wie viel Bitterkeit er in der Vergangenheit auch empfunden und welchen Groll er gegen seine Mutter gehegt haben mochte, all dies war mit einem Mal ohne jede Bedeutung.

Lady Agnes MacInnes war seine leibliche Mutter,

eine Frau, die an den Härten des Daseins zerbrochen war. Sie stand am Ende eines Lebens, das ihr wenig Freude und viel Kummer bereitet hatte. Sie war eine Frau, die, wie Joanna ihm erklärt hatte, genug gelitten hatte.

»Ich muss dir so vieles erzählen«, hauchte sie.

Adam hatte keineswegs die Absicht, ihr Fragen zu stellen. Was ihn anbetraf, so war allein ihr Wunsch, ihn sehen zu wollen – die Gelegenheit, sie kennen zu lernen, sie zu sehen, ihre Hände, ihr Gesicht zu berühren –, weitaus mehr, als er je zu hoffen gewagt hatte. Unendlich viel mehr.

Gleichwohl war die alte Dame entschlossen, ihren Willen durchzusetzen – ihren Frieden zu machen, indem sie die Wahrheit enthüllte. Während sie sprach, hielt sie häufiger inne, um Atem zu schöpfen, sich die Tränen fortzuwischen und seine Hände zu küssen.

»Ich war es, die John Stewart, dem dritten Grafen von Athol, nachstellte. Ich war damals Witwe. Mein Gemahl Duncan war ein brutaler Dreckskerl, der sein Pferd mehr achtete als seine Frau. Keiner vermisste ihn, als er tot war – und ich ganz gewiss nicht. Unsere drei Söhne waren alt genug, um ihr eigenes Leben zu führen, und ich hatte nichts. Also ließ ich mich auf das Teufelswerk ein, einen unbescholtenen Mann seiner Ehre zu berauben.

Dein Vater war ein anziehender Mann. Und ein guter Mensch. Anne war er ein aufmerksamer Gemahl, seinem Sohn John ein liebender Vater. Da ich nie einen Gatten gehabt hatte, der mich schätzte oder für irgendetwas lobte, begehrte ich diesen Mann. Ja, Adam, ich habe Anne, meine eigene Freundin, hintergangen und meine verlockenden

Fallen aufgestellt, um den Gemahl einer anderen zu verführen.

Anfangs wies er mich ab. Er wiegte sich in dem Glauben, dass er sich in meinen Avancen getäuscht hätte. Aber ich gab nicht auf. Meine Vorstöße wurden immer offensichtlicher. Trafen unsere Familien zusammen, so ließ ich keine Gelegenheit aus, ihm die Torheit vorzuwerfen, dass er meine Tändelei abwies. Ich gab ihm mein Wort, dass Anne nie davon erfahren würde. Ich erinnerte ihn mit einem Seufzen, einer zufälligen Berührung, einem Blick daran, dass ich für ihn da war.

Er leistete weiterhin Widerstand, dennoch ahnte ich, dass ich meinem Ziel nah war. Trotz unseres Alters wusste ich, dass er mich begehrenswert fand. Nie zuvor hatte ich einen Mann verführt. Aber bei John Stewart wurde das Begehren zur Besessenheit. Ich verzehrte mich danach, einen richtigen Mann in meinem Bett zu wissen.

Meine Chance nahte, als Anne mit dem kleinen John eines Sommers nach Frankreich segelte. Der Knabe sollte dort zur Schule gehen. Da ich wusste, dass John allein zurückblieb – und dies als die beste Gelegenheit wertete, die ich vielleicht jemals erhalten würde –, stellte ich ihm nach.

Nicht einmal ein Heiliger hätte einer solchen Versuchung widerstehen können! Er ergab sich mir, und ich verbrachte jene ersten Tage und Nächte in völliger Verzückung, denn er war der Mann meiner Träume. Doch mit der Zeit quälte mich mehr und mehr der Gedanke, wie leer mein Leben vor ihm gewesen war. Wie leer es sein würde, wenn er fort wäre.

Ich war versucht, mein Versprechen zu vergessen, dass ich sein Leben mit Anne nicht zerstören würde.

Ich dachte sehr lange darüber nach. Aber letztlich hatten wir ein Abkommen getroffen – einen Pakt, dass ich ihn gehen ließe, wenn es an der Zeit wäre. Dass, wenn unsere gemeinsame Zeit abgelaufen wäre, ich ihn freigeben würde.

Wir gingen unserer Wege und ich hielt meinen Teil der Abmachung ein. Ich hielt mich von ihm fern. Indes träumte ich ständig, dass er mich vermisste – dass wir noch einmal von den verbotenen Früchten kosten sollten, die wir einst geteilt hatten. Ich träume davon, dass er mir nachstellte.

Aber das tat er nicht. Er war wieder der Frau treu, mit der er den Großteil seines Lebens verbracht hatte. Seine einzige, seine wahre Liebe war Anne.

Oh, ich war durchtrieben gewesen. Ich hatte die Dirne gespielt und meiner besten Freundin den Gatten ausgespannt – für eine Weile. Aber die Tragweite meines Tuns – meiner Sünde – wurde mir erst bewusst, als mein ältester Sohn Alexander in dem Teich ertrank, der sich vor meinem Kammerfenster erstreckt. Mein Alexander starb nur wenige Wochen, nachdem meine Affäre mit Athol geendet hatte.

Ich war am Boden zerstört. Ich besann mich auf den Fluch, mit dem eine unscheinbare Frau namens Mater mich und meine Familie vor vielen Jahren belegt hatte. Ich glaubte sie verantwortlich für den Tod von Duncan und Alexander. Thomas, mein zweiter Sohn, wäre beinahe gestorben. Man versuchte mich zu überzeugen, es wäre ein Unfall gewesen. Ich wusste um die Wahrheit. Ich wusste, dass Mater dafür verantwortlich war.

Und dann brach eine Welt für mich zusammen. Ich entdeckte, dass ich schwanger war. Dass ich trotz meines fortgeschrittenen Alters ein Kind empfangen hatte. Dass ich die Frucht von Johns und meiner Leidenschaft unter dem Herzen trug – dich.

Derart abgelenkt von Kümmernis und Entsetzen, dachte ich nicht einmal an die Schande, dass ich, eine Witwe, ein Kind gebären würde. Ich dachte einzig daran, dass Mater ein weiteres Opfer für ihren Fluch bekommen würde. Also behielt ich mein Geheimnis für mich. Ich brach zu den westlichen Inseln auf, zu einer mir bekannten Priorei. Dort bin ich den ganzen Winter geblieben. Dort bist du geboren.

Ich hielt mein Kind in den Armen. Ich nannte dich Adam und dachte einzig an die entsetzlichen Dinge, die dich in deinem Leben erwarten würden. Thomas und John, meine beiden Söhne, die noch lebten, wussten nichts von deiner Existenz. Und ich war blind vor Angst wegen diesem Ungeheuer, das ich in Mater heraufbeschworen hatte.

Es war nicht Beschämung, warum ich weder meine Söhne noch andere in mein Geheimnis einweihte, sondern nach Athol, deinem Vater, schickte. Ich wusste schlicht und einfach keinen anderen, der dich vor Mater beschützt hätte.

Er kam, wie ich es vermutet hatte. Und er verhielt sich wie ein Ehrenmann, denn Athol hatte seine Prinzipien. Auf meine Bitte hin holte er dich fort. Um dich an einen Ort zu bringen, wo niemand wissen, ja nicht einmal ahnen würde von unserer Verwandtschaft. An einen Ort, wo du in Sicherheit wärest.

Die Jahre vergingen, Adam. Kurz darauf starb Thomas an Gift. Sein Tod bestätigte mich in meinem Entschluss, dich fortzuschicken. Ich hielt es nicht mehr länger in den Highlands aus, also flüchtete ich nach Stirling. Ich nahm an, dass dein Vater dich zu jemandem in den Highlands gegeben hätte, und fürchtete die Nähe zu dir. Ich fürchtete, ich könnte herausfinden, wo du lebtest und … dich zurückhaben wollen!

Als Athol starb und dein Bruder zum Grafen ernannt wurde, wusste ich, dass du ungefähr sechzehn Jahre alt sein musstest. Ich zwang mich, mich nicht länger um deine Zukunft zu grämen. Ich kannte deinen Vater und war sicher, dass du eine gute Erziehung genossen hattest. Ich betete zu Gott, du mögest deinen Weg im Leben machen!

Nur wenige Jahre später starb John – mein Jüngster von Duncan – mit seiner Frau bei einem grauenvollen Brand in ebendiesem Flügel. Einige Monate lang hielt ich sogar Joanna für tot. Der Fluch wollte nicht enden, so schien es. Aber insgeheim glaubte ich, dass es mir gelungen war, das Leben eines meiner Kinder zu retten.

Ein halbes Jahr nach diesem Feuer erhielt Gavin Kerr die Burg Ironcross. Irgendwie spürte er Joanna in ihrem Versteck auf, die nur darauf wartete, den Tod ihrer Eltern irgendwann zu rächen. Die beiden waren in der Lage, die Geheimnisse von Ironcross zu entschlüsseln und den Fluch aufzuheben.

Ich habe mich in so vielem geirrt, Adam. Da ich immer noch glaubte, du wärest in Sicherheit und würdest inzwischen dein eigenes Leben leben, zweifelte ich nicht an meiner ursprünglichen Entscheidung. In den folgenden Jahren genoss ich die fürsorgliche Zuneigung einer Enkeltochter, die mich an ihrem Leben teilhaben lassen wollte. Gavin und Joannas Liebe füreinander, ihre Großherzigkeit und ihre reizenden Kinder vermittelten mir zum ersten Mal in meinem Leben eine Ahnung dessen, was Glück bedeuten kann.«

Lady MacInnes schloss kurz die Augen und fuhr fort.

»Aber das alles war ein Trugschluss. Vor zwei Jahren erfuhr ich über Ambrose Macpherson von dem Friedensvertrag, als dieser mit seiner Frau Elizabeth hier auf Ironcross weilte. Schlagartig änderte sich alles.

Wieder gebärdete ich mich wie eine Irrsinnige«, flüsterte sie, den Blick auf sein versonnenes Gesicht geheftet. »Ich nutzte meine Verbindungen zum Königshof, um herauszufinden, wer vor all den Jahren nach England geschickt worden war. Und welche armen Seelen noch dort ausharrten. Mein eigenes Kind hatte über Jahre hinweg in einem entsetzlichen englischen Kerker geschmachtet, dieweil ich im Kreis fröhlicher Enkel dem Alter entgegen sah.

Ich schickte nach Ambrose Macpherson. Von allen schottischen Diplomaten war er der Einzige, von dem ich wusste, dass er eine Chance hatte, in Verhandlungen mit dem englischen König zu treten.

Und endlich einmal war das Schicksal mir hold, denn Ambrose war erfolgreich. Er ließ mir die Nachricht überbringen, dass du frei seiest.«

Adam küsste die Hand seiner Mutter. »Hat er von unserer Verwandtschaft gewusst?«

»In meiner Eile, meiner Bestürzung und Besorgnis weiß ich nicht einmal, was ich ihm diesbezüglich erzählt habe. Gleichwohl hat er davon gewusst … ich bin mir sicher. Aber Ambrose Macpherson ist kein Mensch, der das Vertrauen anderer missbraucht. Ich war mir gewiss, dass er nicht einmal dir etwas sagen würde.« Lady MacInnes senkte unvermittelt die Lider und seufzte ermattet. »Und deshalb war es mir so wichtig, dich zu sehen – ich wollte dir die ganze unsägliche Wahrheit über deine Mutter berichten.«

»Ich sehe in all deinem Tun nichts, was etwas anderes als meine Liebe und Dankbarkeit verdient hätte.« Adam legte seine Hände um die ihren und hielt sie fest, wärmte sie. »Die Vergangenheit habe ich bereits vergessen. Es wird Zeit, an die Zukunft zu denken … Mutter.«

Ein schwaches Lächeln huschte über ihr faltiges Gesicht. »Du bist der Sohn deines Vaters. Er hat mir nie angelastet, was ich getan habe.« Bedächtig führte sie seine Hände an ihre Lippen und küsste behutsam seine Finger. »Du bist so achtbar wie er, Adam … und genauso rechtschaffen!«

25

Zwei Wochen nach Adams erstem Besuch starb Lady Agnes MacInnes.

Umgeben von ihren Lieben, nahm sie die Hand ihres Sohnes und ihrer Enkelin in die ihren und tat ihren letzten Atemzug.

Es erleichterte Catherine, dass Lady Agnes die Wahrheit über Adams Herkunft sogleich dem Rest der Familie mitgeteilt hatte.

Catherine und John hatten von Anfang an beschlossen, Johns Mutter jede Diskussion zu ersparen, die sie abermals an die Untreue des alten Grafen erinnern würde. Doch nachdem Catherine und John gemeinsam mit Adam und Susan auf die Burg Balvenie zurückgekehrt waren, bat Lady Anne in verwunderlicher Weise um ein umgehendes Gespräch mit Adam. Die Beziehung, die sich bald nach dieser Zusammenkunft entwickelte, war von beiderseitigem Verständnis und Vergebung geprägt.

Catherine legte den brennenden Kienspan auf den Zunder im Kamin ihrer kleinen Kammer, ließ sich auf die Fersen zurücksinken und beobachtete, wie die Flammen an dem Holz leckten und die frühmorgendliche Kälte vertrieben. Ihr Gatte hatte noch geschlummert, als Catherine, nicht willens, ihr allmorgendliches Ritual aufzugeben, sein Bett verlassen hatte, um sich in ihr Kämmerchen zurückzuziehen und dort ihren Gedanken nachzuhängen und ihren Schwestern zu schreiben.

Adam hatte das ihm sowohl von John Stewart als auch von Gavin Kerr angebotene Land verschmäht. Stattdessen entschied er sich für Huntlys Erbe, wie es der betagte Adlige bezweckt hatte. Er und Susan wollten im Frühling heiraten – sobald ihre Familie die entsprechenden Vorbereitungen getroffen hatte. Sehr wahrscheinlich würden die Feierlichkeiten kurz vor Catherines Niederkunft stattfinden. Die Vorstellung, wie sie kugelrund und auf wackligen Beinen mit dem glücklichen Paar vor dem Kirchenportal stand, stimmte sie über die Maßen heiter. Wie sie ihren fürsorglichen Gemahl kannte, würde dieser sie vermutlich eigens die Stufen hinauftragen.

Sie erhob sich vom Kamin, setzte sich auf den Stuhl vor dem kleinen Sekretär und sann über die Briefe nach, die sie abzufassen gedachte. Aus Gründen der Sicherheit hatten die Percy-Schwestern vor ihrer Flucht aus England vereinbart, einander nicht zu schreiben, es sei denn, es läge eine Sache von äußerster Wichtigkeit an. Obschon jede den Aufenthaltsort der beiden anderen kannte, wollte keine die Schwestern in Gefahr bringen.

Aber jetzt lag etwas überaus Wichtiges an, was Laura und Adrianne erfahren mussten!

Als Catherine in Begleitung ihres Gatten auf Burg Balvenie eingetroffen war, hatte sie die kleine Holztruhe in ihrer Kammer aufgebrochen vorgefunden, und zwei der Mönche, Bruder Paul und Bruder Egbert, hatten längst das Weite gesucht. Nachdem sie ihrem Gemahl die Wahrheit enthüllt und ihm erklärt hatte, dass sie die richtige Landkarte bei der Grafenwitwe zurückgelassen und eine von eigener Hand gezeichnete Fälschung in die Truhe gelegt habe, musste sie Athol mit Macht davon abhalten, den Räubern zu folgen.

Im Gegensatz zu den Halunken, die sie und Susan entführt hatten, würden die beiden Mönche ganz gewiss niemandem etwas zu Leide tun. Und in der Tat wies Tosh sie darauf hin, dass Bruder Paul in jener Nacht, als Catherine Susan gefolgt war, das Feuer in ihrer Kammer gelöscht hatte. Darauf gab Catherine zu bedenken, dass der Mönch vielleicht selbst den Brand gelegt habe, um auf ihr Verschwinden und die damit möglicherweise verbundenen Gefahren hinzuweisen.

Als sie Bruder Bartholomew befragten, brachten sie rasch in Erfahrung, dass der beleibte Mönch zu vertrauensselig im Umgang mit seinen Gebetsbrüdern gewesen war. Sie vernahmen auch, dass die drei die Reise ins schottische Hochland und nach Balvenie nicht als Gruppe unternommen hatten. Die beiden anderen Mönche hatten sich Bartholomew erst nördlich von Athols Jagdsitz bei Corgarff angeschlossen.

Vor diesem Hintergrund war Catherine klar, dass sie ihre Schwestern warnen und zur Vorsicht gemahnen musste, sollte einer ihrer alten Bekannten von der Abtei in Yorkshire zufällig bei ihnen auftauchen.

Natürlich wusste sie ihnen auch andere Neuigkeiten zu berichten. Über die Schule, die sie mithilfe von Bruder Bartholomew und der Lehrer von Elgin eröffnen würde. Und – nebensächlich – von ihrer Eheschließung und dem Baby …

Lächelnd tauchte sie den Federkiel in das Tintenfass. Doch bevor sie ein Wort zu Papier bringen konnte, unterbrach sie ein Klopfen an der Tür.

Für das Gesinde ist es noch zu früh, überlegte Catherine. Sie erhob sich, durchquerte den Raum und riss die Tür auf. Zu ihrem Erstaunen standen dort zwei Lakaien mit dem riesigen Polstersessel aus dem Vestibül ihres Gemahls auf der Schwelle.

Fragend blickte sie von einem schweigenden Mann zu dem anderen, um dann Jean zu bemerken, die unmittelbar hinter den beiden verharrte, einen eigentümlichen Ausdruck auf dem Gesicht. In ihren Armen stapelten sich Berge von frischen Leintüchern.

»Was soll das be…«, hub Catherine an und trat aus der Kammer, um ihrer Zofe zu helfen.

Mit aufgerissenem Mund blickte sie durch den Flur.

Hinter Jean standen zwei weitere Männer, die den Holzrahmen eines riesigen Betts schleppten. Und dahinter zwei stämmige Stallburschen mit der Matratze.

Catherine schlüpfte an den Bediensteten vorbei. Zu ihrem Entsetzen war das bislang Wahrgenommene nur der Anfang.

Während sie sich einen Weg durch den Gang bahnte, passierte sie eine schier endlose Kette von Dienern und Mägden. Männer und Frauen trugen Bänke, Stühle, Sessel, Schemel, Kisten, Truhen, Wandbehänge – ja, sogar eine Sammlung von Waffen, Schilden und Lanzen. Auf dem Weg über die Wendeltreppe und vorbei an dem Eingang zum Rittersaal verlor Catherine den Überblick über der Vielzahl der Bediensteten und Kleinodien. Das Ende der Reihe bildeten schließlich zwei Küchenmägde mit einem Stapel Decken.

Blitzschnell war sie an der Tür zur Vorkammer ihres Gatten angelangt. Unter dem mürrischen, indes wachsamen Blick des betagten Verwalters trugen ein grinsender Tosh und ein weiterer Soldat soeben den schweren Schreibtisch des Grafen hinaus.

Völlig entgeistert starrte Catherine an ihnen vorbei in die leere Stube. Alles war fort. Alles – einschließlich der hölzernen Blenden vor den Fenstern!

Kopfschüttelnd begab sie sich zu der Schlafkammer ihres Gemahls und spähte hinein. Auch dieser Raum war sämtlicher Möbelstücke beraubt.

»Du hast länger gebraucht, als ich annahm.«

John Stewart stand mit dem Rücken zum Kamin. Catherine trat ein und schloss die Tür.

»Du hast den Kamin vergessen.«

Er lächelte so durchtrieben, dass sie fast dahinschmolz. Und während sie ihn beobachtete, straffte er sich langsam und trat zu ihr.

»Ich habe dich gewarnt, mein Schatz.«

»Mich gewarnt?«, meinte sie halb scherzhaft, während sie es genoss, wie er sie in seine Arme zog.

»Ich habe dich davor gewarnt, immer wieder mein Bett zu verlassen!« Er liebkoste ihren Nacken, ihr

Ohr, streifte mit seinen Lippen ihren Wangenknochen. »Ich habe dir angekündigt, dass ich nachkommen würde.«

Plötzlich dämmerte es Catherine; sie legte ihre beiden Hände auf seinen trainierten Brustkorb, stellte sich auf die Zehenspitzen und versuchte ihm tief in die schimmernden grauen Augen zu blicken.

»Du wirst diese Dinge nicht alle in meine Kammer bekommen. Bei der Heiligen Jungfrau, auf den Fluren stehen Möbelstücke für drei bis vier Räume. Und ... all diese Decken?«

»Deine Kammer ist ausgesprochen zugig.«

»Aber – aber was ist mit all den Möbeln? Die werden niemals hineinpassen!«

Nach einem beiläufigen Schulterzucken besiegelte er ihre Lippen mit einem tiefen, leidenschaftlichen Kuss. Und als er sich von ihren Lippen löste, kümmerte es sie einen feuchten Kehricht, ob die Möbel nun hineinpassten oder nicht.

»Ich sage es noch einmal, mein Mädchen. Ich möchte jeden Morgen in den Armen meiner Frau aufwachen. Gleichzeitig sehe ich ein, dass du einen Arbeitsraum brauchst. Einen Arbeitsraum, wohlgemerkt«, wiederholte er. »Keine separate Schlafkammer.«

»Also lautet deine Lösung, mit Sack und Pack bei mir einzuziehen?«

»Ganz recht, und in die anderen Gemächer des alten Burgflügels. Bis wir diesen Teil erneuert haben.«

Catherine sah sich in dem riesigen, hellen Zimmer um. »Aber gegen diesen Teil des Anwesens ist überhaupt nichts einzuwenden!«

»O doch, mein Schatz, und du hast mir die Augen geöffnet.« Er schmiegte sie fester an seine Brust.

»Wenn wir hier fertig sind, wird das die Schlafkammer. Und statt eines Arbeitszimmers werden wir zwei haben, weil ich einen Teil des Korridors mit diesen Räumen zu verbinden gedenke.«

»Zwei Arbeitszimmer?« Ein Strahlen glitt über ihr Gesicht.

»Ganz recht! Darüber hinaus denke ich an ein Kinderzimmer.« Er spielte an den Rückenbändern ihres Gewandes. »Wenn unsere Kinder allerdings in Jeans Obhut sind …«

»Oder ihre Großmutter besuchen …«

»Ganz recht. Dann werden wir beide intensiv arbeiten. Und doch, dich in meiner Nähe zu wissen …«

Sie bebte vor Erregung, als er ihr das Kleid über die Schultern streifte.

»Wir brauchen … einen Ort zum … Reden?«

Er nickte und trat zurück, breitete seinen Tartan auf den nackten Bodendielen aus. »Aber zuvor …«

»Sollten wir herausfinden, wie zugig diese Kammer ist.«

»Ganz recht, mein Schatz.«

Zufrieden seufzend ließ Catherine sich neben ihm auf dem Boden nieder. Er war ihr Gemahl, ihr Geliebter und der Vater ihres ungeborenen Kindes.

Hier in den Highlands hatte sie endlich den Ritter aus tausend Träumen gefunden.

HEYNE BÜCHER

Historische Liebesromane

Fesselnd, romantisch, aufregend. Romane der Liebe und Leidenschaft.

Mary Jo Putney
Tanz der Rose
04/329

Mary Jo Putney
Blüte der Zärtlichkeit
04/357

Mary Jo Putney
Tempel der Liebe
04/373

Katherine Kincaid
Hüterin der Pferde
04/253

Katherine Kincaid
In der Liebe gefangen
04/362

04/373

04/362

HEYNE-TASCHENBÜCHER